Hanni Münzer

Unter Wasser kann man nicht weinen

PIPER

Hanni Münzer

Unter Wasser kann man nicht weinen

Roman

PIPER

Mehr über unsere Autoren und Bücher:
www.piper.de

Von Hanni Münzer liegen im Piper Verlag vor:
Die Honigtot-Saga:
Band 1: Honigtot
Band 2: Marlene

Die Seelenfischer-Reihe:
Band 1: Die Seelenfischer
Band 2: Die Akte Rosenthal – Teil 1
Band 3: Showdown – Die Akte Rosenthal – Teil 2
Band 4: Das Hexenkreuz – Die Vorgeschichte zu »Die Seelenfischer«

Die Schmetterlinge-Reihe:
Band 1: Solange es Schmetterlinge gibt (Eisele Verlag)
Band 2: Unter Wasser kann man nicht weinen

Ausführliche Informationen finden Sie auf:
www.hannimuenzer.de

MIX
Papier aus verantwortungsvollen Quellen
FSC® C083411

Originalausgabe
ISBN 978-3-492-30740-6
Oktober 2018

Umschlaggestaltung: U1berlin/Patrizia Di Stefano
Umschlagabbildung: Mark Owen/Trevillion Images; nazarethman/Getty Images
Satz: Satz für Satz, Wangen im Allgäu
Gesetzt aus der Dante
Druck und Bindung: CPI books GmbH, Leck
Printed in the EU

In Gedenken an X.
Ich hoffe, du hast die bessere Welt gefunden,
nach der du so gesucht hast!

»Tränen kann man trocknen, aber das Herz – niemals.«

Margarete von Valois (1553–1615)

»Delfine sind intelligente Tiere.
Was man von ihren Jägern nicht behaupten kann.«

Emily Harper aus
»Unter Wasser kann man nicht weinen«

Prolog

»Warum liebst du mich?«, fragte sie.
»Wie viel Zeit hast du?«, fragte er.

TEIL 1

Vergangenheit

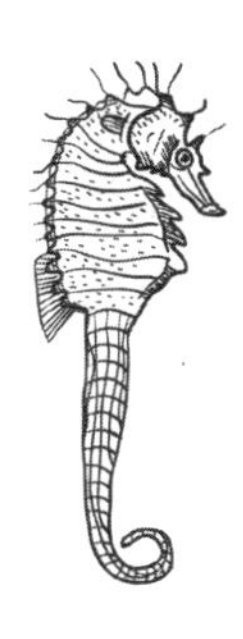

»Il faut bien que je supporte deux ou trois chenilles si je veux connaître les papillons.«

»Der kleine Prinz«
Antoine de Saint-Exupéry (1900–1944)

Frei übersetzt:
»Um einen Schmetterling lieben zu können, müssen wir auch ein paar Raupen mögen.«

1999, Kalifornien / USA

Mooncave-Bucht

»Wer zuerst an der Boje ist!«, rief Stephen. Er war bereits aufgesprungen und schnappte sich sein Board.

Jason stieß einen unwilligen Seufzer aus. Das Salz auf seiner Haut war kaum getrocknet und die Haare noch feucht. Sein Freund schien mehr Fisch als Mensch zu sein, hielt es kaum eine halbe Stunde an Land aus. So gern sich Jason selbst im Element Wasser aufhielt, gerade hätte er es vorgezogen, noch eine Weile am Strand zu dösen – um seinen Tagtraum mit der knackigen Surflehrerin weiterzuspinnen. Denn ein Traum würde es bleiben, er war dreizehn, die Frau mindestens doppelt so alt, und damit für ihn genauso unerreichbar wie der Mond. Er gab sich ein paar Sekunden, bevor er sich herumrollte und ebenfalls auf die Beine kam. »Willst du etwa schon wieder verlieren?«, grinste er, fischte sein eigenes Board aus dem Sand und klemmte es sich unter den Arm.

»Angeber!«, rief Stephen und spurtete der Brandung entgegen. Jason wollte hinterher, als ihn eine piepsige Mädchenstimme ausbremste: »Ich auch! Ich auch!«

Stephens kaum vierjährige Schwester Emily kämpfte sich auf ihren pummeligen Beinen durch den Sand, dicht gefolgt von ihrem tapsigen Hundewelpen Homer. *Himmel*, dachte Jason, *wo kommt sie denn jetzt her?* … Die findige Kleine musste es erneut bewerkstelligt haben, ihrer überfürsorglichen Mutter zu entwischen.

Emily sah aus wie ein paniertes Schnitzel – ihre Mutter schmierte sie jeden Morgen dick mit Sonnenschutzcreme ein, und Emily, die das nur unter Protest über sich ergehen ließ, wälzte sich danach sofort im Sand. Wie ältere, pubertierende Brüder nun einmal sind, nannte Stephen Emily deshalb »kleines Schweinchen«. Jason hingegen hatte einen anderen Spitznamen für Emily. Er sah sich nach seinem Freund um, doch Stephen hatte sich längst mit blindem Wettkampfeifer in die Wellen gestürzt.

»Wo ist deine Mutter, Seepferdchen?«, fragte Jason und beugte sich zu ihr herab.

»Friseur«, antwortete Emily und strahlte ihn an. Jason war ihr erklärter Liebling.

»Und dein Vater?«

Diese Frage entlockte Emily ein freundliches Blinzeln, was Jason vermuten ließ, dass Emily für dieses Mal nicht ihrer Mutter, sondern dem Vater entwischt sein musste.

Emily hängte sich an seinen Arm. »Schwimmen!«, sagte sie und zog ihn energisch in Richtung Meer. Inzwischen hatte ihr großer Bruder das Fehlen seines Freundes bemerkt. Mit verdrießlichem Gesicht watete Stephen aus dem Wasser.

»Was machst du hier, kleines Schweinchen?«, rief er unwillig schon von Weitem.

»Schwimmen!«, forderte die Kleine lautstark.

»Kommt nicht infrage! Wo sind Mama und Papa?« Er sah sich suchend um.

»Mama ist beim Friseur, und Papa hat gesagt, du sollst auf mich aufpassen. Er muss etwas … äh … exprepedieren.«

Stephen rollte mit den Augen. Ihr Vater war Physiker, und wenn er sich in eines seiner Experimente vertiefte, hörte die Welt um ihn herum auf zu existieren.

»Also gut.« Stephen hob den Hundewelpen auf, der um

seine Beine zappelte und eifrig dabei war, das Salz von seiner Haut zu lecken. Mit dem anderen Arm nahm er Emily hoch. Er platzierte Emily auf seinem Handtuch und setzte ihr den kleinen Hund auf den Schoß. »Du und Homer«, sagte er mit seiner strengsten Großer-Bruder-Stimme, »rührt euch nicht einen Zentimeter vom Fleck, bis Jason und ich zurück sind! Wir paddeln nur kurz zur Boje raus. Wenn du brav bist, Emily, und hier auf uns wartest, bekommst du danach ein Eis. Einverstanden?«

Emily schob die Unterlippe vor, wägte Schwimmen gegen Eis ab und nickte dann. Ihrem trotzigen Ausdruck nach fügte sie sich nur widerwillig der höheren brüderlichen Instanz – selbst mit der Aussicht auf Belohnung.

»Braves Schweinchen«, grinste Stephen. »Los, Jason, die Wette gilt!« Und flitzte los.

Jason warf einen zögerlichen Blick auf Emily, doch die Kleine war mit Homer beschäftigt. Er spurtete seinem Freund hinterher.

Die Jungen erreichten die Boje gleichzeitig und stritten sich darüber, wer sie zuerst berührt hatte, als Jason bemerkte: »Wo ist Emily?« Ihre kleine Gestalt war weder auf dem Handtuch noch irgendwo sonst am Strandabschnitt zu sehen. Nur Homer tobte wie verrückt über den nassen Sandstreifen, der das Meer vom Strand trennte. Der Wind hatte zwischenzeitlich aufgefrischt, und die hohen, der kleinen Bucht zueilenden Wellen nahmen Jason immer wieder für einige Sekunden die Sicht auf ihren Strandplatz.

»Verdammt!«, fluchte Stephen, dem schlagartig alles Blut aus dem Gesicht gewichen war. Mit fliegenden Armen paddelten die beiden Freunde los.

»Ich sehe sie! Sie ist im Wasser!«, schrie Jason, der Stephen eine halbe Länge voraus war.

»Emily!«, brüllten die Jungen. »Wir kommen! Halte durch!«

Als sie nahe genug heran waren, sahen sie, warum Emily ihr Verbot missachtet hatte: Die Kleine saß im flachen Wasser und hielt ein Delfinbaby auf den Knien. Die Schnauze des Tieres steckte in einer Plastikschlinge – der Namenszug einer handelsüblichen Getränkemarke war noch zu erkennen. Beim vergeblichen Versuch, sich davon zu befreien, hatte sich das Tierbaby immer weiter in der Schlinge verheddert, die sich dadurch tief ins Fleisch geschnitten hatte.

Der kleine Delfin schlug nur noch schwach mit der Flosse und in seinen Augen spiegelten sich Panik und Schmerz. Dicke Tränen liefen über Emilys Wangen, ihre Stimme war ein einziges Flehen. »Hilf ihm, Stephie, bitte, bitte, hilf ihm!«

Stephen spurtete zu seinem Rucksack, kehrte mit seinem Taschenmesser zurück und durchtrennte das Plastik vorsichtig. Doch es war zu spät. Die Flosse zuckte ein letztes Mal; der kleine Delfin starb in Emilys Armen.

Emily heulte auf, hielt das Tier an sich gepresst, küsste immer wieder seine Stirn und rief: »Wach auf, kleiner Delfin, wach auf!«

Die Verzweiflung des kleinen Mädchens zerriss Jason das Herz, und er schämte sich seiner eigenen Tränen nicht. Auch Stephen wischte sich verstohlen die Augen. Er kniete neben seiner Schwester, und da sie das Tier nicht loslassen wollte, trug er sie zusammen mit dem Delfinbaby nach Hause.

2011, San Diego

Mission Bay

Sie wusste alles über Delfine. Aufzucht, Nahrung, Verhaltensweisen in Freiheit und in Gefangenschaft. Doch das interessierte hier niemanden. Stattdessen ließ man sie die Seehundscheiße vom Felsen kratzen!

Entsprechend wütend turnte Emily auf der künstlichen Klippenlandschaft im *Sea Adventure Park* umher, fuhrwerkte und klapperte mit den Gerätschaften, dass selbst Murmeltiere davon wach würden. Wut und Putzen jedoch waren eine tückische Kombination … Ein kurzer Moment der Unachtsamkeit wurde ihr zum Verhängnis: Sie stieß mit dem Ende ihres Schrubbers gegen den mit Hinterlassenschaften inzwischen reich gefüllten Eimer. Er kippte prompt um, kullerte über die nahe Kante und entließ die mühsam erarbeitete Ladung wieder in die Freiheit.

Emily fluchte.

»Das sagt man nicht, sonst straft einen Gott!«, meldete sich hinter ihr eine seltsam dumpfe Stimme zu Wort – als spreche jemand direkt aus den Felsen zu ihr.

Emily wirbelte herum und verlor dabei das Gleichgewicht. Wild rudernd konnte sie eben noch verhindern, selbst von der Kante zu purzeln. Stattdessen landete sie mit dem Hosenboden in einem schönen dicken Haufen Seehundscheiße. Frisch aus dem Eimer.

Sie linste über den Rand des Felsens und erblickte an seinem Fuß einen Dreikäsehoch, dessen Kopf in einem viel zu großen Astronautenhelm steckte. Sein Anblick erinnerte Emily an ein vom Himmel gefallenes Rieseninsekt. Zumindest wusste sie nun, warum die Stimme derart dumpf geklungen hatte. Das Alter des Jungen vermochte sie schwer einzuschätzen, der Statur nach konnte er kaum älter als sechs oder sieben sein.

Der Junge schob das Visier hoch. Darunter kam eine jener dicken Brillen zum Vorschein, die die Augen grotesk vergrößerten. Emily war nicht erfreut über die unerwartete Störung. Sie arbeitete lieber allein, so wie sie überhaupt gerne allein mit sich war. »Musst du dich so anschleichen?«

»Ich habe mich nicht angeschlichen, aber ich entschuldige mich dafür, dass ich dich erschreckt habe«, erwiderte er feierlich.

Emily seufzte. Der musste wirklich vom Himmel gefallen sein. Sicher war sein Vater eine Art Pastor. Oder Lehrer. Beides Berufsgattungen, zu denen sie ein eher gestörtes Verhältnis pflegte. Andererseits war gegen höfliche Kinder grundsätzlich nichts einzuwenden. Ihre Mutter jedenfalls hätte ihre helle Freude an dem Jungen gehabt. »Du hast mich nicht erschreckt«, erteilte sie ihm großzügig Absolution.

»Warum bist du dann vom Felsen gefallen?«

»Ich bin nicht vom Felsen gefallen«, erwiderte Emily hoheitsvoll und kletterte von der Klippe. Unten angekommen, klopfte sie sich die Tierkacke eher nachlässig von ihrem Overall.

»Was hast du denn ausgefressen?«, fragte der Junge weiter. Er stieß mit der Fußspitze gegen einen der Kotballen.

»Wie kommst du darauf?«

»Weil mein Vater mich immer die Schafscheiße zusammenrechen lässt, wenn *ich* etwas ausgefressen habe.«

»Und? Stellst du viel an?« Emily fand zunehmend Gefallen an dem kleinen Kerl.

»Och, eigentlich nicht«, sagte er gedehnt. »Aber du weißt, wie Eltern sind. Die finden immer was, was sie einem anhängen können. Und? Was war es bei dir?«, beharrte er auf einer Antwort.

»Du bist ganz schön neugierig.«

»Ich betreibe Konversation.«

»Wie bitte?« Verblüfft sah Emily ihn an.

»Vater sagt, Konversation sei wichtig, weil es Interesse zeige. Und Interesse führe zu Verständigung und Verständnis.«

»Aha.« Emily kratzte sich am Kopf. Was für ein komischer kleiner Kauz. Aber sie fand, er hatte die Wahrheit verdient: »Ich bin kurz vor Thanksgiving in eine Farm eingebrochen und habe die Truthähne befreit.«

»Krass!« Die überdimensionalen Augen hinter der dicken Brille leuchteten auf.

Emily sonnte sich in seiner Aufmerksamkeit. Der kleine Professor war der Erste, der sie deshalb nicht gleich mit Vorwürfen überhäufte.

»Und warum hast du das getan?«

»Damit die Leute die Truthähne nicht essen.«

»Und? Wurden sie nicht gegessen?«

Tja, dachte Emily, das war der wunde Punkt in ihrem Plan, sie hatte nämlich die Rechnung ohne die Truthähne gemacht.

Tagelang hatte sie die Farm ausspioniert und sich dabei mit den beiden Wachhunden angefreundet. An besagtem Abend hatte sie sie mit zwei sauriergroßen Kauknochen in einen Schuppen gelockt und eingesperrt. Dann hatte sie die Truthähne befreien wollen, doch die blöden Viecher hatten das Konzept der Freiheit nicht begriffen.

Fett und bequem im Stall liegend, ließen sie sich partout nicht von ihrem warmen Strohplätzchen vertreiben, geschweige denn durch das Gatter in eine unbekannte Dunkelheit hinausscheuchen. Mehr noch: Sie hatten lautstark gegen ihre Befreiung protestiert! Emily hätte niemals geglaubt, dass dieses Federvieh zu einem derartigen Höllenlärm fähig wäre.

Natürlich hatte das den Bauern auf den Plan gerufen, mitsamt drei Söhnen und ihren Flinten! Als zögen sie in den Krieg!

Am Ende hatten die beiden befreiten Hunde mit ihrem wilden Gebell mehr Truthähne aufgescheucht als sie, die eine Freifahrt in einem Polizeiwagen bekam.

Da sie noch keine sechzehn war, war die Strafe relativ mild ausgefallen: Der Jugendrichter hatte sie zu vierzig Sozialstunden im *Sea-Adventure-Park* verdonnert.

Das Urteil kam ihr sehr entgegen. Sie hing sowieso die meiste Zeit in der Mission Bay ab.

Gut, Scheißeschaufeln war kein Vergnügen, aber es gab definitiv Schlimmeres. Ungerecht war die zusätzliche Strafe, die sich der Richter für sie ausgedacht hatte. Irgendwer musste ihm gesteckt haben, wie gern sie sich um die Delfine kümmerte: Seit Truthahn-Gate durfte sie sich bis auf Weiteres dem Delfinarium nicht mehr nähern. Und das war es, was sie so rasend machte! Sie ließ es ungerechterweise an dem kleinen Professor aus: »Was hast *du* eigentlich an Thanksgiving gegessen?«

Der Kleine blinzelte sie an. Er verstand sehr wohl, dass er sich plötzlich auf unsicherem Terrain bewegte. Das Seehund-Mädchen war schmal und klein, und er hatte deshalb angenommen, sie stünde auf seiner Seite des Planeten. Doch nun benahm sie sich, als gehöre sie bereits der Erwachsenenwelt an. Außerdem hatte er so eine Ahnung, dass ihr seine Antwort nicht gefallen würde. Doch sein Vater hatte ihm früh beigebracht, dass Lügen die Dinge stets nur verschlimmerten: »Burger und Pommes«, sagte er tapfer und hielt ihrem Blick stand.

»Keinen Truthahn?« Das überraschte Emily. In ihrem Umfeld kannte sie keine Familie, die an Thanksgiving nicht über wehrlose Truthähne herfiel.

»Vater kann nicht kochen.«

Unvermittelt fühlte sich Emily verlegen. Sie hätte eigentlich jetzt nach seiner Mutter fragen sollen, aber sie war zu feige dazu, fürchtete sich vor einer traurigen Geschichte. Die Welt quoll über davon, Ungerechtigkeiten, wohin man schaute. Menschen töteten Menschen, töteten Tiere, zerstörten ihren Lebensraum, das Artensterben war in vollem Gange, die Ozeane vergiftet. Ihr gesamtes Leben bestand in einer Anhäufung trauriger Geschichten, als ziehe sie sie an. Und ihr einziger Schutzwall vor noch mehr Unglück war ihre Wut; vor vielen Jahren hatte sie ihr Inneres damit gepanzert.

Emily merkte, wie sie begann, um sich selbst zu kreiseln. Sie wusste, wenn sie den Kreis nicht durchbrach, würde auch ihr Verstand irgendwann in einen rotierenden schwarzen Mahlstrom geraten, bis sie erneut hinter einer inneren Wand säße, einer Mauer, Stein für Stein aus Angst und Entsetzen erbaut. Sie selbst erinnerte sich nicht an ihr Kindheitstrauma, jedoch hatte man es ihr auf Anraten eines Therapeuten erzählt. Besser, sie hätte es nicht erfahren. Ihr Unterbewusstsein hatte vermutlich gute Gründe gehabt, das Erlebnis aus ihrer Erinnerung zu löschen.

Emily musste sich anstrengen, um sich wieder in der unmittelbaren Gegenwart zurechtzufinden; der Zwerg war schließlich immer noch da. Etwas anderes geriet in ihren Fokus. Der *Adventure Park* öffnete erst um neun Uhr für den Publikumsverkehr, und es war noch keine acht! Wo kam der Junge so früh her?

»Wie bist du eigentlich hereingekommen? Der Zoo ist doch noch gar nicht geöffnet!« Sie hoffte, dass der Kleine nicht die Schwachstelle gefunden hatte, durch die sie außerhalb der Öffnungszeiten in die Anlage hinein- und hinausspazierte. Überdies war der Weg nicht ganz ungefährlich: Er führte mitten durch das Flamingogehege mit seinen Tümpeln.

»Mit Vater.«

»Arbeitet er hier?«, fragte Emily, nun ihrerseits neugierig geworden.

»Nein. Onkel Jeb hat es erlaubt.«

»Wer ist Onkel Jeb?«

»Na, sein Bruder!« Der Junge klang erstmals ein wenig ungeduldig, nach: *Warum muss man Älteren immer das Offensichtliche erklären?*

Emily wollte eben nachhaken, als ein weiterer früher Besucher ihre Aufmerksamkeit auf sich zog: Ein kleines Mädchen in einem weißen Kleid und roten Gummistiefeln. Es saß hinter der Wegbegrenzung im Gras und rupfte büschelweise Halme methodisch aus. Dabei wiegte es seinen Oberkörper rhythmisch vor und zurück.

Der Junge war ihrem Blick gefolgt. »Das ist meine jüngere Schwester Maddie. Sie ist eine Zählerin.«

»Was ist eine Zählerin?« Unwillkürlich war Emily einen Schritt zurückgewichen – ein unbewusster Reflex, ausgelöst durch das jähe Gefühl, in eine fremde Anziehungskraft geraten zu sein. Der Begegnung mit dem Jungen und seiner Schwester haftete zunehmend etwas Unwirkliches an. Fast schien es ihr, als würde sie mit jedem weiteren Dialog mehr in deren Leben hineingezogen werden. Sie wollte das nicht! Tief in ihrem Inneren aktivierte sich ihr Selbstschutzprogramm, das den bewährten Befehl ausgab: *Renn weg, Emily!*

Als ahne der Junge ihren inneren Zwiespalt, ergriff er ihre

Hand. »Komm, ich zeig es dir!«, rief er eifrig und zog sie energisch zu seiner Schwester hinüber.

»Maddie, das ist … oh! Wie heißt du eigentlich?«, wandte er sich an seine Begleiterin.

»Emily. Und du?«

»Ich heiße Fritz«, stellte sich der Junge vor, und zu Maddie: »Das ist Emily, Maddie. E M I L Y«, buchstabierte er. »Sie möchte dich gerne kennenlernen.«

»Nein!«, stieß Maddie mit einem atemlosen Laut aus, ohne Emily eines Blickes zu würdigen.

Emily fragte sich, ob das Mädchen die Begegnung generell ablehnte oder intuitiv erraten hatte, dass sie selbst nur ihre Ruhe wollte. Sie ergriff die Gelegenheit beim Schopf: »Lass gut sein, Fritz. Ich muss sowieso weiterarbeiten. War nett, euch zwei kennenzulernen.« Sie drehte sich weg.

»Warte! *Bitte*, Emily!« Seine Stimme klang so flehend, dass sie sich mit einem Seufzer umwandte. Fritz war wie ein Welpe, der um Aufmerksamkeit bettelte, und einem Welpen hatte sie noch nie widerstehen können.

»Maddie liebt Blumen«, sagte Fritz. Er bückte sich rasch, wobei er sich fast den Kopf an dem Schild *Blumen pflücken verboten* stieß, und rupfte eine Geranie aus dem Begrenzungsbeet. Anschließend überreichte er sie Maddie mit der Feierlichkeit einer Opfergabe.

Sie nahm sein Geschenk ungerührt entgegen, steckte die Blüte in den Mund, kaute konzentriert und schluckte sie sodann mit einem hörbaren *Gulp* hinunter.

Fritz wiederholte die Vorstellungszeremonie, und Maddie hob endlich den Kopf.

Emily sah in riesige Augen von einem verträumten Grau. Sie waren direkt auf Emily gerichtet, dennoch glaubte sie nicht, dass seine Schwester sie tatsächlich wahrnahm. Maddie sah durch sie hindurch, weilte weit weg von hier in einer Welt, die nur für sie selbst sichtbar war.

Es war fast ein bisschen unheimlich, und für einen kurzen Moment glaubte Emily in einen Spiegel zu blicken, in dem sie selbst gefangen war. Doch von einer Sekunde auf die andere veränderte sich Maddies Ausdruck, das Verträumte in ihren Augen verblasste, als hätte das Mädchen einen Schalter betätigt, der die Linse scharf stellte. Und dann ratterte sie plötzlich Zahlen herunter. »Zwei, zwei, eins, eins, zwei, fünf, fünf, zwei, acht, zwei ...«

»Was tut sie da?«, flüsterte Emily, der der heilige Ernst imponierte, mit dem Maddie die Zahlen von sich gab.

»Sie zählt dich.«

»Sie tut was?«

»Ich erklär es dir später. Da kommt Onkel Jeb.«

Emily erstarrte. Onkel Jeb war niemand anderes als Jeremy B. Silversteen, der Geschäftsführer des *Sea Adventures Park*.

2012

Homer

Seit jeher mochte er Wochenenden.

Jeder hatte mehr Zeit, vor allem die Kinder – für Spaziergänge, fürs Herumtoben und Spielen; es gab Besucher und Ausflüge, und er konnte das eine oder andere zusätzliche Leckerli für sich herausschlagen.

Das Einzige, was er nicht mochte, war, dass Emily am Wochenende immer einfiel, ihn zu bürsten. Manchmal musste er auch baden. Emily nannte es Hygiene. Die Bürste war nicht unangenehm, aber er hasste es, wie ein Dandy auszusehen, pflegte lieber sein Straßenköterimage – er war nun einmal Promenade pur. Jetzt gerade war Wochenende, und als er Emily mit der Bürste um die Ecke biegen sah, wusste er: Er war wieder fällig. Verflixt, und das Shampoo hatte sie auch mitgebracht! Dabei war er vollkommen sauber, er hatte am Morgen ein ausgiebiges Bad im Meer genommen und anschließend ein zweites im Sand. Und sich mindestens sechsmal geschüttelt. Er war so hygienisch rein, wie man nur sein konnte!

»Was seufzt du denn, du alter Halunke?«

Das weißt du ganz genau. Ergeben setzte er sich vor Emily hin, Kopf und Ohren hingen.

»Meine Güte, Homer«, lachte Emily, »du tust ja wieder so, als ginge es aufs Schafott.«

Er fand das nicht lustig, und Fritz schien das genauso zu

sehen. Der Junge war Emily gefolgt, und er sah ernst aus. Fritz kam seit einem Jahr mit seiner Schwester am Wochenende oft zu Besuch, mit ihm war prima zu scherzen, und Maddie war auch sehr lieb. Er mochte es, dass sie immer so still war, und er fand die sperrige Dose interessant, die sie meistens auf dem Kopf trug. Manchmal setzte auch Fritz sie auf.

»Glaubst du, dass Gott sauer auf meinen Dad ist? Oder auf mich?«, hörte er Fritz Emily fragen.

»Wie kommst du denn darauf?«

»Na ja, er hat meine Schwester Maddie anders gemacht, und deshalb ist Mum weggegangen.«

»Deine Mum ist gestorben, das wolltest du doch sagen, oder?«

Fritz schüttelte energisch den Kopf, die Hände tief in den Hosentaschen vergraben.

Emily ließ die Bürste sinken.

Deine Gelegenheit, Homer, dachte er. Er nutzte sie und brachte zwei Meter Sicherheitsabstand zwischen sich und die Bürste. Kurz erwog er, ganz zu verschwinden, aber dann würde er etwas verpassen, denn seine Nase verriet ihm, dass hier gerade etwas Wichtiges zugange war. Meist verschwendeten die Menschen ihre Zeit mit Belanglosem, machten sich Sorgen über das Unabwendbare und vergaßen dabei das Ist. Jeder Tag ist neu, jeder Augenblick ist neu, jeder Knochen ist neu. *Er genoss jede einzelne Mahlzeit, egal, wie viele er schon hatte.* Das Glück ist ein gefüllter Napf.

Emily sah sich um. »Wo ist Maddie, Fritz?«

»Sie hilft deiner Mum im Garten.«

»Sollen wir in die Bucht runtergehen, und du erzählst mir, was du auf dem Herzen hast?«

Hurra, freute sich Homer und wedelte mit dem Schwanz. *Meer, Sand und Gerüche!*

»Warum glaubst du, dass Gott auf deinen Vater oder dich sauer ist?«, begann Emily, als sie unten am Strand angekommen waren.

»Ich habe nicht gesagt, dass ich das glaube, sondern ich habe dich gefragt, ob du das glaubst«, stellte Fritz richtig.

Da hat er recht, dachte Homer. *Manchmal denkt Emily nicht daran, wie klug der Junge ist.*

»Das kann ich dir aber nicht beantworten, weil ich nicht weiß, was und wen du wieder belauscht hast, Fritz.«

Fritz bekam augenblicklich rote Ohren.

Er, Homer, bekam nie rote Ohren, obwohl er, wenn er nicht gerade ein Nickerchen machte, ständig lauschte. Deshalb wusste er, worauf Emily bei Fritz gerade anspielte. Heute war Sonntag, und Fritz hatte seinen Vater Walther, Pastor einer nahen Gemeinde, in den Gottesdienst begleitet. Davor und danach standen die Leute in Grüppchen beisammen, tauschten Neuigkeiten aus, und Fritz lauschte. Später berichtete er Emily alles Interessante. Offenbar hatte Fritz heute etwas erfahren, das er besser nicht hätte hören sollen.

Mit Fistelstimme imitierte Fritz nun zwei Frauenstimmen: *»Der arme Reverend, was hat er nur verbrochen, dass Gott ihn so straft? Das eine Kind nicht richtig im Kopf und das andere noch ein Baby, als ihn seine Frau sitzen ließ!«*

Und die andere Stimme, noch eine Nuance schriller: *»Und der Junge ist so ernsthaft, und wie rührend er sich um seine Schwester sorgt! Er ist doch viel zu jung für so viel Verantwortung! Das ist einfach nicht recht.«*

Und wieder die erste Fistelstimme: *»Ja, seine Frau wäre besser gestorben und nicht mit dem Chorleiter durchgebrannt! Dann könnte unser Reverend wieder heiraten.*

Ja, ich weiß schon, dass du ein Auge auf unseren guten Reverend geworfen hast, Orgasta …« Fritz verstummte.

»Auweia«, sagte Emily.

»Und, was glaubst du?«

»Dass das böse Zungen sind. Ich würde diese blöden Weiber aus der Kirche jagen.«

»Das würde mein Dad nie tun. Und es ändert auch nichts daran, dass ich es gehört habe, oder?«

»Auch wieder wahr. Erzähl deinem Vater von den beiden Klatschweibern, Fritz. Vielleicht fällt ihm dazu für nächsten Sonntag eine nette Predigt ein – über üble Nachrede und ihre Auswirkungen.«

»Emily, lenk nicht ab! Ich bin nicht doof. Vater hat wegen Mutter gelogen. Sie ist nicht gestorben, sie hat uns verlassen. Weil sie Maddie und mich nicht wollte! Und überhaupt, Maddie ist richtig, so wie sie ist! Weißt du was? Mir ist es völlig egal, ob Gott sauer auf Dad ist! *Ich* bin sauer auf Gott!« Seine Stimme brach, und er fing an zu weinen.

Emily legte einen Arm um ihn. »Wenn du magst, gehen wir zusammen zu deinem Dad und sprechen mit ihm.«

»Danke, Emily. Mir ist ganz komisch im Kopf. Dad lehrt uns ständig, dass wir immer die Wahrheit sagen müssen. Und dann lügt er selber.«

»Ich glaube, euer Vater wollte dich und Maddie damit nur schützen, Fritz. Die Wahrheit kann sehr wehtun.«

Fritz wischte sich die Augen. »Es tut wirklich weh.«

»Ich weiß.« Sie drückte ihn nochmals. »Soll ich dir eine Geschichte erzählen? Ich kenne eine über die Sterne.«

Oh! Homer horchte auf. Er liebte Emilys Geschichten. Ihre Stimme wurde dann immer so sanft wie ein Streicheln, und er konnte spüren, dass alles Schwere von ihr abfiel, Vergangenes an Bedeutung verlor, das Morgen in weite Ferne rückte, Emily im Ist war.

»Sieh hinauf zum Himmel, Fritz«, begann Emily. »Und jetzt

schließ die Augen, und stell dir vor, es ist schon Nacht und der ganze Himmel voller leuchtender Sterne. Kannst du sie sehen?«

»Ja!«

»Wenn es dunkel wird, wird das Universum zum Spiegel, und dann kann sich jeder Mensch selbst darin sehen – als Stern, der sein Licht zurück auf die Erde wirft. Und selbst wenn ein Mensch gegangen ist, so leuchtet sein Stern für immer weiter.«

»Können wir uns das heute Abend zusammen ansehen?«

»Natürlich!«

»Zeigst du mir dann unsere Sterne?«

»Ja, nur Maddies Stern kann ich dir nicht zeigen.«

»Was? Aber … warum?«

»Weil Maddie etwas ganz Besonderes ist, Fritz. Sie durfte ihren Stern mit zur Erde nehmen. Das geschieht nur sehr selten. Manchmal braucht die Erde Menschen, die von innen heraus leuchten. So wie Maddie.«

Homer seufzte.

Am Abend schrieb Fritz einen Brief an Gott.

Hallo, lieber Gott!
Also, ich wollte Dir sagen, dass ich Dir wegen Maddie nicht mehr böse bin. Meine Freundin Emily hat mir alles erklärt.
Nichts für ungut!
Dein Fritz
PS: Und sag meiner Mum, ich bin ihr auch nicht mehr böse. Ich weiß jetzt, dass es manchmal einfach etwas länger dauert, bis man das Licht sehen kann.

2013

Der Wirt des *Steakhouse* hatte wenig zu tun. Die letzten Mittagsgäste hatten sich vor knapp zwei Stunden verabschiedet. Bis auf die beiden jungen Mädchen am Fenster war sein Laden wie leer gefegt. Davon abgesehen, dass die zwei nichts zum Essen bestellt hatten und sich seit geraumer Zeit an einer Tasse Tee festhielten – den sie gleich bezahlt hatten –, sahen die Mädchen aus wie Vogelscheuchen. So würden die ihm auch noch den letzten Gast vertreiben. Es war ihm ein Rätsel, was heutzutage in den Köpfen der jungen Menschen vorging, die sich ohne Not derart verunstalteten. Was brachte diese jungen Dinger in Gottes Namen auf die Idee, ihre Lippen schwarz und ihre Haare grün und lila zu färben? Und erst das ganze Metall in ihren Gesichtern? Das war ja mehr, als sein Bruder Ted auf seinem Schrottplatz herumliegen hatte! Aber natürlich war er tolerant, und solange sie nichts anstellten … Aber wenn das seine Töchter wären, dann würde er ihnen mal so richtig den … Die Türglocke unterbrach den unpädagogischen Gedanken. Fünf kräftige Männer drängten herein, alles Lkw-Fahrer, und sie sahen hungrig aus. Der Wirt freute sich auf den Umsatz.

Doch noch bevor alle richtig Platz genommen hatten, sprang der Erste schon wieder auf. »Frechheit! Das müssen wir uns nicht bieten lassen!« Lärmend stand der restliche Trupp auf und strebte der Tür entgegen. Der Wirt preschte hinter seinem Tresen hervor. »Was ist los? Ist etwas nicht in Ordnung?«, rief er.

»Das ist los«, rief einer der Männer und hielt dem Besitzer ein Blatt Papier unter die Nase. »Wollen Sie uns verarschen?«

»Was ist das?«, fragte der Wirt verdattert und las:

»Happy-Meat! Fleisch ist nicht nur Fleisch – es ist das verwesende Fleisch von Tierkadavern. Ein Kilo Fleisch kostet den Planeten 15 000 Liter Wasser – Täglich verdursten 10 000 Menschen, die meisten davon sind Kinder – Mit jedem Bissen Fleisch vernichten SIE den Planeten – Mit jedem Bissen Fleisch rauben SIE Ihren Kindern die Zukunft! Wer Fleisch isst, TÖTET! Happy Meat!!!«

Im Augenwinkel bemerkte der Wirt, wie die beiden Mädchen ihre Sachen packten. Ihm kam ein Verdacht. Misstrauisch stellte er sich ihnen in den Weg und fuchtelte mit dem Blatt vor ihren Gesichtern herum: »Wart ihr das?«

»Happy Meal!«, sagte die mit den grünen Haaren und war an ihm vorbeigewischt, bevor er reagieren konnte. Die andere erwies sich als genauso flink.

Er fluchte böse. »Verdammtes Gesindel! Lasst euch hier bloß nicht mehr blicken«, drohte er ihnen wütend, als sie zur Tür hinausrannten und dort noch mehr Flugblätter durch die Luft wirbeln ließen.

2014

»Finito! Das war's!« Raffaella klatschte sich selbst Beifall. Soeben hatte sie die letzte Kiste mit Flugblättern gefüllt und zu den anderen gestellt. Nun gesellte sie sich zu Emily, die malend auf dem Boden lag. »Hey, Ragazza, wie weit bist du mit den Spruchbändern?«

Ohne von ihrer Arbeit aufzublicken, antwortete Emily: »Fünf sind fertig, am sechsten bin ich noch dran.« Eben war sie dabei, einer Robbe den letzten Schliff zu verleihen. Die Augen des Tieres blickten den Betrachter anklagend an – passend zu der abgebildeten Sprechblase: *Die Children's-Pool-Bucht gehört uns! Lasst uns unseren Lebensraum!*

»Die sehen wieder fantastico aus!«, jubelte Raffaella.

Emily war sich da nicht so sicher. Ihre Freundin Raffaella fand schnell etwas *fantastico*. »Danke«, sagte sie trotzdem und beendete die Arbeit mit einem letzten Pinselstrich. Sie sprang auf und streckte sich ausgiebig. Seit dem frühen Morgen hatte sie Plakate gezeichnet und Spruchbänder beschriftet, darüber war es Mittag geworden. Manchmal beneidete sie Raffaella um ihre unverwüstliche Energie und Begeisterungsfähigkeit. Sie selbst fand selten etwas fantastico, ihr ständiger Begleiter war der Zweifel.

Emily sah sich um. Nach und nach trudelten auch ihre Mitstreiter ein, und die Scheune begann sich zu füllen. Emily zählte zufrieden zwei Dutzend, vor Ort würden noch mehr zu ihnen stoßen. »Wo steckt eigentlich Denise?«, fragte sie Raffaella, nachdem sie ihre gemeinsame Freundin nirgendwo entdecken konnte.

Raffaella verzog das Gesicht: »Denise hat mal wieder den *Blues*.«

Das war in der Tat weniger fantastico. Es bedeutete, dass Denise wieder in irgendeiner Ecke hockte und sich die Seele aus dem Leib heulte, als wolle sie die gesamte Welt im Alleingang von deren Sünden reinwaschen. In den letzten Monaten suchte der Blues ihre Freundin ziemlich häufig heim, und Emily bereitete diese Entwicklung zunehmend Sorge. Sie fragte sich, wie es dazu hatte kommen können, dass ausgerechnet ihre früher so mutig wie entschlossen auftretende Freundin immer wieder Phasen der Resignation durchlebte.

»Wo ist sie?«

»Beim Bienenhaus.«

Auch das noch ... Die Stöcke gehörten ihrem Bruder Stephen. Er wäre nicht erfreut, ihre Freundin dort anzutreffen. Lärm störte die sensiblen Tiere, und aus Erfahrung wusste sie, dass Denise eher zu sirenenartigem Heulen als zu stillen Schluchzern tendierte. Stephen liebte seine Bienen wie Familienmitglieder, doch in letzter Zeit machte er noch mehr Gewese um sie. Das hing mit einer geheimnisvollen Entdeckung zusammen, die er ihnen zu verdanken hatte. Seitdem schloss er sich in jeder freien Minute in seinem Labor ein, so wie heute. Aber er hatte ihr versprochen, zur Demo an der Children's Bay mitzukommen, und in der Regel hielt er seine Versprechen. Mit Sicherheit würde er jedoch vor der Abfahrt einen Abstecher zu seinen geliebten Bienen machen, darum sollte sie besser dafür sorgen, dass Denise bis dahin von dort verschwunden war.

Davon abgesehen, war es sowieso nicht gut, ihre Freundin

in dieser Phase zu lange sich selbst zu überlassen. »Ich hole sie«, sagte sie zu Raffaella.

Neben der Mooncave-Bucht war die Wiese mit dem Bienenhaus Emilys liebster Ort.

Stephen, leidenschaftlicher Biologe und Wissenschaftler, hatte hier mit den Jahren das vollkommene Insektenparadies geschaffen. Überall zwischen den bunten Blumenkelchen summte und brummte es geschäftig. Auch wenn Emily es eilig hatte, verlangsamte sie ihren Schritt, gönnte sich einen kurzen Augenblick des Innehaltens, weil Hast in dieser Idylle nichts zu suchen hatte. Ihr Vater Joseph sagte immer, Eile sei von den Menschen erfunden, in der Natur käme sie nicht vor. Mit ihrem Blick folgte Emily dem taumelnden Flug eines orange leuchtenden Schmetterlings, der scheinbar Schwierigkeiten hatte, seine Wahl unter den farbenprächtigen Blüten zu treffen. Es war ein Ort der Unschuld und der Unbeschwertheit – ein Ort voll natürlicher Schönheit, der jedes Herz leichter machte.

Nur nicht das von Denise.

Emily traf ihre Freundin hinter dem Schuppen an, wo sie zusammengesunken an der Rückwand kauerte. Wie schon befürchtet, vergoss Denise Krokodilstränen und schluchzte dabei nicht eben leise vor sich hin. Sie reagierte erst, als ihr Emily die Hand auf die bebende Schulter legte.

Mit verquollenen Augen sah Denise auf. Emily reichte ihr wortlos ein Taschentuch und hockte sich neben sie. Sie kannte das Prozedere schon. Ihre Freundin würde sich jetzt geräuschvoll schnäuzen, anschließend verlegen lächeln und behaupten, sie sei ein Riesenschaf, weil sie sich so habe gehen lassen. Danach würde sie aufspringen und kämpferisch ausrufen: »Lass uns ihnen Saures geben!«

Denise nahm zwar das Taschentuch entgegen, benutzte es

jedoch nicht. Stattdessen sagte sie mit erstickter Stimme: »Ich kann nicht mehr, Emily.«

»Was soll das heißen? Was kannst du nicht mehr?«

»Das hier.« Denise machte eine vage Geste, die alles bedeuten konnte.

»Erklär es mir, ich verstehe nämlich nur Bahnhof.«

Kurz sah es so aus, als wolle Denise ihr tatsächlich das Herz ausschütten. »Ach, vergiss es!«, stieß sie schließlich hervor. »Ist doch sowieso egal. Alles ist egal …«

Nicht ihre Worte, sondern die Art, wie sie sie sagte, erschreckte Emily. Sie begriff, dass hinter Denises Verhalten mehr steckte als nur eine ihrer üblichen Stimmungsschwankungen.

»Mir ist es nicht egal, Denise«, sagte sie leise. »Bitte sprich mit mir.« Sie griff nach ihrer Hand, wollte ihr zeigen, dass sie nicht allein war.

Denise knetete das Taschentuch in ihrer Faust, sie zitterte inzwischen am ganzen Körper. »Alles, was wir tun, ist doch sowieso für die Katz! Es wird nicht besser, es wird schlimmer! Die Leute scheren sich einen Dreck um die Welt, in der sie leben! Wir rennen permanent gegen eine Betonwand. Wozu überhaupt noch kämpfen?«

»Weil es sich immer lohnt, für eine gute Sache zu kämpfen! Kinder haften für ihre Eltern! *Lass uns ihnen Saures geben! Deine* Worte, Denise!«, erinnerte Emily sie. »Außerdem stimmt es nicht, wir hätten nichts erreicht.« Mithilfe ihrer Finger zählte Emily rasch einige ihrer Erfolge auf und endete mit der heutigen Aktion in der *Children's Bay*. »Wir haben es doch so gut wie geschafft, dass die Robben dortbleiben können! Ist das nichts?«

»Es ist lächerlich wenig, wir sind viel zu wenige! Und es ist einfach so, dass …« Denise stockte. Das Eingeständnis fiel ihr sichtlich nicht leicht, doch sie war tapfer genug, um fortzufahren, »… dass es die ganze Kraft aus mir raussaugt. Wenn du heute Morgen nicht angerufen und mich aus dem Bett gejagt hättest, hätte ich mich unter der Decke verkrochen. Ich habe gedacht … gedacht, dass …« Denise schluckte erst und zog dann ziemlich unfein den Rotz hoch.

»Was hast du gedacht?«, fragte Emily atemlos.

»Dass es besser wäre, wenn es mich gar nicht gäbe«, stieß Denise hervor.

»Was soll das heißen, *besser, es gäbe dich gar nicht*? Was redest du denn da?«, fragte Emily entsetzt.

»Ach, vergiss es«, wiederholte Denise.

»Nein, das werde ich ganz sicher nicht! Sag mir, was mit dir los ist, Denise!«

»Wieso? Du hast mich doch verstanden«, schaltete Denise plötzlich auf trotzig und ließ Emilys Hand los. »Vielleicht bringe ich mich einfach um. Es gibt sowieso zu viele Menschen auf der Erde. Ohne uns wäre sie besser dran. Das wäre doch mal ein echtes Opfer für die Umwelt, oder?«

»Du hast doch 'nen Knall!«, entfuhr es Emily ehrlich.

»Nicht mehr als andere! Ich kann die dummen Menschen nicht mehr ertragen! Keine Maus der Welt würde eine Mausefalle bauen, bloß der Mensch baut Atombomben! Hoffentlich drückt bald einer auf den Knopf! Yeah!« Denise rappelte sich auf und stapfte davon, jeder Schritt ein Ausdruck ihres Zorns.

Emily folgte ihr. »Was hast du jetzt vor?«

»Ich fahr nach Hause und leg mich wieder ins Bett. Da habe ich wenigstens meine Ruhe.«

So leicht gab Emily nicht auf. »Komm schon. Fahr mit uns mit. Das wird heute groß. Sogar das Fernsehen kommt!«

»Diese Aasgeier! Die warten doch nur darauf, dass sich die

Demonstranten wieder gegenseitig in die Haare kriegen, und dann stellen sie uns als subversive Schlägertruppe hin.«

»Mann, du bist heute aber wirklich mies drauf.«

»Dann sei froh, wenn du mich für heute los bist«, erwiderte Denise spitz.

Emily atmete vorsichtig auf. So gefiel ihr ihre Freundin schon besser. Angriffslust und Zynismus waren Traurigkeit und Resignation allemal vorzuziehen. »Ich komme später noch bei dir vorbei, okay? Okay?«, drängte sie Denise zu einer Antwort.

»Ja, okay.«

Sie hatten die große Scheune erreicht, vor der sich inzwischen noch mehr Leute versammelt hatten. Emily und Denise, die beiden Hauptorganisatorinnen, wurden von ihnen stürmisch begrüßt, und Emily hegte bereits die Hoffnung, dass der Eifer ihrer Mitstreiter Denise zum Bleiben bewegen könne. Doch Denise blieb stur bei ihrem Entschluss, raunte Emily ein kurzes »Wir sehen uns« zu und mogelte sich durch die Menge davon.

Emily hätte vielleicht noch einen letzten Überredungsversuch gestartet, wenn nicht im selben Moment ihre Mutter und Fritz erschienen wären und ofenwarme Brownies verteilt hätten. Alle stürzten sich sofort auf die Kuchen, und die beiden Platten waren im Nu leer gefegt. Manchmal hatte Emily den Verdacht, einige fänden nur wegen der guten Bewirtung den Weg hier raus.

Sie trollte sich zurück in die Scheune und unterzog die Spruchbänder einer letzten Prüfung, während Raffaella auf einer Kiste saß und mit einem Handspiegel ihr makelloses Gesicht nach Makeln absuchte. Kurz darauf gesellte sich Fritz zu Emily. Er hatte einen Brownie für sie gerettet. Während Emily genüsslich kaute, begutachtete Fritz die Transparente.

Emily schätzte das Urteil ihres kleinen Freundes, Fritz zeichnete sich stets durch gnadenlose Ehrlichkeit aus.

»Krass!«, sagte er nun bewundernd, »deine Robben sehen genauso lebensecht aus wie die Delfine der letzten Woche! Du solltest Malerin werden«, schlug ihr der Neunjährige nicht zum ersten Mal vor. »Die muss Maddie unbedingt sehen! Können wir sie ihr zeigen?«

»Klaro«, sagte Emily und half Fritz beim Einrollen des Banners. Die Stöcke, mit denen sie es bei der Demonstration über ihren Köpfen hochhalten konnten, waren schon daran befestigt.

Wie stets, wenn Emily, Raffaella und Denise ihre Wochenend-Aktionen organisierten und Hof und Scheune voller Menschen waren, zog sich seine jüngere Schwester in einen Schaukelstuhl auf die Veranda zurück, um das bunte Treiben aus sicherer Entfernung zu betrachten – verborgen unter Fritz' Astronautenhelm. Damit und solange sie ihren Bruder in der Nähe wusste, konnte Maddie eine Gruppe Fremder relativ gut ertragen.

Freunde und Mitstreiter hatten sich an den Anblick des kleinen Mädchens mit dem zu großen Helm gewöhnt.

Gerade als Emily mit Fritz die Scheune verließ, fuhr ein verbeulter Van in den Hof. Ein ihr unbekannter Mann in Lederkluft sprang heraus. Auf unbestimmte Art fand Emily ihn verwegen, auch wenn der Kerl schon mindestens 30 war. Er würde sich gut in einer ihrer Graphic Novels machen. Vielleicht als Pirat? In Gedanken war sie bereits dabei, ihn zu skizzieren.

Ein zweiter Mann, mit auffallend blauschwarzen Haaren, stieg aus dem Wagen und sah sich sofort prüfend um. Wie ein Kaufinteressent, dachte Emily und entwickelte auf Anhieb eine Abneigung gegen ihn. Hinter Emily nahten schnelle Trippelschritte. Schon schoss Raffaella an ihr vorbei und hatte dabei ihr schönstes Lächeln angeknipst. Emily nannte es »Raffaellas Produzentengesicht«.

Ihre um ein Jahr ältere Freundin versuchte sich seit geraumer Zeit als Schauspielerin, hatte es aber bisher zu nicht mehr als ein paar kleineren Werbespots in regionalen Sendern gebracht. Seit der gemeinsamen Highschoolzeit erzählte sie jedem, der es hören wollte (oder auch nicht), dass sie mit achtzehn nach Los Angeles ziehen würde. Jetzt war sie zwanzig und wohnte noch immer bei ihren Eltern in La Jolla.

Raffaellas Ziel war eindeutig der Neuankömmling im schwarzen Leder, und sie wiegte sich auffällig in den Hüften. Ihr Balztanz trieb Emily ein Grinsen ins Gesicht. Was für ein Glück, dachte sie, dass sie damit so gar nichts am Hut hatte. Mit ihrem eigenen Aussehen befand sie sich außerhalb jeder Konkurrenz; kein männliches Wesen hatte sich je für Emily Harper interessiert. Unvermittelt dämmerte es ihr. Das musste der Typ sein, mit dem ihr Raffaella den gesamten Vormittag in den Ohren gelegen hatte! Der angeblich so aussehen würde wie der junge Harrison Ford im ersten *Starwars*-Film. Emily hatte Raffaellas Geplapper über ihre neueste *fantastico* Männerbekanntschaft wenig Gehör geschenkt. Raffaella verliebte sich mit der Regelmäßigkeit der Gezeiten, und ihre Schwärmereien hatten sich für Emily längst abgenutzt.

Raffaella warf sich dem Piraten in die Arme, gerade als Emily und Fritz für Maddie auf der Veranda das Banner mit den aufgemalten Robben entrollte. Maddie belohnte sie mit Lauten des Entzückens.

Nach der Begutachtung blieb Fritz bei Maddie, um ihr ein paar Worte Deutsch beizubringen. Er hatte sein Sprachwissen von Emily, die wiederum über ihren Freund Jason Deutsch gelernt hatte.

Als Emily von der Veranda stieg, hörte sie noch, wie Fritz seiner Schwester erklärte, dass Los Angeles *die Engel* hieß. Emily bewunderte die unerschütterliche Geduld des Jungen. Maddie hatte zwar Lesen gelernt, weigerte sich jedoch, außer Zahlen irgendetwas anderes zu schreiben, dafür konnte sie sich ausgezeichnet Dinge merken.

Kurz darauf rief Emily alle Mitstreiter, die sich hauptsächlich aus ihren Mitstudenten am San Diego College rekrutierten, im Hof zusammen und hielt vor der Abfahrt zur Children's-Pool-Bucht ein kurzes Briefing ab – was eigentlich zu Denises Aufgaben gehörte. Nachfragen zu Denise beschied Emily mit einem knappen »sie ist erkältet«.

Die Fahrgemeinschaften fanden zusammen. Raffaella und sie würden zusammen mit Stephen fahren, aber weder ihr Bruder noch ihre Freundin waren derzeit irgendwo zu sehen. Vermutlich bemutterte Stephen noch seine Bienen, und Raffaella hing weiter am Hals des Piraten.

Emily ging in die Scheune, um die restlichen Spruchbänder einzusammeln, und traf dort auf Raffaella, die, Überraschung, ihre neueste Errungenschaft bezirzte. Raffaella zeigte ihm und dessen Begleiter gerade die Spruchbänder. »Da ist ja Emily«, rief Raffaella, als sie Emily in der Tür erblickte. »Sie hat sie gemacht.«

Emily schlenderte auf die drei zu.

»Emily«, stellte Raffaella ihre Begleitung stolz vor, »das ist Citizen Kane, der Gründer von *Greenwar*! Und das ist sein Freund Carlos.«

Nun war Emily doch ein klein wenig beeindruckt. Selbst sie, die Medien weitgehend mied, hatte bereits von Citizen Kane und *Greenwar* gehört, eine junge, lokale Organisation, die bereits national mit einigen spektakulären Aktionen auf sich aufmerksam gemacht hatte – im Gegensatz zu ihrer kleinen Studententruppe, die sich mit Demonstrationen, Strandsäuberungsaktionen, Plakateschwenken und Flugblätterverteilen begnügte.

Citizen Kane reichte ihr die Hand und sagte mit einem gewinnenden Lächeln: »Freut mich, Emily.« Er deutete auf die Plakate. »Die sind richtig gut! Jemanden wie dich könnten wir bei *Greenwar* gut gebrauchen.«

Nicht Emily, sondern Raffaella errötete bei dem Lob. »Emily gestaltet alle Flugblätter selbst und sie zeichnet superspannende Graphic Novels. Du musst dir ihre Geschichten unbedingt ansehen, C. K.! Sie sind fantastico!«, pries Raffaella ihre Freundin an, als sei sie Gegenstand eines Verkaufsgesprächs. »Emily, warum holst du nicht dein Skizzenbuch und zeigst es C. K.?«

Emilys Miene verschloss sich. »Nein. Meine Geschichten sind privat.«

»Aber mir hast du sie doch gezeigt? Deine Illustrationen sind viel zu gut, um sie zu verstecken! Komm schon, Ragazza!« Sie lächelte Citizen von der Seite an.

»Ich verstecke sie nicht, sie sind *privat*«, sagte Emily in einem Ton, der keinen Zweifel daran ließ, dass sich dazu jede weitere Diskussion erübrigte. Sie verstand nicht, weshalb Raffaella derart darauf beharrte.

Doch als sie Raffaellas Hollywood-Schmollmund sah, tat es ihr schon wieder leid, so schroff gewesen zu sein. Sie hatte Raffaella vor ihrem Freund nicht gut dastehen lassen, wo sie doch eine *bella figura* abgeben wollte.

Emily setzte zu einem versöhnlichen Grinsen an, um zu erklären, dass »privat« nur für ihre engsten Freunde galt, als Citizen sagte: »Ich verstehe dich gut, Emily. Ich zeige meine Tattoos auch nur meinen engsten Freunden. Oder meiner Freundin.« Er strich über Raffaellas Arm, sah dabei jedoch nicht Raffaella, sondern Emily an. Und dieser Blick bestätigte Emilys ersten Eindruck: Citizen Kane war ein Pirat!

***

Wenn Emily später an die Ereignisse jenen Tages zurückdachte, hatte sie einen Satz im Kopf: *»Niemand hat ahnen können, dass die Sache derart aus dem Ruder laufen würde ...«* Irgendwer hatte sie danach damit trösten wollen, aber die Worte hatten sie wütend gemacht. Damals war zum ersten Mal die Kugel in ihrem Bauch erwacht. Sie wusste selbst, dass die Geschehnisse nicht ihre Schuld gewesen waren, aber das änderte nichts daran, dass man sie für alles verantwortlich machte.

Als ihr Fahrzeug am vereinbarten Sammelpunkt für ihren Marsch, einem riesigen Supermarktparkplatz in der Draper Avenue, in unmittelbarer Nähe zur La Jolla Cove, hielt, meinte ihr Bruder Stephen am Steuer erstaunt: »Das sind heute aber eine Menge Mitstreiter, Emily. Wie habt ihr es geschafft, diesmal so viele Leute zu mobilisieren?«

Emily stieg aus und sah sich ungläubig um. »Ehrlich gesagt, habe ich keinen blassen Schimmer. Wir haben nicht mehr dafür getrommelt als sonst auch.«

Auf ihre übliche Kerngruppe von ungefähr fünfzig kam mindestens die vierfache Menge Unbekannter und der Strom von Fahrzeugen riss nicht ab. Sogar ein Bus war eben im Begriff einzuparken. *Wo kommen die bloß alle her?* Am Rand des Supermarktgeländes entdeckte Emily zwei Übertragungswagen, ein dritter traf gerade ein. Zwei Krankenwagen schienen ebenfalls einsatzbereit, leider auch die gleiche Menge Polizeifahrzeuge. Die Officer lehnten an ihren Fahrzeugen und behielten alles im Auge. Diese geballte Aufmerksamkeit war zwar ungewohnt, aber es ließ ihre Erfolgschancen steigen!

Raffaella schien ihre Meinung nicht zu teilen. »Verflixte Denise!«, murmelte sie neben ihr. »Und jetzt ist sie nicht einmal da!«

»Wir schaffen das auch ohne sie«, antwortete Emily und öffnete die erste Schachtel mit Flugblättern, die Stephen aus dem Kofferraum geholt hatte.

»Das meinte ich nicht.« Raffaella zog Emily zur Seite. »Denise hat mir gesagt, sie wolle in einschlägigen Internetforen für unsere Aktion werben. Ich habe ihr ernsthaft davon abgeraten.«

»Warum denn? So viele Demonstranten sind doch bisher noch nie zu einer unserer Veranstaltungen gekommen!«

»Ja, aber sieh dich um, Emily!« Raffaella zeigte auf eine dunkel gekleidete Gruppe neben der Überdachung mit den Einkaufswagen. »Die tragen Rucksäcke. Und sie sind nicht die Einzigen.«

»Na ja, Rucksacktragen ist im Staat Kalifornien in der Öffentlichkeit nicht verboten.« Emily wühlte im Kofferraum.

»Mamma mia, Ragazza! Manchmal bist du einfach nur naiv. Du …« Weiter kam sie nicht, da ihre Ankunft nicht unbemerkt geblieben war. Im Nu waren sie von ihren engsten Mitstreitern umringt.

Emily und Raffaella versammelten den Rest ihrer Leute um sich, Spruchbänder und Flugblätter wurden verteilt, und irgendjemand drückte Emily ein Megafon in die Hand. Sie gab nochmals die Marschroute durch. Erste Station wäre das Haus des Bürgermeisters, da Lokalpolitiker nichts mehr fürchteten, als ihr Haus im Hintergrund einer politischen Demonstration zu sehen. Dort würden sie eine Viertelstunde lang Sprüche wie »Der Children's Pool gehört den Robben!« skandieren und anschließend zur La Jolla Cove, zum Strand, weiterziehen.

Sie setzten sich in Bewegung, Emily mit Raffaella und Stephen in der vordersten Reihe. Zusammen mit mehreren anderen trugen sie eines von Emilys Transparenten vor sich her. Ein Kamerateam forderte sie auf, langsamer zu gehen. Es war vor ihnen aufgetaucht und filmte sie, während eine blutjunge Reporterin, kaum älter als Emily, ihr das Mikrofon vor den Mund hielt und Fragen stellte wie: »Was erwarten Sie sich von Ihrer heutigen Aktion, Miss Harper?« Und: »Hätten Sie mit diesem Andrang gerechnet?«

Vor dem Haus des Bürgermeisters erwartete sie noch mehr Presse. Und ein halbes Dutzend Polizeieinsatzfahrzeuge. Das Grundstück des Bürgermeisters war zusätzlich mit Sperrgittern abgeriegelt.

Unterwegs war die Gruppe der Teilnehmer weiter angeschwollen, und längst wurden nicht nur die verabredeten Sprüche skandiert. Rufe wie »Tod den Kapitalisten« wurden laut, begleitet von einem ohrenbetäubenden Konzert aus Trillerpfeifen und Trommeln. Die Atmosphäre heizte sich zunehmend auf.

Entsetzt bemerkte Emily, dass sich nicht wenige der Teilnehmer vermummt hatten. Mit den Sperrgittern im Rücken versuchte sie vergeblich, mit dem Megafon gegen die Verrückten anzubrüllen.

»Du solltest den Weitermarsch abblasen, bevor alles außer Kontrolle gerät«, schrie Stephen ihr ins Ohr.

»Diese Idioten hören mir doch gar nicht zu!«, brüllte Emily zurück. »Aber solange sie mich hier vorne sehen, werden sie sich zurückhalten.« Ein frommer Wunsch. Als die erste Flasche in ihre Richtung flog, wurde Emily so zornig, dass sie sich schnurstracks zu der lautesten Gruppe durchkämpfte. Sie hatte dort einen der Rädelsführer ausgemacht.

»Nehmt eure verdammten Masken ab, ihr Feiglinge, und hört mit dem Flaschenwerfen auf!« Sie entriss dem Nächststehenden seine Flasche und fuchtelte damit vor seinen Augen herum. »Das hier ist eine friedliche Demonstration!«

Aufgrund des Lärms und der Maske konnte sie seine Antwort nicht verstehen, aber sie war sich beinahe sicher, dass er sie auslachte. Gleich darauf wurde sie von ihm grob gepackt, in die Menge hineingeschoben und immer weiter durchgereicht.

Eingekeilt zwischen den Randalierern bekam Emily nichts davon mit, was vorne vor sich ging. Es wurde so laut, dass ihre Trommelfelle zu schmerzen begannen. Plötzlich roch sie Feuer! Diese Verrückten warfen Brandsätze! Emily kämpfte sich in Panik aus der Randalierergruppe. Irgendwann lichtete sich die Menge, Polizisten rückten an – und ringsum setzte eine wilde Flucht ein. Fahrzeuge gingen in Flammen auf, Mülltonnen und Gummireifen brannten, Polizisten und Vermummte schlugen aufeinander ein, mit Knüppeln auf der einen Seite, Baseballschlägern, Latten und vereinzelt Eisenstangen auf der anderen. Auch Nicht-Vermummte mischten mit. Die Lage geriet völlig außer Kontrolle.

Und plötzlich stand ein Vermummter mit Eisenstange vor Emily und schrie: »Ihr verdammten Studentinnen! Was glaubt ihr, wer ihr seid?«, und holte aus. Emily konnte dem ersten Schlag gerade noch ausweichen. Doch dabei stolperte sie und stürzte.

Sie sah die Eisenstange bereits auf sich niedersausen, als sich plötzlich ein Mann von der Seite gegen den Angreifer warf. Die Stange rollte davon, und beide Männer gingen schwer zu Boden. Dann rappelte sich Emilys Angreifer auf und rannte davon.

Starke Arme griffen nach Emily und zogen sie hoch. »Geht es dir gut, Emily?«, keuchte Citizen, dem Blut von der Stirn lief.

»Ja, ich bin in Ordnung.«
»Komm, ich bringe dich von hier weg.«

Am nächsten Tag schaffte es ein Bild von Emily landesweit auf die Titelseiten. Darauf schwenkte sie inmitten einer Gruppe Vermummter eine Flasche, und die Schlagzeile lautete: *Rädelsführerin Emily Harper in Aktion*.

2015

»Was ist los mit dir? Du bist so komisch«, bemerkte Denise.

»Das sagt die Richtige.« Emily hatte keine Lust auf ein Gespräch mit Denise. Weil es sich darin immer nur um Denise selbst drehte oder seit einiger Zeit um Carlos, in den Denise unglücklich verliebt war.

Sowieso hatte Emily wenig Zeit. Die Transparente für die nächste *Greenwar*-Aktion waren noch nicht fertig. Es würde ihr erster echter Einsatz werden, ihre Bewährungsprobe als *Green Warrior*!

Seit der Demo am Children's Pool hatte Emilys Leben einige einschneidende Veränderungen erfahren. Sie war damals nicht nur von der Polizei verhört, sondern auch mehrere Tage vom Heimatschutz und zwei Ermittlern der Antiterrorbehörde DIA in die Mangel genommen worden. Bei der Demo waren Demonstranten und Polizisten verletzt, zwei Dutzend Fahrzeuge abgefackelt und eine ganze Häuserfront verwüstet worden. Ein Schaden in Millionenhöhe. Irgendwer musste dafür aufkommen.

Am Ende hatte man Emily nichts nachweisen können – schließlich hatte sie auch nichts Kriminelles getan. Danach fing der Ärger erst richtig an. Emily war wegen der Schäden mehrfach zivilrechtlich verklagt worden, zwei Verfahren hatte sie gewonnen, bei den anderen standen die Urteile noch aus.

Besonders hart hatte Emily jedoch getroffen, dass man sie

deshalb vom College verwiesen hatte. Sie hatte sich sofort an einer anderen Schule beworben und postwendend eine Absage erhalten. Vorerst begrub Emily ihren Traum, Tierärztin zu werden, und hatte den Halbtagsjob angenommen, den ihr der alte Dr. Miller angeboten hatte, der seit jeher die tierische Entourage der Familie Harper betreute.

Emily trug schwer an dieser Entwicklung. Wochenlang zog sie sich völlig zurück, überließ sich ihren düsteren Gedanken, die in noch düstereren Graphic Novels ihren Niederschlag fanden. Dann war Citizen bei ihr aufgetaucht, hatte ihr eine neue Perspektive aufgezeigt und sie damit ein weiteres Mal gerettet.

Schnell hatte sie gemerkt, dass sie sich mit Carlos arrangieren musste, der an Citizen klebte wie ein böser Schatten. Emily konnte Citizens Freund nicht leiden. Wie so oft stand sie mit ihrer Meinung ziemlich allein. Nicht nur, dass Denise, die immer geschworen hatte, sich nicht zu verlieben, bevor sie dreißig wäre, in ihn verknallt war – auch sonst erfreute sich Carlos allgemeiner Beliebtheit. Davon abgesehen, dass er aussah wie der junge Elvis Presley, spielte er ausgezeichnet Gitarre. Damit gelang es ihm mühelos, die Mädchen am Lagerfeuer reihenweise zu bezaubern. Auf Emily hingegen wirkte er nicht ganz echt, sie verglich ihn mit einem Baum, der von innen heraus faulte.

Die Einzige, die Emilys Meinung zu Carlos zu teilen schien, war Raffaella. Deshalb vermutete sie, dass sich Denise und Raffaella wegen ihm zerstritten hatten. Leider schwiegen sich beide erstaunlicherweise über den Grund aus, und Emily war nicht der Typ, hier zu insistieren. Irgendwann würde eine der beiden reden. Vorerst jedoch ging das Zerwürfnis zwischen Raffaella und Denise so tief, dass die beiden jedes Aufeinandertreffen mieden.

Hieß es früher Denise, Raffaella und Emily, so gab es heute nur noch Denise und Emily oder Raffaella und Emily. Zu dritt fand ihre Freundschaft nicht mehr statt. Emily litt darunter, fühlte sich zu oft zwischen den beiden zerrieben. Eben erst hatte sich Raffaella verabschiedet und nun stand Denise bei ihr auf der Matte. Wahrscheinlich hatte sie abgewartet, bis Emily alleine war. Langsam fand Emily das Verhalten ihrer beiden Freundinnen lächerlich.

»Du hast es gut«, seufzte Denise jetzt und griff nach einer der herumliegenden Skizzen, die Emily von Citizen gezeichnet hatte.

»Wer sagt das?« Emily reagierte weiterhin unwillig.

»Hallo? Unser strahlender Schwan Raffaella war ganz verrückt nach Citizen, aber er hat sich für dich, das Entlein, entschieden!«

»Sehr nett, *Freundin* ...«, brummte Emily und nahm Denise die Skizze weg.

»Sei doch nicht gleich eingeschnappt.«

Emily war nicht eingeschnappt – vielmehr fühlte sie sich nach Raffaellas zweistündigem Besuch etwas ausgelaugt. Und auch etwas durcheinander. Das lag an Raffaellas neuem Glück mit Namen John. Ihre lebensfrohe Freundin hatte ihr die ganze Zeit über von ihm vorgeschwärmt, wie absolut fantastico er sei, John hier, John da, von den vielen Johns klingelten Emily jetzt noch die Ohren. Emily war Raffaellas Begeisterungsfähigkeit gewohnt, sie war schnell Feuer und Flamme, doch diesmal war es anders. Raffaella strahlte förmlich von innen, als hätte dieser John tatsächlich etwas in ihr zum Glühen gebracht. Und das hatte tief in ihrem Inneren die Frage aufgeworfen, wie es um ihr eigenes Glück bestellt war, wie und was sie empfand und ob Glück etwas war, das in mehreren Abstufungen vorkam? Vielleicht war Glück eine Leiter, und sie hatte gerade erst die erste Stufe erreicht, weil sie bisher, anders als Raffaella, noch keine Erfahrungen mit Männern hatte. Und deshalb auch keine Vergleichsmöglichkeiten. Citizen war bekanntlich ihr erster Freund. Dabei war Emilys erste Befürchtung gewesen, nachdem Citizens Werben für sie offensichtlich wurde, dass Raffaella ihr deshalb zürnen könnte. Doch das Gegenteil war der Fall. Raffaella hatte es mit einem Achselzucken abgetan und gemeint, sie wisse ja, dass die Initiative von Citizen ausgehe. Außerdem sei es von ihrer Seite nur eine kleine Schwärmerei gewesen … zwei kurze Wochen! Und sie gönne Emily ihren ersten Freund, immerhin sei sie schon fast zwanzig und es wäre höchste Zeit. Sie hätte schon befürchtet, Emily würde als alte, strickende Jungfer enden! Emily liebte Raffaella, aber manchmal waren ihre unbedachten Worte wie kleine Nadelstiche.

Emily legte Stifte und Papier ein weiteres Mal zur Seite. Allerdings wollte sie mit Denise nicht über Carlos reden, das war ihr zu zäh. »Sollen wir in die Stadt fahren und unsere Happy-Meat-Flugblätter in den Restaurants verteilen?«, versuchte sie das Thema von vorneherein in anderen Bahnen zu lenken.

»Nein, ich ertrage die Stadt mit ihren Steak- und Burgerbuden nicht mehr. Außerdem sind wir damit in der Gegend sowieso durch. Von uns kursieren Steckbriefe in den sozialen Netzwerken. Die vertreiben uns aus den Restaurants, bevor wir überhaupt richtig drin sind. Der letzte Wirt hätte uns beinahe verprügelt. Den Fleischfressern ist es sowieso egal.«

Egal war zu Denises Lieblingswort geworden, zum Sinnbild ihrer Depression.

Emilys Stimmung war auch nicht gerade berauschend; sie würde es vor Denise zwar niemals zugeben, aber ihre Bemerkung zu ihrem Aussehen hatte sie getroffen. Sie war nicht eitel, aber natürlich grübelte sie auch selbst über die Frage nach, warum sich ein Mann wie Citizen Kane ausgerechnet für jemanden wie Emily Harper interessierte.

Ein wenig fühlte sie sich von Denise auch verraten. Denn ihre Freundin hatte sich äußerlich sehr verändert, nichts an ihr ähnelte noch den besagten Steckbriefen. Auch daran war Carlos nicht ganz unbeteiligt. Seit Denise hinter ihm herhechelte, hatte sie ihr Aussehen drastisch verändert. Carlos mochte keine grünen Haare, fort damit. Eine abfällige Bemerkung über Piercings, raus damit. Zu düster und abgeschmackt die zerrissenen schwarzen Jeans und das Totenkopfshirt, das Denise und sie sich gegenseitig geschenkt hatten – kleiden wir uns neu ein! Heute trug Denise Jeans, ein helle Bluse und rote Sneakers. Ihre Freundin sah stinklangweilig aus.

Sie beide waren einmal verschworen gewesen wie Blutsbrüder, hatten sich am selben Tag ihr erstes Piercing stechen lassen, sich gegenseitig beim Haarefärben geholfen und Tattoos ausgesucht. Während andere Teenager ihre gesamte Energie darauf verwandten, ihre Attraktivität für das andere Geschlecht zu steigern, hatten sie an einem abschreckenden Erscheinungsbild gearbeitet. Sie waren fest entschlossen, sich von den anderen Mädchen ihrer Schule zu unterscheiden, die sich quasi über Nacht in alberne Hühner verwandelt hatten.

Aber plötzlich schien das alles nicht mehr für Denise zu zählen. An manchen Tagen fühlte es sich für Emily an, als hätte Denise mit dem Punk-Outfit auch ihre Freundschaft abgelegt. Heute war so ein Tag. Sie ertappte sich bei dem Wunsch, Denise möge einfach verschwinden. Sie in Ruhe lassen.

»Wir könnten zu dieser Veranstaltung gehen, von der Carlos mir erzählt hat«, sagte Denise mitten hinein in Emilys Überlegungen.

Der Vorschlag überraschte Emily. Sie wusste von keiner

Veranstaltung. Oder ging es um eine neue Aktion? »Wo und was soll das sein?«

»Ich erklär es dir unterwegs. Wir sind sowieso schon zu spät dran. Können wir euren Wagen nehmen?«

»Ach, so ist das?«, sagte Emily gedehnt. »Du brauchst einen Chauffeur … Wo soll es denn hingehen?«

»In die Mojave-Wüste.«

Henoch

Stolz war sein einziger Makel – die menschliche Empfindung, deren er sich schuldig machte. Nein, die er sich erlaubte! Gefühle bedeuteten Schwäche. Er hingegen besaß Willensstärke. *Disziplin*. Die Menschen begannen zu vergessen, was Disziplin bedeutete, sie standen nicht mehr mit dem ersten Sonnenstrahl auf und gingen nicht mehr mit dem letzten zu Bett; sie waren nicht mehr gottgefällig.

Stattdessen gaben sie sich billigen Freuden hin, lebten in einer künstlichen Welt und stellten immer mehr künstliche Dinge her, von denen sie nicht genug ansammeln konnten. Darüber war ihr Geist träge geworden. Doch *er* war dazu bestimmt, das Werk des Herrn zu retten. *Er* war der Auserwählte des Herrn.

Er beobachtete das Eintreffen der Fahrzeuge von einem Hügel aus. Freiwillige Helfer waren damit beschäftigt, jedem Neuankömmling einen Platz in der Wagenburg anzuweisen. In der mittig frei gehaltenen Zone stand ein funkelnagelneuer roter Chevy mit offener Ladefläche, der ihm später als Bühne für seine Predigt dienen würde. Es wartete sehr viel Arbeit auf ihn, um seine Vision einer neuen Welt zu verwirklichen.

Inzwischen formierten sich die Fahrzeuge seiner Anhänger in einem vierten Kreis, und die Kette der Lichter, die sich über die Route 66 dem Ort der Zusammenkunft näherte, schien nicht abreißen zu wollen.

Die Autos und Trucks waren überwiegend voll besetzt. Viele seiner Anhänger brachten neuerdings ihre Familien mit. Seine Bewegung wuchs, die Menschen teilten seine Meinung, und je mehr dies taten, umso mehr verfolgte ihn die Presse und verschaffte ihm damit weitere Aufmerksamkeit. Die er zu nutzen wusste. Sie schrieben, er spalte die Gesellschaft. Für die einen war er der Messias, für die anderen der Teufel.

Seine Domain *suicide.com* hatte ihm bereits unzählige Anzeigen eingebracht, doch was er tat, war nicht strafbar. Amerika war ein freies Land. Und hatte sich nicht auch Jesus, Gottes Sohn, geopfert, um die Welt von ihren Sünden zu erlösen?

Sein Blick suchte die ferne blaue Linie des Ozeans, in dessen reinigende Kraft er seine Hoffnung setzte. Er hatte große Pläne und …

»Warum hast du mich hier raufgeschleift?«, störte sein Sohn seine Gedanken.

Henoch riss sich von dem verheißungsvollen Anblick los. »Damit du begreifst, was wir zu verlieren haben. Was siehst du hier, Sohn?«

Citizen zuckte mit den Achseln. »Felsen und Sand.«

»Nein, das hier ist die Zukunft! Es ist gutes Land. Ich werde es kaufen.«

»Seit wann hast du das Bedürfnis, Farmer zu werden?«

»Ich habe vor, ein Dorf zu bauen. Für unsere Gemeinschaft.«

»Henoch-Town?«, spöttelte Citizen. »Und mit welchem Geld?«

»Das lass meine Sorge sein, Sohn. Wie läuft es mit der kleinen Harper?«

»Gut, ich habe alles im Griff.«

»Nein, das hast du nicht! Die Harper ist eine Gefahr!« Er hob seinen Stock und stampfte damit auf den Boden.

Citizen hasste es, wenn sein Vater dies tat. Er war nicht Moses, benahm sich aber immer mehr wie der von Gott beauftragte Prophet. In letzter Zeit fragte er sich des Öfteren, ob sein Vater seine Rolle nicht ein wenig zu ernst nahm. Ob die Figur des Predigers, die er angeblich nur spielte, vielleicht langsam die Kontrolle über seine Persönlichkeit übernahm?

Immerhin kannte Citizen seinen Vater lange genug, um sich jetzt nicht auf eine Diskussion mit ihm einzulassen. Stattdessen schob er den Ball in sein Feld. »Was hast du vor?«

»Das Mädchen braucht eine Lektion.«

Emily

Als Emily und Denise eintrafen, war die Veranstaltung bereits in vollem Gange.

Emily hatte erst kürzlich davon erfahren, dass es sich bei dem umstrittenen evangelikalen Prediger Henoch um Citizens Vater handelte. Citizen hatte Henoch nie zuvor erwähnt – es war Denise gewesen, die es ihr verraten hatte, und sie wiederum wusste es von Carlos.

Da Emily aus Prinzip keinen Laptop besaß, war sie bei der Netz-Recherche auf Fritz angewiesen. Er hatte ihr einige von Henochs Predigten ausgedruckt. Nach der Lektüre war Emily zu der Überzeugung gelangt, dass die Welt auf weitere seiner Sorte sehr gut verzichten konnte.

Offenbar waren andere anderer Meinung. Es erstaunte Emily, wie viele gekommen waren, um dem selbst ernannten Propheten zu lauschen, der sich in einer Tradition mit Adam, Noah und Moses sah. Vor ihren Augen drängten sich Männer, Frauen und Kinder dicht an dicht. Es mussten fast tausend sein, schätzte sie.

In einem langen, weißen Gewand hielt Citizens Vater Henoch auf der Ladefläche eines Trucks Hof, in der Hand einen mannshohen Stab mit gekrümmtem Griff, und sprach: »Denn siehe da, ich wurde wiedergeboren, als Henoch, der siebte nach Adam, um über die Gottlosigkeit der Menschen zu richten. So steht es in der Offenbarung des Johannes: *Ein Tier stieg aus dem Meer, mit zehn Hörnern und sieben Köpfen. Auf seinen Hörnern trug es zehn Diademe und auf seinen Köpfen Namen, die eine Gotteslästerung waren.* Und der Name des Tieres ist Gier! Bald wird uns der Herr eine neue Sintflut schicken und dieses Tier hinwegschwemmen! Nur die reinen Herzens sind, werden überleben – Auserwählte wie ihr, meine Brüder und Schwestern!« Er schlug mit dem Stab auf den Boden und rief: »Wer seid ihr?«

»Wir sind die Auserwählten«, scholl es ihm aus unzähligen Kehlen entgegen.

»Seht die neue Welt Gottes, einen neuen Himmel und eine neue Erde, denn ihr seid die Auserwählten!« Wieder klopfte er mit dem Stab auf den Boden und rief: »Wer seid ihr?«

Und wieder antwortete ihm der tausendfache Ruf: »Wir sind die Auserwählten!«

Emily schüttelte peinlich berührt den Kopf. Sie hatte nichts verpasst, Citizens Vater war noch beim Warm-up. Sie wollte eine entsprechende Bemerkung zu Denise machen, doch der Platz neben ihr war leer. Zweifellos hatte sich Denise auf die Suche nach Carlos gemacht. Sie kletterte auf einen Wagen und hielt Ausschau nach ihrem eigenen Freund, Citizen.

Von ihrem erhöhten Standpunkt aus sah sie sieben Männer, die aufgereiht vor dem Truck standen. Wie Henoch steckten sie in langen weißen Gewändern und behielten alles im Auge. *Wie Jünger, die ihren Meister bewachen*, dachte Emily spöttisch. Erst auf den zweiten Blick fiel ihr auf, dass es sich bei den Männern ausschließlich um Mitglieder von *Greenwar* handelte. Und Citizen war einer von ihnen! Unfassbar, sie traute ihren Augen kaum. Hatte er den Verstand verloren? Wenn ihr Freund wüsste, wie dämlich er aussah! Nun begriff sie, warum er ihr bisher seinen Prediger-Vater verschwiegen hatte! Es war ihr allerdings ein Rätsel, wie er sich derart zum Affen machen konnte. Es passte auch null zu dem Citizen, den sie kannte. Auf ihrer Bewertungsskala rauschte ihr Freund in diesem Augenblick einige satte Punkte nach unten. Und irgendwie versetzte sie sein Verhalten auch in Wut. Sie fühlte sich ausgeschlossen, als hätte Citizen die Richtung gewechselt und sie auf dem Weg zurückgelassen.

Sie lief am Rande der Menge entlang und zwängte sich hier und da zwischen den geparkten Fahrzeugen hindurch, bis sie zur vordersten Reihe durchgedrungen war. Geduckt huschte sie an den Zuhörern vorbei und stand schon fast vor Citizen, als jemand nach ihrem Arm griff und sie energisch zurück in die Reihe der Zuhörer zog.

Es war Karen Lindbergh, eine der Mitbegründerinnen von *Greenwar*. Emily kannte sie bisher nur flüchtig. Karen arbeitete als Ärztin in einem Krankenhaus in Los Angeles. Sie war doppelt so alt wie Emily, und entgegen ihrem skandinavischen Namen deuteten ihre Gesichtszüge auf eine asiatische Abkunft hin. »Bleib hier«, flüsterte sie. »Citizen ist beschäftigt.«

»Womit? Leibwache zu spielen?«, sagte sie nicht gerade leise. Sollte er es ruhig hören! Einfach lächerlich, wie er da mit tragender Miene stand, als sei er der Hüter des Heiligen Grals.

Eine Hand legte sich von hinten schwer auf Emilys Schulter und eine dumpfe Stimme zischte: »Schweig, Göre, und hör zu!«

Sie wandte sich dem unbekannten Glatzkopf zu, der sie um einiges überragte. »Ich rede, wann ich will!«, raunzte sie ihn an.

»Du hältst jetzt dein unverschämtes Maul oder …!«

»Halt du doch dein Maul!«, gab sie unbeeindruckt zurück. Ihre irrationale Wut auf Citizen suchte ein Ventil.

Immer mehr Köpfe wandten sich ihnen zu. Citizens Vater auf der Bühne war ebenfalls aufmerksam geworden und unterbrach nun seine Rede.

Die jähe Stille füllte sich mit Feindseligkeit, sie schwappte Emily wie eine Welle entgegen. Emily entschied, dass es vielleicht ratsam wäre, Fersengeld zu geben, doch der muskelbepackte Glatzkopf erriet ihr Vorhaben. Sein Griff schloss sich schmerzhaft um ihren Arm. »Hiergeblieben, Früchtchen!«

»Lass mich sofort los, du Spinner!«, kreischte sie, und ihre Stimme trug weit über die Köpfe hinweg. Reihum erhob sich empörtes Gemurmel, und die Menge drängte in einer einzigen Bewegung auf sie zu.

Da dröhnte es salbungsvoll von der Bühne: »Wir begrüßen Schwester Emily in unserer Mitte! Komm zu mir, Schwester Emily.« Henoch streckte die Hand nach ihr aus, und der Glatzkopf nahm sie unverzüglich wie ein Paket unter den Arm. Bevor Emily richtig begriff, wie ihr geschah, hatte er sie bereits auf den Truck gehoben und neben Henoch abgesetzt. Bestellt und geliefert.

»Seht Schwester Emily, deren Herz von Zweifeln erfüllt ist! Und sie tut gut daran, meine Brüder und Schwestern! Denn nur der Zweifel führt zur Wahrheit. Der falsche Christus hat die Erde fest im Griff, und sein Name ist Gier! Doch Schwester Emily ist nicht von ihm befallen. Sie ist eine von uns! Eine Auserwählte des Herrn. Nicht sie ist es, die den Herrn erwählt, sondern sein Auge hat sie erwählt! Wie er euch erwählt hat!« Er schlug erneut wie einst Moses mit dem Stab auf den Boden und rief: »Wer seid ihr?«

»Wir sind die Auserwählten!«

***

»Komm mit!« Citizen packte Emilys Hand, zog sie zu seinem Wagen und riss die Tür auf: »Steig ein.« Er raste vor Wut.

Gut, sie auch! *Von seinem Vater auf der Bühne vorgeführt wie ein verdammter Tanzbär!* »Du fällst doch nicht etwa auf diesen verkackten Auserwählten-Quatsch herein, oder?«

»Verdammt, Emily! Ich sagte, steig ein!«

»Darfst du überhaupt so fluchen?«, reizte sie ihn weiter.

Citizen wurde es zu bunt. Er schubste sie kurzerhand ins Fahrzeug und warf die Tür zu.

Emily überlegte kurz, ob sie nicht besser sofort abhauen sollte. Doch es war *die* Gelegenheit, Citizen mit seiner Rolle in dieser peinlichen Veranstaltung zu konfrontieren.

»Was sollte das?«, blaffte Citizen sie an. »Du hast mich vor den anderen blamiert!«

»Du hast dich selbst blamiert, in deinem albernen Gewand. Bist du jetzt beim Ku-Klux-Klan, oder was?«

Citizen umklammerte das Lenkrad, zügelte seine Wut. Er hatte seinem Vater versprochen, ruhig mit Emily zu reden. Sie brauchten sie.

»Hör zu, Baby, ich weiß, wie das für dich ausgesehen haben muss. Ich hätte dich vielleicht vorwarnen sollen. Es geht um Illusion, verstehst du? Wenn du Großes vollbringen willst, musst du den Menschen das Gefühl geben, Teil von etwas Großem zu sein.«

»Ich verstehe, ihr zieht eure verdammte Show ab, um die Menschen zu verarschen?«

»Nein, wir bringen ihnen damit die Hoffnung auf eine bessere Welt!«

»Suicide.com«, sagte sie betont. »Sag mir, findet diese bessere Welt vor ihrem Tod statt oder erst hinterher? Habt ihr überhaupt genug weiße Gewänder für alle übrig?«

»Du bist zynisch!«

»Und du bist dämlich. Dein Vater ist dämlich. Zusammen seid ihr lächerlich!«

»Hör mal, wie redest du denn mit mir?«

»Wie mit einem Mann, der in einem Halloween-Kostüm herumläuft und dumm wie ein Kürbis ist.«

Er nahm ihre Hand. Um einen versöhnlichen Ton bemüht, sagte er: »Können wir nicht vernünftig miteinander reden, Emily?«

»Das tun wir doch!«

»Nein, du bist aufgebracht und beleidigst mich und meinen Vater.«

»Ich sage dir nur die Wahrheit, so wie ich sie empfinde. Stell dir vor, ich lade dich ein, meine Mutter kennenzulernen, und du triffst sie an, wie sie auf einem Truck vor tausend Leuten steht, mit einem Stock fuchtelt und etwas vom Auserwähltsein faselt. Und ich lungere daneben herum als Jungfrau im weißen Kleidchen.«

Citizen grinste. »Ich würde dich gerne einmal in einem Kleid sehen ...«

»Träum weiter!«

»Ich träume immer von dir.« Er küsste sie. Nach zwei Sekunden stieß sie ihn weg. »Lass das.«

»Ach, komm schon, Baby, das war doch schön.« Er beugte sich erneut über sie. Plötzlich hatte sie keine Lust mehr zu streiten. Was konnte Citizen dafür, dass sein Vater ein weiterer religiöser Spinner war? Amerika wimmelte von evangelikalen Predigern. Und weil jeder eine andere Wahrheit verkündete, hatte ihr atheistischer Vater einmal darüber gespöttelt, würden sie alle bis in die Ewigkeit und darüber hinaus auf den Messias warten.

Auch Citizen hatte es gerade gesagt: Es war alles nur *Illusion*. Warum sollte sie sich über eine Illusion den Kopf zerbrechen?

2017

»Das musst du dir ansehen, Vater!« Citizen stellte den Laptop vor ihm auf und startete die Übertragung.

Ein Mann mit einer Frisur wie gemeißelt erschien auf dem Bildschirm und sagte: »Wir schalten jetzt direkt von unserem Studio zu unserer Livereporterin Luisa dos Santos in San Diego.«

Das Bild wechselte zu einer attraktiven Frau in den Vierzigern, die ein Mikrofon mit dem Senderlogo *SDVN* hielt. »Danke, Robb«, sagte sie. »Ich befinde mich hier vor dem Firmengebäude des Biotech-Unternehmens *Global Solutions,* einem der größten Arbeitgeber unserer Region. Neben mir steht Devlin Tyson, Pressesprecher von *Global Solutions*. Mr Tyson«, wandte sie sich nun direkt an ihn: »Wie die Polizei von San Diego heute Morgen mitgeteilt hat, hat sich hier in der vergangenen Nacht ein abscheuliches Verbrechen ereignet. Bei einem Einbruch in die Forschungslabors von *Global Solutions* wurde der Sicherheitsbeamte Eduardo Sanchez getötet.«

»Wir bei *Global Solutions* sind zutiefst schockiert über diese furchtbare Tat. Im Namen der Geschäftsführung und aller Mitarbeiter unseres Unternehmens möchte ich zuallererst der Familie von Eduardo Sanchez unser tiefstes Mitgefühl aussprechen. Selbstverständlich wird *Global Solutions* der Familie Sanchez in dieser schweren Zeit zur Seite stehen. Und«, sagte

Tyson kämpferisch in die Kamera, »*Global Solutions* wird alles in seiner Macht Stehende beitragen, damit dieses furchtbare Verbrechen schnellstmöglich aufgeklärt wird und die Täter zur Rechenschaft gezogen werden!«

»Der Familie Sanchez werden Ihre Worte sicherlich ein großer Trost sein«, kommentierte die Journalistin bekümmert, um danach geschäftsmäßig fortzufahren: »Ist es richtig, Mr Tyson, dass es bei dem Einbruch nicht darum ging, Wertgegenstände zu erbeuten, sondern den Tätern vielmehr daran gelegen war, Labor und wissenschaftliches Gerät zu zerstören?«

»Das ist korrekt. Der blinde Vandalismus und die Brutalität, mit der diese Mörder vorgegangen sind, sind für jeden zivilisierten Menschen erschreckend.«

»Mr Tyson, können Sie unseren Zuschauern vielleicht kurz erläutern, mit welcher Art von Forschung sich *Global Solutions* beschäftigt?«

»Natürlich! *Global Solutions* ist unter anderem Spezialist für Recycling und führend in der Forschung biokompostierbarer Kunststoffe. Sehen Sie, Miss dos Santos, Plastik und Mikroplastik werden immer mehr zur Gefahr für unser Ökosystem. Knapp 200 Millionen Tonnen treiben schon jetzt davon in unseren Ozeanen, jedes Jahr kommen bis zu 13 Millionen Tonnen hinzu. 90 % davon spülen allein zehn Flüsse in unsere Weltmeere, Spitzenreiter ist der Jangtse. Darum fördert *Global Solutions* auch diverse Projekte vor Ort, zum Beispiel in Asien und Afrika, um auf die Gefahren von Umweltverschmutzung aufmerksam zu machen. Das Ziel von *Global Solutions* ist es …«

»Verzeihen Sie, dass ich Sie unterbreche, Mr Tyson. Das klingt wirklich alles sehr überzeugend, aber Kritiker und Aktivisten werfen Ihrem Unternehmen seit Langem vor, dass

Tiere bei Ihrer experimentellen Forschung zu Schaden kommen. Um welche Tiere handelt es sich hier, und welche Experimente führt Ihr Unternehmen an ihnen durch?«

Tyson lachte gekünstelt. »Sie dürfen sich unter Tieren nicht so etwas wie Mäuse oder Affen vorstellen, Miss dos Santos. Das ist eine böswillige Behauptung, die von FFI und ALF verbreitet wird, um ihre eigenen Untaten zu rechtfertigen. *Global Solutions* forscht mit maritimen Organismen, die …«

»Entschuldigen Sie«, fiel ihm die Reporterin erneut ins Wort, »aber ich muss unseren Zuschauern das kurz erklären.« Sie wandte sich direkt in die Kamera: »FFI ist die Abkürzung für die Tieraktivistengruppe *Fighters for the Innocent*, und ALF steht für *Animal Liberation Front*. Nach den mir vorliegenden Informationen«, sie sprach nun wieder direkt Tyson an, »ist ein vorrangiges Kriterium dieser Gruppen, dass bei ihren Aktionen niemals Menschen zu Schaden kommen dürfen. Schließt das FFI und ALF nicht als Täter aus?«

»Alles, was ich Ihnen dazu sagen kann, Miss dos Santos, ist, dass *Global Solutions* von beiden Organisationen in der Vergangenheit Drohbriefe erhalten hat, die wir an die zuständigen Behörden weitergeleitet haben. Und ich möchte anmerken, dass sowohl die FFI als auch die ALF vom FBI als terroristische Vereinigungen eingestuft worden sind«, sagte Tyson mit der wohldosierten Empörung des rechtschaffenen Bürgers.

»Noch einmal zurück zu den maritimen Organismen: Sind damit Fische gemeint?«

»Nun, vornehmlich forschen die Biologen von *Global Solutions* mit maritimen Bakterienstämmen, natürlich unter modernsten Sicherheitsbedingungen. Unsere Erkenntnisse weisen darauf hin, dass es Organismen unter bestimmten Bedingungen gelingen kann, Mikroplastik aus Gewässern aufzunehmen, zu verdauen und anschließend als aufbereiteten, wiederverwertbaren Sekundärstoff ins Gewässer zu entlassen. Mit anderen Worten, die natürliche Ausscheidung der Organismen ist für das Ökosystem nicht mehr schädlich.«

Die Journalistin lächelte auf jene zuckrige Art, die jedem Interviewpartner eine Warnung sein sollte: »Wenn Sie von modernsten Sicherheitsvorkehrungen und Bakterienstämmen sprechen, bedeutet dies im Umkehrschluss, dass derzeitige Ausscheidungen durchaus auch schädlich für Mensch und Ökosystem sein können. Also schädlicher noch als das ursprüngliche Plastik?«

»Äh, nein. Ich meine ...« Tyson kam ins Stottern. »Bakterien, also der Organismus ... die maritimen Organismen, mit denen wir forschen, stellen keinerlei Gefahr für Mensch und Tier dar, das kann ich Ihnen versichern! *Global Solutions* investiert jedes Jahr Millionen in modernste Sicherheitsmaßnahmen und ...«

»Und dennoch wurde letzte Nacht in ihr Forschungslabor eingebrochen«, führte ihn die Journalistin erneut vor.

Tyson begann zu schwitzen, während die Journalistin ihn weiter grillte. »Unserem Studio wurde die Information zugespielt, dass bei dem Einbruch sowohl Forschungsergebnisse als auch Bakterienstämme gestohlen worden sind. Was können Sie uns hierzu sagen?«

Tyson wirkte nun so zugeknöpft wie sein Kragen. »Dann weiß *Ihr* Studio mehr als ich. Eines kann ich Ihnen jedoch verraten, Miss dos Santos: Diese sinnlose Zerstörung einer wertvollen Forschungseinrichtung ist ein herber Rückschlag für die Wissenschaft insgesamt. Aber sie ist nichts im Vergleich zu der abscheulichen Tat der Ermordung eines unbescholtenen Familienvaters wie Eduardo Sanchez«, erklärte er tragend.

»Man mag sich kaum vorstellen, wie es der Familie Sanchez derzeit ergehen muss«, pflichtete ihm die Reporterin bei und widmete dem Ermordeten drei Trauersekunden, bevor sie ihre nächste Frage anbrachte: »Kürzlich wurde bekannt, dass ihr Unternehmen einem Konsortium zur Öl- und Gasexploration in der griechischen Ägäis beigetreten ist. Steht das nicht im eklatanten Widerspruch zu den bisherigen Aktivitäten von *Global Solutions*? Auf der einen Seite wollen Sie das Meer reinigen, gleichzeitig aber wird in die weitere Verschmutzung investiert?«

»Wir sehen hier keinen Widerspruch. Im Gegenteil, die Beteiligung von *Global Solutions* stellt eine Garantie dar, dass bei dieser Unternehmung alle umweltbedingten Standards zum Schutz der Natur eingehalten werden.« Der Satz klang einstudiert.

»Kehren wir nochmals zum eingangs erwähnten Vandalismus zurück. Bei Vandalismus spielt oftmals ein persönlicher Hintergrund eine Rolle. Wie ist Ihre Einschätzung dazu, Mr Tyson? Könnte das womöglich auf ein persönliches Motiv hindeuten?«

»Verzeihen Sie, Miss dos Santos«, sagte Mr Tyson gewichtig. »Aber ich denke, jetzt ist weder die Zeit für Vermutungen noch für Spekulationen. Ein Mensch ist gestorben. Täter und Motiv zu ermitteln ist Sache der Polizei. Ich möchte die Gelegenheit nutzen, der Polizei von San Diego County für ihren Einsatz und ihre hervorragende Arbeit zu danken. Wir von *Global Solutions* setzen unser vollstes Vertrauen in die Arbeit der Behörden.«

»Vielen Dank für das Gespräch, Mr Tyson. Das war Luisa dos Santos von den San Diego Valley News. Ich gebe hiermit zurück in unser Studio.«

»Einen Penny für jedes *Global Solutions* von diesem Tyson-Fatzke«, kommentierte Citizen verächtlich.

Henoch schenkte dieser Bemerkung keine Beachtung. Wütend klappte er den Laptop zu. »Schaff mir sofort Carlos hierher«, befahl er seinem Sohn.

Emily

Von Anfang an war ihr nicht wohl bei der Sache gewesen.

Das ungute Gefühl verstärkte sich, als sie das Ortsschild von Rancho Bernardo passierten. Und es wurde endgültig zur Gewissheit, als Citizen Kane das Industriegelände ansteuerte, die Hauptzufahrt jedoch mied, indem er mehrmals auf kleinere Wege abbog und den verbeulten Van schließlich hinter einem zwei Meter hohen Zaun stoppte, der den Feldweg von der asphaltierten Fläche trennte. Eine Lagerhalle versperrte Emily die Sicht auf das dahinterliegende Gebäude, aber ihr war längst klar, wo sie sich befanden – und was Citizen Kane vorhatte.

»Bist du vollkommen verrückt geworden?«, fuhr sie ihn an. »Das ist das Labor meines Bruders!«

»Na und? Er ist ein Tierquäler wie jeder andere!«, konterte C. K. und stülpte sich eine schwarze Mütze mit Sehschlitzen über.

»Du Idiot! Er forscht mit maritimen Organismen! Da drin ist ein 5.000-Liter-Aquarium. Willst du das Wasser ablassen oder sollen wir es zu viert rausschleppen und in deine Rostlaube verfrachten?«, spottete sie.

»Maritime Organismen?«, meldete sich Carlos interessiert aus dem Rückraum und sah zu Karen. Die Ärztin war heute die Vierte im Bunde.

»Würmer. Und Bakterien«, entließ Emily die Worte in die

Luft. Sie wusste, sie verfehlten selten ihre Wirkung. Würmer lösten Ekel aus, Bakterien Urängste. Zusammen eine unschlagbare Kombination.

Und sie wirkten ... Carlos riss sich die Maske vom Kopf, und auch Karen, die mit der Fixierung ihres Pferdeschwanzes beschäftigt war, unterbrach ihre Tätigkeit abrupt. Sie spuckte den zwischen die Lippen geklemmten Haargummi in ihre Hand und meinte: »Wenn das stimmt, C. K., dann sollten wir vielleicht doch ...?« Karen verstummte, aber nur, weil sie selten einen vollständigen Satz von sich gab. Sie sah unsicher zu Carlos. »Und wurde nicht erst letzte Woche bei *Global Solutions* eingebrochen und dabei ein Securitymann ...? Das ist nur einen Block entfernt. Ich meine, das Risiko ...«

»Karen hat recht! Das Risiko ist zu groß«, pflichtete ihr Emily bei. »Wir brechen die Aktion ab. Los, verschwinden wir!«

»Seit wann führst du hier das Kommando?«, wies C. K. sie zurecht.

»Seit wann sind wir hier beim Militär? Du bist es doch, der ständig große Reden über Demokratie und Gleichheit schwingt!« Sie funkelte ihn wütend an.

C. K.s Reaktion verzögerte sich, doch dann lachte er auf. »Emily, wie sie leibt und lebt!« Vertraulich legte er den Arm um ihre Schultern. »Hör zu, Baby. Ich bin nicht hier, um zu reden, sondern um etwas zu tun. Jetzt sind wir schon da und sehen uns auch um.«

»Nein!«, beharrte Emily. »Lass uns fahren. Bitte.«

»Komm schon, du bist doch sonst nicht so zimperlich! Oder hast du plötzlich deine Bruderliebe wiederentdeckt?«

»Du bist so ein Idiot«, schnaubte Emily.

»Du wiederholst dich. Also, bist du dabei, oder kneifst du?« Er öffnete die Tür und sprang hinaus.

Emily folgte ihm sofort und packte seinen Arm. »Ich werde da nicht reingehen und du auch nicht!«

»Und wie willst du mich daran hindern?« Mit seiner Körpergröße von gut eins fünfundachtzig überragte er sie um dreißig Zentimeter. »Willst du mich festbinden oder niederschlagen?« Er schüttelte ihre Hand lässig ab.

»Verdammt! Willst du dir da drin was holen? Stephen arbeitet nur mit Schutzanzug!«

»Na und? Ich pass schon auf. Hör zu, wenn du zu feige bist oder plötzlich Bedenken entwickelt hast, dann bleib hier! Ehrlich, du enttäuschst mich, Baby. Das ist das letzte Mal, dass ich dich zu einer Aktion mitnehme«, sagte er verächtlich und schlüpfte in die Riemen seines Rucksacks. »Karen, Carlos? Kommt ihr?« Es klang wie ein Befehl.

Carlos hielt immer noch die Maske in der Hand und machte wie Karen keine Anstalten, die Ausrüstung zu schultern.

»Was ist los mit euch?«, knurrte C. K. sie an.

»Vielleicht sollten wir nochmals …«, begann Karen und sah Unterstützung suchend zu Carlos.

»Verdammte Weiber!«, fluchte C. K. »Scheißen sich wegen ein paar Würmern in die Hose! Wir haben die Aktion geplant und wir werden sie auch durchführen!«

»Emily«, wandte sich Carlos direkt an sie, »was sind das genau für Bakterien?«

C. K. ließ Emily keine Zeit für eine Antwort. »Wisst ihr was, ihr drei Jammerlappen? Ihr könnt alle hierbleiben! Ich gehe allein.« C. K. stapfte in die Dunkelheit davon.

Carlos wollte ihm folgen, doch Karen hielt ihn mit einer Bewegung zurück.

Emily stand kurz mit geballten Fäusten da. Dann rannte sie C. K. hinterher.

***

Zwei Tage danach meldete sich Denise sehr früh am Morgen bei Emily. Emily gönnte sich eben eine schnelle Tasse Kaffee in der Küche, bevor sie zu ihrer Frühschicht in Dr. Millers Praxis aufbrechen musste. Denise sprach hastig in den Hörer, schien aufgeregt. »Emily, ich muss dir dringend was zu Carlos erzählen! Ich habe herausgefunden, dass ...«

»Sorry, Denise«, fiel Emily ihrer Freundin ins Wort. »Ich habe gerade null Zeit! Ich muss in die Arbeit. Wir sprechen heute Abend, okay? Bye.«

Eigentlich hätte Emily ein paar Minuten erübrigen können, aber sie hatte keine Lust auf ein weiteres anstrengendes Gespräch über Carlos. Fast schien es ihr, als sei Denise von dem Typ besessen.

TEIL 2

Gegenwart

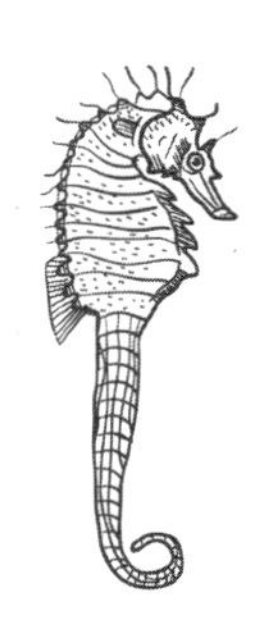

Schwimmen zwei junge Fische des Weges und
treffen zufällig einen älteren Fisch,
der in die Gegenrichtung unterwegs ist.
Er nickt ihnen zu und sagt:
»Morgen, Jungs. Wie ist das Wasser?«
Die zwei jungen Fische schwimmen
eine Weile weiter, und schließlich
wirft der eine dem anderen einen Blick zu und sagt:
»Was zum Teufel ist Wasser?«

David Foster Wallace (1962–2008)

Emily

Sollte es wirklich eine Art Himmel geben, so lag er für Emily Harper unter dem Wasser. Schon die Vorbereitungen zu einem Tauchgang besaßen für sie etwas Meditatives und sie zelebrierte jeden Handgriff wie ein Ritual. Es begann mit dem Anlegen des Anzugs, der Überprüfung von Sauerstoffflasche, Brille und Schnorchel und setzte sich fort mit dem Test und der Sicherung ihrer Unterwasserkamera. Mit ihr legte sie Zeugnis ab, was Menschen aus Dummheit, Gleichgültigkeit und Unachtsamkeit zerstörten.

Sobald sie in die Tiefe des Meeres eintauchte, das Wasser sie in seine sanfte Umarmung nahm, fiel die Wut von ihr ab, ihr fragiler Schutz vor einer Welt, mit der sie jeden Tag ein Stück mehr haderte. Die Wut war wie eine rotierende Kugel in ihrem Inneren – der Motor, der sie antrieb und sie nie zur Ruhe kommen ließ. Wenn sie nicht wütend war, war sie traurig. Deshalb zog sie die Wut der Traurigkeit vor – eine Gleichung, die sie leider wenig beeinflussen konnte, und ihr inneres Lot war ständig in Bewegung.

Seit der Sache mit Denise fühlte sie sich mehr denn je wie ein Spielball der Gezeiten. Zwar war sie nach wie vor zornig auf ihre Freundin, doch in seltenen Momenten unter Wasser konnte sie sie verstehen, verspürte auch sie die Sehnsucht, sich von dieser rotierenden Kugel zu befreien, um schwerelos durch die unendlichen Tiefen zu treiben und ein Teil dieses friedvollen Universums zu werden. Die Welt über dem Wasser nahm Emily meist nur als Chaos wahr, flüchtige Impressionen, die ohne Nachhall an ihr vorbeirasten. An anderen Tagen wiederum dachte sie, sie müsse nur die Wasseroberfläche durchbrechen, um im Leben anzukommen.

Müsste sie die Bedeutung von Liebe erklären, fiele ihr nur das Meer ein, ihre Flucht aus dem Chaos in eine Konstante aus erhabener Stille, und einer Weite, die bisweilen bis in ihr Herz reichte. Schutz. Geborgenheit. Frieden. Im Wasser schwebend, ohne den Ballast ihrer Vergangenheit und die Anforderungen der Gegenwart, umgeben von der unendlichen Schönheit der ersten Schöpfung konnte sie sich selbst fühlen, die Emily, die sie vielleicht sein könnte. Ja, wenn es Liebe gab, so kam sie ihr unter Wasser am nächsten.

Es war ihr durchaus bewusst, dass sie von ihrer Familie geliebt wurde, doch sie empfand die Liebe ihrer Mutter als erdrückend, die Liebe ihres Bruders als fordernd, und Citizen Kanes angebliche Liebe zu ihr war nichts anderes als der Wunsch, sie zu beherrschen. Auch wenn sie in Beziehungsfragen und Liebesdingen völlig unbedarft war, hatte sie dennoch instinktiv erfasst, dass ihr Reiz für Citizen hauptsächlich darin bestand, dass sie sich von nichts und niemandem vereinnahmen ließ. Auch nicht von ihm. Im Grunde wollte Citizen nur das besitzen, was er niemals wirklich besitzen konnte. Sie hatte ihm lediglich ihren Körper geschenkt, aber nie die Gewalt über ihren Geist gegeben. Sie und Citizen einte der gemeinsame Kampf für eine bessere Welt. Das reichte als Basis, doch es schuf keinen Raum für tiefere Gefühle.

Allerdings verspürte sie in letzter Zeit einige Veränderungen an sich, gegensätzliche Kräfte, die an ihr zerrten. Einmal hätte sie beinahe ihren Bruder angerufen, so wie sie es früher oft spontan getan hatte – bis ihr eingefallen war, dass sie sich vor einem Jahr geschworen hatte, nie mehr ein Wort mit ihm zu wechseln.

Und letzthin, als C. K. eine seiner Reden gegen die Regierung und ihre Erfüllungsgehilfen geschwungen hatte, hatte sie sich bei dem Gedanken ertappt, dass er einfach nur den Mund halten sollte. Mit dieser Form des Überdrusses kam sie klar, doch manchmal wurde sie von einer tiefer gehenden Müdigkeit ergriffen, die nicht nur ihren Körper, sondern auch ihre Gedanken schwer und träge machte. Dann verlor sie kurz den Anschluss an ihre Wut, als würde ihr innerer Motor stottern. So wie heute. Die hässliche Einbruchsgeschichte bei ihrem Bruder war nicht der Auslöser dafür; den Drang, etwas in ihrem Leben zu verändern, hatte sie schon früher verspürt.

Was sie bewegte, war, dass sie sich selbst kaum mehr verstand. Plötzlich stellte sie alles infrage, alte Wahrheiten galten nicht mehr für sie. Sie dachte über Dinge nach, die sie früher nicht einmal ansatzweise interessiert hatten. Manchmal kam es ihr so vor, als bestünde ihr Selbst nur noch aus losen Teilen, die in verschiedene Richtungen davondrifteten. Deshalb war sie zum Tauchen in die kleine Bucht gefahren, sie suchte den Ausgleich im Wasser.

Doch sie konnte ihn nicht finden. Zum ersten Mal überhaupt konnte der Ozean sein Versprechen nicht erfüllen. Noch nie war sie der Verlockung so nahe gewesen, sich der Sauerstoffflasche und des Schnorchels zu entledigen, sich der Schwerelosigkeit hinzugeben und dem Leben zu entfliehen.

Seit ihr der Tod an diesem Strand vor siebzehn Jahren das erste Mal begegnet war, wusste sie, dass das Meer ihr Schicksal war.

Fritz

Er war in der Zeitschleife gefangen. Dazu verdammt, den Tag des Unfalls immer und immer wieder zu durchleben.

Es geschah an einem Freitag vor zwei Jahren, dem Tag von Stephens Abschiedsparty in der Highschool. Als ihn Emily abholen kam, bestand Maddie darauf, mit ihnen zu fahren. Vor der Schule jedoch weigerte sie sich, auszusteigen. Er erklärte ihr also, dass er und Emily die Kuchen, die Emilys Mutter gebacken hatte, hineintragen würden und er danach gleich zu ihr zurückkommen würde. Tatsächlich war er immer ein wenig unruhig, seine kleine Schwester allein zu lassen, selbst wenn es sich nur um Minuten handelte.

Auf dem Weg zurück zum Wagen erblickte er seine Schwester plötzlich auf der anderen Straßenseite! Sie winkte ihm zu und setzte ihren Fuß auf die Fahrbahn. Er brüllte noch: »MADDIE! Bleib, wo du bist! Ich komme!«, und spurtete los.

Und dann war da nichts mehr.

Kein Geräusch, kein Aufprall, kein Sturz. *Kein Schmerz.* Nichts als Stille und eine allumfassende Dunkelheit, in der er steuerlos umherirrte wie ein im All verloren gegangener Kosmonaut. Er konnte sehen, wie die Erde immer kleiner wurde – im ersten Moment füllte sie noch den halben Horizont aus, im nächsten schrumpfte sie auf die Größe einer blauen Murmel, bis sie gänzlich verschwunden war. Und da sah er es: das große schwarze Loch – ein Sternenfresser, direkt vor ihm! Sein

Sog war kalt und bedrohlich und sein Hunger unstillbar. Alles, was in seine Nähe kam, holte sich der Sternenfresser, nichts tauchte jemals wieder auf. Fritz versuchte, dem schwarzen Mahlstrom zu entfliehen, sich an den Sternen zu orientieren. Nur, wo waren die Sterne hin? Er konnte die Sterne nicht mehr finden! Er suchte sie eine lange Zeit.

Irgendwann setzte sein Bewusstsein wieder ein, und die Sterne kehrten zurück. Die Zeit im Krankenhaus verband Fritz mit gedämpften Stimmen wie aus einer anderen Welt, Stimmen, die sich über ihn unterhielten, als sei er nicht da und könne sie nicht hören. Das erschreckte ihn und er brüllte sich die Seele aus dem Leib, sie sollten aufhören, so über ihn zu reden, und ihm lieber sagen, was mit Maddie war, denn er hörte sie weinen und toben. Denn das war der einzige Schmerz, den er noch fühlen konnte.

Später, als er das Bewusstsein wieder völlig zurückerlangt hatte, behaupteten alle, Fritz könne ihre Stimmen nicht gehört haben, er habe im Koma gelegen. Doch er war sich sicher, dass er jedes Wort verstanden hatte. Aber es brachte nichts, Erwachsene vom Gegenteil dessen überzeugen zu wollen, was sie als wahr erachteten. Fritz hatte es einmal versucht, worauf er von einem Pfleger eine Beruhigungsspritze bekommen hatte. Danach hatte er eine Weile wirklich nichts mehr hören können, bis auf die eine gehässige Stimme in seinem Kopf: *Der arme Reverend, was hat er nur verbrochen, dass Gott ihn so straft? Das eine Kind nicht richtig im Kopf und das andere ein Krüppel! Und seine Frau lässt ihn sitzen!*

Er saß in der Zeitschleife fest.

Und in einem Rollstuhl.

Stephen

In Stephen Harpers Umfeld waren sich alle einig: Er war ein Glückspilz.

Innerhalb weniger Jahre hatte er sich mit einer Reihe von Vorträgen und Veröffentlichungen einen ausgezeichneten Ruf als Wissenschaftler erworben, renommierte Universitäten, Institute und Unternehmen lockten ihn mit Angeboten und mit Viviane hatte er im letzten Jahr die Liebe seines Lebens gefunden. In einigen Wochen würden sie heiraten.

Tatsächlich, überlegte er, hatten die Dinge für ihn nie besser gestanden. Warum wälzte er sich dann in seinem Bett und konnte keinen Schlaf finden? Warum wurde er das bohrende Gefühl nicht los, etwas Wichtiges übersehen zu haben? Er würde doch keine neurotischen Marotten entwickeln wie ein Kumpel von ihm, der sich vor dem Verlassen des Hauses mehrmals versicherte, ob Herd und alle Lichter ausgeschaltet waren?

Welchen Grund hätte er dazu, insbesondere, da ihm das Schicksal mit Emilys heutigem Anruf die unverhoffte Zugabe beschert hatte, dass sich endlich auch der Streit mit ihr beilegen lassen würde. Ein Jahr war vergangen, seit Emily den Kontakt zu ihm abgebrochen hatte, und ihr Zerwürfnis belastete ihn wie am ersten Tag. Dabei hatte er sich nichts vorzuwerfen, mehrmals hatte er den Dialog mit ihr gesucht. Aber Emily konnte so stur sein! Wie er seine kleine Schwester vermisste …

Geschwelt hatte es schon länger zwischen ihnen; Emily passte seine berufliche Entwicklung nicht. Sie beschuldigte ihn absurderweise, er hätte sich mit Verbrechern eingelassen. Eine nähere Erklärung dazu war sie ihm schuldig geblieben.

Trotzdem glaubte er tief in seinem Inneren zu wissen, dass Emily den Streit aus einem anderen Grund vom Zaun gebrochen hatte, als suche sie nach einem Vorwand, sich von ihm zu distanzieren. Aber warum sollte sie das wollen? Anfang letzten Jahres hatten sie ihren Vater Joseph verloren, der plötzlich erkrankt war und innerhalb weniger Wochen verstarb. Seine Mutter und ihn hatte sein Tod schwer mitgenommen, aber am meisten hatte Emily darunter gelitten. Emily schien ohne ihren Vater verloren. Joseph hatte ihr den Halt gegeben, den sie brauchte und den sie von niemand anderem akzeptieren wollte oder konnte. Außer ihrem Vater hatte Emily in den letzten Jahren nur noch seinen Freund Jason an sich herangelassen. Doch Jason lebte und arbeitete in Deutschland; sie sahen sich höchstens ein Mal im Jahr.

Was mochte Emily zu ihrem heutigen Anruf bewegt haben? Warum hatte sie darauf bestanden, ihn in seinem Büro zu treffen?

Erneut rekapitulierte er ihr Telefonat vom späten Nachmittag.

Er klebte gerade an seinem Mikroskop und überhörte das Klingeln bewusst. Wenig später steckte seine Sekretärin den Kopf zur Tür herein. »Ein Anruf für Sie, Dr. Harper!«

»Jetzt nicht, Gladys. Sagen Sie, ich rufe zurück!«, brummte er, ohne aufzusehen. Allerdings war ihm klar, dass er weder durch Unhöflichkeit noch durch Ignorieren einen Aufschub erwirken würde – Gladys wusste genau, wann sie ihn stören durfte. Der Anruf musste demnach wichtig sein. Gäbe es für Intuition eine Auszeichnung, gebührte Gladys dieser Preis.

»Ihre Schwester Emily ist am Apparat«, erklärte Gladys sanft und erzielte damit die gewünschte Wirkung

Dr. Harpers Kopf zuckte augenblicklich hoch. *Emily?*

Sein Blick kreuzte sich mit dem der Sekretärin und Stephen bemerkte das Lächeln in ihren Augen. Gladys wusste, wie viel der Anruf ihm bedeutete – er hatte keine Geheimnisse vor der zwanzig Jahre Älteren und holte gerne ihren Rat ein.

Stephen stieß sich mit Schwung vom Boden ab, der Stuhl rollte an den Schreibtisch und er griff nach dem Hörer.

»Emily? Wie schön, von dir zu hören!« Seiner Stimme war die Freude deutlich anzuhören.

»Können wir uns treffen?«, kam Emily gleich auf den Punkt.

»Selbstverständlich! Wo?«

»Bei dir?«

»Prima, ich gebe Viviane Bescheid. Sie wird sich freuen, dich endlich kennenzulernen! Wann passt es dir? Am Dienstag bei mir zu Hause? Dann ist Viviane aus Oxford zurück. Sie hält dort einen Vortrag«, erzählte er nicht ohne Stolz.

»Nein, gleich morgen. Und ich würde dich gern bei dir im Büro treffen. Ist 14 Uhr okay? Ich habe vorher noch was zu erledigen.«

»Natürlich«, stimmte er schnell zu, damit sie es sich keinesfalls noch anders überlegen konnte. »Ich freue mich«, ergänzte er. Aber da hatte Emily schon aufgelegt.

So weit ihr Gespräch. Wie gesagt, die Dinge hätten nicht besser laufen können. Dennoch konnte er nicht einschlafen, irgendetwas hielt ihn wach und summte wie ein nächtlicher Moskito an seinem Ohr.

Vielleicht hätte es ihm geholfen, wenn er sich mit jemandem hätte austauschen können. Aber weder seine Mutter noch Viviane kamen dafür infrage. Seine Mutter freute sich viel zu sehr auf die Hochzeit, als dass er sie damit behelligen würde. Und seine Verlobte Viviane? Sie war seine Liebe, der Mensch, mit dem er den Rest seines Lebens verbringen wollte. Sie war verständnisvoll, klug und eine gute Zuhörerin. Bald würde es für sie beide *in guten wie in schlechten Zeiten* heißen – aber allein bei dem Gedanken, sie kurz vor der Hochzeit mit etwas zu belästigen, das er höchstens als Stochern-im-Nebel umschreiben konnte, hob sich sein Magen. Lieber nicht. Nur an Viviane zu denken löste sofort schmerzliche Sehnsucht in ihm aus. Er wünschte sich, sie wäre jetzt bei ihm und nicht in England.

Jason wollte er auch nicht anrufen. Sein Freund würde vermutlich wie jedermann reagieren, er selbst eingeschlossen, und ihm sagen, dass Schlaflosigkeit vor einer Hochzeit völlig normal sei und er sich eher sorgen würde, wenn dem nicht so wäre. Jason war sein bester Kumpel seit Kindertagen, sie waren quasi zusammen erwachsen geworden. Bei Gott, was sie beide alles zusammen erlebt und ausprobiert hatten – allein die pubertäre Schweinkramphase ließ ihn noch heute den Kopf schütteln.

Wenn es nicht die Veränderung in seinem Leben war, was zur Hölle war dann mit ihm los? So unsicher war er sich selbst fremd. Verdammt, er war Wissenschaftler, Rationalist. Die Vision kam *vor* der Forschung. Danach definierte sie sich durch akkurates Arbeiten; jede Handhabung, jeder Versuch, jedes Ergebnis musste exakt, nachvollziehbar und akribisch dokumentiert sein. Als Wissenschaftler wusste er, dass kleine Unterschiede große Wirkungen haben können. Jedoch das, was er bestenfalls als »nagendes Gefühl, etwas Wichtiges übersehen zu haben« beschreiben konnte, entzog sich jeglicher Logik. *Gefühle* richteten sich nach keiner Logik.

Auch die bevorstehende Pressekonferenz schloss er ursächlich aus. Als Lehrer und Wissenschaftler gehörte es zu seinem täglich Brot, Vorträge zu halten und sich anschließend kritischen Fragen zu stellen. Er schätzte diesen Dialog. Ihn störte höchstens, dass Chester es wieder einmal geschafft hatte, ihn noch vor der Hochzeit dazu zu überreden.

Diese Überzeugungskraft gehörte ohnehin zu Chesters größten Stärken: In der Regel bekam sein Schulfreund seinen Willen. Allerdings wäre ihre Geschäftspartnerschaft nie zustande gekommen, wenn nicht irgendwelche verrückten Junkies im letzten Jahr in sein kleines Labor in Rancho Bernardo eingebrochen wären und alle seine Geräte zerstört hätten. Gerade als er sich gefragt hatte, ob er seinen Traum nicht besser begraben und in seinen alten Job als Highschoollehrer zurückkehren sollte, war Chester bei ihm aufgekreuzt und hatte mit Engelszungen die sich ihm bietenden Möglichkeiten gepriesen. Die Sätze waren wie Honig aus Chesters Mund getropft, bis Stephen sich von ihrer Süße ganz benommen fühlte. Daraufhin hatte ihm Chester einen Stapel Papiere unter die Nase gehalten, die er nur noch unterschreiben musste.

Die eigentlichen Chester-Zauberworte aber hatten gelautet: »Überlass alles dem guten alten Chester! Du hast nichts Weiteres zu tun, als zu forschen, Stephen.« So kam es, dass er sich plötzlich als Anteilseigner einer via Crowdfunding gegründeten Aktiengesellschaft namens *Blue Ocean* wiederfand. Doch Annehmlichkeiten brachten es mit sich, dass man sich schnell an sie gewöhnte. Anstatt hobbymäßig nächtelang weiter in einer zugigen Lagerhalle in Rancho Bernardo herumzufuhrwerken, hatte er sich ein Labor ganz nach seinem Gusto einrichten können.

Der ultimative Luxus waren eine mütterliche Sekretärin, bei der er sich spätestens nach zwei Wochen fragte, wie er bisher ohne sie hatte klarkommen können, sowie ein blutjunger wissenschaftlicher Assistent, frisch von der Uni, der allerdings mehr als nur Objektträger reinigen konnte.

Zehn Monate hatte er nichts anderes getan als geforscht und seine Feldversuche waren vielversprechend. Dann hatte Chester darauf gedrängt, mit den bisherigen Ergebnissen an die Öffentlichkeit zu gehen, die Geldmittel ihres Start-ups wurden knapp. Das waren die negativen Aspekte ihres aktienbasierten Geschäftsmodells: So manchem Anteilseigner wurde das Warten zu lang, im Netz lockten längst neue interessante Investments, und die Aktionäre begannen ihre Anteile zu veräußern. Selbst ihm war am Ende aufgefallen, dass ihre Anteile zunehmend an Wert einbüßten.

Chesters eigene Firma, *Hamilton Geo-Exploration,* in deren Räumlichkeiten auch *Blue Ocean* untergebracht war, lief zwar nach eigenen Angaben blendend, doch Chester hatte gerade eine größere Investition in der griechischen Ägäis getätigt und behauptete, selbst gerade knapp bei Kasse zu sein. Er weigerte sich, *Blue Ocean* noch mehr Geld vorzuschießen.

Bei der Gelegenheit hatte Chester erstmalig ein Übernahmeangebot des Biotech-Unternehmens *Global Solutions* ins Gespräch gebracht. Wiederum zwei Wochen später hatte Chester beiläufig erwähnt, dass sie eventuell gezwungen wären, Stephens wissenschaftlichen Assistenten zu entlassen. Stephen war bei dem Gedanken, dass Gladys gesetzmäßig als Nächste folgen würde, der Schreck in die Glieder gefahren. Ihm war klar, dass er sich zeitnah mit Chesters Vorhaben, *Blue Ocean* an den Giganten *Global Solutions* zu veräußern, auseinandersetzen musste. Immerhin hatte Chester seit Beginn ihrer Partnerschaft sein Versprechen gehalten. Er hatte ihm, Stephen, den Rücken freigehalten, damit er sich nicht mit jenen profanen Dingen beschäftigen musste, die bahnbrechenden

Entdeckungen seit jeher im Wege standen: Administration und mangelnde finanzielle Mittel. Und nun die Pressekonferenz, in der er seine Ergebnisse einer breiten Öffentlichkeit präsentieren sollte. Selbstverständlich war er stolz auf seine Entdeckung, aber Anerkennung in der wissenschaftlichen Welt war nur ein kleiner Teil seiner Motivation. Er wollte etwas bewirken, war die Partnerschaft mit Chester nicht eingegangen, um dessen Profitgier zu bedienen. Sein Vortrag würde ein Paukenschlag sein, besonders für Chester. Er hatte ihm nie völlig vertraut und entsprechende Vorsichtsmaßnahmen getroffen. Er hätte es deshalb vorgezogen, wenn dieser Paukenschlag erst nach seiner Hochzeit erfolgen würde. Den Rummel, den seine Forschung auslösen könnte, würde er seiner Braut zu diesem Zeitpunkt gerne ersparen. Noch am Morgen hatte er Chester deshalb vorgeschlagen, die Pressekonferenz zu verschieben.

Doch Chester hatte alle seine Einwände mit einem Lachen beiseitegewischt: »Typisch vergeistigte Wissenschaftler! Forschen bis in die Ewigkeit an einem alle Krankheiten ausmerzenden Wundermittel, und dabei entgeht ihnen völlig, dass um sie herum die Menschheit längst ausgestorben ist und es gar nicht mehr braucht! Mensch, Kumpel, wann, wenn nicht jetzt? Außerdem, wie stellst du dir das vor? Die Pressemitteilung und die Einladungen sind raus. Wenn wir die Sache jetzt abblasen, dann werden sie wie die Geier über uns herfallen. Es wird *dein* Ruf als Wissenschaftler sein, der unter den Spekulationen leidet, nicht meiner. Sei stolz auf das, was du erreicht hast, und lass es uns morgen der gesamten Welt verkünden!«

»Ich schlage lediglich einen Aufschub von wenigen Wochen vor, bis nach der Hochzeit.«

Chester hatte mit einem Zwinkern reagiert und ihm einen Drink gereicht. »Aha! Daher weht also der Wind! Du hast kalte

Füße, mein Bester. Hochzeit und künftiger Nobelpreisträger, da wäre ich auch nervös! Pass auf, du präsentierst morgen deine Ergebnisse, danach dampfst du in deinen wohlverdienten Abenteuerurlaub mit deinem Freund ab, und wenn du zurück bist, heiratest du deine Viviane. Das dazwischen überlasse alles wie gewohnt dem guten alten Chester. Einverstanden?«

An diesem Punkt waren Stephen die Argumente ausgegangen. Zudem war just Gladys in der Tür erschienen, um ihm mitzuteilen, dass Fritz mit seinem Vater Walther eingetroffen war. Er hatte dem Jungen versprochen, ihm das Labor zu zeigen. Der Eifer des Jungen und sein Interesse für seine Arbeit hatten ihn dann bis zum Nachmittag abgelenkt. Nach dem gemeinsamen Essen hatte Walther seinen Sohn wieder abgeholt und Stephen war wieder ins Grübeln geraten. Was übersah er? Manchmal glaubte er ganz nahe dran zu sein, aber er bekam den Gedanken einfach nicht zu fassen, es war, als versuche er, nach dem Wind zu greifen.

Emilys nachmittäglicher Anruf hatte seine Überlegungen für eine Weile in neue Bahnen gelenkt. Aber nun waren alle seine Bedenken zurückgekehrt, trübten sich ein und vermengten sich zu einem undurchsichtigen Sediment, das ihm keine Ruhe ließ. Je tiefer er grub, umso verworrener erschien ihm alles.

Da er ein zutiefst produktiver Mensch war und es in seinen Augen nichts Unproduktiveres gab, als sich schlaflos in einem Bett zu wälzen, beschloss er, in sein Labor zu fahren.

In gewisser Weise war das Labor sein Wasser, sein Stück vom Ozean, dem alles Leben entstammte. Ebenso wie ein Fisch nur in seiner natürlichen Umgebung existieren konnte, fühlte er sich am wohlsten, wenn er von Petrischalen, Glaskolben, Zentrifuge, Fluoreszenzmikroskop und sonstigem wissenschaftlichen Gerät umgeben war. Er war dankbar, in Viviane eine Gefährtin gefunden zu haben, die seine Liebe zur Wissenschaft und zum Ozean teilte.

In den Ozeanen verbarg sich so viel mehr, als das bloße Auge zu erkennen vermochte. In einem einzigen Liter Meerwasser tummelten sich Milliarden Mikroorganismen, Viren, Bakterienarten, tierische Einzeller, Algen und sonstiges planktonisches Material. Nicht der Mensch, sondern Mikroben waren die wahren Herrscher der Welt – die Biosphäre verdankte ihr Gleichgewicht jenen Kleinstlebewesen in den Ozeanen. Mikroorganismen bauen organische Substanzen ab, Algen und Cyanobakterien produzieren mithilfe von Sonnenlicht und Kohlendioxid 70 % des Sauerstoffs der Erde und führen es in deren Energiekreislauf zurück, sorgen damit für ein verträgliches Klima. Doch inzwischen enthielt ein Liter Meerwasser noch viel mehr: In seiner letzten Probe hatte er tatsächlich über 1600 Mikroplastikpartikel vorgefunden! Es hatte ihn erschüttert. Meerwasser ist der Hort des Lebens, das wichtigste Element der Erde. Und die Menschen haben es geschafft, daraus eine Müllkippe zu machen …

Im Büro nahm Stephen seine PowerPoint-Präsentation zur Hand. Er feilte seit Wochen an Folien und Begleittext und jedes Mal fand er etwas daran zu verbessern. Auch jetzt setzte er den Korrekturstift an, übertrug die Änderungen in den Computer und druckte die Blätter neu aus, so lange, bis sich ein Stück Papier in der Walze verhedderte. Ungeduldig zerrte er daran, was zur Folge hatte, dass das Papier riss. Geraume Zeit verbrachte er damit, die einzelnen Fetzen herauszufischen. Doch am Ende verweigerte ihm der gesäuberte Drucker trotzdem den Dienst.

Missmutig betrachtete er seine geschwärzten Finger und dachte an das verschmitzte Lächeln von Gladys, wenn er sie in Sachen Bürotechnik einmal mehr zu Hilfe rufen musste. Er war überzeugt, dass es nichts gebe, was Gladys nicht wieder zum Laufen bringen konnte, ein havariertes Atom-U-Boot mit eingeschlossen. Aber Gladys war nicht zur Hand, sie schlief um diese Zeit – wie wohl die meisten Menschen auf diesem Teil des Kontinents.

Er musste nicht lange überlegen, wessen Privatsphäre er statt ihrer verletzen würde: Mit schnellen Schritten lief er quer über den Flur in Chesters Büro.

Auf Chesters Veranlassung hin waren weder ihre PCs noch ihre Drucker miteinander vernetzt worden. Jeder Angestellte arbeitete an einem Stand-alone-System. Chester hielt es für sicherer, er fürchtete Hackerangriffe und behauptete, dass gerade Biotech-Unternehmen ihnen besonders ausgesetzt seien.

Das mochte vielleicht zutreffen, jedoch beschäftigte sich Stephen wenig mit den Auswirkungen der globalen Vernetzung, seine Forschungen nahmen ihn vollkommen in Anspruch. Aber bereits nach kurzer Zusammenarbeit mit Chester Hamilton hatte er feststellen können, dass sein frisch gebackener Geschäftspartner einen ausgeprägten Hang zu Paranoia pflegte.

Tatsächlich kam ihm das Arrangement entgegen. Er selbst hütete seine Forschung und Testergebnisse sorgsam, arbeitete seit zwei Monaten fast vollständig offline und parkte die Daten stets verschlüsselt in einer Cloud. Als zusätzliche Absicherung trug er sie auf einem USB-Stick bei sich. Er tat dies nicht ohne besonderen Grund: Forschung und Wissenschaft hatten die Menschheit vorangebracht, die Medizin revolutioniert und das technische Zeitalter eingeleitet. Doch wie alles, was der Mensch im Laufe der Zeit geschaffen hatte, hatte dies gute und schlechte Dinge hervorgebracht.

Vor zwei Monaten war genau das eingetreten, was er stets zu vermeiden versucht hatte. Er hatte vergessen, dass sein junger Assistent im Urlaub war, und so hatte niemand die Objektträger gereinigt. Er hatte seinen Lapsus nicht gleich bemerkt, die Probe war verunreinigt worden, eine Reaktion hatte eingesetzt und seine Neugierde geweckt.

Schon oft hatte in der Geschichte der Wissenschaft der Zufall eine wichtige Rolle gespielt. Wie beim Schotten Alexander Fleming, der dem Penicillin-Pilz durch eine vergessene Probe auf die Schliche gekommen war – die vermutlich folgenreichste Entdeckung in der Medizin.

Kolumbus, der einst auf den Weiten des Ozeans falsch abgebogen war, wähnte sich zunächst in Indien, war jedoch zufällig in Amerika gelandet und wird bis heute als Entdecker Amerikas gefeiert. Wenn auch nicht von allen.

Stephens Unachtsamkeit hatte ihm die Erkenntnis beschert, dass die Organismen, an denen er forschte, zu sehr viel mehr imstande waren, als er bisher angenommen hatte. Doch er war nicht gewillt, diese Entdeckung preiszugeben. In den falschen Händen war sie gefährlich.

Während er Chesters Computer hochfuhr, fiel ihm auf, dass sein Partner schon wieder das neueste Modell auf dem Tisch stehen hatte – ein Teil wie aus einem Science-Fiction-Roman. Chester huldigte weniger dem Funktionellen als dem Kult des Neuen, Chromglänzenden, Futuristischen.

Stephens eigener Laptop leistete ihm seit acht Jahren treue Dienste. Angeblich lag die durchschnittliche Haltbarkeit der neuen Modelle bei vier Jahren, das hatte ihm kürzlich Gladys versichert. Er hatte es nicht glauben wollen, konnte jedoch auf ähnliche Erfahrungen bei Druckern zurückgreifen.

Chester hatte die lästige Angewohnheit, sich ständig über seinen betagten Laptop lustig zu machen, behauptete, das Teil wiege Tonnen und gehöre in ein Museum. In letzter Zeit fanden deshalb vermehrt Computerprospekte den Weg auf

Stephens Schreibtisch. Aber ein Neuerwerb kam für ihn nicht infrage. Warum sollte er etwas, das noch einwandfrei funktionierte, entsorgen? Als Mensch und als Forscher sah er sich der Nachhaltigkeit verpflichtet.

Ausgerechnet Chesters Paranoia war schuld daran, dass sein Passwort für Stephen kein Problem darstellte. Chester hatte einmal erwähnt, dass er es jede Woche änderte, und Stephen hatte ihn gefragt, wie er sich diese merke. Chester hatte zugegeben, sie sich aufzuschreiben. Durch einen Zufall hatte Stephen einmal beobachtet, wo sein Partner die aktuelle Liste versteckte.

Eher Schwierigkeiten bereitete ihm das fremde Betriebssystem. Es kostete ihn eine Weile, um sich damit vertraut zu machen. Wenigstens war Chesters Desktop penibel aufgeräumt. Alsdann legte er den USB-Stick mit seiner Präsentation ein und begann mit dem Print. Chesters Drucker schnurrte wie eine zufriedene Katze. Während er auf seine Präsentation wartete, malte er mangels Stift und Papier gedankenverloren mit dem Cursor Figuren auf den Desktop. Ungewollt poppte ein Icon mit einem Dateienverzeichnis auf. Er stand schon im Begriff, es wieder zu schließen, als er stutzte. *Nein! Das konnte nicht sein!*

Aber da war es, direkt vor seinen Augen. Wie, fragte er sich fassungslos, kam Chester an sein Programm mit den jüngsten Forschungsdaten? Nichts fehlte, es war alles da: Tabellen, Ergebnisse, die Risikoeinschätzung. Und sogar die PowerPoint-Folien seines morgigen Vortrags, Stand gestern! Selbst die diversen Tsunami-Simulationen mit den kurzfristig außer Kontrolle geratenen Borstenwürmern fanden sich auf Chesters Rechner! Dabei waren die Borstenwürmer nur ein Zufallsprodukt gewesen und hatten nichts mit seiner eigentlichen Forschung zu tun.

Auf irgendeine Weise war Chester in seinen Computer eingedrungen und hatte seine Dateien kopiert! Sein Partner hatte ihn ausspioniert. *Bestohlen!*

Wütend sah Stephen nun alle Dateien Chesters durch. Und wurde erneut fündig. Sekundenlang hielt er den Cursor auf dem Icon fest, als sei ihm gerade sehr bewusst, dass das Öffnen des Ordners dem Abschießen einer Kugel gleichkam, einer Kugel, die *ihn* treffen würde.

Er irrte sich nicht. Fast bereute er seine Neugierde. Die Datei schockierte ihn zutiefst, sie war derart ungeheuerlich, dass es zunächst seine Vorstellungskraft überstieg.

Eine ganze Weile verharrte er in sich zusammengesunken, wartete darauf, dass das Hämmern in seinen Schläfen nachließ und sein Herzschlag sich beruhigte. Er versuchte, seine Entdeckung in einen logischen Kontext zu setzen, forschte krampfhaft in seinem Gedächtnis nach einem Ereignis oder einer möglichen Erklärung, die seine Schlussfolgerung vielleicht abschwächen könnte, die ihm sagte, dass es nicht das war, wonach es aussah.

Der furchtbare Streit mit Emily fiel ihm ein und das, was sie ihm an den Kopf geworfen hatte. Im Grunde hatte sie ihn sogar gewarnt, aber er hatte ihr nicht glauben wollen, hatte ihr nicht einmal richtig zugehört, weil sie so hysterisch gewesen war. Emily! Er musste mit ihr sprechen.

Hatte er sich am Nachmittag noch auf das Gespräch mit ihr gefreut, graute ihm jetzt davor. Er wünschte, Jason wäre schon hier. Ohne lange nachzudenken, wählte er dessen Nummer. Doch er bereute es im gleichen Moment, als Jason sich meldete. Es war nicht fair, Jason kurz vor der Abreise damit zu belasten. Sie konnten in Ruhe darüber sprechen, wenn er ihn morgen vom Flughafen abholte. Bevor er die Pferde scheu machte, wollte er erst selbst Klarheit in die Sache bringen.

Einen positiven Effekt hatte seine Entdeckung: Er wusste nun zumindest, dass er sich nicht umsonst verrückt gemacht hatte. Seine Zweifel waren von Anfang an berechtigt gewesen! Aber nicht mit ihm! Ihm hatten die Dollarzeichen in Chesters Augen nie gefallen. Chester und *Global Solutions* würden ihr blaues Wunder erleben … Stephens Blick streifte Chesters stylishen Barkühlschrank, der einem senkrecht stehenden U-Boot nachempfunden war.

Noch so ein überflüssiges Teil, das sich Chester allein wegen des ultramodernen Designs zugelegt hatte. Durch das neonfarben erleuchtete Sichtglas lachte ihn Chesters bevorzugte Softgetränkemarke an.

Er nahm eine Flasche heraus und verließ wenig später das Gebäude.

Jason

München / Deutschland

Jasons Handy klingelte, als er sich gerade auf dem Weg zum Schießtraining befand. Jason konnte der Ballerei wenig abgewinnen, aber sie gehörte zum Pflichtprogramm eines jeden Polizeibeamten.

»Hallo, Kumpel. Was machen die irren Serienmörder?«, meldete sich sein Freund Stephen mit dem üblichen Scherz. Stephen hatte nie einen Hehl daraus gemacht, dass ihn Jasons Arbeit beinahe genauso faszinierte wie seine eigene. Seiner Auffassung nach hatten sie verwandte Berufe ergriffen: So wie er Tiere erforschte, erforschte Jason den Menschen.

»Sie werden immer irrer, aber es gibt Hoffnung«, erwiderte Jason mit einem Lächeln in der Stimme. Es war Stephens zweiter Anruf innerhalb einer Woche, dabei würden sie sich in weniger als 72 Stunden sowieso sehen. Längst war alles für seinen Besuch in den USA besprochen, Stephen kannte seine Ankunftszeit und vorsichtshalber hatte Jason auch Marjorie, Stephens Mutter, mitgeteilt, wann er landen würde. Die würde ihren Sohn, der über seinen Forschungen nur allzu gerne die Zeit vergaß, nochmals daran erinnern, sich rechtzeitig in Richtung Flughafen Los Angeles in Bewegung zu setzen. Die bevorstehende Hochzeit musste seinen Freund ja verdammt nervös machen, überlegte Jason. Bisher hatte er es sich tapfer verkniffen, aber nun zog er den Meeresbiologen auf: »Kann es sein, dass dich das Bakterium Hochzeitus nervositus befallen hat?«

Zwei Sekunden Stille. Dann lachte Stephen gekünstelt. »Wie kommst du darauf?«

»Weil du in letzter Zeit ein besonderes Bedürfnis entwickelst, meine Stimme zu hören?«

»Ja, gut, vielleicht. Aber das ist es … äh … nicht.«

»Was ist es dann?«

»Es … nun …« Stephen stockte, begann neu. »Also, ich weiß nicht, vielleicht …« Stephen druckste weiter herum, und in Jason keimte ein Verdacht auf.

»Geht es um Emily?« Emily war ein äußerst heikles Thema, der brennende Stachel in Stephens Fleisch und ein Stück weit auch in seinem.

»Nein, nein, es geht nicht um Emily«, scholl es hastig zurück, doch Stephen relativierte sich gleich selbst: »Gut, vielleicht doch. Aber weißt du was, Kumpel? Darüber sprechen wir, wenn du hier bist. Guten Flug, bis Samstag!« Und legte auf.

Der Anruf, der so gar nicht zu seinem besonnenen Freund passen wollte, ließ Jason nicht mehr los. Stephens Unruhe war förmlich durch den Hörer gekrochen und hatte ihn angesteckt. In der Folge lieferte Jason ein unterdurchschnittliches Schießergebnis ab und zog sich anschließend zu Hause die neueste Staffel von *Game of Thrones* rein, weil er so hellwach war, dass an Schlaf nicht zu denken war. Wenigstens Theseus, seine treue Dogge, kannte das Problem nicht, der ratzte auf seinem Schlafplatz, was das Zeug hielt. Jason beneidete ihn von Herzen.

Unmittelbar nach dem Training hatte er nochmals versucht, Stephen zu erreichen. Doch das Handy seines Freundes war abgeschaltet. Was war los mit ihm? Bedenken wegen der Hochzeit schloss er aus, Stephen war eigentlich nicht der Typ für Torschlusspanik. Dennoch zog er diese Erklärung vor, wenn die Alternative Emily lautete. Aber er machte sich nichts vor. Vermutlich hatte der kleine Satansbraten wieder etwas angestellt, und Stephen war dahintergekommen. Emily fehlte bei keiner Aktion von *Greenwar*, einer als militant bekannten Aktivistengruppe, die sich dem Tier- und Umweltschutz verschrieben hatte. Es sähe Stephen ähnlich, dass er etwaige Probleme selbst mit seiner kleinen Schwester klären und Schadensbegrenzung betreiben wollte, bevor jemand anderes davon erfuhr. Zum Beispiel Emilys Mutter. Sie hatte in den letzten Jahren genug mitgemacht, war durch jedes Tal der Mutterhölle gewandelt. Im letzten Jahr hatte sie dann auch noch ihre größte Stütze, ihren Mann Joseph, verloren.

Auch wenn er glaubte, eine Erklärung für das Verhalten seines Freundes gefunden zu haben, beschäftigte ihn Stephens Anruf noch am nächsten Tag im Büro. Darum entging Jason zunächst sein Besucher.

»He, Starprofiler, noch immer da?«, dröhnte Dr. Neunheinen. Er schob seine wuchtige Gestalt durch die Tür und ließ sich mit einem Ächzen in den Stuhl vor Jasons Schreibtisch fallen.

»Das Gleiche könnte ich Sie fragen, Nestor«, schmunzelte Jason.

»Oh, wir feiern noch ein bisschen.«

Das mit dem Feiern war durchaus wörtlich zu nehmen: Seit dem Mittag schmiss der Gerichtsmediziner eine große Sause in der Polizeikantine und fraglos war er nicht mehr ganz nüchtern. Nach fast vierzig Jahren im Dienst nahm er heute seinen Abschied vom Berufsleben. Jason war darüber im Bilde, wie sehr Neunheinen vor seiner Pensionierung graute. Als kinderloser Witwer würde er ein leeres Heim vorfinden.

»Haben Sie gehört, was der Polizeipräsident über mich gesagt hat?«, mokierte sich Neunheinen, während er den legendär gewordenen Flachmann aus seiner Aktentasche beförderte: »*Mit ihm geht ein Urgestein der Münchner Kriminalgeschichte, eines der letzten Originale.* Pah!«, schnaufte er nach einem tüchtigen Schluck, »ist gerade mal sechs Monate im Amt, mir ein einziges Mal über den Weg gelaufen, und schon hält er salbungsvolle Reden. Auch ein Schlückchen?«, bot er Jason an, der jedoch abwinkte. Er hatte schon am Morgen ein »Schlückchen« mit Neunheinen getrunken. Er verstand sich gut mit dem Älteren, mochte seine polternde, unverfälschte Art und hatte in den Jahren ihrer Zusammenarbeit enorm von dessen Erfahrungsschatz profitiert.

»Von Ihrem Freund?« Neunheinen tippte auf die Postkarte, die neben Jasons Smartphone lag und zwei aneinanderlehnende Colaflaschen zeigte.

»Von Fritz.«

»Ist das nicht der kleine Junge, der …?«

Jason nickte, was Neunheinen als Aufforderung verstand, nach der Karte zu greifen. »Wie geht es ihm?«

»Unverändert.«

Neunheinen schüttelte betrübt den zotteligen Kopf. »Ich darf doch?«, fragte er eher prophylaktisch, da er die Karte längst umgedreht hatte und vorlas: »*To drink Coke is dangerous. Not to drink Coke, too!!!* Originell … Und soll heißen?« Er blickte Jason mit hochgezogenen Augenbrauen an.

»Fritz hat letztes Jahr versehentlich ein Glas Cola über meinen Laptop gegossen und dabei meinen Computer gecrasht.«

»Aha, das war doch Ihre Cola, richtig? Sie sollten das Zeugs nicht trinken, mein Junge. Glauben Sie das einem alten Gerichtsmediziner, der in viele Mägen gespickt hat.« Neunheinen drohte spielerisch mit dem Zeigefinger. »Aber es tut gut zu sehen, dass es noch junge Leute gibt, die Postkarten schreiben«, meinte er, bevor er sie zurücklegte.

Es entstand eine winzige Pause, in der Jason beinahe herausgerutscht wäre, dass dies die erste Karte war, die er je erhalten hatte, ausgenommen die von seiner Großmutter. Und Briefe von Emily. Aber seit sie neunzehn geworden war, hatte sie ihm nicht mehr geschrieben. Doch er wollte Neunheinen keineswegs die Freude an den »noch Postkarten schreibenden jungen Leuten« verderben.

»Nun denn …« Neunheinen kam schwerfällig auf die Beine, »machen Sie es gut, Jason, und genießen Sie Ihren Urlaub. Und melden Sie sich mal!«

»Das werde ich ganz sicher tun. Dasselbe gilt aber auch für Sie!« Jason war aufgestanden und schüttelte Dr. Neunheinen herzlich die entgegengestreckte Hand. Kurz wirkte Neunheinen, als wolle er noch etwas sagen, doch dann nickte er Jason lediglich zu und trollte sich.

Jason sah ihm durch die gläsernen Wände hinterher, wie er mit der abgeschabten Aktentasche unter dem Arm und mit hängenden Schultern den Gang entlangschlich. Jeder Schritt schien ihm ein wenig kürzer als der vorherige zu sein.

Kurz erwuchs vor Jasons innerem Auge seine eigene, dreißig Jahre ältere Version. Wie würde es an jenem Tag für ihn sein? Würde auch er, wie Neunheinen, übermannt von Melancholie Abschied von der Arbeit nehmen, die für ihn Lebensinhalt und Halt zugleich gewesen war? In welches Heim würde er zurückkehren? Wäre es mit Leben gefüllt, einer Frau, Kindern, Enkeln? Oder leer wie bei Dr. Neunheinen?

Jason schüttelte den Kopf. Was waren denn das für trübe Gedanken? Er war einunddreißig und das pralle Leben lockte ihn mit all seinen Versuchungen! Energisch schob er die Wolke der Düsternis von sich, die Dr. Neunheinen heraufbeschworen hatte, und übernahm wieder die Kontrolle über seine Gedanken. Konzentriert machte er sich wieder an die Arbeit.

Es dunkelte bereits, als er seinen Namen unter das Protokoll setzte und es an seine Vertretung schickte. Ein letztes Mal checkte er seine Mails und fuhr den Computer endgültig herunter. Die offenen Fälle hatte er bereits am Morgen mit den Kollegen besprochen und sich den Nachmittag frei gehalten, um an dem Übergabedokument zu feilen. Inzwischen war es für ihn höchste Zeit, sich in Richtung Flughafen aufzumachen. Vier herrliche Wochen Urlaub lagen vor ihm. Theseus, seine Dogge, hatte er bereits am Morgen bei seiner Schwester untergebracht, die ihn nach Strich und Faden verwöhnen würde. Der Trekkingrucksack lag gepackt im Auto und sein Lieblingssurfboard hatte er vor einer Woche in Richtung Los Angeles eingecheckt, wo Stephen es bereits in Empfang genommen hatte. Zwei der vier Wochen hatten die beiden Freunde nur für sich reserviert, eine Reminiszenz an alte Zeiten: ein letzter, ausgiebiger Männerurlaub, bevor Stephen seine große Liebe Viviane heiratete.

Vielleicht, überlegte Jason, lag hierin die Erklärung, warum ihn Neunheinens Melancholie kurz hatte überwältigen können: Sein bester Freund heiratete und würde eine Familie gründen, während er selbst seit Jahren keine Frau getroffen hatte, die auch nur annähernd sein Interesse hatte wecken können wie damals Penelope. Ihre Liaison war kurz, aber sehr intensiv gewesen – vielleicht, weil er von Beginn an gespürt hatte, dass er für Penelope nur eine Episode sein würde auf ihrem Weg zurück in ihr altes Leben. Dennoch war es ihm schwergefallen, sie loszulassen, und er hatte sich danach kopfüber in mehrere belanglose Affären gestürzt. Es war ein Jahr, auf das er nicht stolz war.

Aber nun ging es nach Kalifornien, und dort hatten die Mütter auch schöne Töchter – wobei sein Freund Stephen ihn gerne damit aufzog, dass er ebenso gerne die Mütter vernaschte, und ihm einen umgekehrten Ödipuskomplex bescheinigte. Jason schätzte die schonungslose Offenheit seines Freundes – nichts konnte eine Freundschaft mehr zementieren als Ehrlichkeit. Mit Stephens schrottreifem Camper würden sie die kalifornische Küste entlangtuckern und dort anhalten, wo es ihnen gerade gefiel. Sie würden angeln, tauchen, surfen, über alte Zeiten schwafeln, Bier trinken, ihre Bärte wachsen lassen. Mit Lust und Wonne sozial verwahrlosen.

Seit er sich vor gut fünf Jahren von Berlin nach München hatte versetzen lassen, war er jedes Jahr nach Kalifornien gedüst, aber mehr als zwei Wochen am Stück hatte er sich nie freimachen können. Nun konnte er sich erstmals auf vier ganze Wochen freuen. Nach einem letzten prüfenden Blick über seinen aufgeräumten Schreibtisch schnappte er sich Jacke, Autoschlüssel und Smartphone und war schon halb zur Tür hinaus, als sein Schreibtischtelefon klingelte. Was ihn auch daran erinnerte, dass er vergessen hatte, es auf seine Vertretung umzuleiten.

Nach einem Blick auf die unterdrückte Nummer nahm er ab, um sich mit Namen und Dienststelle zu melden. Doch der Anrufer fiel ihm sofort ins Wort und keuchte einige kaum verständliche Worte, bis Jason begriff, dass die Stimme Englisch sprach. Schon knackte es deutlich in der Leitung und das Gespräch war unterbrochen.

Nachdenklich legte er den Hörer zurück. Was er glaubte verstanden zu haben, war: *»Ich bin es! Ich brauche deine Hilfe … Oh, Shit!«*

Er war mit Anrufen jeglicher Art vertraut; es gab jene, die seinen Instinkt kaltließen, und jene, die ihn weckten. Dieser Anruf zählte eindeutig zu letzterer Kategorie.

Er wog ab, ob er die Zentrale bitten sollte, den Anruf zurückzuverfolgen, aber eigentlich hatte er keinen direkten Anlass dazu – von seinem Instinkt einmal abgesehen. Er beschloss, wenigstens kurz zu warten, um dem Anrufer die Gelegenheit einzuräumen, sich nochmals zu melden. Doch der Apparat blieb stumm, und er leitete das Telefon endgültig um.

Bei den Kollegen hatte er sich bereits in den Urlaub verabschiedet, und so verließ er das Präsidium ohne weitere Verzögerung.

Emily

South (Central) Los Angeles / Kalifornien / USA

Wütend stapfte Emily am Jefferson Park vorbei durch das Viertel, das durch die Unruhen 1992 in der ganzen Welt traurige Berühmtheit erlangt hatte. Es fiel ihr schwer, nicht gegen jeden x-beliebigen Hydranten zu treten. Dabei kannte ihre Rage nur ein Ziel: Citizen Kane. Er hatte sie verarscht. Und es war ihre Schuld, sie hatte es zugelassen, obwohl sie es besser hätte wissen müssen. Aber was war schon von jemandem zu erwarten, der sich als Krieger von *Greenwar* Citizen Kane nannte – nach einer Filmfigur! Dabei passte es irgendwie: Citizen Kane war nichts weiter als eine Illusion, er war flach, leer, ohne jede Substanz. Das erkannte sie jetzt. Leider zu spät. Und vermutlich wäre der Groschen bei ihr noch später gefallen, wenn sie nicht zufällig gestern ein Gespräch belauscht hätte.

Sie bog um die Ecke in die Brewers Lane und die alte Schnapsbrennerei, das Hauptquartier von *Greenwar*, kam in Sicht. In den letzten fünfzig Jahren war der Gebäudekomplex von unterschiedlichen Gruppierungen genutzt worden. Die Stadt hatte es schon lange aufgegeben, die wechselnden Bewohner zu vertreiben. Doch seit dem letzten Jahr sorgten Gerüchte über einen möglichen Abriss für Unruhe unter den *Greenwar*-Mitgliedern.

»He, Emily! Lässt du dich auch mal wieder bei uns blicken?«, rief ihr ein Green Warrior zu. Wie immer lungerten ein paar von ihnen vor dem Eingang herum und behielten die Umgebung im Auge. Die Gegend um die Brennerei war ein gefährliches Pflaster, zu viele Fraktionen kämpften um die Vorherrschaft und ein jeder verteidigte einmal erobertes Terrain. Sie selbst galten als grüne Spinner, bei denen nichts zu holen war, und man ließ sie in der Regel in Ruhe. Emily registrierte, dass ihr von den vier Wächtern nur noch jener bekannt war, der sie angerufen hatte. *Greenwar* wuchs, doch sie hatte bereits bei früheren Gelegenheiten bemerkt, wie wenig die ursprüngliche Sorgfalt bei der Auswahl neuer Mitglieder noch Anwendung fand. Jüngst war auch die Zwei-Bürgen-Regelung pro Neumitglied abgeschafft worden.

Emily war das Viertel vertraut. Vor zwei Jahren hatte ihr ein Richter Sozialstunden bei der hier ansässigen Obdachlosenhilfe *Homeless* aufgebrummt. Die erschütternden Geschichten und die Schicksale, mit denen sie in Berührung gekommen war, hatten sie nachhaltig geprägt. Die Obdachlosen, hatte sie gelernt, waren einer gleichgültigen und kalten Welt nicht weniger schutzlos ausgeliefert, als Tiere es waren. Seither teilte sie ihre Zeit zwischen L. A. und San Diego auf – auch wenn es eine stundenlange Fahrt bedeutete, mal mit der Amtrak, mal mit dem Bus oder auch, wenn das Geld nicht reichte, per Anhalter. Doch heute hatte sie den alten VW ihres verstorbenen Vaters genommen, das Fahrzeug jedoch etwas weiter entfernt abgestellt.

Es war fast drei Monate her, dass sie sich zuletzt im *Greenwar*-Hauptquartier hatte blicken lassen. Seit dem Einbruch bei ihrem Bruder mied sie es weitgehend. Das lag nicht allein an Citizen Kane, der sie bitter enttäuscht hatte, sondern auch an dessen Vater.

Henoch war vor gut einem Jahr plötzlich in der Schnapsbrennerei aufgetaucht, hatte große Reden geschwungen und es innerhalb kürzester Zeit geschafft, die Organisation an sich zu reißen. Er hatte die Mitglieder mit Versprechungen gelockt und mit Geld verführt – Silberlinge, die er auf seinen Veranstaltungen einnahm, die er hochtrabend Gottesdienste nannte. Für jeden aufrechten Green Warrior, der die Organisation verlassen hatte, waren zwei neue hinzugekommen, die den Judaslohn gerne einstrichen. Warum konnten nicht alle Prediger so sein wie der Vater von Fritz und Maddie, wünschte sich Emily nicht das erste Mal.

Emily hatte Citizen vorgeworfen, *Greenwar* gleiche inzwischen mehr einer Sekte als einer Umweltorganisation. Sie zögen zu viele Fanatiker und Extremisten an; einigen gehe es gar nicht mehr darum, Tiere zu retten oder die Menschen mit ihren Aktionen wachzurütteln, damit sie sich der Vernichtung der Umwelt bewusst würden, sondern zu protestieren und zu zerstören. Was nutzte es den Tieren, wenn sie Mülltonnen und Autos abfackelten, hatte sie sich auf der letzten Versammlung Luft gemacht. Aber man hatte sie nur niedergeschrien. Früher hatten sich die Warriors noch gegenseitig zugehört; heute lebte jeder in seiner Welt, bekifft und zugedröhnt mit den Drogen, die ebenfalls mit Henoch Einzug gehalten hatten. Klar hatten einige schon vorher gekifft, aber inzwischen griffen immer mehr zu richtig harten Sachen.

Auch Citizen hatte sich unter dem Einfluss seines Vaters Henoch verändert. Henoch machte einen auf abgeklärt, aber unter seiner Fassade schlummerte etwas, das Emily Angst einflößte. In seiner Nähe überkam sie das Gefühl einer Gefahr, als sitze sie allein im Dunkeln und lausche, wie sich ein Ungeheuer an sie heranschleicht. Trotzdem oder vielleicht auch gerade deshalb beschloss sie, nicht Citizen zur Rede zu stellen, sondern sich seinen Vater vorzuknöpfen. *Der Fisch stinkt immer vom Kopf …*

»Hey, Emily«, rief ein Obdachloser sie an. Scheinbar war er ihr gefolgt und hätte ihr nun beinahe den Einkaufswagen in die Kniekehlen gerammt. »Haste 'nen Dollar für mich?«

»Heute nicht, Charlie Two.« Sie schenkte ihm ein entschuldigendes Lächeln und betrat die Halle, deren Lehmboden noch immer den Alkohol vergangener Jahrzehnte ausdünstete. Sie lief die Industrietreppe nach oben, indem sie immer zwei Stufen auf einmal nahm.

Als sie das letzte Mal hier gewesen war, residierte Citizen Kanes Vater in einem der ehemaligen Büros. Doch er war nicht da, stattdessen trieb es sein Sohn gerade mit einer ihr fremden Tussi auf dem Tisch. Sie waren konzentriert bei der Sache. Citizen, mit heruntergelassener Hose, wandte ihr seinen nackten, tätowierten Hintern zu. Es war eine Einladung, der sie nicht widerstehen konnte. Sie versetzte C. K. einen kräftigen Tritt, der ihn von den Beinen hebelte. Die Tussi kreischte auf.

»Hast du sie noch alle? Du hättest mir die Rippen brechen können!«, schrie Citizen und hielt sich sitzend die Stelle, wo ihn ihr Fuß getroffen hatte.

»Ich brech dir noch mehr, du Verräter!«, schrie Emily zurück.

Citizen richtete sich drohend auf, aber er machte keine Anstalten, sich anzuziehen. Sein Glied wehte noch immer auf Halbmast, sattelte aber langsam ab. Emily starrte ihn an, ekelte sich plötzlich vor ihm. Wie hatte sie nur je mit dem Typ schlafen können, sich von ihm küssen und berühren lassen?

Anfänglich hatte der charismatische Anführer C.K in ihren Augen nichts falsch machen können. *Greenwar* kämpfte für die Umwelt und gegen die Ausbeutung von Mensch und Tier, gegen Atomkraft und Imperialismus. Und sie war als *Green Warrior* Teil dieses Kampfes! Citizen hatte ihr gezeigt, wie sie noch mehr erreichen konnte, und durch ihn hatte sie sich mutiger und kühner gefühlt. Mit ihm kämpfte sie an vorderster Front, nahm an Sit-ins teil, ließ sich von Polizisten wegtragen und die durch Wasserwerfer verursachten blauen Flecken trug sie mit Stolz. Bald war sie mit Citizen auch in Versuchslabore eingebrochen, wo sie die Geräte zerstörten und die Tiere aus ihrem Elend befreit hatten. Ihrer Organisation gehörten Tierärzte und Studenten an, die sich um die Tiere kümmerten und sie weitervermittelten. Jede erfolgreiche Aktion hatte Emily wie im Rausch zurückgelassen und sie ging immer mehr Risiken ein. In ihrem zweiten Jahr bei *Greenwar* war sie bei einem Einbruch geschnappt worden. Sie hatte Glück, traf auf einen gnädigen Richter und war nochmals mit Bewährung davongekommen.

Ihre Familie hatte sie daraufhin ins Gebet genommen und auch Jason hatte sich telefonisch eingeschaltet. Aber letztlich war es Fritz gewesen, der sie zur Einsicht gebracht hatte, dass sie auf diese Weise nicht weitermachen konnte. Zum einen brauchte Fritz sie nach seinem schrecklichen Unfall, zum anderen hatte ihr kleiner Freund mit kindlicher Klarheit das überzeugendste Argument von allen gefunden: »Was nutzt es den Tieren, wenn du im Gefängnis sitzt, Emily?«

Künftig hatte sie sich von dieser Art Aktionen distanziert. Und seit Citizen sie mit dem fatalen Einbruch bei ihrem Bruder hereingelegt hatte, auch immer mehr von Citizen. Was der wiederum zum Anlass genommen hatte, sie umso heftiger zu umwerben, als hätte er in ihr urplötzlich die Liebe seines Lebens entdeckt. Je weiter sie ihn von sich stieß, umso näher rückte er an sie ran, bedrängte sie. Dabei vögelte er nebenbei eine andere!

Erneut fragte sie sich, warum sie sich vor drei Jahren überhaupt mit Citizen eingelassen hatte. Dabei kannte sie die Antwort. Citizen trat in ihr Leben, als sie völlig down wegen der Demo und ihren Folgen war, und er war zu gerissen darin, andere für seine Zwecke einzuspannen und zu manipulieren. Jung und unbedarft, wie sie im Umgang mit dem anderen Geschlecht war, war es für ihn eine Leichtigkeit gewesen, sie in sein Netz zu locken. Zu Beginn hatte sie nicht einmal gemerkt, dass Citizen sich für sie interessierte. Sie war Aufmerksamkeit nicht gewohnt, jedenfalls nicht auf diese Art.

Wie ein erfahrener Jäger hatte sich Citizen langsam an sie herangepirscht, hier eine Bevorzugung, dort eine Aufmerksamkeit. Er holte sie von zu Hause ab, kochte ihr heiße Schokolade, interessierte sich scheinbar für alles, was sie tat, merkte sich sogar die Namen ihrer Tiere. Als sie ihm eines Tages eine ihrer Graphic Novels zu lesen gab, war seine Begeisterung derart mitreißend, dass sie ihm erlaubte, eine Kostprobe an seinen alten Kumpel Dean bei Marvel zu senden. Dean kaufte die Geschichte prompt für 500 Dollar, sie erschien unter ihrem Künstlernamen *Liz Suburbia*, und als ihr Citizen den Scheck feierlich überreichte, hatte Emily ein seltenes Glücksgefühl erlebt. Wenig später fand sie sich in Citizens Bett wieder.

Sie hatte keinen besonderen Gefallen an der Sache gefunden, sie hatte es wie etwas Unvermeidliches einfach geschehen lassen, vielleicht weil sie dachte, dass es an der Zeit sei, sich entjungfern zu lassen – so wie man seinen ersten Schritt tat oder das erste Wort sprach. Eine Art natürliche Entwicklung.

Sie hätte nur nicht geglaubt, dass es sich so ganz und gar enttäuschend anfühlen würde. Es war nichts weiter als eine fade Angelegenheit mit einem C. K., der mit verzerrtem Gesicht auf ihr lag, stieß und stöhnte, nur um sich kurz darauf von ihr herunterzurollen und einzuschlafen.

Während C. K. neben ihr schnarchte und ihre eigene Mitte

im Rhythmus ihres Herzens pulsierte, hatte sie tiefe Traurigkeit erfasst. Plötzlich kam ihr alles falsch vor, aber gleichzeitig wusste sie auch nicht mehr, was richtig war – außer, dass sie gerade etwas Unwiderrufliches zerstört hatte.

Emily schämte sich für ihre vergangenen Fehler, aber sie hielt sich nicht lange damit auf. Scham schwächte sie. Und sie würde ihre gesamte Kraft für die Konfrontation mit Citizens Vater brauchen. »Wo steckt er?«, blaffte sie Citizen an.

»Wo steckt wer?«

»Frag nicht so blöd. Dein Vater!«

»Keine Ahnung!«

Doch sein Blick verriet Emily, dass er log. »Das glaube ich dir nicht. Also wo?«

»Such ihn doch selbst.« Citizen sah zu der Tussi, und die wandte sich reflexhaft dem Fenster zum Innenhof zu.

Das ließ Emily stutzen. Sie eilte zum Fenster, entdeckte das Zelt und stürzte davon.

Jason

München → Los Angeles / Kalifornien / USA

Während der Fahrt zum Münchner Flughafen und noch im Abflugterminal hatte Jason versucht, Stephen an die Strippe zu bekommen. Doch Stephens Smartphone inklusive Mailboxfunktion war abgeschaltet, und auch seine WhatsApp-Nachrichten blieben unbeantwortet. Die Funkstille hielt nun seit gestern an, und Jasons Unruhe wuchs mit jeder Minute.

Vielleicht aber, fragte er sich selbstkritisch, stand er gerade im Begriff, in die berüchtigte Falle berufsbedingten Misstrauens zu tappen. Wer über Jahre immer wieder mit allen möglichen Facetten menschlicher Verwerflichkeit in Berührung kommt, neigt dazu, vom Schlimmsten auszugehen. Und behält leider oft recht.

Die dreizehn Stunden Flug würde er also wahrscheinlich nicht entspannt und mit Vorfreude auf den Urlaub, sondern mit Spekulationen verbringen. Wetten?

Oder er rief einfach Stephens Mutter Marjorie an. Womöglich wusste sie ja etwas? Vielleicht hatte sein Freund sogar in seinem Elternhaus übernachtet. Das tat er seit dem Tod seines Vaters ab und zu. Das Haus lag nur wenige Kilometer von seiner Junggesellenbude entfernt.

Doch Jason zögerte; es widerstrebte ihm, Marjorie auszuhorchen oder zu beunruhigen, nur weil ihn sein Instinkt piesackte.

Davon abgesehen, war Marjories Mutterinstinkt auch nicht

zu unterschätzen. Sie reagierte weit über das normale Maß hinaus, wenn es um ihre Kinder ging. Mütter merken es ihren Kindern in der Regel sowieso an, wenn sie etwas ausgefressen haben. Doch Marjories Fähigkeiten übertrafen jede Wahrscheinlichkeit; besonders hoch war ihre Trefferquote bei ihrer Tochter Emily: Oft wusste sie schon im Voraus, wenn Emily etwas im Schilde führte, und ertappte die Kleine meist noch vor der frischen Tat.

Einmal war er sogar dabei gewesen, als Marjorie mitten im Gespräch ihr Strickzeug weglegte, aufstand und die achtjährige Emily im Badezimmer erwischte, wo sie die eingesammelten Familienhandys in der Toilette »ertränken« wollte. Emilys Abneigung gegen Handys hatte bis heute nicht nachgelassen.

Eine von Emilys verrückten Aktionen hatte er auch Theseus, seiner Dogge, zu verdanken: Mit vierzehn hatte sie angeblich gesehen, wie ein Nachbar den Welpen misshandelte, und das Tier kurzerhand »befreit«. Stephen und er hatten Emilys Vater Joseph begleitet, als er den kleinen Hund zurückbringen wollte. Als das Tier verängstigt auf seinen Eigentümer reagierte – was Emilys Behauptung untermauerte –, hatte sich der Mann schlicht geweigert, »den feigen Köter« zurückzunehmen. Nichtsdestotrotz hatte er ihnen im gleichen Atemzug mit einer Anzeige wegen Diebstahls gedroht.

Am Ende hatte Emilys Vater dem aufgebrachten Mann Theseus abgekauft. Da das Haus bereits mit drei Hunden, mehreren Katzen, Meerschweinchen, Schildkröten und sogar einem Minischwein, das Emily angeblich zugelaufen war und dessen eigentlicher Besitzer niemals ermittelt werden konnte, überquoll und er sich ohnehin sofort in Theseus verliebt hatte, hatte der Welpe die Reise nach Deutschland in einer Box zu seinen Füßen zurückgelegt. Jedes Mal, wenn er verreiste, musste er an diese Geschichte denken, die ihn noch enger an Emily gebunden hatte. Sie war genauso seine kleine Schwester, wie sie Stephens war.

Heute war Emily mit bald zweiundzwanzig Jahren immer noch das Enfant terrible der Familie. Ihr gesamter Lebensentwurf bestand aus Protest, sie war eine Getriebene auf der Suche nach sich selbst, doch sie hatte ihre Mitte bisher nicht gefunden.

Es widerstrebte Jason, Marjorie auszuhorchen, genauso wenig, wie er sie beunruhigen wollte. Damit sie keinen Verdacht schöpfte, dass ihn Stephens Unerreichbarkeit zu diesem Anruf trieb, entschied er sich für die halbe Wahrheit.

»Jason, mein lieber Junge!«, begrüßte ihn Marjorie überschwänglich, wie es ihrer Art entsprach. Sie hatte Jason wie ihr eigenes Kind ins Herz geschlossen. »Sag, ist es nicht ein wenig zu früh?«, wunderte sie sich. »Ich dachte, du kommst erst am Nachmittag an?«

»Nein, ich bin noch am Münchner Flughafen. Ich habe versucht, Stephen zu erreichen, aber er geht nicht an sein Handy.« Jason biss sich auf die Lippe.

»Ach, bestimmt hat er es wieder verlegt, das passiert ihm ständig. Mein Junge wird seinem Vater immer ähnlicher, der hat über seinen Experimenten auch immer alles vergessen«, kam es eher beiläufig zurück. Jason stand bereits im Begriff aufzuatmen, als Marjorie, nun in deutlich angespannterem Ton, fragte: »Sag, Jason, hast du vielleicht etwas von Emily gehört? Stephen war heute Morgen hier und hat sie auch schon gesucht.«

Er hörte den Hoffnungsschimmer in ihrer Stimme. Gleichzeitig merkte er, wie er sich über Emily ärgerte. Die Kleine war wirklich eine Zumutung – für alle, die sie liebten.

»Nein, leider nicht. Was ist denn los? Warum fragst du?«

»Sie ist mitten in der Nacht fort und bis jetzt nicht nach Hause gekommen. Und Homer ist doch so krank! Emily würde ihn niemals im Stich lassen! Es wird ihr doch nichts passiert sein?«

Jason war klar, dass Marjorie jede Form der Beschwichtigung recht sein würde. Ihm erging es gerade nicht anders; Stephens konfuser Anruf fand erneut sein Echo in seinem Magen. Damit ging seine favorisierte Theorie, der gute Stephie leide einfach nur an einem akuten Fall von Muffensausen, endgültig baden. Dafür sah er sich in seinem Verdacht bestätigt, dass Stephens Verhalten seiner Sorge um Emily entsprang. Vermutlich war sein Freund unterwegs, um seine kleine Schwester zu suchen. Was hatte sie diesmal angestellt? Falls man sie erneut verhaftet hatte, würde es für sie ernst werden. Zuletzt war sie noch mit Bewährung davongekommen, doch ein weiteres Mal konnte sie nicht mit der Milde des Gerichts rechnen.

Marjorie wartete weiter auf seine Antwort, er musste etwas sagen: »Vielleicht ist Emily wieder unterwegs nach Japan?«, versuchte Jason Marjorie aufzumuntern. »Japan« war seit Jahren der Running Gag innerhalb der Familie. Denn bereits als kleines Mädchen hatte Emily ihre Familie gehörig auf Trab gehalten. Ihr Eigensinn und Freiheitsdrang waren legendär, und sie war mehr als nur einmal ausgebüxt. Emily hatte nicht verstehen können, dass man nicht einfach so mir nichts, dir nichts in ein anderes Land reisen konnte, schon gar nicht mit einer Promenadenmischung im Schlepptau. Sie war elf, als sie sich mit Homer und ihren gesamten Ersparnissen (76 Dollar und 12 Cent) auf den Weg zum Flughafen gemacht hatte, fest entschlossen, nach Japan zu fliegen, um dort persönlich dem Delfinschlachten in Taiji Einhalt zu gebieten. Irgendjemand musste es ja tun! Am Ticketschalter war Endstation, Japan überstieg dann doch ein wenig ihre finanziellen Möglichkeiten.

Für Emily war das allerdings noch lange kein Grund aufzugeben. Sie hatte sich mit Homer in die Flughalle gesetzt, ihn seine Kunststückchen aufführen lassen und gebettelt. Als die Polizei sie am Flughafen auflas, hatte sich Emilys Becher bereits mit zahlreichen Münzen gefüllt.

»Ich glaube nicht, Tante Marjorie, dass Emily etwas passiert ist«, suchte Jason sie zu beruhigen. »Aber für alle Fälle solltest du Emilys übliche Strecken abfahren. Vielleicht ist sie …«

»Du glaubst also auch, Emily hatte einen Unfall?«, unterbrach ihn Marjorie aufgeschreckt. »Walther ist deshalb vor einer halben Stunde mit dem Wagen los. Aber ich habe noch nichts von ihm gehört. Gerade habe ich mit dem örtlichen Sheriffbüro telefoniert. Aber die Polizei tut ja nichts, sie behaupten, sie sei volljährig, und es lägen keinerlei Anzeichen für ein Verbrechen vor. Wie können sie nur so etwas zu einer Mutter sagen?« Sie ließ sich noch eine ganze Weile über die allgemein herrschende Hartherzigkeit aus und spannte dabei einen ziemlich weiten Bogen.

Auf einen Unfall hatte Jason gar nicht anspielen wollen, aber er ließ Marjorie reden, bis sein Flug im Hintergrund aufgerufen wurde. »Hör zu, Tante Marjorie«, grätschte er zwischen zwei Sätze ihrer Litanei, »ich fliege gleich los und kann mich die nächsten Stunden nicht bei dir melden. Aber wir sehen uns heute noch, okay? Und mach dir bitte nicht zu viele Sorgen. Bis ich gelandet bin, ist Emily längst wieder zu Hause.«

Und wem willst du jetzt damit Mut machen?

»Du hast recht, wahrscheinlich mache ich mir auch einfach nur zu viele Gedanken. Aber seit der Sache mit Denise hat sich Emily sehr verändert. Und dieser Freund, Citizen, und sein windiger Vater, ich weiß nicht, ich weiß nicht …« Ihre letzten gemurmelten Worte verrauschten im Hörer, Marjorie hatte aufgelegt. Sie hätten Jason vielleicht aufgeschreckt, wenn ihn eine ältere Dame nicht in genau diesem Moment abgelenkt hätte. Irrte er sich, oder hatte sie ihm soeben keck zugeblinzelt? Ihre gerade Haltung und zeitlose Eleganz erinnerten ihn frappierend an seine verstorbene mütterliche Freundin Trudi Siebenbürgen.

Die Dame war ihm schon zuvor im Check-in-Bereich aufgefallen, als sie in Begleitung eines uniformierten Chauffeurs erschien, der ihr mit einem haushoch beladenen Gepäckwagen folgte, darunter ein Prunkstück, das reihum Aufsehen erregt hatte: ein Überseekoffer, der aussah, als hätte er bereits im 19. Jahrhundert den Atlantik überquert.

Tatsächlich wirkte der Schick der Dame selbst ein wenig wie aus der Zeit gefallen; Jasons Blick für modische Details war durch seine langjährige Bekanntschaft mit Trudi geschärft und er notierte den Hosenanzug mit dem weiten Bein, die geknöpften Stiefeletten und ledernen Handschuhe. Auch der kecke Hut, an dem eine kleine Feder wippte, gefiel ihm. Er passte zu ihr.

Am bemerkenswertesten fand Jason ihr Gesicht. Stolze Züge mit hellwachen Augen und einer kühnen Nase. Als junge Frau musste sie umwerfend gewesen sein. Nein, korrigierte er sich, sie war es auch heute noch! Sie glich den stolzen Primaballerinen des Bolschoi-Balletts auf den Fotos, die seine Großmutter, früher selbst Tänzerin, in ihrem Wohnzimmer hängen hatte. Ihm imponierte auch die weltläufige Art, mit der sie den Angestellten am Schalter umgarnte. Sie besaß diese besondere Präsenz, überall und sofort die ungeteilte Aufmerksamkeit zu genießen und die Leute dazu zu bringen, ihren Wünschen nur zu gerne nachzukommen. Jason sah die Beflissenheit des Angestellten und lächelte unbewusst bei dem Gedanken, dass die alte Dame sicher ihren Willen bekommen würde, sei es ein Fensterplatz oder ein Upgrade.

Wie sich herausstellen sollte, kam er mit seiner Vermutung der Wahrheit ziemlich nahe.

»Das muss ein Irrtum sein«, versuchte er klarzustellen, als die Flugbegleiterin ihn ganz nach vorne in den abgetrennten Bereich der ersten Klasse geleitete und ihm einen Sitzplatz neben der geheimnisvollen alten Dame zuwies.

»Da sind Sie ja, junger Mann!«, begrüßte sie ihn mit freundlicher Selbstverständlichkeit, als seien sie verabredet gewesen. Sie hatte es sich bereits am Fenster mit einem Glas Champagner gemütlich gemacht und orderte sogleich auch ein Glas für ihn. »Oder möchten Sie mit etwas anderem auf unseren gemeinsamen Flug anstoßen?«

Jason sah sich in der geräumigen Kabine um. Sie war für sechs Personen konzipiert, doch bisher waren sie die einzigen Passagiere. Er hätte es durchaus schlechter treffen können! »Ich nehme sehr gerne den Champagner.«

»Katja Filipowna«, stellte sie sich vor, als sie beide einen langstieligen Kelch in der Hand hielten.

»Jason Samuel«, erwiderte er, als sie anstießen.

»Ich weiß. Ich kannte Ihre Urgroßmutter.«

***

Es wurde ein mehr als anregender Flug für Jason, denn Katja Filipowna erwies sich als mindestens so prickelnd wie der Champagner. Jason genoss nicht nur die glückliche Fügung, ausnahmsweise nicht neben einem Mann vom Kaliber eines Dr. Nestor Neunheinen platziert zu sein, sondern neben einer vor Charme und Esprit sprühenden Dame, die ihm eine spannende und geradezu unglaubliche Geschichte erzählte. Jason konnte es gar nicht fassen, was seine unerwartete Bekanntschaft im Laufe des letzten Jahrhunderts alles erlebt hatte.

Am Ende wagte er die Frage, die ihm schon eine Weile auf der Zunge gelegen hatte: »Wie alt sind Sie eigentlich, Katja?«

»Na, na, junger Mann! Fragt ein Kavalier das eine Dame?« Sie tippte ihm auf die Brust, doch sie lächelte dabei auf eine Art, als bereite ihr die Frage Vergnügen: »Neunzig.« Sie blinzelte ihn wieder auf ihre besondere und kokette Art an. Damit musste sie die Männer früher reihenweise betört haben. Auch wenn er sich wiederholte: Ihr Charme war wahrhaftig umwerfend.

Aber neunzig? Damit hatte er niemals gerechnet. Ihre Bewegungen waren so voller Anmut und Grazie, es ging so viel Lebensfreunde von ihr aus, dennoch lag es vornehmlich am Feuer in ihren Augen, weshalb er sie auf höchstens Mitte sechzig geschätzt hatte.

»Jetzt guck nicht so erschrocken, mein kleiner Kosake! Ich habe durchaus vor, noch einige Jährchen dranzuhängen. Hallo, junge Frau!«, rief sie in Richtung der Bordküche und schwenkte dabei ihr Glas. »Wir benötigen bitte schön Blubberwassernachschub!«

Jason merkte, dass er nicht mehr ganz nüchtern war und auch ein wenig dösig wurde – im Gegensatz zu Katja, die den Champagner wegputzte, als sei es Mineralwasser. Wenigstens hatte Katjas Geschichte den angenehmen Nebeneffekt, Stephen und Emily zeitweilig aus seinen Gedanken zu verdrängen.

Der erhöhte Alkoholpegel verleitete ihn sodann zu einer Frage, die er vielleicht im nüchternen Zustand anders oder vielleicht gar nicht gestellt hätte: »Wie wird man so alt, Katja, und bleibt gleichzeitig so jung?«

Ein schelmischer Blick traf ihn: »Ich war niemals verheiratet.« Sie kicherte wie ein junges Mädchen. In ihrem Lachen lag eine Welt voller Geheimnisse und gelebter Genüsse. Und Jason überlegte, wie gerne er sich auf eine Zeitreise in die Mitte des vergangenen Jahrhunderts begeben hätte, um Katja dort als junger Frau zu begegnen.

Emily

Citizens Vater saß auf einem Hocker und tippte auf seinem Handy, als die Plane seines Zelts zur Seite gerissen wurde, Emily hereinstürmte und sich sofort wie eine Furie auf ihn stürzte.

Der Angriff kam für ihn derart überraschend, dass Emily ihn bereits vom Stuhl gerissen hatte, rittlings auf seiner Brust saß und mit ihren kleinen Fäusten auf sein Gesicht einhämmerte, bevor er überhaupt begriff, wie ihm geschah. Danach ging alles sehr schnell. Henoch packte ihre schmalen Handgelenke, warf sie grob herum und nagelte sie mit seinem eigenen Körper auf dem Boden fest.

»Du Scheißkerl! Geh von mir runter!«, schrie Emily.

»Du hast angefangen, Schwester Emily.«

»Nenn mich nicht so!«, fauchte sie und wand sich unter ihm wie ein Aal.

Sein Körper war schwer und massig; es war ihm ein Leichtes, ihre Hände mit einem Arm über ihrem Kopf ruhig zu halten. Sein Mund kam ihrem gefährlich nahe, und sie befürchtete bereits, er würde seine fleischigen Lippen auf sie pressen, als er sagte: »Gibst du Ruhe, wenn ich dich loslasse?«

»Nein!«

»Komm schon, benimm dich nicht wie ein kleines Kind. Lass uns wie Erwachsene reden.«

»Du und dein Sohn! Ihr habt mich verarscht und ausgenutzt!«, tobte Emily weiter. Unvermittelt riss sie ihren Kopf hoch und stieß ihn mit Wucht gegen seine Stirn. Sie stöhnte, spürte, dass ihre Stirn aufgeplatzt war und blutete, sein Schädel hingegen schien aus Beton zu sein. Erschrocken begegnete sie seinem Blick: Henoch schien sich an der Wunde festzusaugen, als ob der Anblick ihres Blutes ihn magisch anzog. Wie in Trance verfolgten seine Augen die Spur ihres Blutes, wie es langsam zur Augenbraue kroch, um dort zu einem dicken Tropfen anzuschwellen.

Emily nutzte den kurzen Augenblick seiner Unaufmerksamkeit, um ihn wegzustoßen und sich blitzschnell unter ihm hervorzuwinden.

In der Enge des Zeltes hätte er lediglich einen Arm nach ihr ausstrecken müssen, um sie erneut zu greifen. Doch er ließ sie gewähren und kam nun selbst auf die Beine.

Emily war bis zur Zeltwand zurückgewichen, sie hätte gehen können, doch stattdessen griff sie sich die Bratpfanne von dem kleinen Gaskocher und hielt sie wie eine Waffe vor sich, forderte ihn mit wildem Blick heraus, während das Blut ihr ungehindert über das Auge lief. Emily glich in diesem Augenblick einer zum Kampf bereiten archaischen Kriegerin. Selbst die erhobene Bratpfanne, Artefakt einer neueren Zeit, konnte diesen Eindruck nicht schmälern.

Die junge Frau hatte keine Ahnung, welche Wirkung sie gerade auf ihn ausübte.

Als ihm sein Sohn die schmale Punkgestalt vorgestellt hatte, hatte er zunächst geglaubt, ein verkleidetes Kind vor sich zu haben.

Doch dann hatte er die Energie gespürt, die unter der Haut des Mädchens vibrierte. Plötzlich war in seinem Inneren ein Auge aufgegangen, und er hatte das ungezähmte Tier in ihr gesehen. In ihr vereinten sich die Kraft und Stärke eines Dämons, diese junge Frau besaß eine tief gehende Unbeugsamkeit. Wäre er ein normaler Mensch und zu einer Empfindung wie Angst fähig gewesen, so hätte er Emily Harper als beängstigend empfunden. Doch Dämonen waren für ihn nichts als gottgesandte Herausforderungen, Prüfungen, denen er mit Leichtigkeit standhielt. Diese Emily war ein Nichts. In seiner Welt kam ihr nur so viel Raum zu, wie ihre Nützlichkeit es erforderte. Und nützlich war sie ihm bislang gewesen …

»Du bist wahrhaft verrückt, Mädchen«, gab er sich belustigt. Ungeachtet der drohend erhobenen Bratpfanne wandte er ihr den Rücken zu, um den Hocker wieder auf die Beine zu stellen. Er setzte sich breitbeinig darauf und wies Emily die schmale Liege zu, die ihm zugleich als Bettstatt und Sitzgelegenheit für Besucher diente.

»Unterhalten wir uns«, sagte er freundlich. »Kann ich dir etwas anbieten. Vielleicht ein Glas Wasser?«

»Dein verlogenes Getue kannst du dir sparen!«, fauchte Emily und blieb, wo sie war.

»Du bist zu mir gekommen. Aber bitte …« Er zuckte mit den massigen Schultern. »Ich habe noch andere Dinge zu erledigen.« Er tat so, als wollte er sich erheben.

»Ihr habt mich ausgenutzt!«

»Das sagtest du bereits. Und ich gebe dir recht.«

»Du gibst es also zu! Wie praktisch, aber ich falle nicht darauf herein.« Emily kannte seine Rhetorik, hatte bereits mehrmals erlebt, wie er sie anwandte und seinem Gegenüber damit allen Wind aus den Segeln nahm – um ihn dann mit klerikalen Totschlagargumenten an die Wand zu drängen: Was geschehen sei, sei geschehen, die Zeit laufe weiter, und es wäre so nicht geschehen, wenn es nicht so hätte geschehen müssen, und eine Entschuldigung sei deshalb generell Zeitverschwendung, weil unnötig für Ereignisse, die nicht umkehrbar seien. *Bla, bla.*

»Du kannst dir dein ausgeleiertes *Im großen Fluss des Lebens fließen alle Dinge vorwärts* sparen«, höhnte sie. »Ich weiß, dass ihr für den Einbruch bei meinem Bruder bezahlt wurdet! Diesmal seid ihr zu weit gegangen. Ich werde zur Polizei gehen! Sie werden die Brennerei auseinandernehmen!«

In Henochs Gesicht, oder vielmehr der Maske des höflichen Zuhörers, veränderte sich nichts.

Dennoch wusste sie, dass sie ihn getroffen hatte. Ihre Drohung basierte auf dem Gerücht, das seit einiger Zeit kursierte, dass sich Investoren für die Brennerei interessierten und die Stadt nur nach einem Vorwand suchte, um die unrechtmäßig besetzten Gebäude räumen zu lassen.

Henochs Arm schnellte unvermittelt vor und packte sie. Doch sie war genauso flink wie er, drehte sich geschickt weg, holte aus und ließ die Pfanne mit Schwung gegen seinen Kopf sausen.

Doch diesmal war er vorbereitet, wich ihr aus, und sie erwischte ihn nur leicht am Ohr, was er mit einem kehligen Lachen quittierte. Mit demütigender Leichtigkeit entwand er ihr die Bratpfanne und stieß sie aufs Bett. »Wir beide haben jetzt eine gepflegte kleine Unterhaltung.«

»Ich will nicht mit dir reden!«, knurrte sie.

»Seltsam«, ihr Gegenüber lächelte überlegen, »bist du nicht deshalb zu mir gekommen? Allerdings habe ich bislang nichts als Anschuldigungen von dir gehört. Ich finde, wir sollten die Angelegenheit jetzt gleich klären. Und zwar wie zwei vernünftige Menschen – mit Argumenten und nicht mit der Bratpfanne.«

Sie verabscheute ihn dafür, dass er recht hatte. Sie war viel zu impulsiv. Ständig manövrierte sie sich in unmögliche Situationen, musste immer alles maximal ausreizen. Selbst als sie richtig handeln und Citizen daran hindern wollte, ins Labor ihres Bruders einzusteigen, steckte sie danach bis zum Hals in Schwierigkeiten.

Im Ergebnis saß sie hier wie in einer Falle, während ihr noch immer der gespenstische Moment in den Knochen steckte, als Henoch über ihr war und sie angesehen hatte, als wolle er gleich die Zähne in ihren Hals schlagen. Als sei sie Beute. *Fleisch*. Lähmendes Entsetzen hatte da von ihr Besitz ergriffen. Sie hatte sich weder bewegen noch schreien können, war eingeschrumpft auf ein pulsierendes Stück Angst. Die Urangst, gefressen zu werden – sie wusste nun, wie sich das anfühlte. Noch immer kribbelte ihr ganzer Körper, die adrenalingesteuerte Ameisenarmee zog sich nur langsam zurück. Die Erkenntnis, dass Henoch über die Macht verfügte, ihr diese Angst einzujagen, erschütterte sie.

Er beobachtete sie, wartete ab.

Sie war am Zug. Sie hatte ihm gedroht. Und er würde das nicht auf sich sitzen lassen. Sie war das Tier, das in seinem Bau hockte und von Feinden umzingelt war.

Zunächst aber musste sie sich beruhigen, und um Zeit zu gewinnen, sagte sie: »Ich hätte jetzt doch gerne einen Schluck Wasser.«

Henoch füllte eben den Becher, als C. K. hereinkam und Emilys Anwesenheit dabei keines Blickes würdigte. Er flüsterte seinem Vater kurz etwas ins Ohr und verschwand sofort wieder. Henoch reichte Emily den Becher. Erst nachdem sie ihn völlig geleert hatte, sagte sie scheinbar ruhig: »Ich habe alles gesagt und werde jetzt gehen.«

Er zog den Hocker heran und versperrte ihr den Weg. »Du bist ein schlaues kleines Mädchen, und deshalb weißt du, dass ich das nicht zulassen kann. Nicht nach diesem Auftritt. Also erklär es mir. Was willst du wirklich?«

»Was ich will? Ich will nichts mehr mit euch zu tun haben!«, brach es aus ihr heraus. Ihr Vorsatz, ruhig zu bleiben, war längst wieder vergessen.

»Und warum willst du das? Haben wir nicht dieselben Ziele? Das Leid der Tiere zu mindern und ihre Welt vor den Menschen zu retten?«

»Heb dir dein verlogenes Gequatsche für Dümmere auf! Als ob es *dir* um Tiere und Umwelt ginge! Dir geht es doch nur um die Aufmerksamkeit! Du presst das Geld aus deinen Anhängern und bezahlst damit deine vermummten Spinner! Bevor du kamst, haben wir *gegen* Umweltverschmutzung gekämpft. Und was tun *deine* Anhänger? Sie fackeln Fahrzeuge ab! Das *ist* Umweltverschmutzung! Ressourcenverschwendung! Die kaufen sich neue Autos! Ihr seid nichts als verdammte Heuchler!«

Ihre Vorwürfe prallten an ihm ab. Und als wäre das nicht genug, fragte er sie völlig zusammenhanglos: »Weißt du, warum ein Schwarm fliegender Gänse die V-Formation wählt?«

Emily schüttelte bockig den Kopf.

»Der Schwarm spart dadurch über siebzig Prozent der Energie, die eine einzelne fliegende Gans brauchen würde. Erkrankt eines der Tiere oder ist es zu alt und schwach, um den Weg fortzusetzen, verlassen zwei andere den Schwarm mit ihm und begleiten es sicher bis nach unten auf den Boden. Sie helfen ihm und beschützen es, bis sie sich einem anderen Schwarm anschließen können. Die Gänse wissen, dass sie nur gemeinsam ihr Ziel erreichen können. Nur, wenn sie in dieselbe Richtung fliegen, sich gegenseitig schützen und die Aufgaben teilen, werden sie am Ende ihr Ziel erreichen. Einzeln ist der Mensch nichts, zusammen sind wir alles! Die Gänse haben das erkannt, sie sind klüger als wir. Die Weisheit der Natur offenbart sich in vielen Formen, doch die Menschen sind zu ignorant, um das zu erkennen.«

»Und was soll mir das jetzt sagen? Dass du dich demnächst quakend in die Lüfte schwingst, um deine auserwählten Gänse anzuführen?«

»Es bedeutet, dass wir dasselbe Ziel verfolgen, aber du viel zu verblendet bist, um es zu erkennen«, erwiderte er salbungsvoll und fuhr im selben Predigerton fort: »Dennoch hast du eines richtig erkannt, Schwester Emily: Es geht mir bei unseren Aktionen um Aufmerksamkeit. Wir schlagen die Gottlosen mit ihren eigenen Waffen – wir zerstören, um die Welt auf die Zerstörung aufmerksam zu machen! Was bedeuten schon ein paar verbrannte Autos in Relation zu jenen Gottlosen, die in ihrer grenzenlosen Gier Gottes heilige Schöpfung auf der gesamten Erde vernichten?« Er legte eine Pause ein, und als er weitersprach, wurde sich Emily einmal mehr der Gefahr bewusst, die von ihm ausging: »Es war sehr dumm von dir, mir mit der Polizei zu drohen.«

Das wusste sie selbst, dennoch beharrte sie: »Der Einbruch bei meinem Bruder war ein abgekartetes Spiel!«

»Gut, reden wir über deinen Bruder.«

Jäh war sie auf der Hut. »Warum?«

»Weil er gerade hier war.«

»Stephen war hier? Was wollte er?« Der Schreck fuhr ihr erneut in die Glieder. *Deshalb war C. K. vorhin gekommen! Er hatte seinen Vater informiert!*

»Das ist die Frage. Hast du es ihm gesagt?«

»Nein! Aber …«

»Aber du hast vor, es ihm zu sagen«, fiel er ihr ins Wort. »Noch so eine Dummheit, kleines Mädchen. Was hast du davon? Willst du dein Gewissen erleichtern?«

»Und wenn es so wäre?« Sie trotzte ihm mit erhobenem Kinn.

»Gewissen wird allgemein überschätzt; Beichten sollten in

der Kirche bleiben. Macht man sie öffentlich, richten sie am Ende mehr Schaden an als die Tat an sich. Und am Ende verlieren alle Beteiligten.«

»So rechtfertigt sich nur jemand, der schuldig ist!«, giftete sie ihn an.

»Es ist sowieso eine überflüssige Diskussion. Dein Bruder weiß längst über alles Bescheid.«

Ihr Herz setzte einen Schlag aus. »Hat er das gesagt?«, stotterte sie.

»Nein, ich folge nur dem Gesetz der Logik. Du stürmst herein wie eine Furie, und kurz darauf taucht auch dein Bruder hier auf. Natürlich weiß er Bescheid! Fragt sich nur, von wem, wenn du es ihm nicht gesagt hast?« Er klang lauernd, wog sichtlich ab, was er glauben sollte.

»Wo ist Stephen? Was habt ihr mit ihm gemacht?« Sie wollte aufspringen, doch Henoch war erneut schneller und drückte sie unerbittlich zurück aufs Bett. »Nichts, wir haben ihn ziehen lassen. Die Warriors haben ihm gesagt, du seist nicht hier.«

Emily vermutete sofort, dass Henoch Stephen zwar hatte ziehen lassen, ihm jedoch ein paar Leute hinterhergeschickt hatte, um seine nächsten Schritte zu überwachen. Was waren ihre eigenen Optionen? Wie konnte sie sich aus der Situation, in die sie sich selbst unbedacht hineinmanövriert hatte, wieder herauswinden? *Denk nach, Emily*, spornte sie sich an. Henoch will offenbar etwas von dir. Mach es dir zunutze!

»Und nun willst du wissen, wenn ich es Stephen nicht gesagt habe, von wem er es dann erfahren haben könnte? Ach? Daher weht der Wind?« Plötzlich war ihr ein Licht aufgegangen. »Du sorgst dich um deinen Verbündeten Chester Riesenarsch! Hängt etwa der Haussegen schief?«, ergänzte sie süffisant.

»Du irrst dich«, schmetterte Henoch sie ab. »Chester Hamilton ist nicht das Problem. Aber du wirst mit deinem Bruder reden und ihn zur Vernunft bringen.«

»Und warum sollte ich das tun?«

»Weil es in deinem eigenen Interesse ist.«

»Wohl eher in deinem! Du hast Angst, dass Stephen zur Polizei geht und euch verpfeift! Vielleicht ist er ja längst dort gewesen!«

»Dann wäre es nicht mehr zu ändern, und die Dinge nähmen ihren Lauf«, sagte er mit jenem falschen Fatalismus, für den sie ihn verabscheute. »Allerdings halte ich das für eher unwahrscheinlich; dein Bruder scheint dir sehr verbunden.«

»Und wer hat dir das erzählt? Der Gänsegott?«

»Du versteckst dich hinter deinem Hohn, kleines Mädchen, dabei hast du Angst. Du fürchtest dich davor, mit ihm zu reden, aber wir beide wissen: Noch mehr fürchtest du das Gefängnis! Früher bist du vor keiner Aktion zurückgeschreckt, doch seit deiner Bewährung scheust du jedes weitere Risiko. Dein Bruder hat dich hier gesucht, um dich zur Rede zu stellen, und nicht, um dich ins Gefängnis zu bringen«, sagte Henoch ekelhaft sicher.

»Dein Sohn ist der Einbrecher, nicht ich!«, schleuderte sie ihm hilflos entgegen.

»Sicher, aber er trug eine Maske. Du nicht. Wie du weißt, haben wir die ganze Aktion auf Video, du bist darauf einwandfrei identifizierbar! Du kannst dir den Film gerne nochmals ansehen. Es gibt nicht den geringsten Beweis gegen meinen Sohn, und es stehen Dutzende Zeugen bereit, die aussagen werden, dass er sich zum fraglichen Zeitpunkt in der Brennerei aufgehalten hat. Du bist es, der Gefängnis droht, Schwester Emily. Noch eine Verfehlung, und sie stecken dich für die nächsten Jahre hinter Gitter. Das weiß auch dein Bruder.«

Sein überhebliches Getue machte sie rasend. »Ich fürchte mich vor gar nichts!«

»Sehr gut! Nachdem deine Furchtlosigkeit also geklärt ist, sprich mit deinem Bruder! Folgendes wirst du ihm sagen …«

Emily wurde relativ schnell klar, wie viel für Henoch tatsächlich auf dem Spiel stand.

»Und wenn ich mich weigere?«

»Oh, du wirst ganz sicher mit ihm reden. Warum, denkst du, lebe ich hier, in einem Zelt?«, wechselte er erneut unvermittelt die Gesprächsrichtung.

»Weil du dir kein eigenes Haus leisten kannst?«

»Weil ich hinter festen Wänden nicht frei atmen kann! Wie mag es dann wohl dir ergehen, einem Geschöpf der Freiheit?«

Geschöpf der Freiheit? Der hat ja 'nen Knall … »Heb dir dein pathetisches Gequatsche für die anderen auf. Du redest nur Quark, tust immer so, als seist du besser als der Rest der Welt. Dabei bist du nichts weiter als ein doppelzüngiger Typ mit fettigen Haaren, der auf Kosten anderer lebt!«

Er lachte rau auf. »Schwester Emily, ich mag dich! Wirklich, du fürchtest dich und bist dennoch unerschrocken.«

Er beugte sich vor, und seine Hand schloss sich wie eine Kralle um ihren Arm, bohrte sich tief in ihr Fleisch. Er zwang sie, ihm in die Augen zu sehen.

»Du hast keine Ahnung, was wahre Angst bedeutet«, sagte er mit der Stimme eines Henkers. »Angst, die sich im Dunkeln durch deine Knochen frisst, eine kalte Hand, die nach deinem kleinen Herzen greift und es so lange zusammenpresst, bis der letzte Tropfen Blut aus ihm herausgequetscht ist. *Das ist Angst.*«

Da war er wieder, der Abgrund in seinen Augen, Spiegel ihres eigenen, dem sie schon mehrmals zu nahe gekommen war. Er jedoch schien ihn sich untertan gemacht zu haben, war Herrscher in seiner eigenen Hölle. Er ließ sie los. »Du kannst mich beschimpfen, so viel du willst, Schwester Emily. Aber du kannst es nicht verleugnen, wir ähneln uns. Du kennst den Abgrund. *Gott will abwischen alle Tränen von ihren Augen, und der Tod wird nicht mehr sein.* Offenbarung 21,4! *Du* bist wie ich.«

»Nein!«, schrie sie. »Ich bin niemals wie du!«

»Natürlich bist du das! Ich sehe dich, wie du bist, ich kenne deine Geheimnisse. Wenn man dich einsperrt, stirbst du – wie ein Fisch auf dem Trockenen …«

»Vielleicht möchte ich das ja! Tot sein. Vielleicht habe ich die Schnauze voll von der Welt und von verlogenen Ärschen wie dir.«

»So wie deine Freundin Denise?«

Wäre Emily nicht gesessen, sie wäre getaumelt. Der Name ihrer Freundin fuhr wie ein Messer in ihr Herz. *Dieser Mistkerl!* Woher wusste er davon? *Citizen*! Aber sie durfte den Gedanken an Denise jetzt nicht in ihren Kopf lassen, weil er jedes Gefühl und alle Kraft aus ihr heraussaugen und ihren ohnehin brüchigen Schutzwall zum Einsturz bringen würde. Und dann würde sie Henoch endgültig ausgeliefert sein.

»Du kannst es nicht leugnen, Schwester Emily, du bist auserwählt! Deine Todessehnsucht ist nichts anderes als der unbewusste Wunsch, Gott nahe sein zu wollen, so wie Schwester Denise! Es steht in deinen Augen geschrieben. Sie sind so blau und so tief wie der Ozean, dem alles Leben entspringt. Du verzehrst dich nach seinen Geheimnissen, wünschst dir, für immer in seiner stillen Schönheit aufzugehen. Weil du dir von ihm Frieden erhoffst. Du sehnst dich nach dem ewigen Schweben, das nur Gott dir schenken kann …« Wort für Wort spann er ein Netz um sie, zog sie weiter hinab in seine Untiefen.

Sie wollte vor ihm zurückweichen, so viel Abstand wie

möglich zwischen sich und ihn bringen. Aber wie floh man vor jemandem, dem es scheinbar möglich war, in den eigenen Kopf vorzudringen?

»Wir beide wissen, der Frieden, nach dem du dich sehnst, liegt nicht in einer Gefängniszelle«, fuhr Henoch fort. »Geh und sprich mit deinem Bruder.«

Mehrere Sekunden war sie wie gelähmt, unfähig zu denken. Doch plötzlich fuhr die Erkenntnis wie ein Lichtstrahl in sie, und sie begriff: Es war Henoch, der sich fürchtete! *Er* hatte selbst zu viel zu verlieren. Wenn sie auspackte, konnte sie ihm ernsthaft schaden.

Nun war sie es, die triumphierte. »Ich gehe liebend gerne ins Gefängnis – wenn es bedeutet, dass ich dich mit in den Abgrund reiße!«

»Wie du willst.«

Und dann packte er sie und sperrte sie ein.

Fritz

Oona Williams, Delfintrainerin im *Sea Adventure Park*, kniete auf dem Steg und übte mit den Delfinen Sandy und Bridget einige Kommandos, die beide mit Bravour ausführten. Als junge Tümmler waren sie von Dolphin Aid gerettet und später als Therapiedelfine ausgebildet worden. Sandy und Bridget waren darin geübt, mit körperlich oder geistig gehandicapten Kindern zu trainieren.

»Brave Mädchen«, rief Oona und belohnte sie mit einer Sardine aus ihrem Eimer, als sie Fritz und Maddie entdeckte. »Nanu, so früh dran? Seid ihr allein gekommen? Wo ist denn Emily heute?« Emily hatte die gemeinsame Therapiestunde im Delfinarium bisher kein einziges Mal versäumt.

»Emily hatte keine Zeit«, erwiderte Fritz ungewöhnlich knapp. Leider war auch ihr Vater Walther wegen einer Hochzeit unabkömmlich gewesen, und so hatte Onkel Jeb sie im *Adventure Park* abgesetzt.

Die zwei anderen Kinder waren noch nicht eingetroffen. Fritz manövrierte den Rollstuhl an den Rand des künstlichen Sees und begrüßte die Delfine, die sich nebeneinander im Wasser drängten und ihn mit ihrem typischen Schnattern willkommen hießen.

Maddie hielt sich eng an der Seite ihres Bruders. Sie hatte heute keinen guten Tag, was allein schon daran ersichtlich war, dass sie sich einmal mehr unter Fritz' Astronautenhelm versteckte. Maddie benötigte vertraute Strukturen, die Sicherheit der Routine. Ihr Leben spielte sich innerhalb eines exakt bemessenen Kosmos ab, und Emily nahm darin einen wichtigen Platz ein. Ihr Fehlen störte das empfindliche Gleichgewicht von Maddies innerer Welt.

Fred, der Physiotherapeut, kam mit mehreren Neoprenanzügen aus dem Bereitschaftsraum. Er half Fritz beim Anlegen von Anzug und Schwimmweste. Doch Maddie umzukleiden erwies sich ohne Emily als unüberwindliches Hindernis. Es scheiterte schon an Maddies Weigerung, ihren Helm abzusetzen.

Das Unwohlsein, das Fritz empfand, seit Emily nicht zur verabredeten Zeit aufgetaucht war, verstärkte sich. Aus unerfindlichem Grund fühlte er sich schuldig. Er mühte sich redlich, seine Schwester zu überzeugen, doch alles gute Zureden half nichts. Maddie wollte den Helm nicht abnehmen, gleichwohl griff sie nach einer Schwimmweste, zog sie über ihre Straßenkleidung und hätte sich samt Helm und Schuhen ins Wasser gestürzt, wenn Fred sie nicht rechtzeitig daran gehindert hätte.

Da Maddie sich ungern anfassen ließ, reagierte sie mit lautem Geschrei. Fritz versuchte sie zu beruhigen, aber Maddie war kaum mehr zu bändigen. Sie zappelte in Freds Armen, schlug um sich, heulte und brüllte. Fred war verzweifelt bemüht, sie davon abzuhalten, in voller Montur ins Wasser zu waten, gleichzeitig wollte er ihr nicht wehtun. Die beiden Delfine schossen umher, stellten sich immer wieder auf und pfiffen und klickerten laut, gebärdeten sich, als wollten sie Maddie zu Hilfe eilen.

Auch Fritz schrie jetzt, um irgendwie zu Maddie durchzudringen. Oona wiederum versuchte vom Steg aus die Delfine zu sich zu locken, nutzte Kommandos und Trillerpfeife, doch die beiden ignorierten sie.

So präsentierte sich die Lage, als die zwei anderen Kinder in elterlicher Begleitung eintrafen. Maddie ließ sich einfach nicht beruhigen, und Samantha und Austin, ebenfalls autistisch veranlagt, waren mit der Situation schnell überfordert. Samantha stimmte ein ähnliches Geheul wie Maddie an, und Austin setzte sich auf den Boden neben den Rollstuhl von Fritz, begann sich hin- und herzuwiegen und gab ununterbrochen ein monotones »Nein, nein, nein …« von sich.

Daraufhin forderten die Eltern, zum Wohl und Schutz der eigenen Kinder Fritz und Maddie heute von der Therapiestunde auszuschließen. Fred, mit der zappelnden und schreienden Maddie vollauf beschäftigt, konnte die Situation nicht entschärfen. Die Stimmung kippte. Auch Oona verließ nun ihren Platz auf dem Steg, um zu vermitteln. Der Eimer mit den Belohnungen blieb ohne Aufsicht zurück.

Sandy und Bridget wussten ihre Chance zu nutzen und schossen wie Torpedos auf den Steg zu. Sandy hob sich mit einem eleganten Sprung aus dem Wasser, flog über den Steg, traf mit ihrer Schnauze zielsicher den Eimer, und der segelte mitsamt dem begehrten Inhalt ins Wasser. Bridget gönnte sich einen Happen, während Sandy den leeren Eimer ansteuerte, die Schnauze hineinsteckte und auf die schreienden Kinder zuhielt. Bridget folgte ihr, und gemeinsam stellten sie sich auf, balancierten auf ihrer Flosse, und der Eimer rutschte Sandy über den Kopf.

Auch sie trug nun Helm, und Bridget machte mit lautem Geschnatter auf diese besondere Einlage aufmerksam. Während die Erwachsenen überfordert waren und die Luft sich auflud wie vor einem Gewitter, präsentierten die Delfine ihre eigene Lösung.

Die vier Kinder schauten zu den Delfinen. Samantha begann zu lachen, Austin verstummte und hörte auf, sich zu wiegen. Auch Maddie wurde still. Sie nahm den Helm ab, zeigte auf Sandy mit dem übergestülpten Eimerhelm und kicherte.

Oona betrachtete ihre beiden Schützlinge Sandy und Bridget wie eine Mutter, deren Kinder gerade eine besondere Leistung vollbracht hatten. »Wenn das nicht der Beweis dafür ist, dass Delfine klüger sind als Menschen«, verkündete sie stolz.

Der Sturm verebbte, die Atmosphäre entspannte sich, und alle, einschließlich Maddie, waren nun bereit, in die Neoprenanzüge und Schwimmwesten zu schlüpfen. Die Eltern hatten sich ebenfalls umgezogen und begleiteten ihre Kinder ins Becken. Fred trug Fritz hinein und setzte ihn an einer seichten Stelle ab. Seine Beine mochten vielleicht nutzlos sein, aber seine Arme waren kräftig, und er konnte sich ohne fremde Hilfe über Wasser halten. Ginge es nach Fritz, würde er auf die Schwimmweste verzichten, aber sie war Pflicht. Als Maddie auf ihn zuwatete, schwammen die beiden Delfine sofort heran, umtanzten die Gruppe wie kleine Kinder, die sich aufs Spielen freuten, zeigten offen ihre Bereitschaft, das Becken mit ihnen zu teilen.

Fred wechselte noch schnell ein paar Worte mit den Eltern, erklärte ihnen, was er heute vorhatte, während Fritz und Maddie die Zeit nutzten, um Sandy und Bridget, die sie abwechselnd stupften, die seidig glatte Haut zu streicheln. Oona hatte ihren Platz auf dem Steg wieder eingenommen, mit einem frisch gefüllten Eimer, und würde von dort aus die Therapiestunde begleiten.

Sandy und Bridget machten einen kurzen Abstecher zu ihr, den Eimer dabei begehrlich im Auge.

Normalerweise genoss Fritz jede Sekunde, die er im Becken mit den Delfinen verbringen durfte, doch die Unruhe wollte nicht weichen. Sie rührte nicht ausschließlich daher, dass Emily Maddie und ihn versetzt hatte.

Die sensiblen Tiere spürten seinen inneren Konflikt und wandten sich ihm instinktiv immer wieder zu. Oona und Fred mussten die Tiere mehrmals ermahnen, ihre Aufmerksamkeit gleichmäßig auf alle vier Kinder zu verteilen.

»Was ist denn heute mit dir los, Fritz? Hat Emily schon wieder etwas angestellt?«, erkundigte sich Fred später bei ihm, während er dem Jungen zurück in den Rollstuhl half. Fred kannte Emily seit ihren Sozialstunden im Zoo; es war naheliegend, dass sich seine Überlegung in diese Richtung bewegte.

Seine Frage traf Fritz wie ein Hammer und durchschlug die innere Barriere, die ihn bisher daran gehindert hatte, die Wahrheit zu erkennen. Und da wusste er: Er war es, der etwas angestellt hatte! Er hatte zu viel geplappert!

Emily

Der verdammte Scheißkerl hatte sie eingesperrt! Als kleinen Vorgeschmack, wie es sich anfühlte, hatte er ihr boshaft zugerufen, als er die Tür abschloss. Aber sie hatte noch ein Ass im Ärmel. Als sie Henoch vom Stuhl riss und er sich anschließend auf sie geworfen hatte, war sie mit dem Rücken auf sein Handy gefallen. Henoch musste es bei ihrem Angriff verloren haben. Unbemerkt hatte sie es an sich gebracht. Nun holte sie es hervor. Vier Nummern hatte sie im Kopf, die von ihrer Mum, Fritz, Stephen und Jason. Sie wählte Stephen an, aber nur seine Mailbox dudelte. Sie informierte ihren Bruder in knappen Worten darüber, was geschehen war und wo Henoch sie eingesperrt hatte.

Und jetzt? Sie zögerte. Ihre Mum und Fritz wollte sie nicht beunruhigen. Und die Polizei kam nicht infrage. Kurz entschlossen wählte sie Jasons Nummer. Sein privates Handy war offline, aber sie hatte sich auch die Durchwahl auf seiner Arbeit gemerkt.

Es klingelte, knackte in der Leitung und Jason war dran! Gleichzeitig fiel ein Schatten auf sie. Sie konnte gerade noch die Worte »Ich bin es! Ich brauche deine Hilfe … Oh, Shit!« ausstoßen, als ihr Carlos das Handy entriss. Kurz sah Citizens Freund aus, als wolle er sie schlagen. Doch er überlegte es sich anders und zeigte sein falsches Lächeln. »Danke, Emily.« Er tastete sie auf weitere Überraschungen hin ab, während zwei

Green Warriors sie festhielten. Anschließend verschwanden die drei ohne ein weiteres Wort.

Rastlos wie ein gefangenes Tier irrte sie seither in dem ehemaligen Lagerraum umher, kletterte auf Paletten und alte Fässer und suchte im Schein der flackernden Glühbirne jeden Quadratzentimeter nach einer Fluchtmöglichkeit ab. Aber es gab in dem Raum kein Fenster, nicht einmal einen Lichtschacht. Einzig die Tür führte in die Freiheit. Und die war unüberwindbar. Massiv und alt – bis auf das Schloss. Das glänzte funkelnagelneu.

Sie hatte ein paar rostige Nägel aufgelesen und stocherte nun mit ihnen im Zylinder herum. Aber was im Film immer so leicht aussah und nur Sekunden dauerte … Sie musste sich eingestehen, dass sie keine Ahnung hatte, wie man ein Türschloss knackte. Schreien würde auch nichts nutzen, niemand würde kommen, um sie zu befreien.

Wunderbar, Emily, das hast du prima hinbekommen, schalt sie sich selbst. Und warum? Weil du immer einen Schritt zu weit gehst! Bisher hatte sie sich wenig Gedanken über ihr Tun gemacht, geschweige denn über die Konsequenzen. Ihr ganzes bisheriges Leben bestand aus impulsivem Handeln. Sie tat, was sie tun musste. Bis die Umstände sie irgendwann stoppten.

War sie heute in die Sackgasse ihres Lebens geraten? Was hatte Henoch mit ihr vor? Er hatte keine plakativen Drehbuchsätze von sich gegeben wie: *Du bleibst hier, bis du zur Vernunft gekommen bist*. Er hatte ihr auch nicht gedroht. Was er gesagt hatte, als er sie durch das Gebäude gezerrt hatte, war: »Der Herr hat mich erwählt, und auch du bist erwählt, Emily. Warum sonst hätte er unsere Wege zusammengeführt? Du musst dich entscheiden, wohin du gehörst, Emily.«

Sein esoterisches Gequatsche nervte sie – dieses Getue, als

handle er im Auftrag eines höheren Wesens, nur, um sich damit selbst zu einem höheren Wesen zu stilisieren. Damit konnte er vielleicht die anderen manipulieren. *Sie war keine dumme Gans, die hinter ihm herflatterte!* Prima, Emily, dafür bist du jetzt seine Gefangene ... Warum hatte sie ihm nicht zugesichert, zu tun, was er von ihr verlangte? Warum konnte sie nicht *ein Mal* über ihren Schatten springen? Dann wäre sie jetzt frei. Aber scheinbar schlug sie nie den einfacheren Weg ein. Sie entschied sich immer für den komplizierten, wählte stets die Opposition, ohne Rücksicht darauf, ob sie sich selbst damit schadete. Lügen oder jemandem etwas vorzumachen entsprach nicht ihrer Natur. Sie war eine Gerechtigkeitsfanatikerin und konnte gar nicht anders, als der rotierenden Kugel in ihrem Bauch zu folgen. In seltenen Momenten wünschte sie sich, sie könnte sie herausreißen, gegen die Wand schmettern und zusehen, wie sie zerbarst.

Auch die Scham stand ihr im Weg. Sie schämte sich, weil sie am Morgen nach dem Einbruch nicht sofort zu Stephen gegangen war. Sie hatte es vorgehabt, war sogar nach San Diego zur Highschool getrampt, an der er damals noch unterrichtete. Aber sein Caravan stand nicht auf dem Parkplatz, und so war sie wieder abgezogen, erleichtert, dass das Schicksal – oder der Teufel? – ihr einen weiteren Tag Aufschub zugestanden hatte. Dann kam der nächste Tag und noch einer, und die Scham in ihr wuchs mit jeder Stunde, die verstrich. Bis die Mauer ihrer Scham zu hoch war, um sie noch zu überwinden, und Feigheit an ihre Stelle trat.

Sie setzte sich auf den Boden, schlang die Arme um die Knie und überlegte. Es gibt immer einen Ausweg, das hatte ihr Vater ihr mit auf den Weg gegeben. Eine weitere Ungerechtigkeit des Schicksals, ihr den Vater so früh zu nehmen, ihn unter unsäglichen Qualen aus dem Leben zu reißen, einen so guten und anständigen Menschen. Er fehlte ihr jeden Tag, jede Stunde, jede Minute. Sie grollte ihm auch, fühlte sich von ihm betrogen, weil er sie zurückgelassen hatte. Damals hatte sie erkennen müssen, dass es keinen Ausweg aus dem Tod gibt. Das bittere, brennende Gefühl, das sein Tod in ihr hinterlassen hatte, wollte nicht von ihr weichen. *Schmerz.* Er war da, wenn sie sich abends schlafen legte, und begleitete sie, wenn sie morgens erwachte.

Tränen brannten hinter ihren Augen, das untrügliche Zeichen, dass sie sich viel zu sehr auf den Schmerz einließ. Schon tat sich der schwarze Abgrund unter ihr auf, eine bleiche Hand tauchte aus dem Sog hervor und griff nach ihr, um sie hineinzuziehen. *Warum sich nicht endgültig hineinstürzen, bis alle Stimmen um sie herum verstummt waren?* Verlockender, dunkler Mahlstrom, Ende aller Sorgen und Gedanken, Versprechen des Teufels.

Wie in Trance öffnete Emily ihre Handfläche und starrte auf die drei rostigen Nägel. Es wäre einfach, sich damit die Pulsadern aufzureißen. *Tu es*, feuerte eine innere Stimme sie an, du hast deinen Frieden verdient! Und sie nahm einen davon und ritzte sich mit steifen Fingern die Haut am Handgelenk. Es war der konkrete Schmerz, der sie zurück in die Realität brachte. In ihrer Vorstellung war es immer der Ozean, in dem sie einst ihren Frieden finden würde, ganz sicher nicht in einer feuchten Lagerhalle, umgeben von Schmutz und alten Fässern! Noch weit weniger gönnte sie den versammelten Ärschen Henoch, C. K. und Chester Hamilton die Nachricht von ihrem Tod.

Sie pfefferte die Nägel in eine dunkle Ecke. Nein, so einfach würde sie es den Mistkerlen nicht machen! Wenn sie sie tot sehen wollten, dann sollten sie sich gefälligst selbst die Hände schmutzig machen! Der Gedanke breitete sich in ihr aus und trieb Blüten, die sie schaudern machten: Würde Henoch sie töten, wenn sie nicht tat, was er von ihr verlangte? Wenn er glaubte, sie stelle eine echte Bedrohung für ihn dar? Aber, dachte sie erschrocken, in dem Fall müsste er auch ihren Bruder töten! Daran hatte sie bisher gar nicht gedacht!

Sie traute es Henoch durchaus zu. Er war ein Ungeheuer, in ihm lag eine Form tieferen Wahnsinns verborgen. Sie hatte es heute deutlich in seinen Augen erkannt, und nicht nur das: Sie war beinahe sicher, dass er schon zuvor getötet hatte. Der Mann war ein Fanatiker, deshalb zog er auch so viele Fanatiker an. Aber alle diese Erkenntnisse und Überlegungen führten vorerst ins Nichts.

Sie war Henochs Gefangene.

Citizen

»Du bist doch Fritz, oder?«

»Und du bist Citizen, Emilys Freund.« Fritz schaute zu ihm auf und musste dabei gegen die Sonne anblinzeln.

»Gehst du auch spazieren? Oh, entschuldige, war eine blöde Frage.«

»Schon gut, das bin ich gewohnt, und es macht mir nichts aus.«

»Bist du ganz allein hier, Junge?«

»Nein, meine Schwester sitzt dort.« Er zeigte auf Maddie, die neben einer Bank hockte und Gras rupfte. »Wir waren bei den Delfinen. Unser Dad holt uns später ab. Und was machst du hier?«

»Oh, ich gehe auch ein wenig spazieren.«

Fritz veränderte seine Position, damit er nicht mehr in die Sonne schauen musste. »Willst du Tiere befreien?«, fragte er vertraulich.

Citizen lachte. »Nein, heute nicht.«

»Gut. Vielleicht könntest du sowieso einen Bogen um den *Sea Adventure Park* machen. Onkel Jeb wäre nicht erfreut«, sagte er mit Nachdruck.

»Die wenigstens wären erfreut. Und warum wäre gerade Onkel Jeb nicht erfreut?«

»Weil ihm die Tiere im *Adventure Park* gehören. Er ist hier der Boss.«

Interessant, dachte Citizen, das hat mir Emily bisher verschwiegen. Ihm war auch klar, warum sie ihm nichts davon erzählt hatte. »War nett, dich wieder mal zu treffen, Fritz«, verabschiedete er sich und schlenderte davon.

»Hey! Soll ich Emily nichts von dir ausrichten?«, rief Fritz ihm hinterher.

Citizen blieb stehen. Hatte der Junge etwas bemerkt? Emily behauptete immer, er sei höllisch schlau – was ihn nicht davor bewahrt hatte, vor ein Auto zu laufen. Und wenn schon, überlegte er weiter. Was sollte das Kind schon für Rückschlüsse ziehen? Er wandte sich um und lächelte freundlich. »Was meinst du denn genau?«

»Wie wäre es mit einem *Gruß*?«, antwortete Fritz gedehnt.

»Natürlich, du hast ja recht! Richte Emily gerne Grüße von mir aus. Bye!«

Die Grüße wird Emily so oder so erhalten, dachte Citizen boshaft.

Emily

Irgendwann war sie eingedöst, doch ihr Schlaf war durchsetzt von schlimmen Albträumen.

Ein Geräusch hatte sie aufgeschreckt, und unter dem Eindruck der dunklen Träume fragte sie sich, ob sie kamen, um sie zu töten. Sie wünschte sich, sie hätte die Nägel nicht von sich geschleudert, da sie ihr nun als Waffe willkommen wären.

Sie rappelte sich mühsam auf, streckte ihre Glieder, die steif und ungelenk waren von der unbequemen Lage. Sie behielt die Tür im Auge, doch dort tat sich nichts. Trotzdem vernahm sie ein schabendes Geräusch – als würde ein Möbelstück von der Stelle gerückt. Und es schien nicht vom oberen Stockwerk zu kommen, sondern von hier aus dem Raum. Misstrauisch suchten ihre Augen die Umgebung ab.

Da! Ein Fass bewegte sich wie von Zauberhand! Mit widerwilliger Faszination beobachtete sie, wie sich eine Öffnung im Boden auftat und rasch verbreiterte. Als Nächstes tauchte ein Kopf vorsichtig hindurch, und Emily wich erschrocken zurück.

Bis sie den Mann erkannte. »Charlie Two!«, entfuhr es ihr erleichtert. »Was machst du hier?«

»Nach was sieht es denn aus, häh? Dich retten natürlich.« Charlie stemmte sich vollends aus dem Loch und grinste sie breit über mehrere Zahnlücken an. Nie zuvor war Emily ein hübscheres Lächeln begegnet. Ungestüm warf sie sich in seine Arme und hätte Charlie fast in den rettenden Ausstieg gestürzt.

»Na, na, Kleine! Du willst den alten Charlie doch nicht verlegen machen«, brummte der. »Komm jetzt, ich bring dich hier raus. Mein Kumpel wartet unten. Du gehst voran. Halt dich gut an der Leiter fest, häh?« Er war ihr beim Einstieg behilflich, blieb jedoch selbst zurück.

»Was ist denn? Wieso kommst du nicht nach?«, wisperte Emily und wunderte sich, wie weit ihre Stimme in dem Stollen trug.

»Ich öffne die Tür mit meinem Spezialwerkzeug.« Charlie kicherte. »Dann kann unser Reverend bis zum Sankt-Nimmerleins-Tag rätseln, wie du es geschafft hast, dich an ihm vorbeizuschleichen.«

»Warum?«

»Das Kind stellt Fragen! Damit verhindere ich, dass sie das Lager nach dir absuchen und womöglich unseren geheimen Gang finden, häh? Und jetzt hopp, abwärts mit dir!«

Doch Emily wartete, bis Charlie zurück war, was ziemlich rasch erfolgte. Er grummelte einige unverständliche Worte, als er Emily entdeckte, ersparte sich aber eine Ermahnung. Er kletterte in die Öffnung und mühte sich auf der Leiter redlich ab, bis das Fass wieder an Ort und Stelle gerückt war. Emily hätte ihm gerne geholfen, aber nebeneinander fanden sie auf der Leiter keinen Platz.

Charlie One erwartete sie am unteren Ende der Leiter. Er war eine Legende im Viertel. Wen man auch fragte, wie lange er ihn kannte, die Antwort lautete, dass Charlie schon immer da gewesen sei. Auch wusste niemand zu sagen, wie alt Charlie war, vermutlich hatte er es selbst längst vergessen. Sein Gesicht war von einem tiefgrauen Bart zugewuchert, und man munkelte, dass sich darunter tiefe Narben verbargen. Emily kannte Charlie One nur vom Sehen, hatte noch nie mit ihm gesprochen – geschweige denn ihn lächeln gesehen. Bis zu diesem Augenblick. »Na, Kleine? Alles in Ordnung? Haben dir die Schweine was getan?«

»Nein, ich bin okay. Aber woher habt ihr gewusst, dass sie mich eingesperrt haben?«

Charlie One zeigte nach oben. »Das war lange unser Quartier, wir kennen jedes Schlupfloch. Einige von uns wohnen immer noch unten im alten Heizungsraum und hören über die alten Rohre alles mit. So haben wir von deiner Gefangennahme erfahren. Komm, Kleine, wir bringen dich hier raus.«

Der Weg war lang, mit vielen Verzweigungen und niedrigen Decken, unter denen ein Gewirr von Rohren verlief. Mehrmals drangen Stimmen an Emilys Ohr, manche klangen fern, doch einige schienen ihr so nahe zu sein, als würde der Sprecher direkt neben ihr stehen. Anfangs erschrak sie, aber sie gewöhnte sich rasch an die geisterhaften Stimmen, die scheinbar aus den Wänden zu ihr sprachen. Einige der Gänge waren breiter als andere und wiesen hier und da Nischen auf, in denen sich Charlies Brüder Wohnhöhlen von rustikaler Gemütlichkeit eingerichtet hatten. Wann immer ihnen einige der Brüder begegneten, wurde Charlie One wie ein König begrüßt. Für Emily gab es aufmunternde Worte, derweil es nicht an Verwünschungen gegenüber Citizen und seinem Vater Henoch mangelte.

Es rührte Emily, wie alle an ihrem Schicksal Anteil nahmen.

Nachdem die beiden Charlies sie sicher aus South Central hinaus und bis zu ihrem Wagen gebracht hatten, nahm sie ihren beiden Rettern das Versprechen ab, niemandem außerhalb der Gemeinschaft der Obdachlosen zu verraten, was heute geschehen war. Egal, wer nach ihr fragen sollte, sie sollten behaupten, sie sei mit einigen der Green Warriors weggefahren.

»Warum sollen wir diese Lüge für dich verbreiten?«, wollten die beiden Charlies wissen.

»Weil sie mir ein wenig Zeit verschafft. Ich muss dringend mit einer Bekannten sprechen. Sie kann mir helfen, die Dinge wieder in Ordnung zu bringen. Ich werde euch danach alles erklären, versprochen!«

Die beiden Charlies wechselten einen Blick, und Emily befürchtete, sie würden sie zu ihrem eigenen Schutz nicht gehen lassen.

»Bitte, Charlie«, setzte sie nach. »Es ist wichtig für mich!«

Charlie One betrachtete sie aus trüben Augen. »Wie heißt die Frau?«

»Das möchte ich erst verraten, wenn ich mit ihr gesprochen habe«, beharrte Emily.

»Also gut, du hast zwei Stunden«, gab Charlie One mit einem Brummen nach. »Aber in genau zwei Stunden meldest du dich bei uns.« Er drückte ihr sein Smartphone in die Hand. »Die Nummer von Charlie Two ist einprogrammiert. Ruf uns an, verstanden, Mädel? Und ich gebe dir einen guten Rat: Sprich mit deiner Bekannten, aber dann fahr sofort nach Hause!«

Als sie gegangen war, fragte Charlie Two Charlie One: »Warum hast du ihr das mit ihrem Bruder verschwiegen?«

»Sie wird es sowieso früh genug erfahren, und sie wollte diese zwei Stunden. Was bedeuten zwei Stunden in einem ganzen Leben? In der Zwischenzeit …«

Charlie Two war nicht begeistert von dem, was Charlie One vorhatte, sah aber die Notwendigkeit ein. Henoch war mehr als ein Spinner. Er war eine Gefahr.

Henoch

»Alles erledigt?«, fragte Henoch seinen Sohn, als dieser nach seinem Ausflug in die Mission Bay das Zelt betrat.

»Sieh selbst!« Citizen zeigte ihm die Aufnahmen auf dem Handy. Henoch nickte befriedigt. »Hol Emily her. Inzwischen dürfte sie weichgekocht sein.«

Citizen brauchte lange. Zu lange. Da stimmte etwas nicht. Womöglich ließ sich sein Sohn gerade von dem Mädchen einwickeln? Er traute es ihm durchaus zu; Citizen fand definitiv zu viel Gefallen am weiblichen Geschlecht. Doch das war seine eigene Schuld als Vater. Er hatte es beizeiten versäumt, seinem Sohn das gesunde Misstrauen einzuimpfen, das er selbst gegen die Frauen empfand. Er entschied, selbst nach dem Rechten zu sehen.

Doch er hatte kaum sein Zelt verlassen, als ihm sein Sohn vom anderen Ende des Innenhofs entgegenkam. »Emily ist verschwunden!«

»Was soll das heißen, sie ist verschwunden?«, fragte Henoch barsch, als Citizen nahe genug heran war.

»Das kleine Biest hat irgendwie die Tür aufgekriegt und muss sich anschließend an uns vorbeigeschlichen haben!«

»An dreißig Warriors? Niemals!«, erwiderte Henoch grimmig. »Wenn das Mädchen nicht gelernt hat, wie man sich unsichtbar macht, dann muss sie Unterstützung gehabt haben.« Henoch fixierte seinen Sohn durchdringend.

»Wenn du glaubst, ich habe ihr geholfen, bist du auf dem Holzweg!«, empörte sich Citizen. »Aber ich hatte dich gewarnt, Vater: Emily einzusperren war falsch! Du hättest mich mit ihr reden lassen sollen.«

»Es steht dir nicht zu, meine Entscheidungen anzuzweifeln!« Henoch stampfte mit dem Stock auf.

»Ein Mensch mit Verstand sollte jede Entscheidung hinterfragen!«, konterte Citizen.

Henoch ließ den Stab sinken, die massigen Schultern entspannten sich. Citizen war mit den jähen Stimmungswechseln seines Vaters vertraut.

Der klopfte ihm nun vertraulich auf die Schulter. »Gut gesprochen, mein Sohn! Und jetzt ruf unsere Leute in der Halle zusammen. Ich komme gleich nach.«

Während Citizen davoneilte, griff Henoch nach dem Handy und wählte eine Nummer. »Carlos, hör zu, ich habe einen Auftrag für dich!«

Emily

Emily hatte einen Plan. Sie hatte bereits darüber nachgedacht, als sie noch in der Brennerei gefangen war.

Sie fuhr zunächst in die Klinik, nur um dort zu erfahren, dass der Dienst von Dr. Karen Lindbergh gerade beendet sei und sie das Haus schon verlassen habe.

Gott sei Dank wusste sie, wo Karen wohnte, Citizen hatte sie einmal zu einem Greenwar-Meeting im kleinen Kreis dorthin mitgenommen. Sie hoffte, dass Karen gleich nach Hause gefahren war und nicht noch andere Termine hatte.

Emily hatte Glück. Als sie aus dem Wagen stieg, bog Karen mit einer Einkaufstüte um die Ecke. Emily lief ihr entgegen.

»Du? Was willst du hier?« Karen schien wenig erfreut, Emily hier zu begegnen. Sie sah sich um, als erwarte sie, dass Emily noch jemanden mitgebracht hatte.

»Ich muss mit dir sprechen. Über den Einbruch bei meinem Bruder.«

»Davon weiß ich nichts.«

»Aber …«

»Nichts aber. Bis dann mal.«

Karen wollte sich an ihr vorbeidrücken, doch Emily trat ihr in den Weg. »Was ist los? Hat Henoch dir gedroht?«

»Wie kommst du darauf?«, wehrte sie konsterniert ab. Doch Emily bemerkte die Unsicherheit in Karens Augen. Oder war es Angst?

»Ich gehe hier nicht weg, ehe wir miteinander gesprochen haben!«, beharrte sie.

Karen sah ihre Entschlossenheit und lenkte ein, aber erst, nachdem sie sich nochmals misstrauisch umgesehen hatte. »In Ordnung, komm mit!«, zischte sie.

»Ich weiß wirklich nicht, was du von mir willst«, sagte Karen. Es war ihr deutlich anzumerken, dass sie es längst bereute, Emily mit in die Wohnung genommen zu haben. Karen wirkte nervös, hantierte umständlich mit den Einkäufen. Das war nicht die toughe Karen, wie Emily sie kannte.

»Das sagte ich doch. Es geht um den Einbruch bei meinem Bruder.«

»Ich wüsste nicht, was mich das noch anginge. Ich bin ausgestiegen und habe mit *Greenwar* nichts mehr zu tun.«

Diese Information war Emily neu. »Seit wann?«

»Seit ungefähr drei Monaten.«

»Und warum?«

»Was soll dieses Verhör, Emily? Kann dir doch egal sein. Wenn du jetzt gehen würdest? Ich erwarte noch Besuch.«

»Henoch und Citizen erpressen mich wegen des Einbruchs«, ließ Emily die Katze aus dem Sack.

»Das ist sicher unschön für dich«, sagte Karen kalt, »aber nicht mein Problem.«

»Das wird es aber sein! Ich habe vor, mich selbst anzuzeigen und dich als Zeugin zu benennen. Du warst dabei und weißt, dass ich versucht habe, Citizen daran zu hindern!«

»Du verrücktes Mädchen!« Karen war mit zwei Schritten bei ihr, packte sie an den Schultern und schüttelte sie wütend. »Du wirst mich da gefälligst nicht mit reinziehen, hörst du!«

Emily spielte ihren Trumpf aus: »Gut, dann frage ich eben Carlos.«

Schlagartig wich alles Blut aus Karens Gesicht. »Lass Carlos aus dem Spiel!«, zischte sie, und ihre Finger bohrten sich tief in Emilys Schultern.

Die riss sich gewaltsam los: »Wovor hast du Angst? Du hast nichts getan! Aber du benimmst dich so.« Emily kam ein jäher Verdacht. »Was haben Henoch und Citizen gegen dich in der Hand? Hat es etwas mit der Sache bei *Global Solutions* zu tun?« Emily hatte ein Gerücht aufgeschnappt und brachte es auf gut Glück an.

»Hast du den Verstand verloren?«, antwortete Karen etwas zu hastig und schubste Emily in Richtung Wohnungstür. »Und jetzt verschwinde endlich, und lass dich nie mehr bei mir blicken.«

Im selben Moment klingelte es an der Tür, und Karen zuckte zusammen, als sei sie angeschossen worden. Sie sah durch den Spion und schien plötzlich vor Panik zu zerfließen. Sie packte Emily und zerrte sie in Richtung des bodentiefen Fensters, das den Zugang zur Feuertreppe markierte. »Hau ab, Carlos darf dich hier nicht sehen! Er ist gefährlich, hörst du?« Sie stieß Emily hinaus, schloss das Fenster und riss ihre Bluse auf, als sei sie gerade im Begriff gewesen, sich zu entkleiden.

Emily kauerte sich auf die Treppe und beobachtete, wie Karen mit dem Kleidungsstück in der Hand die Tür öffnete.

Carlos drängte sofort herein, und Karen wich stolpernd in den Flur zurück. Das Gesicht von Carlos war eine eiskalte Maske. Er versetzte Karen einen solchen Stoß, dass sie der Länge nach hinschlug. Und dann hörte sie, wie Carlos ihren Namen nannte: »Wo ist Emily? Ihr Wagen parkt unten!«

Mit dem Rücken zum Fenster baute sich Carlos über Karen auf. Karen versuchte, von ihm wegzurobben, und dabei geriet Emily in ihr Gesichtsfeld. Karen schien zu ahnen, dass Emily ihr zu Hilfe eilen wollte. Sie schüttelte leicht den Kopf, und ihr Mund formte stumm die Worte: *Hau ab!*

Schon fasste Carlos grob in Karens Haare und schleifte sie über den Boden. Emily stieß einen Schreckenslaut aus, Carlos fuhr herum und blickte ihr direkt in die Augen. Keine zwei Meter trennten sie voneinander. Er knipste sein Lächeln an. »Emily!«, sagte er laut. »Komm doch herein. Das ist nur ein kleiner Streit unter Liebenden. Nicht wahr, Karen?« Er zog Karen auf die Beine und machte dann einen Schritt auf Emily zu. Emily erstarrte wie das Kaninchen vor der Schlange.

Carlos hatte das Fenster fast erreicht, als er plötzlich mit einem verwunderten Ausdruck zu Boden sank.

Hinter ihm wurde Karen sichtbar, mit aufgerissenen Augen und einem blutigen Kerzenleuchter in der Hand.

Ryan

Washington, D. C. / Zentrale der DIA

Lustlos biss Special Agent Ryan McKenzie in sein Sandwich. Er vermisste seine Freundin. Seit sechs Wochen hatten sie sich nicht gesehen. Als Journalistin war sie ständig auf Achse. In diesen Tagen war sie in San Diego. Ginge es nach ihm, würde er alles stehen und liegen lassen und zu ihr düsen. Aber außer seiner Sehnsucht fehlte es ihm an einem Vorwand, sprich, es gab keinen aktuellen Fall in San Diego County, jedenfalls keinen, der in seine Zuständigkeit fiel. Und Urlaub konnte er sich im Augenblick nicht leisten. Seine Arbeit machte seine Anwesenheit in D. C. erforderlich.

Das Telefon klingelte. Schon nach wenigen Sätzen saß Ryan steif auf seinem Stuhl. Nach dem Gespräch stellte er ein paar Recherchen an und rief anschließend den Informanten in Los Angeles zurück.

Wer auch immer ihn erhört hatte – er hatte seinen Fall! Ryan bat um einen Termin bei seinem direkten Vorgesetzten, Director Clayton, legte ihm die aktuelle Sachlage dar und bekam grünes Licht.

Emily

»Ist er tot?«, flüsterte Emily.

Karen kniete neben Carlos und prüfte mit zwei Fingern den Pulsschlag an seinem Hals. »Nein, nur ausgeknockt.«

»Was machen wir jetzt?«

»Nicht wir … Du verschwindest besser, bevor Carlos aufwacht. Mit ein wenig Glück erinnert er sich nicht daran, dass er dich hier gesehen hat. Ich werde mich um ihn kümmern.« Karen ging zum Wasserhahn und feuchtete ein Tuch an.

»Aber er hat dich geschlagen!«

»Was willst du, Emily?«, sagte Karen genervt. »Dass ich die Polizei hole und ihn anzeige?« Sie deutete auf den Bewusstlosen und den Kerzenleuchter. »Wie du siehst, kann ich ganz gut auf mich selbst aufpassen! Und jetzt verlass endlich meine Wohnung! Nein, warte. Sagt dir der Name *Guidestones* etwas?«

»Warum fragst du mich das?«

»Es ist gut.« Karen wirkte plötzlich müde. »Ich gebe dir einen guten Rat, Emily: Halte dich künftig von Henoch, Citizen und *Greenwar* fern! Und jetzt verschwinde von hier.«

Emily stolperte davon. Luft pumpend und völlig durcheinander saß sie anschließend in ihrem Wagen. Ihre Hände zitterten so sehr, dass es ihr erst im dritten Anlauf gelang, den Schlüssel ins Schloss zu stecken. Im ersten Schock hatte sie angenommen, Karen habe Carlos umgebracht. Langsam klärte sich der Nebel in ihrem Kopf. Carlos hatte sie bei Karen gesucht! Ihre Flucht war also bemerkt worden, und Henoch hatte ihr geistesgegenwärtig sofort Carlos hinterhergeschickt. Sie hatte den Prediger unterschätzt. Er hatte sich in sie hineinversetzt und begriffen, dass sie den Versuch unternehmen würde, Karen auf ihre Seite zu ziehen. – Weil ihre einzige Chance, dem Gefängnis noch zu entkommen, in einer Selbstanzeige bestand – mit Karen als Entlastungszeugin.

Was sollte sie jetzt tun? Weiter nach Stephen suchen? Irgendwo in ihrem Kopf schlummerte die Antwort, und plötzlich fiel es ihr ein. Aber ja! Sie wusste, wo Stephen am Nachmittag sein würde! Am Flughafen, um Jason abzuholen! Sie sah auf die Uhr. Ihr blieben noch über drei Stunden bis zu Jasons Ankunft.

In diesem Moment bemerkte sie den Polizeiwagen. Er rollte an ihr vorbei, und die beiden Officer unterzogen sie einer genauen Musterung.

Misstrauische Blicke wegen ihrer Punkaufmachung war Emily gewohnt, aber die Episode erinnerte sie daran, wie auffällig sie damit war. Sicher hatte Henoch neben Carlos noch mehr Leute ausgesandt, um nach ihr zu suchen. Wenn sie nicht entdeckt werden wollte, musste sie ihr Äußeres verändern. Aber wie? *Raffaella*! Wenn ihr jemand helfen konnte, dann war das ihre Freundin! Und sie wohnte gerade einmal eine halbe Stunde entfernt.

Raffaella war inzwischen zu dem geworden, was sie früher als bürgerlich und spießig abgelehnt hatte: Sie hatte einen Steuerberater geheiratet und erwartete bereits ihr erstes Kind. Vor allem aber hatte sie sich nach dem Ende ihrer kurzen Liaison mit Citizen von *Greenwar* ferngehalten, und Henoch dürfte sie kaum auf dem Radar haben. Emily startete den VW.

***

Sie klingelte bereits zum dritten Mal. Raffaella schien nicht zu Hause zu sein. Wäre auch zu schön gewesen! Sie wandte sich zum Gehen, als sie doch Schritte vernahm. Ein Schlüssel drehte sich, und die Tür ging auf. Eine schrecklich bleiche Raffaella stand vor ihr.

»Wie siehst du denn aus?«, fuhr Emily erschrocken zurück.

»Schwangerschaftsübelkeit«, sagte Raffaella schwach. »Entschuldige bitte. Komm rein, Ragazza …« Sie wankte davon, die Hand vor dem Mund, und verschwand im Bad.

Emily schloss die Tür, holte ein Glas Mineralwasser aus der Küche und brachte es Raffaella. Die betätigte eben die Spülung und sank erschöpft auf den Wannenrand. Zwei ihrer Katzen streiften um ihre Beine. Emily reichte ihr das Glas.

»Wird gleich wieder besser. Sieht schlimmer aus, als es ist«, keuchte ihre Freundin. »Gib mir ein paar Minuten, dann bin ich wieder fit genug für Zumba.«

Emily wollte gerne etwas für sie tun, allerdings hatte sie keinen blassen Schimmer, wie sie ihrer Freundin helfen konnte. Und was *Zumba* sein sollte, wusste sie auch nicht. »Soll ich dir einen Kräutertee machen?«, bot sie schließlich das Universalmittel ihrer Mutter an.

»Bloß nicht!«, wehrte Raffaella mit einem entsetzten Ausdruck ab. »Damit füllt mich schon meine Schwiegermutter ständig ab. Als es klingelte, dachte ich, dass sie es ist. Sie ist ja eine liebe Person, aber etwas überfürsorglich. Kennst du ja von deiner.«

Emily nickte, während Raffaella weiterredete. »Am liebsten würde ich mir einen Grappa genehmigen, der hilft immer, aber …«, sie legte die Hand auf ihren noch flachen Bauch, »ist nicht gut fürs Baby. Aber da plappere und plappere ich, dabei siehst du aus, als hättest du Sorgen? Was ist …?«

Weiter kam sie nicht, denn Emily brach plötzlich in Tränen aus. Schluchzend berichtete sie Raffaella, was passiert war.

»Ich Schaf«, seufzte Raffaella, »hätte ich Citizen bloß nie eingeladen.« Sie streichelte die Katze, die am aufdringlichsten um ihre Aufmerksamkeit buhlte, danach putzte sie sich die Zähne und verkündete: »So, mir geht es wieder prima! Ist der Magen erst einmal leer…«, sagte sie fröhlich. »Und jetzt machen wir eine ganz neue Emily aus dir! Avanti, erst einmal runter mit dem Zeug.«

Emily schlüpfte aus ihren Klamotten. Als sie nur noch in ihrer Unterwäsche dastand, schlug Raffaella, Liebhaberin italienischer Wäschecouture, die Hände über dem Kopf zusammen. »Mamma mia! Das geht ja gar nicht! Zieh es aus!«, befahl sie geradezu inquisitorisch. »Und das andere auch.«

»Welches andere?«, fragte Emily, die sich ihres Höschens und BHs bereits entledigt hatte.

»Na, das Metall in Gesicht und Ohren!«

»Aber wieso …?«

»Madonna, Ragazza!« Raffaella verdrehte die Augen. »Überleg doch! Wenn du normale Kleider anhast, fällst du damit doch erst recht auf, oder? Also weg damit, und dann springst du schnell unter die Dusche und wäschst dir die Haare. Die Farbe kriegen wir nicht raus, aber ich bring dir eine Perücke. Ich weiß auch schon, welche!«

Emily konnte über Raffaellas rasante Entwicklung nur staunen. Nichts erinnerte noch an die Raffaella, die ihr vor fünfzehn Minuten die Tür geöffnet hatte. Die Wangen waren wieder gerötet, die Augen blitzten, und sie ging völlig in der Rolle als Modeberaterin auf. »Ich suche dir schon einmal ein paar Klamotten raus«, hörte Emily sie noch, bevor sie unter die Dusche hüpfte.

Eine knappe Stunde später erkannte sich Emily nicht wieder.

»Du siehst fantastico aus«, ergötzte sich Raffaella an ihrem Werk und schnalzte mit der Zunge. »Ich hatte ganz vergessen«, fuhr sie fort, als erstaune sie diese Erkenntnis selbst, »dass du richtig niedlich warst, bevor dich Denise zur Punkerin gemacht hat.«

»Denise hat mich …? Aber das stimmt doch gar nicht!«, fuhr Emily auf. »Ich wollte das auch!«

Raffaella stemmte die Hände in die Hüften: »Maledetto! Wer kam zuerst mit schwarzem Lippenstift und rasierten Schläfen an und trug diese grässlichen Sachen? Wer war das? Hmm? *Denise!*«, sagte sie laut, zügelte aber bei den nächsten Worten ihr südländisches Temperament. »Du hast Denise immer bewundert. Der Schock, weil sie gestorben ist, sitzt bei dir tief. Aber du liegst falsch, wenn du glaubst, es sei deine Schuld gewesen. Das war Denise ganz alleine. Du kannst niemanden retten, der nicht gerettet werden will, verstehst du das, Ragazza? Du musst darüber hinwegkommen und darfst dich nicht länger hinter deinen ›Denise-Memorabilien‹ verstecken.« Raffaella stieß mit dem Fuß gegen den dunklen Kleiderhaufen auf dem Boden. »Weißt du, an wen du mich erinnerst? An die kleine Maddie mit ihrem Astronautenhelm. Aber die Kleine hat wenigstens gute Gründe für ihr Verhalten.«

Emily hatte Raffaella mit zunehmender Entgeisterung gelauscht. Sie wollte jetzt nicht an Denise denken und noch weniger daran, wie sie ihre Freundin gefunden hatte. Was sie wollte, war, dass Raffaella aufhörte, über sie zu reden. Aber mehr als ein hilflos gestammeltes »Du warst immer eifersüchtig auf Denise« brachte sie nicht zustande.

Raffaella wirkte kurz, als wolle sie sich die brünetten Haare raufen. »Das ist Unsinn! Stupido!«, schimpfte sie. »Denise war genauso meine Freundin wie die deine, und ich hatte sie sehr gern. Aber sie war innerlich zerrissen und hat dich da mit reingezogen, verstehst du? Comprendi? Willst du wissen, warum wir uns entzweit haben? Es ging um dich! Ja, um dich! Sie hat sich jahrelang wie eine Krake an dich geklammert und eine Denise-Kopie aus dir gemacht! Alle konnten es sehen. Und dann warst du plötzlich nicht mehr wichtig, nur noch Carlos hier und Carlos dort. Carlos, Carlos, Carlos. Sie hat dich fallen lassen wie eine heiße Kartoffel, eine patata!« Raffaella holte tief Luft. Nicht, weil ihr der Atem ausgegangen wäre, sondern weil ihr die nächsten Worte sichtlich selbst zu schaffen machten. »Du weißt, Ragazza, ich bin sehr für Amore, aber das zwischen Denise und Carlos, das war keine Liebe! Carlos hat sie benutzt, er war Denises Krake! Aber Denise wollte die Wahrheit nicht hören. Sie hat nicht verstanden, dass Freunde dazu da sind, einem die Wahrheit zu sagen – auch und besonders dann, wenn sie schmerzt! Stattdessen wollte sie nicht mehr mit mir befreundet sein.« Der letzte Satz schwebte irgendwie verloren im Raum und war angefüllt mit der Traurigkeit, die Raffaella für den Verlust ihrer Freundin Denise empfand.

Emily indessen fühlte sich, als hätte sie soeben ein Lastwagen überrollt. Erschüttert suchte sie Halt und sank wie zuvor Raffaella auf den Wannenrand. Aus den Worten ihrer Freundin sprach die Wahrheit, und ja, sie schmerzte, brannte sich wie ein Loch in ihr Herz. Sie würde Zeit brauchen, um sie zu verarbeiten. Völlig unerwartet hatte sich ein weiteres Stück in das chaotische Puzzle ihres Lebens eingefügt.

»Jetzt siehst DU aus, als könntest du einen Grappa gebrauchen«, sagte Raffaella, die plötzlich mit einem gefüllten Glas vor ihr stand. Emily hatte nicht einmal bemerkt, dass sich ihre Freundin zwischenzeitlich entfernt hatte.

Stumm kippte sie den Schnaps in sich hinein, obwohl sie Alkohol eigentlich gar nicht mochte. Sofort breitete sich Wärme in ihrem leeren Magen aus, und sie fühlte sich schwach und gleichzeitig belebt. Plötzlich war da Dankbarkeit – weil Raffaella ihre Freundin war. Sie stand auf und sah sie mit einem Lächeln an, in dem mehr lag als nur die Bitte um Vergebung: »Ragazza«, sagte sie zu ihr, »*du* bist fantastico!«

»Mille grazie!« Ragazza verbeugte sich, als würde sie auf einer Bühne Applaus entgegennehmen. »Da capo, Emily. Noch mehr Wahrheiten.« Unerbittlich schob Raffaella sie vor den Spiegel und sagte: »Weißt du, wie du aussiehst? Wie die junge Drew Barrymore in ›Auf immer und ewig‹. Finde dich damit ab, aber du bist eine bella ragazza!«

Das war etwas, was Emily nie angestrebt und worüber sie noch viel weniger nachgedacht hatte. Und um sich auch jetzt nicht damit auseinandersetzen zu müssen, drehte sie sich vom Spiegel weg und entdeckte nun erst die mörderisch aussehenden Stilettos in Raffaellas Händen. Instinktiv stolperte Emily einen Schritt rückwärts.

»O nein!«, rief sie abwehrend. »Die Perücke, das Kleid und der Hut, okay. Aber diese Schuhe? Niemals!«

Jason

Der Flug war pünktlich, sein Gepäck war es nicht.

Über eine Stunde musste er warten, bis er als Letzter der Passagiere seinen Trekkingrucksack in Empfang nehmen konnte. Kopf und Nacken schmerzten; es würde ihn nicht wundern, wenn es ein Schleudertrauma wäre, so oft hatte er die Rotationen des Gepäckbands mitverfolgt. »Willkommen in Amerika«, murmelte er leicht genervt.

Noch weit enervierender fand Jason die Tatsache, dass Stephen weiterhin nicht ans Telefon ging. Ihm blieb nur die Hoffnung, dass sein Freund wie vereinbart im Ankunftsterminal auf ihn wartete.

Katja und er hatten sich in aller Herzlichkeit getrennt. Seine charmante Reisebekanntschaft hatte ihm ihre Karte überreicht und sie waren übereingekommen, in Kontakt zu bleiben.

Nachdem Jason seinen Rucksack geschultert und die strengen Einreiseformalitäten über sich hatte ergehen lassen, stürmte er geradezu in die große Halle.

Über München war am Abend seiner Abreise noch ein tüchtiger Regenschauer niedergegangen; Kalifornien hingegen löste sein Versprechen als Sunshine State ein und empfing ihn mit der von ihm sehnlichst erwarteten Sonne. In breiten Streifen schmuggelte sie sich durch die Glasfront und hieß ihn willkommen.

Wer ihn nicht willkommen hieß, war sein Freund; weit und

breit war nichts von Stephen zu sehen. Dafür belebte eine Menge skurriler Gestalten die Szenerie.

Gut, dachte Jason, das hier ist Los Angeles. *Hollywoodland*. Aber ein Flughafen war kein Filmset, es erklärte nicht, warum eine solche Ansammlung von Personen in abenteuerlichen Kostümen umherschwirrte. Neben der gesamten Star-Wars-Palette – gefühlten zehn Chewbaccas, Prinzessin Leias und mindestens doppelt so vielen Darth Vaders – sah er auch sämtliche Charaktere aus *Game of Thrones* vertreten, trotz der Hitze mehrheitlich in Wolfsfelle gewandet. Der Rest bestand überwiegend aus japanischen Mangas und ihm unbekannten Fantasiefiguren.

Der ungewöhnliche Aufmarsch fand seine Erklärung, als er die Plakatwand entdeckte, mit der die alljährliche Comic-Con in San Diego angekündigt wurde. Fantasiefans, hinreichend als verschworene Community bekannt, waren entsprechend gekleidet gekommen, um weitere Fans in Empfang zu nehmen.

Ein weiteres Mal scannten Jasons Augen das Terminal. Vielleicht hatte Stephen ihn in dem farbenfrohen Gewimmel einfach übersehen, oder er holte sich nur schnell etwas zu trinken. *Wo steckst du, Kumpel?* Langsam gingen ihm die Gründe aus, die ihn beschwichtigen und dem flauen Gefühl in seinem Magen Paroli bieten könnten.

Er setzte den schweren Rucksack ab und stellte sich mit geschlossenen Augen in einen der Sonnenstreifen. Abgeholt oder nicht, heute begann sein Urlaub. Immerhin sollten die Erinnerungen für ein Jahr ausreichen, und er war fest entschlossen, das Beste aus diesen wenigen Wochen herauszuholen. Dies schloss ein Ritual ein, das sich in ihm vollzog, sobald er kalifornischen Boden betrat. Es war, als würde er sich in sein jüngeres Selbst verwandeln, sein innerer Kompass sich neu ausrichten und der in Jahren angesammelte Ballast in eine Ecke seines Seins verdrängt werden, der erst wieder bei der Landung in München zum Vorschein kommen würde.

In diesen wenigen Sommerwochen gab es eine Menge, auf das er sich freuen konnte: mit seinen Freunden bis zum Morgen bei Musik und guten Gesprächen abzuhängen, Würstchen und Marshmellows am Lagerfeuer zu rösten und nackt im Mondschein zu baden, wann immer es ihn danach verlangte. Das unbeschreibliche Gefühl genießen, sich nach einer Stunde Surfen erschöpft, aber glücklich in den Sand zu werfen und die Wärme der Sonne auf seiner Haut zu spüren. Was konnte es Schöneres geben, als ein Mal im Jahr ohne Zeitplan und Pflichten in den Tag hinein zu leben?

Bis heute war er seiner verstorbenen Großmutter dankbar, dass sie ihn jedes Jahr zu den mit ihr befreundeten Harpers nach Kalifornien in die Ferien geschickt hatte. In Stephen hatte er einen lebenslangen Freund gefunden. Der begeisterte Wassersportler hatte auch in ihm die Leidenschaft zum Surfen geweckt, mehr als das, sie beide verband eine grundsätzliche Liebe zum Meer.

Gerne hätte Jason das angenehme Gefühl der Vorfreude noch länger festgehalten, doch schon verflüchtigte es sich, und der Knoten in seinem Magen gewann erneut die Oberhand.

Als Jason seine Lider wieder öffnete, geriet eine junge Frau in sein Blickfeld. Es war die Art, wie sie sich in den Schatten einer Säule drückte, die seine Aufmerksamkeit geweckt hatte. Sie trug ein weißes Etuikleid, Stilettosandaletten und einen riesigen Strohhut, der ihr halbes Gesicht verdeckte. Eine spiegelnde Sonnenbrille komplettierte ihre Aufmachung. Zweifellos wollte sie *inkognito* bleiben. Jason versah sie mit dem Etikett Hollywoodstar und wollte sich bereits abwenden, als er plötzlich stutzte. Etwas an der Person war ihm vertraut vorgekommen. Spontan macht er einen Schritt in ihre Richtung, als ihm jemand von hinten auf die Schulter tippte.

Es war ein Polizist. »Sir«, sagte der Officer, »Sie sollten sich nicht von Ihrem Gepäck entfernen.«

»Natürlich.« Jason griff nach seinem Rucksack. Als er erneut zu der Stelle an der Säule sah, war sein Hollywoodstar verschwunden. Er suchte mit den Augen die Halle nach ihr ab, doch er konnte die schmale Gestalt nirgendwo mehr entdecken.

Dito Stephen. *Verdammt, wo steckst du?*

Ein letztes Mal versuchte er seinen Freund anzuwählen. Das Smartphone war nach wie vor »not available«. Er hatte die Wahl: Entweder er fuhr mit dem Bus, oder er mietete sich einen Wagen, um selbst zu Stephens Elternhaus zu fahren, in dem er bis zum Aufbruch zur Route-66-Tour logieren würde.

Nach kurzer Überlegung setzte er sich in Richtung Mietwagenschalter in Bewegung.

Emily

Noch ein paar Minuten länger, und sie wäre ein Fall für die Orthopädie. Diese Art Schuhe gehörten verboten! Sie sahen nicht nur aus wie Folterinstrumente, sie waren es auch! Nur Sadisten konnten sich das freiwillig antun. Oder Personen, die sich verstecken mussten … Erstmalig streifte Emily der Gedanke, ob vielleicht auch Stephen sich versteckte – verstecken musste? Aber Stephen hatte doch keinen Grund dazu, oder? Doch irgendwie schien er seit seinem Auftauchen in der Brennerei verschwunden zu sein. Der Flughafen war ihre letzte Hoffnung gewesen, aber bisher war Stephen nicht aufgetaucht. Ihre Gedanken gerieten durcheinander, ihre Füße schmerzten, und der Kopf wollte ihr fast platzen bei dem ganzen chaotischen Verwirrspiel.

Das Warten stellte sie auf eine harte Probe, denn auch Jason ließ sich nicht blicken. Laut Anzeige war sein Flug pünktlich, doch jedes Mal, wenn sich die Schiebetür zur Ankunftshalle öffnete, kamen nur Fremde herausgeströmt.

Bald schalt sie sich eine Närrin, die Erklärung lag so nahe: Jason hatte einen späteren Flug genommen, Stephen wusste Bescheid und sie stand sich hier völlig umsonst die Beine in den Bauch. Dennoch hielt sie durch, brachte es nicht fertig, zu gehen, als hätten die Stilettos sich in den Boden gebohrt, um sie an Ort und Stelle festzuhalten. Und dann war die Tür aufgegangen, und sie hatte Jason erblickt! Im Umkehrschluss schienen sich nun ihre schlimmsten Befürchtungen zu bewahrheiten, auch wenn sie es zunächst gar nicht wahrhaben wollte, dass Stephen Jason versetzt hatte! Der lange verdrängte Gedanke, dass ihrem Bruder etwas zugestoßen sein könnte, verfestigte sich – und dass es ihre Schuld war! Weil sie sich mit den falschen Leuten eingelassen hatte …

Eine Weile rang sie nach Fassung, unterdrückte den Impuls, sich an Jasons Brust zu werfen und sich an seiner Schulter wie ein kleines Mädchen auszuheulen. Als sie sich so weit unter Kontrolle hatte und sich ihm zu erkennen geben wollte, wurde Jason von einem Officer angesprochen. Im gleichen Moment entdeckte sie zwei Green Warriors. Sofort zog sie sich hinter die Säule zurück. Waren die beiden zufällig hier, oder suchten sie nach ihr? Sie gehörten der neueren Generation an und hielten sich meist im Dunstkreis von Carlos auf. Ein Reflex gebot ihr, sich unter eine Gruppe Jediritter in langen braunen Gewändern zu mischen. In deren Schutz gelangte sie sicher aus dem Terminal, wo sie beinahe mit einem dritten Green Warrior zusammengestoßen wäre.

Erschrocken wich sie zur Seite, doch er ging ohne das geringste Anzeichen des Erkennens an ihr vorbei. Zu spät fiel ihr ein, dass sie völlig umsonst in Panik geraten war. Raffaella, die Verwandlungskünstlerin, verstand ihr Handwerk. Sie selbst hatte sich im Spiegel kaum mehr wiedererkannt.

Leider hatte sie durch ihre überhastete Flucht Jason aus den Augen verloren. Was nun? Sie entschied sich, trotz der drei Green Warriors in das Flughafengebäude zurückzukehren und nach Jason Ausschau zu halten. Er würde sicher noch eine Weile auf Stephen warten, außerdem wäre es ihr aufgefallen, wenn Jason die Ankunftshalle verlassen hätte. Doch sie konnte ihn nicht mehr finden. Sie lief die gesamte Halle ab, obwohl ihre Füße längst wie Feuer brannten. Aber umsonst.

Es war zum Heulen. Was sollte sie tun? Ohne Stephen war Jason auf ein Transportmittel angewiesen. Da sie wusste, wie gerne er selbst hinter dem Steuer saß, tippte sie auf einen Mietwagen.

Auf den ungewohnt hohen Hacken war es ein ganzes Stück Weg zum Schalter, und sie tat das, was sie schon viel früher hätte tun sollen: Sie entledigte sich der Stilettos und lief barfuß weiter. Unter all den skurrilen Comic-Con-Gestalten würde sie kaum auffallen.

Als sie Jason tatsächlich im Mietwagenbereich erblickte, war er in Begleitung einer Rothaarigen. Wer war diese Frau? Hatte er vielleicht nach ihr Ausschau gehalten und gar nicht nach Stephen? Sie folgte Jason und der Rothaarigen in gebührendem Abstand bis in ein Parkhaus und sah zu, wie sie gemeinsam ihr Gepäck im Kofferraum verstauten und davonfuhren.

Die Erkenntnis traf sie wie ein Schlag … Da hatte sie den Grund, warum sie vergeblich am Flughafen auf Stephen gewartet hatte! Weil Jason ihm gesagt hatte, er brauche ihn nicht abzuholen, er käme mit seiner Freundin!

Da machte sie sich aus Sorge um ihren Bruder halb verrückt, dabei saß er gerade gemütlich hinter einem Mikroskop oder sprach mit seinen Bienen, was auch immer!

Endgültig fühlte sie sich vom Schicksal im Stich gelassen. Jetzt wollte sie nur eines. Nach Hause, zu Homer.

Jason

»Tut mir leid, Sir! Wir sind vollkommen ausgebucht.« Die Mitarbeiterin des Mietwagenverleihs schüttelte bedauernd den Kopf auf Jasons Frage. »Wir haben Hochsaison, und morgen beginnt die Comic-Con in San Diego.« Sie deutete auf ein Mangapärchen mit turmhohen Fantasiefrisuren, das eben gravitätisch an ihnen vorüberzog. Das zitronengelbe Kleid des Mädchens war so lang, dass eine dritte Person ihre Schleppe tragen musste. Die Trägerin wiederum war von Kopf bis Fuß froschgrün eingefärbt, aus ihrem Haar ragten lange, wippende Fühler, und sie zog ein Mini-Ufo hinter sich her – das sich bei näherem Hinsehen als ausgehöhlter, silbern eingefärbter Kürbis auf Rollen entpuppte.

Was ist bloß aus Micky Maus geworden?, fragte sich Jason verdutzt und wünschte sich gleichzeitig, er besäße ein Raumschiff. Es würde sein Beförderungsproblem lösen.

»Eine Idee hätte ich vielleicht«, lächelte ihn die junge Frau am Schalter an. »Gerade war eine deutsche Dame mit einer Reservierung hier. Dort hinten läuft sie!« Sie zeigte in die Richtung. »Soweit ich mitbekommen habe, ist ihr Reiseziel auch San Diego. Vielleicht nimmt sie einen Landsmann mit?«

»Danke!« Jason spurtete los.

»Hallo«, begrüßte er die junge Frau, sobald er mit ihr auf gleicher Höhe war.

Ein abschätziger Blick aus grünen Augen traf ihn, doch sie verlangsamte ihren Schritt nicht.

Er lief neben ihr her. »Haben Sie kurz einen Augenblick? Bitte?«, fragte er sie auf Deutsch.

Endlich verlangsamte sie ihren Schritt. »Um was geht es denn?«

»Die Dame am Mietwagenschalter verriet mir, dass Sie nach San Diego fahren. Ich habe leider keinen Wagen mehr bekommen und wollte fragen, ob Sie mich vielleicht mitnehmen würden? Ich bezahle natürlich meinen Anteil.« Er sah sie treuherzig an. Den Blick hatte er sich von Theseus abgeschaut.

»Ich bin kein Taxi«, erwiderte die Frau reserviert.

Da sein üblicher Charme an ihr abprallte, änderte er die Taktik. »Bitte, ich muss so schnell wie möglich nach San Diego. Es geht um meinen Freund. Er ist sonst die Zuverlässigkeit in Person, aber nun hat er mich weder abgeholt noch ist er erreichbar. Ich bin deshalb ein wenig in Sorge.«

Sie überlegte kurz. »Kann ich Ihren Ausweis sehen?«

»Ist das nicht eine ungewöhnliche Bitte?«

»Nicht, wenn sie eine allein reisende Frau sind und auf einem Flughafen von einem fremden Mann gebeten werden, ihn in ihrem Wagen mitzunehmen. Wenn Sie einverstanden sind, werde ich Ihren Führerschein fotografieren und per WhatsApp an meinen Freund senden.«

»Gut, machen wir es so.« Er zückte den Schein, die Frau machte das Foto, und gemeinsam setzten sie ihren Weg fort.

»Und, machen Sie auch Urlaub hier?«, begann er ein Gespräch.

»Nein, ich bin beruflich in Kalifornien.«

»Und was machen Sie genau?«

»Sie sind hübsch neugierig.«

»Entschuldigung, Berufskrankheit.«

»Journalist oder Polizist?«, fragte sie prompt. Es klang fast so, als schöpfe sie aus einschlägigen Erfahrungen.

»Polizist«, antwortete er, ohne zu zögern.

Seine Reisebegleitung war auffallend hübsch. Er schätzte sie ungefähr auf sein Alter, auch wenn sie durch ihr typisch kalifornisches Outfit – Jeansshorts, schwarzes Top und Sneakers – jünger wirkte. Sie hatte naturrotes Haar, das sie in einem dicken Zopf gebändigt trug. Er erwischte sich bei dem Gedanken, dass er es gerne offen gesehen hätte.

»Gefällt Ihnen, was Sie sehen, Herr Samuel?«, fragte sie ihn, allerdings ohne jede echte Koketterie.

Jason begriff, dass sie lediglich die Fronten abstecken wollte. Und frech ist sie auch, dachte er. Er grinste sie an, er mochte ihre unverfälschte Art. »Sie haben mir noch immer nicht Ihren Namen verraten.«

»Stimmt. Ich heiße Rabea. Rabea Rosenthal. Ich bin Journalistin.«

Er hatte nicht viel mit Journalisten am Hut, seiner Ansicht nach spekulierten sie ein wenig zu viel und kamen Ermittlern wie ihm des Öfteren in die Quere, aber wenn sie so gut aussahen wie diese hier … Im Grunde entsprach sie genau seinem Beuteschema. Eine starke, selbstbewusste Frau. Schade, dass sie einen Freund hatte. Oder war es nur *ein* Freund und nicht *der* Freund?

Er fand, er hätte es schlechter treffen können. Nachdem er bereits den Flug an der Seite einer außergewöhnlichen Frau hatte genießen dürfen, versprach nun auch die Fahrt nach San Diego alles andere als langweilig zu werden. Wären Stephens Unerreichbarkeit und der ungeklärte Verbleib von Emily nicht gewesen, hätte er, Freund oder nicht, die Herausforderung angenommen und seinen Charme bei der Journalistin zum Einsatz gebracht. Aber derzeit stand ihm der Sinn wenig nach romantischen Verwicklungen. Für seine Reaktion auf ihre Attraktivität konnte er nichts, das hatte die Natur nun einmal so eingerichtet.

Sie hatten das Parkdeck erreicht. Der Mietwagen war ein unauffälliger Japaner und allem Anschein nach fabrikneu. Die Journalistin öffnete den Kofferraum mit der Fernbedienung. Jason wuchtete den Trekkingrucksack von der Schulter und beförderte ihn hinein. Ihre Reisetasche folgte. Sie sah alt und ziemlich schäbig aus. Er hatte noch nie eine Frau mit derart unglamourösem Gepäck gesehen. Die Handtasche schien auch eine Antiquität zu sein, schwarzes Kroko mit Schnappverschluss. Sie fiel ihm nur deshalb auf, weil er ein ähnliches Ungetüm zuletzt im Schrank seiner Großmutter gesehen hatte.

»Soll ich fahren?«, bot er an.

»Nein, ich fahre gerne. Wo müssen Sie denn genau hin? San Diego Zentrum?«

»Nein, nicht direkt. Meine Gastfamilie wohnt in La Jolla.«

»Das scheint Ihr Tag zu sein, Jason. Mein Reiseziel liegt ganz in der Nähe.«

»Prima!« Jason machte es sich auf dem Beifahrersitz bequem.

Sie unterhielten sich eine Weile über die Gegend, das Wetter, das Übliche. Beschnupperten sich gegenseitig. Bis Rabea auflachte und den Kopf schüttelte.

»Was ist?«, fragte er amüsiert.

»Ich musste gerade an etwas denken, was ein Freund von mir einmal gesagt hat.«

»Und das wäre?«

»Verraten Sie mir erst eines: Sind Sie wirklich Polizist, oder sagten Sie dies nur in der Hoffnung, dass ich als Frau automatisch mehr Vertrauen haben würde?«

»Nein, ich bin tatsächlich Polizeibeamter.« Jason zögerte

nur kurz, dann kramte er als Beweis seinen Dienstausweis aus dem Portemonnaie.

Sie warf nur einen kurzen Blick darauf. »Und was machen Sie genau?«

»Ich erstelle Täterprofile.«

»Profiler? Interessant. Dann haben Sie vermutlich Psychologie studiert?«

»Auch, neben Kommunikationswissenschaften und Sozialphilosophie. Ich bin neugierig: Was hat Ihr Freund denn genau gesagt?«

Sie lächelte. »Wenn ein Polizist und eine Reporterin zusammenkommen, dann würden sie entweder über das Wetter sprechen oder sich über die Verwerflichkeit der Welt auslassen. Dazwischen gebe es wenig.«

»Schon möglich. Ich ziehe eine nette und leichte Konversation vor. Außerdem habe ich Urlaub.« Jason streckte die langen Beine aus.

»Der sich für Sie nicht besonders gut angelassen hat. Was ist das für eine Geschichte mit Ihrem Freund? Machen Sie sich wirklich Sorgen um ihn, oder war das nur eine kleine Finte, um mich zu überreden, Sie mitzunehmen?«

Jason seufzte verhalten. Wie es aussah, verließen sie gerade die Pfade der leichten Konversation. Aber vielleicht wäre es keine schlechte Idee, ihr seine Eindrücke zu schildern. Die Journalistin kannte seinen Freund nicht, und womöglich konnte eine neutrale Meinung ein neues Licht auf die Sache werfen.

Er berichtete ihr also von Stephens Hochzeitsplänen, dem nervösen Eindruck, den sein Freund gestern am Telefon erweckt hatte, er den Grund jedoch weniger in der bevorstehenden Hochzeit, sondern eher einen Zusammenhang mit dem Verschwinden seiner jüngeren Schwester vermutete.

»Die Schwester Ihres Freundes ist ebenfalls verschwunden?«, horchte seine Reisebegleitung auf. »Seit wann?«

»Laut ihrer Mutter seit gestern Abend. Ich habe vorhin vom Flughafen aus mit Marjorie telefoniert.« Der Anklang von Panik in Marjories Stimme hatte ihn bewogen, Stephens Mutter vorerst zu verschweigen, dass Stephen ihn am Flughafen versetzt hatte.

»Hm«, machte die Journalistin bedächtig. »Wissen Sie, ob es unter den Geschwistern Streit gab?«

»Die beiden haben seit ungefähr einem Jahr einige Differenzen«, bestätigte Jason.

»Wenn die Geschwister zur selben Zeit nicht erreichbar sind und zwischen ihnen, wie Sie sagten, Uneinigkeit herrscht, könnte es nicht sein, dass die beiden zwecks Aussprache irgendwo gemeinsam unterwegs sind? Vielleicht befinden sie sich dort in einem Funkloch?«

Darüber hatte er auch bereits spekuliert. Aber nun, da sie es aussprach, erschien es ihm die vielversprechendste Erklärung zu sein. »Vermutlich haben Sie recht, und ich sorge mich völlig unbegründet.«

»Sorgen sind in den seltensten Fällen unbegründet, jedenfalls in unserem Beruf. Ich glaube an die Kraft der Intuition. Und an Kaffee. Möchten Sie einen? Ich hätte Lust darauf, nach der Brühe im Flugzeug.« Sie zeigte auf eine Werbetafel mit der Ankündigung der Mary-Callenders-Kette. »Dort gibt es auch die allerbesten Cheesecakes. Meine Großmutter sagte immer: Es gibt nichts Besseres gegen trübe Gedanken als Kuchen und Kekse.«

Es war ein einfacher Satz, tausendfach ausgesprochen. Und tausendfach wahr. Er setzte etwas in Jason in Gang. Davon selbst überrascht, wandte er der Journalistin den Kopf zu und betrachtete ihr klares, edles Profil. Wie seltsam, überlegte er, er kannte die Frau kaum, dennoch hatte ihr letzter Satz zwischen ihnen eine unerwartete Intimität geschaffen, eine Nähe, die ihre kurze Bekanntschaft überbrückte, als verstünden sie sich nicht nur mit Worten, sondern auch auf einer tieferen Ebene. Er wusste, ihr erging es gerade nicht anders, denn sie sah weiter geradeaus, mit einem unbeirrt konzentrierten Ausdruck, und dabei schien es ihm, als sei auch ihr Blick gerade mehr auf ihr Inneres gerichtet als auf den schnurgeraden Highway vor ihnen.

Dieselbe Melancholie, die ihn bereits beim Gespräch mit Nestor Neunheinen im Büro überkommen hatte, bahnte sich erneut den Weg in sein Herz. Doch dieses Mal wehrte er es nicht ab, sondern überließ sich ihm. Er hatte begriffen, dass dieses Gefühl nicht bedeutete, sich vor der Zukunft zu fürchten, sondern ihm half, Kraft aus der Vergangenheit zu schöpfen. *Für die Gegenwart.* Für ihn begann heute etwas Neues. Er konnte sich nicht erklären, woher diese jähe Gewissheit kam, aber er spürte es ganz stark. Dieser Urlaub würde sein Leben verändern.

Er beugte sich vor und sah in den klaren blauen Himmel, wo er seine Mutter Sarah und seine Großmutter Adelheid wusste. Er konnte ihr Lächeln in seinem Herzen spüren und erwiderte es. »Mütter und Großmütter«, sagte er leise, »viel zu selten hören wir auf sie.«

»Das ist wahr«, erwiderte sie ebenso leise. Und die junge Frau lächelte auf eine Weise, als hätte auch sie gerade ein unerwartetes Geschenk empfangen.

Raffaella

Raffaella summte still vor sich hin, während sie das Chaos beseitigte, das Emilys Besuch mit sich gebracht hatte. Ihre Freundin war zu ihr gekommen und hatte ihre Hilfe gesucht! Heute hatte sich einmal mehr gezeigt, wie wichtig Freundschaft war und dass man miteinander redete. Kurz verlor sich Raffaella in Erinnerungen, daran, wie das Fundament für ihre Freundschaft bereits in frühester Kindheit gelegt wurde, seit sie, Emily und Denise sich das erste Mal in der Schule begegnet waren. Wie schnell sie unzertrennlich geworden waren, auch weil sie sich in ihren Eigenschaften und Vorlieben ergänzten. Emily war schon immer etwas verrückter als sie und Denise gewesen, impulsiv und voller Leidenschaft für die Dinge, die sie bewegten, während Denise eher zur Schwarzmalerei geneigt hatte. Doch anders als Berufspessimisten, die nur kritisieren konnten und ansonsten passiv blieben, hatte Denise die Dinge auch verändern wollen und dabei enorme Energien entwickelt. Manchmal war sie auch einen Schritt zu weit gegangen, und ihre Freundinnen hatten sie einfangen müssen. Später hatten sich Denises Energien immer mehr in eine zerstörerische Kraft verwandelt – und am Ende hatte sie sich gegen sie selbst gerichtet. Arme Denise. Raffaella umfasste kurz das kleine Kreuz an ihrem Hals, hoffte, dass Denise, wo immer sie jetzt auch sein mochte, ihren Frieden gefunden hatte.

Denises Tod vor einem Jahr hatte sie nicht minder schwer getroffen wie Emily. Stirbt ein geliebter Mensch, verändert das einen. Doch anders als Raffaella, die Trost in ihrer Freundschaft suchte, hatte sich Emily immer weiter in sich zurückgezogen.

Obwohl sie selbst hartnäckig versucht hatte, ihre Freundschaft weiter zu pflegen, hatten Emily und sie sich in den letzten zwölf Monaten kaum gesehen. Meist hatte Emily die vereinbarten Treffen mit fadenscheinigen Gründen abgesagt, war sogar ihrer Hochzeitsfeier ferngeblieben. Raffaella hatte sich deshalb zunehmend Sorgen um sie gemacht, die Befürchtung gehegt, Emily wolle denselben Pfad beschreiten wie Denise.

Und plötzlich klingelte sie an ihrer Tür! Sie hatten sich während des Umstylens ausführlich unterhalten, und Raffaella fand, dass durchaus Anlass zu Optimismus bestand. Dafür sprach, dass Emily mit Citizen gebrochen hatte und wieder die Nähe zu ihrem Bruder Stephen suchte. Und darüber hinaus sollte heute auch Jason aus Deutschland eintreffen, Emilys Kindheitsgefährte! Es war augenfällig, dass es Emily immer dann besonders gut ging, wenn Jason seinen Urlaub bei der Familie Harper verbrachte. Sie selbst hatte als Teenager jahrelang für Jason geschwärmt. Was für ein bello ragazzo!

Nichts hilft dem eigenen Wohlbefinden so sehr auf die Sprünge wie Optimismus. Raffaella fühlte sich fantastico. Sie schlüpfte in ihre Fitnesskleidung, freute sich, dass noch alles wie angegossen saß, und schob eine Zumba-DVD in den Player. Unter den verständnislosen Blicken ihrer vier Katzen und begleitet von brasilianischen Rhythmen legte sie eine schweißtreibende Fitnessstunde ein. Es folgte eine erfrischend lange Dusche.

Sie hatte eben den Föhn verstaut, als sie einen unbekannten

Klingelton hörte. Sie lauschte. Das kam eindeutig aus dem Wäschekorb! Kurz zuvor hatte sie Emilys Kleidung mit Schwung hineinbefördert, obwohl sie eher versucht gewesen war, das ganze Zeugs zu verbrennen. Nun pflückte sie aus dem Haufen ein Handy hervor und nahm das Gespräch mit einem »Pronto« an. Und wurde sogleich harsch angefahren: »Emily? Verflixtes Mädchen! Wo steckst du? Wir hatten zwei Stunden vereinbart! Was denkst du dir bloß dabei?«

Jason

Nach der kurzen Kaffeepause setzten Jason und die Journalistin ihre Fahrt fort. Jason blickte aus dem Fenster und genoss jede Sekunde. Dieser malerische Küstenstreifen zwischen Santa Monica und La Jolla war das Paradies, es war mehr als nur ein beschaulicher Ort, es war ein Lebensgefühl. Er gehörte hierher, fühlte sich hier zu Hause. Eines Tages, das wusste er, wollte er an dieser Küste leben.

Die Journalistin bestand darauf, ihn direkt am Haus der Harpers abzuliefern. »Es ist wirklich kein nennenswerter Umweg«, versicherte sie nach einem Blick auf die Route im Navigationssystem. Er nahm ihr Angebot gerne an. Sie war eine höchst angenehme Begleitung, und sie roch fabelhaft.

War die Fahrt entlang der Küste von Los Angeles nach San Diego County ein Erlebnis, so gipfelte sie in der Lage des Hauses der Harpers in La Jolla, dem Juwel. Jason freute sich darauf, es seiner Reisebegleitung zu zeigen.

Nach dreistündiger Fahrtzeit, die auch dem dichten Verkehrsaufkommen geschuldet war, näherten sie sich endlich ihrem Ziel. In dieser Gegend rückten die Häuser auseinander, die Grundstücke wurden weitläufiger. Rabea zeigte auf das Sackgassenschild: »Hier entlang?«

»Ja. Das Haus der Harpers ist das letzte in der Straße. Es steht quasi auf der Klippe.«

»Die Aussicht von dort muss atemberaubend sein.«

»Ist sie auch.«

Ein Tor kam in Sicht. Jason stieg aus, fasste um die Säule herum, fand den versteckten Knopf und setzte den Öffnungsmechanismus in Gang. Rabea fuhr hindurch, und Jason stieg wieder ein, während sich hinter ihnen das Gatter automatisch schloss.

»Das Grundstück muss riesig sein. Ich kann das Haus von hier aus gar nicht sehen«, wunderte sich die Journalistin.

»Es liegt verborgen hinter einigen alten Redwoods. Früher wurde das Anwesen als Farm bewirtschaftet. Die Familie Harper ist an diesem Ort seit mehr als zweihundert Jahren ansässig«, erklärte er.

Eine dichte Reihe von Maulbeerbäumen beschattete die Auffahrt. Sie kamen an zwei Schuppen vorbei, die den Weg wie Wächter flankierten. Dahinter ragten wahre Mammuts von Bäumen auf, circa fünfzig Meter hohe Sequoias mit rötlicher Rinde. Ähnlich geartete Redwoods kannte Rabea nur aus dem Yosemite National Park, den sie im letzten Jahr mit ihrem Freund besucht hatte.

Kurz darauf kam das Haus der Harpers in Sicht. Es sah tatsächlich wie eine alte Farm aus – ein Gebäude aus verwittertem Holz mit vorgelagerter Veranda, an dem rechts ein geringfügig neuer wirkender Anbau anschloss. Wie das Tor hätte auch das Wohnhaus dringend einen frischen Anstrich vertragen. An der anderen Seite des Hofs gab es eine Scheune; abseits davon stand etwas verloren eine rote Telefonzelle. Sie zog sofort Rabeas Aufmerksamkeit auf sich.

»Die ist ja interessant«, meinte sie.

»Onkel Joseph und Tante Marjorie haben sie 1981 von ihrer Hochzeitsreise aus London mitgebracht. Marjorie begeistert sich für alles, was auch nur ansatzweise britisch ist.«

»Ist sie noch funktionstüchtig?«

»Sagen wir so, die Zelle dient der Familie Harper auf verschiedene Weise …«

Der Wagen hatte kaum gestoppt, als ihnen schon ein Begrüßungskomitee entgegenstürzte.

»Na, so was«, entfuhr es der Journalistin verwundert. Ihre Augen folgten einem Hängebauchschwein, das sich unter die Rotte Hunde der verschiedensten Größen und Gattungen gemischt hatte. Mit etwas Verspätung kam noch ein geschecktes Pony um die Scheunenecke getrabt, gefolgt von einem humpelnden Schaf.

»Was ist das hier? Die Farm der Tiere?«

»So ungefähr. Emily, die Tochter des Hauses, sammelt Tiere. Sie ist wie ein Magnet für die Verstoßenen und Verlassenen. Und da kommt auch schon Tante Marjorie!« Jason deutete auf eine rundliche Frau, die sich ihre Hände an der Küchenschürze abtrocknete und sich durch mehrere Truthähne und weiße, flaumige Hühner, Daunenkissen nicht unähnlich, zum Wagen durchkämpfte.

»Möchten Sie noch kurz reinkommen?«, bot Jason Rabea an. »Tante Marjorie freut sich über jeden Besuch – vor allem über jemanden, der ihre Charles-und-Diana-Tassensammlung noch nicht kennt.«

»Klingt wirklich verführerisch … Aber ich muss gleich weiter. Ich habe heute Abend einen Termin und wollte vorher noch einige Unterlagen sichten.«

»Sie erwähnten, Sie blieben vier Tage in San Diego?«

»So ist es.«

»Sehr gut, hier ist meine Nummer.« Jason hatte sie ihr rasch aufgeschrieben. »Ich würde mich sehr gerne für die Fahrt revanchieren. Vielleicht haben Sie Lust, vor Ihrer Abreise einmal mit mir essen zu gehen?«

»Vielleicht«, antwortete sie mit einem Lächeln, das nichts versprach. Er verabschiedete sich und stieg aus.

Marjorie hatte die Tiere inzwischen energisch vom Wagen weggescheucht.

»Jason! Da bist du ja!«, rief sie. »Ach, wie ist das schön, dich zu sehen, mein Junge!« Sie zog ihn an ihren weichen Busen. »Und wen hast du mir da mitgebracht?«, fragte sie als Nächstes und beugte sich neugierig zum offenen Beifahrerfenster herab, um ihren Gast zu inspizieren. »Möchten Sie denn nicht aussteigen, junge Lady?«

»Tante Marjorie, darf ich dir Miss Rosenthal vorstellen. Sie war so freundlich, mich mitzunehmen.« Auch Jason hatte ins Englische gewechselt.

Nach kurzem Small Talk verabschiedete sich die Journalistin und fuhr vom Hof.

»Ja, und wo steckt denn jetzt Stephen?«, fragte Marjorie verwundert. »Er wollte dich doch abholen!«

Jason zuckte mit den Schultern und gab sich betont gleichmütig. »Wir wissen ja beide, wie er ist, Tante Marjorie. Vermutlich sitzt er in seinem Labor und hat die Zeit vergessen. Komm«, er legte einen Arm um ihre Schultern, weil er wusste, wie gern sie diese Geste mochte, »gehen wir hinein, bevor mich Herkules und Circe noch auffressen.« Lachend verscheuchte er Pony und Schaf, die sich rechts und links an seinem Shirt zu schaffen machten, als wollten sie es aufteilen wie das goldene Vlies. »Hast du was von Emily gehört?«, fragte er auf dem Weg hinein, dabei um einen beiläufigen Ton bemüht.

»Leider nein. Fritzis Vater Walther ist immer noch unterwegs und sucht sie. Es ist wirklich verflixt, dass sie kein Handy besitzt. Ich mache mir wirklich fürchterliche Sorgen um sie. Wenn sie … Oh, da ist Fritzi!« Auch Marjories Ton wechselte, und Jason begriff, dass sie genauso agierte wie er: Sie wollte sich gegenüber dem Jungen, der in seinem Rollstuhl über den Hof flitzte, ihre Sorgen nicht anmerken lassen.

»Hallo, Fritz!«, begrüßte Jason den Jungen, der nach seinem Unfall vor zwei Jahren ebenfalls bei den Harpers untergekommen war. Er schüttelte ihm auf Männerart die Hand. »Wie geht es dir?«

»Prima! Ich habe fleißig mit dem Surfboard geübt!«, erwiderte Fritz eifrig. »Und dieses Jahr schlage ich dich auch beim Armdrücken!«

Jason befühlte den Oberarm des Zwölfjährigen. »Stimmt, heuer muss ich mich warm anziehen. Und, wie geht es deiner Schwester?«

»Prima! Maddie ist in der Scheune und sammelt Eier ein. Ich wollte ihr gerade dabei helfen. Sag, Jason, gehst du morgen mit mir paddeln?«

»Natürlich! Als ob ich mir das entgehen lassen würde!«

Fritz strahlte über sein mageres Jungengesicht. »Prima!«

Die Harpers

In ihrem Reich, der Küche, wurde Jason von seiner Tante nochmals in Augenschein genommen. »Mein Gott, Junge! Bist du dünn!« Marjorie schlug die Hände vor dem Gesicht zusammen, und Jason stellte erneut fest, dass es auf der Welt kaum eine authentischere Person als Marjorie Harper geben mochte. Die Mutter seines Freundes war in jeder Situation sie selbst, sogar in diesen Minuten, in denen die Sorge um den Verbleib ihrer Tochter Emily ihr gesamtes Mutter-Universum verdunkelte. Dennoch vermittelte sie Jason das Gefühl, dass es gerade nichts Wichtigeres für sie gab als ihn und seinen offensichtlichen Mangel an nahrhaften Mahlzeiten.

»Das sagst du immer, Tante Marjorie«, lächelte Jason warm.

»Weil es stimmt! Du bestehst ja nur noch aus Haut und Knochen!«, erwiderte sie und drückte ihn erneut an sich. Jason ließ es sich gern gefallen. Er genoss es, wenn ihm ihr vertrauter Geruch in die Nase stieg, den er so eng mit seiner Kindheit verband: exotische Küchengewürze vermischt mit frisch Gebackenem.

Stephen und er hatten ganze Nachmittage an der verschrammten Holztheke verbracht, darauf lauernd, wer die nächste Teigschüssel ausschlecken durfte oder den ersten, noch warmen Keks ergattern würde. Tante Marjorie hatte jedoch stets darauf geachtet, dass beide Jungen zu gleichen Teilen auf ihre Kosten kamen. Und sie hatten Konkurrenz im

Rennen um die Teigschüssel: Auch Onkel Joseph, Marjories inzwischen verstorbener Mann, ließ sich oft von den köstlichen Düften in die Küche locken. Er pflegte immer zu sagen, im Haus gebe es zwei Labore: seins im Keller und das seiner Frau in der Küche.

Jedes Mal, wenn Jason Marjorie wiedersah, fiel ihm wieder ein, warum er sie so gernhatte. Mit ihrem übergroßen Herzen hatte Marjorie, neben seiner Großmutter Adelheid, den leeren Platz in ihm ausgefüllt, den seine Mutter Sarah mit ihrem frühen Tod hinterlassen hatte. Er war sechs, seine Schwester Eugenie sechzehn, als sie starb. Sein Vater überließ danach die Erziehung seiner beiden Kinder fast ausschließlich seiner Mutter. Adelheid war Amerikanerin und nahm den jüngeren Enkel mit, wenn sie zu ihrem alljährlichen Flug in die USA aufbrach, um Familie und alte Freunde zu besuchen, darunter Stephens Großmutter. Stephen hatte er gleich bei seiner ersten USA-Reise kennengelernt. Vom ersten Tag an waren Stephen und er unzertrennlich gewesen. Stephens Mutter hatte angeboten, dass Jason die Ferien gerne bei ihnen zu Hause verbringen könne, während Adelheid durchs Land reiste, um ihre weit verstreute Verwandtschaft zu besuchen.

»Na, alter Junge? Wie geht es dir?« Er hatte Homer auf seinem angestammten Platz in der Ecke erspäht.

Emilys treuer Weggefährte reckte ihm seine ergraute Schnauze entgegen. Die Rute wedelte schwach, doch er bewegte sich nicht von seiner Decke.

»Hast recht, spar dir deine Energie.« Er kraulte Homer ausgiebig unter dem Kinn, so wie es die Promenadenmischung seit jeher mochte.

»Das Herz?«, wandte er sich an Marjorie. Schon bei seinem letzten Besuch war bei Homer eine Insuffizienz diagnostiziert worden, doch mit den verschriebenen Tabletten und Tropfen war sein Leben bisher kaum beeinträchtigt gewesen.

»Er wird im Dezember achtzehn.« Marjorie kniete neben Jason und strich Homer liebevoll übers Fell. Ein Zittern lief durch dessen Körper, und die Rute klopfte einmal auf. »Es ist mir unbegreiflich, wo Emily steckt! Sie würde Homer nie so lange allein lassen«, brach es jäh aus ihr hervor.

Homer hatte bei der Nennung von Emilys Namen hoffnungsvoll den Kopf gehoben. Er blickte zur Tür, dann jaulte er leise und legte den Kopf mit einem ergebenen Seufzen wieder auf seine Pfoten.

»Homer wartet genauso auf sie.« Auch Marjorie seufzte.

»Emily wird …«

»Jason!«, unterbrach ihn eine Mädchenstimme. Maddie stand mit Fritz in der Tür, in der Hand einen Korb mit Eiern. Sie stellte den Korb ab, wiederholte nochmals seinen Namen, und dann zählte sie ihn. Maddie zählte nur Menschen, die sie mochte. Anschließend ging sie ins Wohnzimmer und gleich darauf erfüllten die magischen Klänge einer von Chopins *Nocturnes* das Haus. Das Stück war Maddies Willkommensgeschenk für Jason. »Unfassbar, wie gut das Kind inzwischen spielt«, sagte er.

»Nicht wahr?« Marjorie strahlte. »Und das, ohne je Unterricht genommen zu haben. Dieses Mädchen ist ein kleines Wunder.«

Wenig später fand sich auch Walther in Marjories Küche ein. Ein Kopfschütteln signalisierte ihnen seine erfolglose Suche nach Emily. Damit sie mit Walther allein sprechen konnten, schickte Marjorie Fritz unter dem Vorwand zu Maddie, dass es bald zu essen gebe und sie sich beide die Hände waschen sollten.

Die drei Erwachsenen kamen überein, nochmals alle Krankenhäuser durchzutelefonieren. Nach dem Essen würde Jason mit Marjorie direkt zum örtlichen Sheriffbüro fahren und eine Vermisstenanzeige aufgeben. Jason sah, dass Marjorie nur mit Mühe ihre Fassung wahren konnte, doch nun ging es primär darum, vor den beiden Kindern die Fassade aufrechtzuerhalten.

Sie hatten sich kaum zu Tisch gesetzt und das Essen, es gab Pfannkuchen, verteilt, als Maddie den Kopf hob. Gleichzeitig setzte Hundegebell ein.

»Da kommt jemand!«, rief Marjorie. »Emily!« Sie stürzte hinaus, gefolgt von den anderen.

»Oh, Sie sind das!«, sagte Marjorie enttäuscht, als der Wagen hielt. Jason trat vor. »Haben Sie etwas vergessen?«, fragte er die Journalistin lächelnd.

»Nein, aber ich habe Ihnen jemanden mitgebracht. Ich habe den Mann auf der Interstate aufgelesen. Er behauptet, er habe eine wichtige Information für Sie.«

In der Tat öffnete sich die Beifahrertür und eine ziemlich abgerissene Gestalt stieg aus. Der Mann zeigte keine Scheu vor den Hunden und ließ sich ausgiebig von ihnen beschnuppern. Jason roch den Mann auch. Er hatte vielleicht ein Bad nötig, doch er konnte keinen Alkoholgeruch an ihm wahrnehmen.

Rabea war ebenfalls ausgestiegen.

»Was ist aus ihrem Misstrauen gegenüber Fremden geworden?«, fragte Jason nahe an ihrem Ohr, sodass nur sie ihn hören konnte.

»Ich erkenne einen Schurken, wenn er mir gegenübersteht. Charlie Two ist in Ordnung«, gab sie ebenso leise zurück.

Maddie näherte sich ihnen über den Hof, und die Hundemeute teilte sich bereitwillig vor ihr wie das Rote Meer. Vor dem Neuankömmling blieb sie stehen. Zwei Sekunden verstrichen, dann begann sie den Mann zu zählen. »Zwei, zwei, eins, eins, zwei, fünf, fünf, zwei, vier, zwei …«

»Wie es aussieht, teilt Maddie Ihre Meinung«, flüsterte Jason der Journalistin zu.

»Muss ich das jetzt verstehen?«

»Ich erklär es Ihnen später. Jetzt will ich vor allem erfahren, was der Mann hier will.«

Durch Maddies Erscheinen war die gesamte Szenerie zum Stillstand gekommen, als wären sie hinter einer gläsernen Scheibe gefangen, die sie zum Zuschauen verdammte. Selbst die Tiere verhielten sich mucksmäuschenstill.

Doch nun geriet wieder alles in Fluss. Der Fremde schritt auf Marjorie zu und sagte: »Sie müssen Emilys Mutter sein! Ein feines Mädel haben Sie da großgezogen! Das muss man schon sagen!« Er schüttelte ihr kräftig die Hand.

»Sie kennen Emily? Wissen Sie, wo sie ist?«, fragte Marjorie, die sichtlich Schwierigkeiten hatte, den späten Besuch einzuordnen.

»Darum bin den ganzen Weg aus L. A. gekommen.«

»Geht es ihr gut? Wo ist meine Kleine?« Marjorie sah Charlie Two an, als erwartete sie, dass er ihre Tochter wie das Kaninchen aus dem Hut hervorzaubern würde.

»Wenn sie nicht hier ist, weiß ich auch nicht, wo sie ist.« *Verflixtes Mädel … Jetzt musste er sich auch noch eine Story für ihre Mutter ausdenken, damit sie nicht völlig durchdrehte. Bei dem, was er ihr zu berichten hatte …*

»Ja, aber … warum sind Sie dann hier?« Marjorie wich zurück, gleichzeitig fuhr eine Hand zu ihrem Herzen, als müsse sie sich gegen einen Schrecken wappnen.

»Weil ich weiß, wo Emilys Bruder Stephen ist!«, sagte der Mann und lächelte.

In der Küche, während er einen Berg Pfannkuchen zusammen mit einem ganzen Glas Blaubeermarmelade vertilgte, rückte Charlie Two mit seiner Geschichte heraus: »Emily kam heute zur Schnapsbrennerei in L. A. und …«

»Sie haben Emily gesehen? Geht es ihr gut? Und was will sie denn in einer Schnapsbrennerei?«, fragte Marjorie ungläubig. »Sie trinkt doch gar keinen Alkohol!«

»Na, die ist doch nicht mehr in Betrieb. Sie ist baufällig und löchrig wie dieser gelbe Käse. Wenn Sie mich fragen, M'am, stürzt das Teil sowieso bald ein und …«

Jason sah, wie Marjorie immer blasser wurde. So würde das nichts werden, wenn sie den Mann unterbrach und von seiner Geschichte abbrachte. »Charlie«, nahm er die Befragung in die Hand, »Sie haben Emily also heute in der Schnapsbrennerei gesehen. Wie viel Uhr war es da?«

»Ziemlich früh, noch vor neun.« Er kaute mit vollen Backen.

»Und wann ist sie wieder gegangen?«

»Am Nachmittag ist sie mit ein paar von den grünen Spinnern weg.«

»Hatten Sie den Eindruck, Emily wäre freiwillig mitgegangen?«

»Schon, aber sie war wütend. Muss aber nichts heißen, häh? Emily ist immer wütend.« Er löffelte großzügig Blaubeermarmelade auf seinen Pfannkuchen.

»Wissen Sie, wo sie hingefahren sind? Oder haben Sie sich das Kennzeichen gemerkt?«

»Zweimal nein.« Charlie zuckte mit den Schultern. »Aber zwischendurch tauchte dieser Typ mit seinem Camper auf. Hab ihn noch nie dort gesehen, passte auch nicht dahin, so ein feiner Pinkel mit ordentlichen Schuhen. Hab ihm meine Hilfe angeboten, und der Typ hat behauptet, er sei Emilys Bruder Stephen und auf der Suche nach ihr. Ich habe ihm erst nicht geglaubt, aber dann zückt dieser Idiot seinen Geldbeutel und zeigt mir ein gemeinsames Foto mit ihr. Und seinen Ausweis. *Guter Mann*, habe ich gesagt, *ich kann nicht lesen, und so ein Foto kann sich jeder besorgen*. Aber das war dann sowieso egal.«

»Warum?«

»Weil wir mitten in einer Gegend standen, in der nur ein Bekloppter mit seinem Geldbeutel rumwedelt.«

Neben sich hörte Jason Marjorie aufstöhnen. Ihm wäre es lieber gewesen, Charlie Two allein zu befragen.

»Und was ist dann passiert?«

»Den Geldbeutel hat sich gleich einer von der Tex-Gang geschnappt. Emilys Bruder ist ihm auch noch hinterher, hat ihn aber nicht gekriegt.« Charlie schaufelte eine weitere Gabel Pfannkuchen in sich hinein.

Jason hätte jetzt selbst gerne gestöhnt. *Verdammter Stephen!* »Was ist danach passiert? Haben Sie Stephen nochmals gesprochen, Charlie?«

»Klar, er wollte ja mit seinem Wagen wegfahren. Aber jemand hatte ihm inzwischen alle Reifen zerstochen und *Fremde, haut ab* draufgepinselt. Junge, hat der Mann deshalb geflucht«, grinste Charlie mit vollen Backen.

Jason hätte ihm liebend gern den Teller weggenommen. »Und was hat Stephen danach gemacht?«

»Ich habe ihm gesagt, dass seine Schwester mit ein paar von den grünen Hohlköpfen unterwegs ist. Daraufhin ist er auch in die Schnapsbrennerei rein. Er kam bald wieder raus, und weil sein Wagen inzwischen fahruntüchtig war, hat er mich nach der nächsten Bushaltestelle gefragt. M'am«, wandte er sich an Marjorie, »Ihre Pfannkuchen sind absolut köstlich. Haben Sie noch mehr davon?« Er zeigte auf den leer geputzten Teller.

»Nein, aber Sie können Apfelkuchen haben.« Marjorie nahm

die Platte von der Anrichte und stellte sie auf den Tisch. Mit ungebrochenem Appetit fiel Charlie Two nun auch über den Kuchen her.

»Und Sie haben Stephen einfach so gehen lassen?«, nahm Jason die Befragung wieder auf.

»Nein, ich glaubte ihm ja inzwischen, dass er Emilys Bruder ist. Sie hat immer gesagt, er wäre dämlich, und genauso benahm er sich auch. Taucht da in einem ordentlichen Anzug mit einer guten Uhr in meinem Viertel auf. Eine wandelnde Einladung. Ich bin ihm hinterher, um aufzupassen, so wie ich immer auf Emily aufpasse.«

»Ja, und? So reden Sie doch!«, drängte sich Marjorie dazwischen.

»Der Idiot, Verzeihung, M'am, Ihr Sohn, kam nicht weit. Sie waren zu dritt. Keine Chance. Er hätte sich gegen die grünen Spinner nicht wehren sollen, häh? Die haben ihn ziemlich verdroschen.«

Marjorie gab einen erstickten Laut von sich, und Walther legte beruhigend seine Hand auf ihre.

»Haben Sie die Polizei und einen Krankenwagen gerufen?«, fragte Jason.

Charlie sah ihn an. »Noch so ein Spinner, häh? Nein, ich habe den Burschen zusammen mit einem Freund selbst in die Notaufnahme gebracht. Sonst läge er jetzt noch da rum.«

»Stephen ist im Krankenhaus? Und das sagen Sie erst jetzt?« Marjorie wäre Charlie Two beinahe an den Kragen gegangen. Jason juckte es selbst in den Fäusten. »In welchem Krankenhaus ist er?«

Charlie nannte das *Good Samaritan*, und Marjorie stürzte sofort zum Telefon. Es dauerte eine Weile, bis sie durchkam, doch die deprimierende Auskunft lautete, dass kein Stephen Harper eingeliefert worden sei.

Charlie rückte wieder ins Zentrum des Interesses. Der Apfelkuchen war inzwischen fast vollständig in seinem Magen verschwunden. »Hey!«, er hob abwehrend die Hände, weil alles auf ihn zudrängte, »der Junge hatte keine Papiere, und die wollten uns glatt wieder wegschicken. Unsereiner ist das gewohnt, aber unser Stephen sah ja auch ziemlich übel aus … Dachten wohl, er sei noch so ein Straßenjunkie.« Er schnalzte abfällig.

»Ist er nun dort oder nicht?« Jason hatte sein Gesicht ganz nahe an Charlies gebracht und sah ihn grimmig an.

»Natürlich! Warum habe ich mich wohl von L. A. auf den beschwerlichen Weg hierher gemacht? Um seine Familie zu verständigen!«

»Warum haben Sie Stephens Mutter nicht einfach angerufen?«

»Hey! Sehe ich aus, als könnte ich mir ein Handy leisten?«

»Woher wussten Sie überhaupt, wo Emily wohnt?«

»Von der *Homeless-Mission*.«

»Und die haben es Ihnen einfach so verraten?« Jason beäugte ihn misstrauisch.

»Man hat so seine Methoden.« Charlie kicherte albern.

»Und warum haben Sie dann nicht von dort aus angerufen?«

Charlie sah Jason listig an und der verstand. »Sie erhofften sich eine Belohnung für die Information!«

Der Mann schüttelte den Kopf. »Charlie Two will kein Geld!«, sagte er beleidigt. »Emily sagt immer, niemand bäckt so gute Kuchen wie ihre Mutter. Danke, M'am«, sagte er zu Marjorie. »Allein Ihr Apfelkuchen war die Reise wert!« Er strahlte sie an, und die Tatsache, dass ihm mehrere Zähne fehlten, tat seiner Herzlichkeit keinen Abbruch.

»Aber was ist denn jetzt mit Stephen?«, fragte Marjorie, die den kurzen Schlagabtausch verwirrt verfolgt hatte.

»Keine Sorge. Mein Kumpel Charlie One ist bei ihm in der Notaufnahme geblieben. Hey, der war mal Sanitäter. Im Krieg«, fügte er hinzu, während er seinen nicht ganz sauberen Finger anfeuchtete und die letzten Krümel vom Teller pickte.

»Ich fahre mit Marjorie nach L. A. ins Krankenhaus«, sagte Jason bestimmt. »Sie, Walther, bleiben hier, falls Emily anruft oder zurückkommt.«

»Nein, wir machen es umgekehrt«, sagte Walther bestimmt, der sich erhoben hatte und nach seiner Strickjacke griff. »Sie bleiben, und ich fahre mit Marjorie nach Los Angeles.«

Jason blickte prüfend zu Marjorie. Sie schien nichts gegen das Arrangement zu haben. Bahnte sich da etwas zwischen ihr und Walther an?

Charlie Two unterbrach seinen Gedankengang. »Ich fahre auch mit zurück, wenn es recht ist. Danke nochmals für die ausgezeichnete Bewirtung, M'am.« Er stand schwerfällig auf.

Sie besprachen noch kurz den Verbleib von Emily. Da sie laut Charlie Two mit Leuten ihrer Organisation unterwegs war, kamen sie überein, dass, nach Lage der Dinge, Emily keine unmittelbare Gefahr drohte. Ob sie gerade wieder ein Gesetz bricht, ergänzte Jason im Stillen, steht auf einem anderen Blatt.

Und so machten sich Marjorie und Walther zusammen mit Charlie Two auf den Weg.

Fritz begleitete seine Schwester wie immer zu Bett, dann trollte er sich in sein eigenes Zimmer. Jason wunderte sich ein wenig, da es noch sehr zeitig war, aber der Junge wirkte sichtlich mitgenommen von den jüngsten Ereignissen.

»Ich fahre dann auch.« Die Journalistin brachte sich damit wieder in Erinnerung. Sie hatte so still und ruhig am Ende des Tisches gesessen, dass sie völlig aus der Wahrnehmung der

Anwesenden verschwunden war. Jetzt gähnte sie hinter vorgehaltener Hand.

»Sie sind müde«, stellte Jason fest, »und niemand ist auf die Idee gekommen, Ihnen zu danken, dass Sie Charlie hierher gebracht haben. Was ist eigentlich aus Ihrem Termin geworden?«, fiel ihm rechtzeitig ein zu fragen.

»Ich habe das Interview auf morgen verschoben. Das eben war spannender als jeder Kinofilm. Und um nichts in der Welt hätte ich es versäumen wollen, aus dieser Tasse zu trinken.« Sie hielt eine Prinz-Charles-Tasse hoch, deren rosa Henkel die Form von riesigen Ohren hatten. »Ich hoffe, Ihrem Freund geht es so weit gut, und er behält nur ein paar blaue Flecke zurück. Und das mit seiner Schwester wird sich sicher auch bald aufklären. Für mich hört es sich nach wie vor wie ein Streit unter Geschwistern an, sonst wäre der Bruder der Schwester nicht nach Los Angeles gefolgt.«

»Hoffen wir, dass Sie recht haben. Trotzdem bin ich gespannt, in welchen Schlamassel Emily Stephen diesmal hineingezogen hat.«

Letzteres sagte er mehr zu sich selbst. Er war neben Homer in die Hocke gegangen. Emilys alter Weggefährte schlief mit gleichmäßigen Atemzügen auf seiner Decke. Marjorie hatte ihm vor dem Essen seine Herztropfen verabreicht. Heute Nacht würde er sicher nicht über den Regenbogen gehen. Das treue Tier wartete auf Emily. *Wo bist du, Emily?*

»Sie sorgen sich sehr um das Mädchen.«

Jason richtete sich wieder auf. »Ich kenne die Kleine schon ihr ganzes Leben. Sie hatte sehr jung ein traumatisches Erlebnis und das beeinflusst sie bis heute. Und vor einem Jahr hat sich ihre beste Freundin das Leben genommen. Emily hat Denise damals mit aufgeschnittenen Pulsadern gefunden. Sagen Sie, Rabea«, fragte er spontan, »warum bleiben Sie nicht hier und leisten mir beim Warten Gesellschaft? Es wird eine lange Nacht werden. Sie könnten im zweiten Gästezimmer schlafen. Marjorie hat sicher nichts dagegen. Das ist hier sowieso ein Heim für Gestrandete.«

Sie sah ihn an, eine Sekunde, zwei Sekunden. Dann traf sie ihre Entscheidung: »Gerne.«

»Prima! Dann gehen wir besser gleich mit den Hunden, solange es noch hell ist. Von hier ist es nicht weit bis zum Strand. Ich brauche das jetzt, den Sand unter den Füßen zu spüren. Es gibt nichts Beruhigenderes als den Ozean in der Abenddämmerung.«

»Und Emily?«

»Wir sagen Fritz Bescheid. Er soll mich anrufen, falls er etwas von Emily hört. Es ist noch nicht einmal halb acht. Er wird noch eine Weile wach sein.«

»Wenn ich es richtig verstanden habe, sind Fritz und Maddie Walthers Kinder? Leben sie hier oder sind sie nur zu Besuch?«

»Walther ist mit den beiden Kindern vor ungefähr zwei Jahren in den Anbau eingezogen. Die Mutter hat die Familie verlassen, als Fritz noch ein Kleinkind war. Der Junge saß nicht immer im Rollstuhl.«

»Was ist passiert?«

»Ein Wagen hat ihn angefahren. Fahrerflucht. Er oder sie hat ihn einfach so liegen lassen. Fritz kann sich an nichts erinnern. Aber Maddie war damals dabei, als es passierte. Sie muss alles mit angesehen haben.«

»Was gibt es nur für Unmenschen!« Die Journalistin schüttelte angewidert den Kopf. »Die armen Kinder, man mag sich gar nicht ausmalen, was sie alles durchmachen müssen. Und auch ihr Vater Walther.«

»Maddie war danach für Monate nicht ansprechbar und hat

nur ab und zu ein paar Ziffern oder Worte aufgesagt. Besonders hart war es für sie, von ihrem Bruder getrennt zu sein. Erst als Fritz aus der Rehabilitation zurückkehrte und sie hier zusammen eingezogen sind, wurde sie langsam wieder ruhiger. Maddie hängt sehr an Emily, und auch die vielen Tiere hier tun ihr gut.«

»Maddie ist autistisch, oder?«

»Ja, sie ist jetzt zehn, und sie wird aller Voraussicht nach nie in der Lage sein, ein eigenständiges Leben zu führen. Nachdem Emily die beiden Kinder kennengelernt hatte, brachte sie sie immer öfter nach der Schule mit nach Hause. Maddies Mutter hat die Familie ein Jahr nach Maddies Geburt verlassen, vermutlich war sie mit dem Zustand der Tochter überfordert. Walther ist Pastor. Er tut, was er kann, um die Familie zu versorgen. Tante Marjorie haben die mutterlosen Kinder leidgetan, und nach dem Unfall von Fritz haben sie und Onkel Joseph vorgeschlagen, die drei könnten doch hier wohnen. Das Anwesen sei groß genug für alle.«

»Wer ist Onkel Joseph?«

»Marjories Mann. Im November werden es zwei Jahre, dass er an Krebs gestorben ist.«

»Wie traurig.«

»Ja, Joseph war ein großartiger Mann. Die beiden führten eine wunderbare Ehe und hätten es verdient gehabt, zusammen alt zu werden. Warten Sie hier, ich gebe Fritz kurz Bescheid.«

Sie verließen das Haus durch den hinteren Ausgang auf die Veranda. Die Harpers hatten hinter dem Haus der subtropischen Vegetation genügend Raum zur Entfaltung gelassen; der Garten war auf charmante Art verwildert. Gemessen an dem riesigen Grundstück war die Rasenfläche verhältnismäßig klein, dafür gab es einen Gemüsegarten und ein Gewächshaus. Rundherum wuchsen Palmen und Zypressen in den Himmel. Dazwischen blühten verschwenderisch Oleander, Jasmin und Bougainvillea. Letztere hatten längst die gesamte hintere Fassade erobert und fielen wie ein pinkfarbener Wasserfall zurück zur Erde. Besonders angetan hatte es Rabea der uralte Olivenbaum, der mittig im Garten wuchs wie der knorrige Fuß eines Riesen und aussah, als wurzele er dort seit Anbeginn der Zeit und wisse um alle ihre Geheimnisse. Der Baum hatte etwas Nobles an sich und wirkte gleichzeitig wild und frei. Rabea überraschte es nicht, dass sie von dem Drang erfasst wurde, ihn zu berühren. Ähnlich war es ihr ergangen, als sie in Israel vor den uralten Olivenbäumen auf dem Ölberg gestanden hatte.

»Sie spüren es auch, oder?«, fragte Jason neben ihr. »Dieser Baum ist mehr als nur ein Baum. Onkel Joseph hat uns Kindern immer erklärt, er sei beseelt. Aber im Grunde musste er uns das nicht sagen. Wir haben es gespürt. Kinder wissen meist mehr als Erwachsene. Als Emily mit Maddie zum ersten Mal hierherkam, ist Maddie zielstrebig auf den Baum zuspaziert, hat ihr Gesicht an ihn gepresst, um sich danach an den Stamm gelehnt ins Gras zu setzen, als wolle sie für immer dort verweilen. Ich war nicht zugegen, aber Fritz hatte große Mühe, seine Schwester dazu zu bringen, wieder mit ihm nach Hause zu gehen. Nur das Versprechen, sie dürfe wiederkehren, konnte sie schließlich dazu bewegen.«

Jason steuerte auf ein Gatter am Ende des Gartens zu, ließ die Hunde hindurch, scheuchte jedoch Pony, Schaf und Hängebauchschwein lachend zurück. Die drei hatten sich ihnen wie selbstverständlich angeschlossen. »Emily ist überzeugt, dass sie sich ebenfalls für Hunde halten«, erklärte Jason lachend und schloss das Gatter. Die drei reihten sich dahinter auf und ihre Blicke waren ein einziger Vorwurf. »Nichts für ungut, Freunde«, verabschiedete sich Jason von ihnen. »Wir kommen ja wieder!«

Der Tag war ungewöhnlich heiß gewesen, die Luft schwer und stickig, aber hier oben umfing Jason und Rabea eine kühle Brise, die vom Meer herüberwehte. Noch versperrten ihnen Bäume und Sträucher den Blick auf den Ozean. Doch er war allgegenwärtig, sie schmeckten seine Präsenz in der Luft und auf der Zunge, und Jason fühlte die ihm vertraute Erwartung, die die Nähe des Meeres jedes Mal in ihm auslöste.

Die Hunde stürmten ihnen voran auf einen kaum erkennbaren Pfad zu, der durch das weitläufige Gelände zu den Klippen führte, wie Jason Rabea erklärte. Die Vegetation wich langsam zurück, statt Bäumen säumten kleinere Sequoias und vereinzelte Aloe Vera mit dicken, fleischigen Blättern ihren Weg, rot und gelb blühende Büsche mit unbekannten Namen wechselten sich mit sanft wogenden Schilfgräsern ab. Statt über weiches Gras liefen sie nun über vor Urzeiten vom Meer glatt geschliffene Steine. Die Hunde jagten sich gegenseitig oder kläfften Möwen an, die sie mit ihren schrillen Lauten auszulachen schienen.

Die letzten sechzig Meter führten durch eine Art felsigen Tunnel, nur dass dieser nach oben hin offen war und das Blau des Himmels sehen ließ. Jason ging Rabea voran. Bevor der Weg endete, drehte er sich nach ihr um und warf ihr einen Blick zu, der so voller Vorfreude steckte, dass er sich den Satz: »Sie werden staunen!«, hätte sparen können, als er sie vor sich auf das Plateau schob. Er hatte dafür den perfekten Augenblick gewählt.

Die Schönheit des Panoramas raubte Rabea den Atem. Der gesamte Horizont schien in Flammen zu stehen, nicht mehr lange, und die Sonne würde ins Meer tauchen und die Wasser des Ozeans mit sattem Gold überziehen.

»Es ist unbeschreiblich, oder?«, rief Jason. »Darauf freue ich mich schon das ganze Jahr! Gehen wir hinunter in die Bucht!« Er klang so eifrig wie ein kleiner Junge.

Vom Plateau aus wand sich ein Pfad hinunter. Er war kaum einen Meter breit, doch er wurde durch eine hüfthohe Steinmauer geschützt, sodass Mensch und Tier ihn gefahrlos benutzen konnten. Die Hunde veranstalteten längst ein wildes Wettrennen am Strand, während Rabea und Jason noch vorsichtig ein paar Stufen, direkt aus dem Felsen geschlagen, bis zum Strand hinunterstiegen. Rabea erinnerte sich an etwas, das sie über diesen Küstenabschnitt gelesen hatte. »Ist das ein alter Schmugglerpfad?«

»Onkel Joseph hat es immer behauptet. Er hatte einige deftige Schmuggler- und Piratengeschichten auf Lager. Emily hat als Kind davon geträumt, Pirat zu werden.«

Sobald sie ebenen Boden erreicht hatten, streifte Jason seine Sneakers ab. »Herrlich!« Er bohrte seine Zehen verzückt in den Sand. »Darauf habe ich das ganze Jahr gewartet!«

Rabea entledigte sich ebenfalls ihrer Schuhe. »Das kann ich gut verstehen. Es ist bezaubernd hier – wie ein Ort, an dem Geschichten geboren werden.«

Die Bucht mochte kaum mehr als achtzig Meter breit sein; sie schmiegte sich in die sie umgebenden Klippen wie in die Umarmung eines Geliebten. Weiter draußen warf sich das Wasser mit Getöse gegen den Fels, doch dem Strand selbst eilten die Wellen besänftigt entgegen. Dahinter lockte das offene Meer, endlos und geheimnisvoll.

Die Hunde waren ans andere Ende der Bucht gestürmt und tobten und kläfften einen Felsen an. Aufmerksam näherte sich Jason der Stelle. Er sah gerade noch, wie sich mehrere Krebse in die Felsenspalten flüchteten.

»Was ist los?« Rabea war ihm gefolgt.

»Nur ein paar Krebse.« Er hob ein Stück Treibholz auf und schleuderte es weit von sich. Die Meute stürzte hinterher.

»Das sieht ungewöhnlich aus. Wie ein Sternentor!« Rabea hatte sich einer Felsformation genähert, die unmittelbar aus dem Sand zu wachsen schien. Das Wasser hatte den Stein in Jahrmillionen ausgehöhlt und einen natürlichen Durchgang geschaffen. Ein Mann von der Größe Jasons konnte ihn mühelos passieren.

»Das ist das berühmte Mooncave!«, erklärte Jason. »Die Bucht ist nach ihm benannt.« Er blickte um sich, als wolle er die Umgebung genauso wie die salzgeschwängerte Luft in sich aufsaugen.

Dieser Ort zwang ihm stets Demut auf und den Drang, für dessen Existenz danken zu müssen. Auch Emily liebte diesen Ort. Unzählige Male hatten sie in der Bucht gebadet, zusammengesessen und geredet. Und gestritten. Es war leicht, mit Emily zu streiten. Sie forderte es heraus, forderte ihn heraus. Aber sie war genauso versöhnlich und großzügig. Bis zum nächsten Streit. Mit Emily wurde es nie langweilig. Im Laufe der Jahre hatten sie mehrere Rituale entwickelt; eines davon war, dass der erste Abend seines Urlaubs nur ihr gehörte. Dann erzählten sie sich alle ihre Geheimnisse.

Wäre sie nicht verschwunden, so würden sie beide jetzt hier sitzen, in diesem Moment. Er wünschte sich so sehr, Emily wäre hier, dass er beinahe glaubte, ihre Präsenz spüren zu können. Sehnsüchtig sah er zum Mooncave, als erwarte er, seine kleine, verrückte Freundin dort stehen zu sehen. *Ja, dies ist ein Ort, an dem Geschichten geboren werden …*

»Ich mag Geschichten«, sagte Rabea.

Jason blinzelte verwirrt. Er hatte wohl ungewollt laut gesprochen. Er lächelte und sagte: »Gerne.«

Sie spazierten die kleine Bucht entlang, und Jason begann:

»Es war einmal eine Seepferdchenprinzessin. Sie hieß Bluebell und …« In dem Moment klingelte sein Smartphone. Nach einem schnellen Blick auf das Display raunte er Rabea zu, es sei Fritz.

Eine Weile hörte er dem Jungen nur zu, dann sagte er: »Jetzt beruhige dich, Fritz, ja? Es kommt alles wieder in Ordnung. Und nein, es ist ganz sicher nicht deine Schuld! Rede dir das nicht ein, hörst du? Wir sind noch mit den Hunden am Strand, kommen aber jetzt gleich zurück.«

Während sie ihre Schuhe anzogen, brachte Jason Rabea in wenigen Sätzen auf den neuesten Stand. Danach pfiff er der Meute, und sie machten sich auf den Rückweg.

Das Licht der verglühenden Sonne verwandelte die zerklüfteten Felsen in ein Spiel aus Licht und Schatten. Jason aktivierte zur Vorsicht die Taschenlampenfunktion an seinem Handy. »Kommen Sie, Rabea, geben Sie mir Ihre Hand, ich gehe auf der Treppe voran. Im Zwielicht ist es nicht ungefährlich. Ein Fehltritt, und Sie sind schneller unten, als Ihnen lieb ist.«

Sie ging an seiner Hand, bis sie den Pfad mit der halbhohen Mauer erreicht hatten. Jason vergewisserte sich hier, dass keiner der Hunde unterwegs verloren gegangen war, und keine zehn Minuten später überquerten sie den Rasen vor dem Haus der Harpers.

Fritz erwartete sie schon ungeduldig auf der Veranda. Eine getigerte Katze hatte es sich auf seinem Schoß bequem gemacht.

Rasch rückte Jason zwei Schaukelstühle heran. »Und jetzt, Fritz, erzähl uns alles über deinen gestrigen Besuch in Stephens Labor.«

»Stephen wollte mir schon ewig sein Labor und das neue Aquarium zeigen. Gestern hat es endlich geklappt, und Dad fuhr mich mittags hin. Als mir Stephen seinen Partner bei *Blue Ocean*, Chester Hamilton, vorstellte, kam mir der Mann irgendwie bekannt vor. Er schien mich selber aber nicht zu kennen, deshalb habe ich nicht weiter darüber nachgedacht. Erst zu Hause ist mir wieder eingefallen, wo ich diesen Chester schon einmal gesehen habe!«

»Wann und wo war das genau?«

»Letztes Jahr in San Diego, im Balboa Park.«

»Warst du mit jemandem zusammen dort?«

»Nein, ich war allein. Dad hatte mich beim Rehabilitationszentrum abgesetzt und ist mit Maddie weiter zu ihrem eigenen Therapeuten. Ich bin immer eine Stunde eher fertig, und bis mich Dad abholen kommt, vertreibe ich mir die Zeit im Park. Und da habe ich sie miteinander sprechen sehen, diesen Chester und Emilys Freund, Citizen Kane. Das heißt, ich wusste da ja noch nicht, dass er Stephens Partner ist, aber ich kannte Citizen, weil er Emily einige Male bei uns abgeholt hat.«

»Und du bist dir ganz sicher, dass Chester Hamilton der Mann im Park war?«

»Natürlich! Das hat mich Stephen heute Morgen auch gefragt, als ich es ihm erzählt habe! Er wollte alles ganz genau wissen: Wann ich die beiden zusammen gesehen habe, und ob ich mitbekommen habe, worüber sie gesprochen haben.«

»Und? Hast du etwas gehört?«

»Nein, aber ich sagte Stephen, das sei ziemlich genau ein Jahr her. Für Stephen war das Datum furchtbar wichtig. Und jetzt liegt Stephen im Krankenhaus, und Emily kommt nicht nach Hause! Es ist alles meine Schuld. Ich wünschte, ich hätte es ihm nie erzählt!« Fritz war den Tränen nah, doch er schluckte sie tapfer hinunter, darum bemüht, sich den Rest Würde zu bewahren, die für einen Jungen seines Alters so wichtig war.

»Warum ist das Datum für Ihren Freund von solcher Bedeutung, Jason?«, stellte die Journalistin die berechtigte Frage.

Auf Jasons Stirn stand eine steile Falte. »Weil vor einem Jahr bei Stephen im Labor eingebrochen wurde …«

Homer

Sorgen, das ganze Haus war voller Sorgen. Dabei waren Sorgen nichts anderes als Herbstblätter. Was brachte es, den ganzen Tag aus dem Fenster zu starren und darauf zu warten, dass der Wind die Blätter wegblies? Warum warten und starren, wenn der Wind doch sowieso irgendwann blies? Warum machten sich die Menschen mit ihren vielen Gedanken das Leben so schwer? Machte sich der Wind Gedanken? Oder das Blatt?

Emily würde wiederkommen. Er wusste das und schloss ruhig seine Augen. Eine Weile lauschte er noch seinem eigenen Atem, dann war er eingeschlafen. Er träumte vom Wind, der die Blätter tanzen ließ, und versuchte eines davon zu fangen.

Jason

»Danke, dass du es uns erzählt hast, Fritz.« Jason legte dem Jungen die Hand auf die Schulter. »Du hast nichts Falsches getan, im Gegenteil! Es war richtig, es Stephen zu sagen. Jetzt wissen wir, weshalb Stephen nach Los Angeles gefahren ist, und das erspart uns eine Menge Spekulationen.«

»Was ist mit diesem Chester Hamilton? Glauben Sie, Ihr Freund hat ihn bereits zur Rede gestellt?«, fragte Rabea.

Jason schüttelte den Kopf. »Nein, Stephen liebt seine Schwester. So wie ich ihn kenne, wollte er zuerst mit Emily sprechen, um ihr die Möglichkeit einer Erklärung zu geben. Deshalb sucht er sie. Sie muss nicht zwangsläufig etwas mit dem Einbruch zu tun haben.« *Warum kommt sie dann nicht nach Hause?*

Rabea musterte Jason mit ihren Katzenaugen: »Das klingt fast, als wollten Sie sich selbst davon überzeugen, dass das Mädchen unschuldig ist.«

Jason zollte ihrem Scharfsinn Respekt. Denn im Gegensatz zu der Journalistin war ihm Emilys Strafregister der letzten Jahre hinlänglich bekannt. Neben Sachbeschädigung und Hausfriedensbruch ging auch ein Einbruch auf ihr Konto. Allerdings nicht, um etwas für sich zu stehlen, sondern um Tiere zu befreien. Die Eigentümer der Gebäude oder Betreiber der Forschungslabore sahen das naturgemäß anders. Und auch die Justiz. Er hatte in seinem letzten Urlaub versucht, Emily ins

Gewissen zu reden. Dabei war es richtig laut geworden, da Emily Vernunft grundsätzlich mit Emotion begegnete. Bis er ihr vorhielt, sie würde sich damit ihre gesamte Zukunft verbauen. Daraufhin hatte Emily ihn mit ihren großen, traurigen Augen angesehen und gefragt: »Welche Zukunft?«

Das hatte ihn so sehr erschüttert, dass er sekundenlang keinen rationalen Gedanken fassen konnte. Er hatte einem Impuls nachgegeben, Emily in seine Arme gerissen und sie fest an sich gedrückt, im verzweifelten Bemühen, alles, was ihr Schmerz bereitete, auszusperren, ihr das Gefühl von Sicherheit und Schutz zu geben – wie früher, als Emily noch ein kleines Mädchen gewesen war.

»Emily ist unschuldig!«, brachte sich an dieser Stelle Fritz hitzig ein. »Stephen ist ihr Bruder! Sie würde niemals so etwas tun!«

»Das behauptet auch niemand, Fritz«, suchte ihn Jason zu beruhigen. »Hör mal, Fritz, es ist spät geworden. Warum siehst du nicht noch einmal nach Maddie und …«

»Das ist wieder typisch Erwachsene!«, fiel ihm der Junge ungewohnt heftig ins Wort. »Immer, wenn es ernst oder wichtig wird, schickt ihr uns ins Bett! Ihr beide wollt doch nur unter euch sein, damit ihr hässliche Dinge über Emily sagen könnt!« Fritz war laut geworden.

Die Hunde hoben die Köpfe. Zwei der größeren sprangen gleichzeitig auf und setzten sich aufrecht wie eine Schildwache rechts und links neben Fritz. Fritz streckte seine Hände aus und legte sie ruhig auf ihre Köpfe.

Die Geste war eine beeindruckende Demonstration ihrer Allianz und ließ weder Jason noch Rabea ungerührt. Die beiden wechselten einen raschen Blick.

Fritz, überlegte Jason, hat mit seiner Einschätzung nicht ganz unrecht. Er würde sich in der Tat gerne allein mit der

Journalistin austauschen. Auch ihr war daran gelegen – ihr vorheriges Signal war eindeutig gewesen. Andererseits brachte er es nicht übers Herz, Fritz einfach so ins Bett zu schicken. Abgesehen davon würde der Junge sowieso nicht schlafen können. Emily war seine Freundin und Vertraute, ihr Verhältnis seit dem Unfall war noch enger geworden.

Fritz war mit seinen zwölf Jahren fast ein bisschen zu klug für sein Alter. Er besaß bereits ausgeprägte analytische Fähigkeiten und verstand sich auch auf assoziatives Denken. In den letzten Jahren hatte ihn Fritz mit einigen seiner Schlussfolgerungen mehrmals verblüfft. Es war eine schwere Bürde für einen kleinen Jungen, in dem Wissen aufzuwachsen, dass die eigene Mutter ihn und seine Schwester nicht hatte haben wollen, nur weil Maddie anders war als andere Kinder. Und dann noch der Unfall, der ihn zu einem Leben im Rollstuhl zwang. All dies hatte den Jungen vor der Zeit reifen lassen. Jason traf seine Entscheidung: »Also gut, Fritz, bleib. Und ja, wir werden über Emily sprechen. Wir wollen den Grund verstehen, warum sie nicht nach Hause kommt.«

»Schon klar, du willst eine Fallanalyse machen!«, sagte Fritz eifrig, rasch versöhnt durch seinen Sieg. »Du weißt, dass ich viel mehr Zeit mit Emily verbringe als du. Ich kann dir also sehr wohl dabei helfen, Jason.«

Rabea beugte sich lächelnd zu ihm vor. »Du bist ein kluger und pfiffiger Junge, Fritz. Es liegt an dir, ob du das, was wir jetzt besprechen werden, für dich behältst oder es später Emily erzählen wirst. Verstehst du, was ich dir damit sagen will?«

Fritz musterte sie, die Augen hinter seiner Brille übergroß. Sekundenlang verharrten die Journalistin und der Junge in stummer Kommunikation.

»Ich weiß«, sagte Fritz bedächtig in die entstandene Stille

hinein, »dass Worte wehtun können. Sie können genauso viel Schaden anrichten wie ein Auto, das einen überfährt.«

Rabea streckte die Hand nach ihm aus. Jason befürchtete schon, sie würde Fritz über den Kopf streichen, doch stattdessen kraulte sie die Katze auf seinem Schoß, die es mit einem Schnurren, das wie fernes Gewittergrollen klang, geschehen ließ.

Auch die Hunde hatten zur ihrer gewohnten Gelassenheit zurückgefunden und sich wieder hingelegt. Überrascht stellte Jason fest, dass er soeben Zeuge geworden war, wie eine Freundschaft besiegelt wurde. Er ertappte sich bei dem Gedanken, dass diese Rabea eine bemerkenswerte Frau war.

Er wandte sich ihr zu. »Ich glaube, du wolltest vorher etwas ausführen?«

»Nur eine kurze Zusammenfassung der Fakten: Wir kennen jetzt das Motiv, warum Stephen zum Hauptquartier von *Greenwar* gefahren ist: Um seine Schwester Emily zur Rede zu stellen. Dazu kam es aber nicht, stattdessen endete der Bruder in einem Krankenhaus in L. A. – eine Information, die wir Charlie Two zu verdanken haben. Die Hauptfrage lautet daher: Wo ist Emily jetzt? Weiß sie, dass ihr Bruder sie im Green-Warrior-Headquarter gesucht hat? Und ist das womöglich der Grund, warum sie bisher nicht nach Hause gekommen ist?«

»Wieso sollte sie nicht heimkommen, bloß weil Stephen sie gesucht hat?«, fragte Fritz verständnislos.

»Vielleicht«, sagte Rabea ruhig und sah Fritz direkt in die Augen, »weil deine Freundin nicht gefunden werden will?«

Fritz schluckte, hin- und hergerissen zwischen Ungläubigkeit und Begreifen. »Emily weiß, worüber Stephen mit ihr sprechen will?«, stotterte er. »Aber das würde ja bedeuten …«

»Ja, mein Junge. Wir vermuten, dass Emily ein schlechtes

Gewissen hat und deshalb nicht nach Hause kommt«, führte Jason den Satz zu Ende.

»Nein, so ist Emily nicht!«, entgegnete der Junge wild. »Sie würde sich niemals vor etwas drücken! Es muss eine andere Erklärung geben!«

»Genau deshalb sprechen wir darüber. Wir wollen die Wahrheit herausfinden.«

»Vielleicht wird Emily irgendwo festgehalten? Vielleicht war sie nur in L. A., um ihren Freund Citizen wegen des Einbruchs zur Rede zu stell…?« Fritz hielt erschrocken inne.

Dieses Mal waren es Jason und Rabea, die einen raschen Blick tauschten.

»Fritz«, kam Rabea Jason den Bruchteil einer Sekunde zuvor, »hast du etwa gestern auch Emily erzählt, dass du Chester Hamilton wiedererkannt hast?«

Seine Schultern sackten nach vorne, und Fritz sprach mit seinen Schuhspitzen. »Nein, aber ich habe es Maddie am Nachmittag gesagt. Ich erzähle Maddie immer alles«, murmelte er. »Sie versteht jedes Wort, auch wenn sie selbst nicht viel sagt.«

»Und?«, schubste ihn Jason vorsichtig an.

Fritz gab sich einen Ruck. Dabei hatte er wieder diesen verletzlichen Ausdruck im Gesicht, als gebe er sich an allem die Schuld. »Es könnte sein, dass Emily es gehört hat. Sie schleicht ja immer so leise durchs Haus, dass nicht einmal die Hunde anschlagen. Sie kam kurz danach zu mir ins Zimmer. Aber ich schwöre, sie ist ganz normal gewesen.«

Fritz ließ weiter den Kopf hängen.

Jason tat der Junge leid. »Fritz, sieh mich an. Dich trifft keinerlei Schuld. Es ist einzig und allein die Schuld von Emilys Freund, diesem Citizen, und von Chester Hamilton. Sie haben beide etwas Böses getan, und das hat in dieser Welt immer Konsequenzen. Du selbst hast alles richtig gemacht. Es wird alles wieder gut.« Er unterdrückte nun selbst den Drang, Fritz über den Kopf zu streichen.

Er sah, wie die Lippen des Jungen bebten. Ungestüm erwiderte Fritz: »Das sagen immer alle, wenn sie nicht weiterwissen: *Es wird alles wieder gut!* Das ist nichts als eine hässliche Lüge in einem schönen Gewand! Weißt du, wie oft ich diesen Satz schon gehört habe?« Fritz riss sich die Decke halb von den Knien. Die Katze sprang mit einem beleidigten Maunzen davon, während Fritz schrie: »Sehen die aus, als würden sie je wieder *gut* werden?«

Berufsbedingt sah sich Jason oftmals mit schwierigen und unangenehmen Situationen konfrontiert und er hatte sie alle gemeistert. Aber so hilflos wie gerade in diesem Augenblick hatte er sich selten gefühlt. Er war in die Floskelfalle getappt, dennoch hatte er jedes Wort genauso gemeint. Er wusste, wie die Aussichten von Fritz auf Genesung standen, die Diagnose war deprimierend, und die Chance, dass Fritz je wieder würde laufen können, lag bei plus minus null. Was blieb, war die Hoffnung auf ein Wunder.

Jason trat die Flucht nach vorn an. »Entschuldige, Fritz, es war dumm von mir, das zu sagen. Wie wäre es damit: Ich verspreche dir, alles daranzusetzen, dass Emily bald wieder zu Hause ist. Kannst du damit leben?« Er streckte ihm die Hand entgegen und Fritz schlug nach kurzer Überlegung ein. Jason breitete die Decke wieder ordentlich über die Beine von Fritz. Dabei trieb ihn schon eine Weile etwas um, das nicht so recht ins Bild passte. Emily war impulsiv und streitsüchtig, lehnte viele Dinge in der Welt aus Prinzip ab, wie das Benutzen von Smartphones und Computern. Aber sie war niemals verantwortungslos. Fritz war ihr Schützling, genauso wie Maddie. Kommunizierten sie? Wie? »Fritz«, fragte er, »ist es möglich, dass du Emily irgendwie erreichen kannst?«

Ein Ruck ging durch Fritz, und er patschte sich auf die Stirn. »Die Zeitmaschine!« In seiner Erregung vergaß der Junge für den Bruchteil einer Sekunde, dass er nicht mehr laufen konnte, und wollte aufspringen. Jason und Rabea sahen es, und es brach ihnen das Herz, zuzusehen, wie Fritz versuchte, es zu überspielen, indem er sofort in die Räder griff, um sich fortzubewegen. Über die Rampe rollte er von der Veranda.

»Zeitmaschine?«, fragte Rabea verwundert, während sie Fritz um das Haus folgten.

»Die Telefonzelle!«, rief Fritz über die Schulter. »Onkel Joseph behauptete, sie sei eine Zeitmaschine!«

Jason ergänzte: »Joseph und Marjorie haben sich jeden Hochzeitstag ein paar Minuten darin zurückgezogen. Onkel Joseph nutzte sie auch als Beichtstuhl, als Stephen, Emily und ich noch Kinder waren. Er erklärte uns, darin wirke eine geheime Kraft und wir müssten immer die Wahrheit sagen.«

»Wie praktisch«, schmunzelte Rabea.

»Nun, die Dinge sind das, was wir in ihnen sehen ...«, bemerkte Jason. Auch er lächelte.

»Für Emily und mich ist sie unsere geheime Kommandozentrale. Sie hinterlässt mir da manchmal Nachrichten!« Fritz sauste über den Hof, erreichte die Zelle, riss die Tür auf und bugsierte den Rollstuhl ein Stück hinein, sodass er das zerfledderte Telefonbuch von der Ablage greifen konnte. Er zog daraus einen kleinen Zettel hervor. Darauf war ein Delfin mit einer Sprechblase skizziert, in der stand: *Mir geht es gut. Ich muss nur etwas erledigen. Bis später. PS: Pass auf Maddie und Homer auf! E.*

Jason übernahm den Zettel. »Emily ging also davon aus, dass sie länger weg sein würde«, überlegte er laut.

»Das ist per se keine schlechte Nachricht«, meinte Rabea. »Aber was hat sie vor?«

»Das ist die Frage.« Jason hielt sein Smartphone in der Hand. »Ich rufe Marjorie an. Emilys Nachricht wird sie zumindest etwas beruhigen. Geht ihr schon mal rein. Es ist kühl geworden. Was haltet ihr von einer Tasse heißen Kakao?«

In der Küche fiel Fritz Homers verwaiste Decke auf. »Wo ist Homer? Homer, hierher«, rief er und sah in jeder Ecke des Erdgeschosses nach ihm.

Sie suchten Homer anschließend auch im oberen Stockwerk und, nachdem Jason die Außenbeleuchtung eingeschaltet hatte, auch im Garten, der Scheune und im Hof. Doch das Tier blieb unauffindbar.

Maddie war durch die Unruhe im Haus aufgewacht und in ihrem hellen Nachthemd plötzlich wie ein Gespenst zwischen ihnen im Hof aufgetaucht. Sie trug den Astronautenhelm, ein untrügliches Zeichen, dass sie aufgewühlt war.

Fritz wollte seine Schwester wieder zu Bett bringen, doch sie machte ihm unmissverständlich klar, dass sie das nicht wollte.

Nun saßen sie zu viert in der Küche, jeder mit einer Tasse Kakao vor sich, jeder bedrückt und mit demselben Gedanken beschäftigt: Hatte sich Emilys alter Kindheitsgefährte an einen einsamen Ort verzogen, um dort in Ruhe zu sterben?

»Das wird sich Emily nie verzeihen«, murmelte Fritz so leise, dass allein Jason ihn verstand – aber auch nur deshalb, weil ihm gerade derselbe Gedanke durch den Kopf ging.

Maddie saß ohne Helm zusammengekauert auf der Bank, hob von Mal zu Mal ihre Tasse und setzte sie wieder ab, ohne getrunken zu haben. Ihre Lippen bewegten sich, aber sie gab keinen Laut von sich.

Mit Blick auf Maddie meinte Rabea: »Vielleicht sollten wir wirklich alle zusammenbleiben und uns im Auge behalten, damit heute nicht noch mehr Menschen oder Tiere verschwinden.«

Die Journalistin fing mit ihren Worten ein, was alle bewegte: In wenigen Stunden waren sie zu einer Schicksalsgemeinschaft zusammengewachsen – Jason, Fritz und auch Maddie in ihrer eigenen, unzugänglichen Welt einte die Sorge um zwei geliebte Menschen: Stephen und Emily.

Rabea selbst glaubte, in der unbekannten Emily eine verwandte Seele erkannt zu haben. Nach allem, was sie bisher über Emily erfahren hatte, glich das Mädchen dem einstigen Teenager Rabea. Auch sie hatte damals auf eine Welt, die sie in ihrer oberflächlichen und gleichgültigen Art den Schutzlosen gegenüber nicht hatte verstehen können, mit Wut reagiert. Und unüberlegten Handlungen. War es eine dieser Handlungen, die Emily zum Verhängnis geworden war? In Gedanken ging Rabea nochmals alles durch, was sie bisher über Emily und Stephen wusste, und setzte es in den Kontext zu dem, was Charlie Two ihnen am Abend erzählt hatte. Bald formierte sich eine Theorie in ihrem Kopf. Sie holte ihr Notizbuch hervor und schrieb die Namen Stephen Harper, Emily Harper, Chester Hamilton und C.K. nebeneinander. Nach kurzer Überlegung fügte sie noch *Greenwar* hinzu und in Klammern dahinter: Einbruch/Diebstahl?

Jason, der ihr gegenübersaß, fragte: »Was schreibst du da?«

»Ich versuche mir ein Bild zu machen. Weißt du, was bei dem Einbruch in Stephens angemietetem Labor in Rancho Bernardo gestohlen wurde?«

»Gestohlen wurde nichts, jedoch alles von Wert darin zerstört. Ein blinder Akt von Vandalismus.« Jason machte eine Sekunde Pause, bevor er weitersprach: »Ermittlungstechnisch sprechen wir bei Vandalismus entweder von einem persönlichen Motiv oder dass die Täter ihrer Enttäuschung über mangelnde Beute durch Zerstörung Luft machen. Bei Stephen war nichts zu holen, ein paar schäbige Möbel und gebrauchte Geräte, wie das alte Mikroskop seines Vaters. Seinen Laptop nimmt er immer mit nach Hause. Das Wertvollste in seinem Labor ist sein großes Aquarium gewesen, aber das hat laut Stephen den Einbruch unbeschadet überstanden.«

»Hm, wenn Chester Hamilton wirklich der Auftraggeber von diesem Citizen Kane war, dann muss er sich doch etwas von dem Einbruch erhofft haben?«

Jason war schlagartig hellwach. »Verdammt! Ich war zu sehr auf Stephen und Emily fixiert, anstatt mir die Frage nach Chesters Motiv zu stellen! Warum bezahlt der Typ Einbrecher und geht damit das Risiko von Mitwissern ein?«

Rabea nickte beifällig. »Ich glaube, langsam sind wir auf der richtigen Spur.« Sie bezog Fritz mit ein, als sie ihre nächste Frage stellte: »Woran hat euer Freund Stephen denn genau geforscht?«

Fritz stieß ein Wort aus, das sich sehr nach »fuck« anhörte, während sich Jasons Augen weiteten und er mit einem ehrlichen »Ich bin ein Trottel!« herausplatzte.

»Das würde ich so nicht behaupten.« Rabea gestattete sich ein vages Grinsen. »Ihr beide seid gefühlsmäßig zu sehr involviert. Hier geht es um Menschen, die ihr liebt. Euer Fokus liegt auf Stephens und Emilys Verschwinden.«

»Es geht also um *Blue Ocean*, Stephens Projekt!«, stellte Jason fest.

»Finden wir es heraus! Also, was weißt du darüber, Jason?«

»Im Grunde nicht viel. Ich kenne Stephens Geschäftspartner Chester Hamilton. Allerdings nur flüchtig. Ich bin ihm einmal vor drei Jahren begegnet und kam damals schnell zu dem Schluss, dass ich keinen Wert auf eine Vertiefung der Bekanntschaft lege. Der Typ ist mir zu glatt und viel zu sehr auf seine

Außenwirkung bedacht. Er hat mehr von einem Börsenspekulanten als von einem Wissenschaftler. Chester ist der Kopf des Unternehmens, aber Stephen sein Herz. Wenn ich mich richtig erinnere, hat Chester nicht wie Stephen Meeresbiologie studiert, sondern ist Geochemiker. Die beiden kennen sich seit der Highschool, haben sich danach allerdings aus den Augen verloren. Bis vor ungefähr drei Jahren, da haben sich ihre Wege erneut gekreuzt.« Jason hielt inne, als sei ihm gerade etwas Bedeutsames eingefallen. Ungläubig schüttelte er den Kopf.

»Was ist los? Erinnerst du dich an etwas Wichtiges?«

»Na ja, es ist kurios: Ich war ausgerechnet an dem Abend mit Stephen unterwegs, als sich die beiden wiederbegegnet sind.«

»Spannend. Weißt du noch, worüber ihr an dem Abend gesprochen habt?«

»Tja, das ist das Problem … Unglücklicherweise ist der markanteste Eindruck, den ich von dieser Begegnung zurückbehalten habe, mein beachtlicher Brummschädel am nächsten Morgen.« Jason machte eine Pause, kramte sichtlich in seinem Gedächtnis, bis sich ein feines Lächeln in seine Mundwinkel stahl. »Mir ist eben wieder eingefallen, dass es ein besonderer Abend war. Einer dieser Beste-Freunde-Ausflüge, in denen man im puren Lebensgefühl badet, und egal, wohin man sich wendet, es mündet in Spaß und Vergnügen – als führte die Göttin des Amüsements heimlich Regie. Kennst du dieses Gefühl?«

»Ich denke schon. Mit meiner Freundin Lucie habe ich ein paar dieser Abende verlebt. Aber wie passt Chester Hamilton da hinein?«

»Gar nicht. Aber ich erinnere mich gerade mehr und mehr an unsere Begegnung, weil Chester damals den einzigen Misston hineingebracht hat.«

Jasons Gedanken fokussierten sich und kehrten zu besagtem Abend vor drei Jahren zurück.

Rückblick

Vor drei Jahren

»So richtig zieht es mich nicht dahin«, meinte Stephen. Barfuß und nur mit Shorts bekleidet inspizierte er seinen Schrank, dessen Inhalt eher dürftig war. Tatsächlich besaß Stephen Harper mehr Badehosen, Sportbekleidung und Laborkittel als Hosen und Hemden. Von Krawatten ganz zu schweigen.

Jason, der in Stephens Schlafzimmer auf dem Bett lümmelte und in einer Surfzeitschrift blätterte, hob den Kopf. »Wieso? Ein Jubiläums-Klassentreffen in unserem Alter verspricht statistisch gesehen eine Menge unverheirateter Frauen.«

Stephen sah ihn an, hob eine Augenbraue und deklamierte mit komischer Tragik: *»Auch du, Brutus?«* Er hielt ein Hemd hoch, betrachtete kritisch den fehlenden Knopf in Brusthöhe und stopfte es zurück in den Schrank. »Warum ist nur alle Welt so darauf erpicht, mich zu verheiraten? Mann, ich bin noch keine dreißig!«

»Alle Welt ist deine Mutter, und wer spricht denn von Heiraten?«, grinste Jason. »Ich spreche vom angenehmsten Zeitvertreib der Welt!«

»Das sind für mich Tauchen und Surfen! Und Frauen sind kein Zeitvertreib, sondern *Zeitbeanspruche*r«, konterte Stephen. Er hatte ein gesellschaftsfähiges Hemd gefunden und kramte jetzt nach einer Jeans. »Außerdem bin ich ein einfacher Highschoollehrer. Kannst du mir verraten, wie ich mit meinem Gehalt eine Frau ernähren soll?« Er war erst in die Hosen und dann in sein Hemd geschlüpft. Es spannte bedenklich in Brusthöhe.

»Nein«, antwortete ihm sein Freund, »kann ich nicht – weil sich die meisten Frauen von heute ziemlich gut selbst ernähren können. Aber ich frage mich gerade, seit wann du dir Minderwertigkeitskomplexe zugelegt hast? Wieso lässt du die Frauen nicht selbst entscheiden, ob ihnen ein Highschoollehrer genügt? Immerhin hast du optisch einiges zu bieten.«

Stephen schüttelte amüsiert den Kopf. »Ehrlich, das kriegst auch nur du fertig: Erst breitest du den Frauen den roten, emanzipatorischen Teppich aus, und dann reduzierst du sie darauf, einen Mann nach seiner Optik zu beurteilen. Bravo, ein echter Jason!«

»Wieso? Das eine schließt das andere doch nicht aus. Frauen haben Kopf *und* Augen. Und als Wissenschaftler müsstest du eigentlich mit dem Prinzip der evolutionären Auslese vertraut sein: Das Weibchen sucht sich immer das stärkste Männchen. Apropos, hast du kein anderes Hemd? Deines ist hübsch eng um die Brust. Mit dem riskierst du, dass jemandem ein Knopf ins Gesicht springt.«

Stephen wirkte plötzlich verlegen. »Es ist das einzig gebügelte.«

Jason verkniff sich ein Augenrollen. Er schwang die Beine aus dem Bett, lief ins Wohnzimmer von Stephens Junggesellenbude, in dem er auf der Couch nächtigte. Mit einem sauberen und gebügelten Hemd aus seinem Koffer kehrte er zurück.

»Vielleicht sollte ich dich heiraten.« Stephen schlüpfte hinein, es passte wie angegossen. Während er nach seinen Schuhen fahndete, sagte er lauernd: »Wieso kommst du nicht einfach mit, wenn du Klassentreffen so viel abgewinnen kannst?«

»Ich dachte, es sind nur Ehemalige deiner Highschool zugelassen?«

»Nein, auf der Einladung steht *mit Partner*.«

»Prima, sie werden uns für Schwule halten! Ich bin dabei!«

Als sie vor der hell erleuchteten Highschool eintrafen, fiel ihnen auf, dass eine Menge kostümierter Leute in Richtung Eingang strömten.

»Bist du sicher, dass wir hier richtig sind?«, fragte Jason stirnrunzelnd.

Sie waren es. Die Reunion-Party der Class 2002 war einem Highschoolabschlussball in den Sechzigern nachempfunden und das Motto lautete *Grease* … was Stephen auf der Einladung überlesen hatte, und so stachen sie zwischen all den Tony-Manero- und Sandy-Verschnitten heraus. Besonders die jungen Frauen glänzten entweder mit wilden Locken und hautengem Lederoutfit, die jede Kalorie zu viel straften, oder mit bravem Pferdeschwanz, Petticoat und Strickjacke. Jason stellte fest, dass die eher schlanken Mädchen zum Petticoat neigten, während die Rubens-Fraktion selbstbewusst zeigte, was sie zu bieten hatte. So mochte er das!

Auf der Bühne spielte eine Band Titel aus jener Zeit, die selbst bei Menschen, die lange nach Elvis, den Beatles und Co. geboren worden waren, nostalgische Gefühle auslösten und das Tanzbein zucken ließen. Das Büfett bog sich unter den verschiedensten Leckereien, darunter ein riesiger Schokobrunnen. Bowle gab's in den Bonbonfarben Grün, Rot und Blau – allein schon beim Anblick wurde einem der Gaumen klebrig – und wurde standesgemäß aus dem Pappbecher geschlürft. Von der Decke hingen jede Menge Discokugeln, als hätte jemand den Welttheaterfundus geplündert.

Es herrschte ein allgemein großes Hallo, man war in Feierlaune, und die Bowle floss in Strömen. Die Party dauerte die ganze Nacht, niemand machte Anstalten, vorzeitig nach Hause zu wollen, und am Morgen hatten die meisten ihre Fahrzeuge stehen lassen und waren mit dem Taxi heimgefahren. Auch Stephen und er hatten es so gehandhabt.

Jason war derart tief in den Abend vor drei Jahren abgetaucht, dass er nicht gleich reagierte, als ihn Rabea am Arm berührte. »Jason?«

»Entschuldigung«, erwiderte er fast benommen. Es fühlte sich an, als habe er eine Rückführung durchlaufen, so plastisch war der Abend vor seinem inneren Auge abgelaufen. Eigentlich hatte er nur die Begegnung mit Chester abrufen wollen, aber vermutlich war der ganze Vorspann nötig, um sich in die Atmosphäre des Abends zurückzuversetzen. Tatsächlich wandte er seine Profiler-Methodik an, suchte sich nicht nur in die Beteiligten hineinzufühlen, sondern sich an jedes Detail zu erinnern, selbst wenn es sich um ein ungebügeltes Hemd, einen fehlenden Knopf oder bonbonfarbene Alkoholika handelte.

Er und Stephen waren schon ein wenig bowlegeschädigt, als sie mit Chester ins Gespräch kamen. Er konnte sich deshalb vielleicht nicht mehr an den genauen Wortlaut des Gesprächs erinnern, aber selbst sechsunddreißig Monate später stieg sofort wieder Misstrauen in ihm hoch.

Doch was genau war es gewesen, das dieses Gefühl der Abwehr in ihm ausgelöst hatte? Weshalb hatte er zwischendurch den Impuls gehabt, Stephen das Wort abzuschneiden und ihn zurück auf die Tanzfläche zu zerren? Wenn er nicht plötzlich zum Hellseher mutiert war und damals schon vorausgesehen hatte, dass Stephen drei Jahre später verschwinden und dann schwer verletzt in einem Krankenhaus aufwachen würde, so war der Auslöser etwas gewesen, das Chester oder Stephen damals gesagt hatte. Aber was? Nur wenige Tage nach der Party war er zurück nach München geflogen. In den folgenden drei Jahren war eine Menge passiert. Stephens Vater Joseph erkrankte und verstarb, bei Stephen wurde eingebrochen, und kurz darauf hatte er mit Chester das Start-up gegründet.

Jason schloss erneut die Augen und konzentrierte sich mit all seinen Sinnen auf die an jenem Abend geführte Unterhaltung …

***

»Aber hallo! Wenn das nicht mein alter Freund Stephen Harper ist, der Captain unseres Swim Teams?« Chester Hamilton kam breit grinsend quer über die Tanzfläche auf sie zu. Er legte Stephen kumpelhaft den Arm um die Schultern und zog ihn mit sich zu einem freien Tisch. Hätte ihm Stephen nicht einen flehentlichen Blick zugeworfen, Jason wäre den beiden nicht gefolgt.

»Erzähl, was treibst du so, alter Junge?«, hatte Chester das Gespräch eröffnet.

»Ich bin Lehrer für Sport und Biologie«, hatte Stephen pflichtschuldigst geantwortet.

»Nicht schlecht! Und wie ich dich kenne, nimmst du deinen Bildungsauftrag sehr ernst.«

Stephen, der sonst gern die Gelegenheit ergriff, von seiner Arbeit mit den Schülern zu sprechen, ließ sich heute nicht darauf ein, sondern stellte Chester mit wenig Elan die Gegenfrage: »Und was treibst du so?« Es war allzu augenscheinlich, dass Chester mit seinem beruflichen Erfolg glänzen wollte. Entweder hatte er wie sie beide den Dresscode auf der Einladungskarte überlesen, oder aber er trug mit voller Absicht sein teures Markenoutfit zur Schau. Dazu passte die Beiläufigkeit, mit der er sein Smartphone der neuesten Generation und einen Schlüssel mit Porsche-Emblem auf dem Tisch platziert hatte.

»Ich habe gleich nach der Uni ein Unternehmen zur Exploration fossiler Brennstoffe gegründet. Der Laden läuft gut und expandiert weiter. Gerade strecke ich meine Fühler nach Europa aus. Griechenland besitzt riesige Erdgasfelder in der Ägäis. Ich will den Japanern, Norwegern und Kanadiern ein wenig Konkurrenz machen, sonst teilen sie den Kuchen allein unter sich auf.« Er lachte selbstgefällig. Das Gespräch drohte an dieser Stelle bereits zu versanden. Bis Chester das Thema ausgrub, das Stephen neben Wassersport am meisten am Herzen lag.

»Na ja, du wirst für Typen wie mich nicht viel übrighaben. Ich erinnere mich an deine flammende Abschlussrede an der Highschool. Du hast die Verschmutzung der Umwelt und der Meere angeprangert. Da fällt mir ein … Wolltest du nicht eigentlich in die Forschung gehen, irgendetwas zur Reinigung der Meere beitragen?«

»Das ist genau das, woran ich derzeit forsche«, sagte Stephen. »Ich habe mir ein eigenes kleines Labor dafür eingerichtet.« Er leerte seinen Bowlebecher.

»Wie darf ich mir das vorstellen? Schraubst du an einem Monsterstaubsauger, der das ganze Giftzeugs rausfischen soll?« Chester lachte über seinen eigenen Witz.

»Nein«, konterte Stephen, »ich arbeite mit den kleinsten Monstern der Welt.«

Chester lehnte sich zurück. »Ach, ich nehme an, du sprichst von Bakterien? Ich weiß, dass die gelehrigen kleinen Biester durchaus fähig sind, einen Ölteppich zu verspeisen. Aber ich habe auch gehört, dass sie für Menschen nicht ganz ungefährlich sein sollen.«

»Meine sind es!« Nachdem sein eigenes Trinkgefäß nichts mehr hergab, zog Stephen Jasons halb vollen Bowlebecher zu sich heran und schluckte den Inhalt in einem Zug. »Außerdem können meine kleinen Freunde sogar noch ein wenig mehr!« Es klang trotzig und auch ein wenig drollig, da Stephen schon etwas undeutlich sprach. Er hatte noch nie viel Alkohol vertragen.

Chester beugte sich interessiert vor, in seinen Augen lag ein Glanz, der nicht vom Alkohol herrührte. »Was können deine Bakterien denn noch?«

»Sie sind Trüffelschweine.« Stephen stellte den leeren Becher auf den Kopf und stupste ihn mit dem Finger an.

»Trüffelschweine?«

»Ja, das sind speziell abgerichtete Schweine!«, lallte er mit erhobenem Zeigefinger. »In Frankreich oder Italien wühlen sie in der Erde und …«

»Ich weiß, was Trüffelschweine sind«, unterbrach ihn Chester kurz angebunden. »Mich interessiert, worauf deine kleinen Biester abgerichtet sind.«

»Öl.«

»Ja, das hatte ich schon verstanden. Na dann … Viel Erfolg beim Forschen. Fang dir nichts ein.« Chesters Interesse schien erloschen.

Beflügelt vom Alkohol kam Stephen jetzt erst richtig in Fahrt, wollte sich doch noch vor Chester hervortun. Triumphierend verkündete er: »Meine kleinen Trüffelschweine fressen nicht nur Polyethylen, sie finden auch Öl und Gas. Im Wasser.«

»Das ist es!«, rief die Journalistin. »Jetzt haben wir das richtige Loch angebohrt! Chesters Motiv ist Gier! Für den Inhaber einer Firma für Geoexploration wäre eine solche Entdeckung, wie sie dein Freund angedeutet hat, kaum mit Gold aufzuwiegen.«

»Und wie soll das gehen?« Jason wirkte skeptisch. »Ich bin kein Biologe wie Stephen, aber ich kann mir kaum vorstellen, wie das in der Praxis funktionieren soll.«

Rabea zuckte mit den Achseln. »Ich weiß nur, dass Mikroben die schlausten kleinen Biester der Welt sind. Ohne sie würde alles zusammenbrechen. Momentan ist nur wichtig, dass Chester scheinbar geglaubt hat, dass es funktioniert! Wann, Jason, sagtest du, hat das Klassentreffen stattgefunden?« Rabea hatte ihren Laptop hervorgeholt und *Blue Ocean* in das Suchfenster eingetippt.

»Im Juni 2014.«

Rabea scrollte und klickte einen Link an. »Laut den Daten hier hat Chester Hamilton das gemeinsame Start-up *Blue Ocean* aber erst zwei Jahre später gegründet. Vom zeitlichen Rahmen her hätte ich eigentlich auf ein früheres Datum getippt.«

»Nein, das Datum passt!«, meinte Jason grimmig. »Stephen erwähnte ein- oder zweimal, dass ihn Chester seither zu einer Partnerschaft dränge, ihn regelrecht gestalkt habe. Wenige Wochen vor der Firmengründung fand der Einbruch statt. Stephen warf der Vandalismus zurück, sein ganzes Geld steckte in dem kleinen Labor, und bis die Versicherung zahlen würde …«

»Und dann kam Chester um die Ecke und winkte mit neuem Labor und ausreichend finanziellen Mitteln«, ergänzte Rabea.

Sie sahen sich an wie Komplizen, jedoch entging ihrer Aufmerksamkeit nicht, dass Fritz weder ihren Recherchen noch ihren Rückschlüssen etwas abzugewinnen schien.

Mit steifem Rücken und zusammengepressten Lippen saß der Junge am Tisch.

»Was ist los, Fritz?«, ging Jason auf ihn ein.

»Ihr beide redet zu viel!«, machte er sich Luft. »Was kümmern uns dieser Chester Hamilton und seine Ölsuche? Was ist mit Emily? *Wo ist sie?* Warum kommt sie nicht nach Hause? Habt ihr schon einmal überlegt, dass ihr etwas Ähnliches zugestoßen sein könnte wie Stephen? Vielleicht liegt sie irgendwo verletzt und braucht unsere Hilfe! Warum macht ihr euch nicht darüber Gedanken? Warum sucht ihr sie nicht?«, schrie er zuletzt hitzig.

Er weckte damit Maddie aus ihrer Starre. Sie stieß einen hohen, spitzen Schrei aus, rief mehrmals auf Deutsch »die Engel, die Engel« und begann anschließend eine Zahlenreihe herunterzurattern.

»Seltsam.« Fritz kräuselte die Nase. »Das sind die Zahlen, die sie nach dem Unfall ständig aufgesagt hat! Ich habe sie seit Monaten nicht mehr von ihr gehört.«

»Hat sie vielleicht den Fahrer gezählt?«, fragte Rabea, die spontan die Ziffern, soweit sie sie verstanden hatte, mitschrieb. Maddie war aufgewühlt und sprach sie ziemlich undeutlich aus. Nach wenigen Ziffern wiederholten sie sich.

»Das war damals auch unser erster Gedanke. Aber sie passen nicht«, klärte Fritz sie auf.

»Warum? Was macht dich da so sicher?«

»Weil Maddie beim Zählen ihrer eigenen Methode folgt. Sie zählt immer erst das Gesicht: Zwei, zwei, eins, eins. Das sind Augen, Ohren, Mund und Nase. Danach geht es mit den Armen weiter: zwei. Den Fingern an den Händen: fünf, fünf. Beine: zwei.«

»Aus purer Neugier, Fritz: Wie habt ihr herausgefunden, dass es methodisch ist?«

»Dad ist durch einen Zufall darauf gekommen. Wir brauchten neue Kirchenbänke, und er rief den Schreiner an. Als Maddie den Mann sah, trug er Arbeitshandschuhe. Sie mochte ihn und zählte ihn. Zwei Tage später tauchte er wegen einer Entzündung mit einer Augenbinde und ohne Arbeitshandschuhe bei uns auf. Ihm fehlten an der linken Hand zwei Finger. Maddie zählte ihn erneut, mit einem Auge und acht Fingern. Also? Was ist jetzt mit Emily? Was wollen wir unternehmen?«, kehrte er zum Ursprung ihres Gesprächs zurück.

»Auch wenn es nicht deinen Beifall findet, Fritz«, antwortete ihm Jason, »Chester Hamilton ist eine Spur. Wenn Emily diesen Citizen Kane zur Rede gestellt hat, ist sie vielleicht auch bei Hamilton gewesen. Ich werde nach Rancho Bernardo fahren und ihm einen Besuch abstatten. Vorausgesetzt …«, wandte er sich Rabea zu, »es ist in Ordnung, wenn ich dich hier allein mit den Kindern lasse.«

»Natürlich, ich hätte es selbst vorgeschlagen. Hier, nimm meinen Wagen.« Sie schob ihm den Schlüssel über den Tisch. »Hast du seine Adresse?« Sie legte ihre Finger auf die Tastatur ihres Laptops, doch noch bevor sie ihre Suche beginnen konnte, meinte Jason: »Ich weiß, wo Hamilton wohnt. Stephen hat mir beim Vorbeifahren einmal den modernen Apartmentkomplex gezeigt.«

»Warum rufen wir ihn nicht einfach an?«, fragte Fritz das Naheliegende.

»Weil ich sein Gesicht sehen will, wenn ich ihn zur Rede stelle. Nur so kann ich erkennen, ob er lügt«, erklärte Jason.

»Und wenn er nicht zu Hause ist?«, wandte Fritz weiter ein.

»Dann warte ich auf ihn. Außerdem vertraue ich hier meinem Instinkt. Und der sagt mir, Chester Hamilton hat sich zu Hause verkrochen.«

Emily

Die Hoffnung ist eine Schimäre, und das Leben verliert.

Das hatte Stanislaus, der polnische Tierpfleger, zu ihr gesagt, nachdem sie ihm von Fritzchens Unfall erzählt hatte.

Sie hatte ihn nicht verstanden. Bis jetzt.

Nur mit Mühe unterdrückte sie den altvertrauten Drang, mit dem Kopf gegen eine Wand zu schlagen. Schmerz gegen Zorn. Früher hatte es ihr Erleichterung verschafft, aber das war lange vorbei.

Sie dachte oft über den Zorn nach, der in ihr brannte – Zorn war ein Gefühl, das Ketten sprengen konnte. Doch in letzter Zeit engte er sie zunehmend ein, schnürte ihr den Willen zum Leben ab. Gegen die anschwellende Kugel in ihrem Magen war sie machtlos. Sie drehte sich schneller und schneller, riss sie in einen Strudel aus Ohnmacht und Verbitterung, aus dem es für sie kein Entrinnen gab.

Sie musste dringend mit ihrem Bruder sprechen, ihm alles erklären. Leider hatten sie sich im Headquarter verpasst und jetzt war er seit Stunden weder erreichbar noch auffindbar. Sie wusste nicht, wo sie ihn noch suchen sollte. Ein Jahr lang hatte sie geschwiegen, jede Gelegenheit verpasst, und jetzt, wo sie ihn sprechen wollte, war der verflixte Kerl verschwunden. Es war ein Gesetz – Feigheit rächte sich immer.

Nicht nur das Gespräch mit Stephen stand ihr noch bevor, auch das mit Jason. Ihr Kindheitsfreund hatte ihr stets zugehört und sie besser verstanden als jeder andere. Bei Jason konnte sie sie selbst sein, ihre Fehler waren für ihn kein Makel, auf den andere mit dem Finger zeigten. Nie hatte er sie wie ein Kind behandelt. Oder wie eine Schuldige. Er war ihr Beschützer, ihr Freund, der strahlende Held ihrer Kindheit.

Sie konnte seine Gegenwart selbst in ihren verworrenen Träumen spüren, nachts, wenn sie durch eine trostlose Welt irrte, aus der alle Menschen und Tiere verschwunden waren und nichts als sterbende Bäume zurückgelassen hatten. Nacht für Nacht trauerte sie um die Bäume, während von deren Ästen Blut tropfte, das so dunkel war wie ihre Ängste. Nacht für Nacht zerrannen die Bäume vor ihren Augen, überzogen ihre klebrigen Überreste ihre Haut – bis ihre Beine sich wie Wurzeln in die Erde gruben und sie selbst zu einem sterbenden Baum wurde, dessen Lebensblut langsam in der Erde versickerte. Der Schmerz der Bäume war ihr eigener, und sie verstand, warum sie mit ihnen sterben musste. Erst wenn alle Menschen fort waren, konnte sich die Natur erneuern, und dann würden die Tiere zurückkehren.

Doch immer, wenn die Nebel aus Qual und Entsetzen sie in die völlige Dunkelheit hinabzogen, hörte sie Jasons Stimme, die nach ihr rief. Und wenn sie dann am Morgen zitternd erwachte, das Kissen noch feucht von ihren Tränen, und der Schrecken an ihr haftete wie das Blut der Bäume, wusste sie, dass hinter all der Trostlosigkeit Jason auf sie wartete. Und sie erhob sich, um einen weiteren Tag auf dieser Erde zu überstehen.

Und jetzt war er nicht allein zum Mooncave gekommen, sondern hatte eine fremde Frau mitgebracht!

Ausgerechnet heute, wo sie ihn so sehr gebraucht hätte! Sie war außer sich. Der erste Abend seines Urlaubs gehörte nur ihr! Sie trafen sich hier, liefen barfuß durch den Sand und erzählten sich ihre Geheimnisse. Waren Freunde. Waren Komplizen.

Der Schmerz aus ihren Träumen, plötzlich war er real, sie fühlte sich betrogen und bestohlen; diese letzte Enttäuschung zog ihr den Boden unter den Füßen weg. Ab jetzt würde sie nur noch fallen. Homer bewegte sich auf ihrem Schoß und grub seine Schnauze in ihren Bauch, als wolle er in sie hineinkriechen. Sie war dankbar, dass er bei ihr war. Ihr Seelengefährte. Er hatte bereits vor dem Haus auf sie gewartet, hatte gewusst, sie würde kommen und ihn holen. Die Strecke bis zur Straße, an der sie den alten VW geparkt hatte, war er allein gelaufen.

Eine Weile war sie ziellos umhergefahren, überlegte, wie es weitergehen sollte. Wofür sollte sie noch kämpfen? Sie drosselte die Geschwindigkeit und parkte an der nächstbesten Stelle. »Ist ja gut, mein Alter«, sagte sie. Sie hielt Homer eng umschlungen und dann weinte sie, wie so oft, in sein Fell, vergrub ihre Nase darin, ließ sich von seinem vertrauten Geruch trösten. Doch die Tränen konnten den Schmerz nicht fortspülen, er hatte sich wie ein monströser Klumpen in ihrem Inneren festgesetzt. Mehr denn je sehnte sie sich danach, schwerelos im Wasser dahinzutreiben, umgeben von Stille und Vergessen. Aber noch brauchte Homer sie.

Ein auffälliger Sportwagen fuhr an ihr vorbei. Ihre Augen folgten ihm, sein Auftauchen kam ihr wie ein Zeichen vor. Chester Hamilton besaß so ein Protzauto. Selbst die Farbe stimmte. Sie hatte Stephens Geschäftspartner vom ersten Tag an nicht getraut und ihren Bruder vor ihm gewarnt. Aber er hatte ihr gar nicht richtig zuhören wollen, hatte sie wie ein Kleinkind behandelt, das Unsinn verzapfte. Wie sollte man da nicht durchdrehen, wenn einem nie jemand richtig zuhören wollte? Dieser Chester, *er* war an allem schuld! Der Gedanke brachte die Wut zurück und versetzte die kurzzeitig ruhende Kugel in ihrem Inneren erneut in Bewegung.

Sie wusste nun, was sie zu tun hatte. Sie würde den Spieß einfach umdrehen. Henoch und sein Arsch von Sohn konnten sie kreuzweise. Sie startete den Wagen, und wenig später stand sie vor Chesters Tür.

»Ja bitte?«, tönte es aus der Gegensprechanlage.

»Hallo Chester! Können wir reden?«

»Wer ist da?«, fragte er zurückhaltend.

»Ich bin es, Emily. Stephens Schwester.« Sie hob ihr Gesicht in die Kamera über der Eingangstür.

»Was willst du?«

»Mit dir reden.«

»Worüber?«

»Darüber, wie du meinen Bruder verarscht hast.«

»Ich weiß nicht, wovon du sprichst. Bye.« Es klickte.

Emily drückte den Klingelknopf. Und wieder. Und wieder.

Es wirkte. »Verschwinde, du Göre, oder ich rufe die Polizei!«

»Ruf sie doch! Dann erzähl ich denen, dass du Citizen zum Einbruch bei meinem Bruder angestiftet hast. Citizen hat mir alles erzählt«, bluffte sie.

Die Haustür öffnete sich mit einem Summton.

Geht doch! Mit einem Lächeln trat Emily über die Schwelle.

Chester war genauso, wie Emily ihn in Erinnerung hatte, eine charakterlose Memme. Jetzt behauptete er, Stephen seit gestern Mittag nicht mehr gesehen zu haben. Sie musterte seinen nachlässigen Aufzug, den wässrigen Blick, das leere Whiskyglas. Unfassbar! Und so jemand war Unternehmer, beschäftigte Angestellte, scheffelte Geld. Dennoch glaubte sie ihm. Chester hatte Stephen seit gestern weder gesehen noch gesprochen.

Verdammt, wo bist du, Stephen? Zum ersten Mal überhaupt schoss ihr der Gedanke durch den Kopf, dass Stephen das Hauptquartier niemals verlassen hatte, Henoch sie belogen hatte. Womöglich war ihr Bruder wie sie in der Brennerei eingesperrt worden? Jetzt, da sie darüber nachdachte, erschien es ihr als das Logischste, was Henoch in dieser Situation hatte tun können. Die beiden Geschwister kontrolliert zusammenzubringen, sie gegenseitig unter Druck zu setzen. Sie war so eine dämliche Ziege! Henoch, der Manipulator, hatte ihr Sand in die Augen gestreut, und sie war ihm auf den Leim gegangen!

Ihr war dank der beiden Charlies die Flucht gelungen, aber ihr Bruder saß womöglich noch als Henochs Gefangener im Hauptquartier fest! Die beiden Charlies! Aber ja! Sie würden es wissen. Shit, aber das Handy lag in Raffaellas Wohnung und sie kannte Charlie Ones Nummer nicht! Aber eine andere. »Wo ist dein Telefon, Chester?«

»Was willst du damit?«

»Telefonieren, du Blödmann!« Sie marschierte in den Flur, machte dort Chesters silbernes, stromlinienförmiges Smartphone in der Ladestation ausfindig und wählte Raffaellas Handy an.

»Emily, das wurde aber auch Zeit!«, meldete sich Raffaella etwas atemlos. »Geht es dir gut, Ragazza?«

»Ja, ich bin okay. Pass auf, bei meinen Sachen muss ein Handy …«

»Sì, sì«, unterbrach Raffaella sie. »Ich hab es gefunden, als es klingelte. Ich soll dir von Charlie One dringend ausrichten, dass Stephen im Krankenhaus ist«, sprudelte sie los.

Emilys Herz setzte aus »Wie? Was … Was ist passiert?«, brachte sie die Worte kaum heraus.

»Ein paar der Warriors haben ihn niedergeschlagen. Deine

Mutter weiß schon Bescheid und ist auf dem Weg ins Krankenhaus. Es ist das Good Samaritan in L. A.«

Das war alles ihre Schuld! »Ich fahre sofort hin! Weißt du, wie es Stephen geht?«, fragte sie verzagt, fürchtete sich vor der Antwort.

»Es hat ihn ziemlich übel erwischt, aber er ist nicht lebensbedrohlich verletzt. Charlie sagt, er war ansprechbar, als sie ihn gefunden haben.«

»Danke, Raffaella!«

Chester lehnte mit einem Whiskyglas im Flur. »Was ist los? Was ist mit Stephen? Du bist blass wie eine Leiche.«

Sie antwortete ihm nicht, maß ihn mit einem letzten tödlichen Blick und verließ die Wohnung fluchtartig.

Im Wagen überlegte sie kurz. Homer konnte sie nicht mit ins Krankenhaus nehmen, und im Wagen wollte sie ihn nicht so lange alleine lassen. Unter Missachtung sämtlicher Verkehrsregeln raste sie die kurze Strecke von Chesters Wohnung nach Hause.

Jason

»Wer da?«, meldete sich eine unüberhörbar genervte Stimme.

»Hier ist Jason, Stephens Freund. Wir haben uns vor zwei Jahren beim Klassentreffen in San Diego kennengelernt.«

»Kann mich schwach erinnern. Was verschafft mir die Ehre deines Besuchs?«

»Kann ich hochkommen? Es geht um Stephen.«

»Schickt er dich?« Deutliches Misstrauen schlug ihm jetzt entgegen.

»Nein, ich schicke mich selbst.«

»Ich wüsste nicht, was wir zwei zu besprechen hätten«, erklärte Chester reserviert.

»Ich kann auch zur Polizei gehen.«

»Weil ich nicht mit dir sprechen will? Viel Vergnügen!«

Es klickte, Chester hatte sich ausgeklinkt.

Jason drückte den Knopf. Mehrmals.

Es funktionierte. Er hatte Chester richtig eingeschätzt, der Mann besaß schwache Nerven.

»Lass mich in Ruhe!«

»Es geht um Emily, Stephens Schwester! Sie ist verschwunden. Ich werde so lange hierbleiben, bis wir miteinander gesprochen haben.«

Einige Sekunden später öffnete sich die Tür mit einem Summton.

Geht doch … Mit einem grimmigen Lächeln trat Jason über die Schwelle.

Chester logierte im Penthouse. Natürlich! Jason wäre jede Wette darauf eingegangen.

Nachlässig gekleidet erwartete ihn Stephens Geschäftspartner im Eingang, ein Glas Whisky in der Hand. Seinem trüben Blick nach war das nicht sein erster an diesem Abend. Allerdings glaubte Jason zu erkennen, dass es nicht der Alkohol war, der die Großspurigkeit aus Chesters Gesicht getilgt hatte.

Grußlos ging Chester Jason voran ins Wohnzimmer. Es war zur Terrasse hin komplett verglast und bot eine spektakuläre Aussicht auf die nächtlich erleuchtete Stadt.

Doch Jason hatte keinen Blick für diese urbane Schönheit; sein Interesse galt dem zerlegten Laptop auf dem Esstisch. Rechner und Platine waren ausgebaut, die Tastatur rückseitig aufgeschraubt und daneben lagen PC-Reinigungstücher und Wattestäbchen verstreut.

Jason war das Szenario vertraut, er fühlte Schadenfreude. Nachdem Fritz seinen Laptop im letzten Jahr gecrasht hatte, war auch er ihm mit Schrauber und Föhn zu Leibe gerückt. Doch trotz aller Wiederbelebungsversuche war sein Computer den frühen Colatod gestorben. »Was ist passiert?« Jason nahm die Platine hoch und schnüffelte interessiert daran. Bingo! Und klebrig war sie auch.

»*Stephen!* Das ist passiert!«, brauste Chester auf und verschüttete reichlich Whisky. »Der Mistkerl hat eine ganze Flasche Cola darüber ausgekippt. Das ist Sachbeschädigung! Ich werde ihn verklagen.« Chester füllte sein Glas großzügig an der Bar auf, ohne Jason etwas anzubieten.

»Na dann, viel Spaß mit den Behörden. Und der Versicherung.« Jason schöpfte aus Erfahrung.

»Also, was willst du?«, fragte Chester grob, hob das Glas an seine Lippen und nahm einen großzügigen Schluck.

»Sagte ich doch schon: Emily ist verschwunden. Ich suche sie.«

»Und da suchst du sie ausgerechnet bei mir?«

»Ich suche sie überall. Hat sie sich bei dir gemeldet?«

»Seit wann ist sie denn verschwunden?«

Der Kerl wich ihm klar aus! Schon beim Betreten der Wohnung hatte Jason den Raum gründlich auf Spuren eines Kampfes gescannt, doch bis auf das Chaos auf dem Tisch war der Raum aufgeräumt, fast schon steril, wirkte mehr wie ein Ausstellungsraum für moderne Möbel als eine Wohnung. »Du hast meine Frage nicht beantwortet«, sagte er scharf.

Chester, der sich hinter der Bar verschanzt hatte, kippte den Rest seines Drinks und schenkte sich unverzüglich nach.

Ganz klar, der Typ wusste etwas! Er musste ihn zum Reden bringen, bevor er sich den Verstand völlig wegsoff. Jason ballte unbewusst die Fäuste und machte eine Bewegung auf Chester zu.

Trotz zunehmender Trunkenheit war Chester dies nicht entgangen, vielleicht spürte er auch Jasons Entschlossenheit. Er knallte das Glas auf den Tisch. »Das Mädchen war vorhin hier. Eine verrückte Göre. Ehrlich«, Chester keckerte wie eine Hyäne. »Man möchte kaum glauben, dass sie Stephens Schwester ist.«

»Emily war hier?« Jason spürte, wie ihm der Schreck in die Glieder fuhr, beinahe hätte er fassungslos den Kopf geschüttelt. Was, in Gottes Namen, fragte er sich, hatte Emily dazu bewogen, sich in unmittelbare Gefahr zu begeben? Er stimmte sicher nur in wenigem mit Chester überein, aber hier hatte der Typ völlig recht: Emily war eine verrückte Göre. »Was wollte sie von dir?«

»Was wohl? Groteske Anschuldigungen gegen mich vorbringen.«

Jason reichte es jetzt, er griff über die Theke, packte den Mann an seinem Shirt und zog ihn zu sich heran, bis sich ihre Nasenspitzen fast berührten. Er würde ihm nichts tun, er schlug sich nicht mit Feiglingen, aber das konnte Chester ja nicht wissen. »Raus mit der Sprache«, forderte er grimmig. »Was wollte Emily hier?«

»Schon gut!« Chester hob die Hände, als wolle er sich ergeben. »Kein Grund, grob zu werden. Das Mädchen war nur kurz da. Ich habe sie rausgeworfen. Muss mir ihren Unsinn nicht anhören. Sie ist erst vor ein paar Minuten weg. Ihr müsst euch knapp verpasst haben.«

Jason ließ Chester los. »Und das sagst du erst jetzt?« *Verdammt, Emily!* Jason unterdrückte den Impuls, sofort zur Tür zu rennen und ihr blind hinterherzujagen. Auch wenn er es nicht glaubte, dennoch bestand die Möglichkeit, dass Chester ihn gerade belogen hatte, nur um ihn loszuwerden. »Hat sie dir gesagt, wo sie hinwollte?«

»Nein, es interessiert mich auch nicht.« Chester rülpste.

»Was hat sie von dir gewollt?«, wiederholte er seine Frage. Wenn Emily Chester aufgesucht hatte, dann gab es dafür einen guten Grund. Sie mochte impulsiv sein, aber sie war nicht dumm. Ihm wurde nachträglich kalt bei dem Gedanken, dass sie zum selben Schluss wie er und Rabea gekommen war und geradewegs zu Chester gelaufen war. Ein in die Ecke gedrängter Feigling wie Chester war zu allem fähig!

»Das sagte ich doch schon! Wilde Anschuldigungen gegen mich vorbringen!«

»Die da wären? Muss ich es erst aus dir herausprügeln, Chester?«, drohte er.

Chesters Adamsapfel zuckte nervös. Mit zitternden Fingern schenkte er sich den vierten Whisky in Folge ein, doch Jason entwand ihm das Glas.

»Du hast genug, Freundchen. Also … ich frage dich jetzt ein letztes Mal: Was genau hat Emily von dir gewollt? Warum war sie hier?«

Und Chester packte aus.

Emily

Emily bremste im Hof und öffnete die Beifahrertür für Homer. Er sprang heraus und lief Fritz, der gerade auf die Veranda rollte, schwanzwedelnd entgegen.

Das war für Emily der bisher einzige Lichtblick des Tages – Homer schien die Krise der letzten Tage überwunden zu haben. Hinter Fritz wurde die Rothaarige im Türrahmen sichtbar. *Sie war noch da …*

»Emily!«, schrie Fritz. Sie war mit wenigen Schritten bei ihm, nahm ihn fest in die Arme. Fritz hielt seine Tränen nur mit Mühe zurück. Sie selbst kämpfte gegen die eigenen an, wollte für ihn stark sein.

»Wo bist du nur so lange gewesen? Wir haben uns alle fürchterliche Sorgen um dich gemacht! Tante Marjorie ist mit Vater nach L. A. zu Stephen ins Krankenhaus gefahren. Er wurde überfallen«, sprudelte alles auf einmal aus dem Jungen hervor.

»Ich habe das mit Stephen gerade erst erfahren. Ich wollte nur kurz Homer heimbringen, dann fahre ich gleich zu ihm.«

»Wieso war Homer überhaupt bei dir?«

»Ich habe ihn vorhin geholt.«

»Du warst hier und hast dich nicht gemeldet? Wir dachten, dir wäre was passiert«, sagte Fritz vorwurfsvoll.

»Tut mir leid, aber …« Sie verstummte. Sie kam sich deshalb nun selbst töricht vor, aber sie konnte schlecht vor der

Rothaarigen zugeben, dass sie der Anlass dazu gewesen war. Davon abgesehen würde sie es überhaupt nicht zugeben. *Und wo war eigentlich Jason?*

»Hast du wieder etwas ausgefressen? Du siehst so anders aus. Wo sind deine Piercings?«, bohrte Fritz indessen weiter.

»Fritz«, mischte sich die Rothaarige ein, »vielleicht möchte sich deine Freundin kurz frisch machen, bevor sie die lange Strecke bis Los Angeles antritt? Ich bin übrigens Rabea«, stellte sich die Frau vor und streckte ihr die Hand entgegen.

»Emily«, sagte Emily mürrisch und übersah die Hand.

»Freut mich, dich kennenzulernen, Emily.«

Die Frau war freundlich, zu freundlich. Emily mochte sie nicht. War sie wirklich Jasons feste Freundin? Vermutlich, sonst wäre sie nicht hier. Außerdem sah sie viel zu gut aus, auf angenehm natürliche Art, dabei war sie bestimmt schon Mitte dreißig. Jason stand nicht auf junge Mädchen, das wusste jeder. In Gegenwart der fremden Frau, die so souverän und selbstbewusst wirkte, fühlte sie sich selbst unsicher. Sie wünschte, sie könnte sich noch hinter ihrer üblichen Maske verstecken, doch die Punk-Emily war in Raffaellas Wohnung zurückgeblieben. Immerhin hatte sie vor dem Besuch bei Chester das Etuikleid gegen Jeans und Shirt aus ihrem Baumhaus getauscht und die blonde Perücke abgenommen.

»Du siehst mit roten Lippen hübsch aus, Emily«, sagte Fritz mit der intakten Unschuld seiner zwölf Jahre. Emily entging nicht, wie ein Mundwinkel der Rothaarigen kurz zuckte. Machte sich die Frau etwa über sie lustig?

»Ich fahre dann«, war alles, was ihr dazu einfiel. Sie wäre jetzt gerne wütend gewesen, aber die Kugel in ihrem Bauch ruhte ausnahmsweise. Alles, woran sie jetzt denken konnte, war ihr verletzter Bruder. Sie musste zu ihm!

»Pass auf Homer auf, Fritz, ja?« Sie strich dem Jungen kurz

über den strubbeligen Kopf und sprang die Verandastufen hinab.

»Warten Sie!«, rief die Rothaarige und kam ihr hinterher. »Wir rufen Jason an, er ist in La Jolla, um mit Chester Hamilton zu sprechen, und dann könnt ihr beide zusammen …«

Aber Emily hörte ihr nicht zu. Kurz und knapp schlug sie der Frau die Tür vor der Nase zu und brauste mit dem Käfer vom Hof.

»Ich rufe Jason an und gebe ihm wegen Emily Bescheid. Und du informierst Tante Marjorie!«, rief Fritz seiner neuen Freundin zu und hielt bereits sein Handy ans Ohr.

Minuten später meldete sich Jason bei Fritz zurück. Fritz stellte auf Lautsprecher, damit die deutsche Journalistin alles mithören konnte.

»Leider konnte ich den blauen Käfer nirgendwo entdecken«, berichtete ihnen Jason, »und bin jetzt auch nach Los Angeles unterwegs. Was sagt denn Tante Marjorie? Sind Walter und sie schon angekommen?«

»Ich habe eben erst mit Tante Marjorie gesprochen. Sie und Vater sind zwar schon vor Ort, konnten aber nicht zu Stephen, weil er noch operiert wird«, informierte ihn Fritz.

»Wenigstens ist die Familie bald wieder komplett vereint«, sagte Jason und direkt an Rabeas Adresse: »Danke, dass du dich um Fritz und Maddie kümmerst.«

»Sehr gerne. Maddie schläft inzwischen friedlich, und Fritz hat mir von seinem Wunsch erzählt, Astrophysiker zu werden. Ich durfte sogar eine Weile mit seinen Freunden vom Physikforum chatten. Und gerade ist er dabei, mir anhand eines gefalteten Blatts Aufbau und Funktion von schwarzen Löchern im Universum zu erklären.«

»Ja, schwarze Löcher sind eine Spezialität der Familie.«

»Das musst du mir später erklären.«

»Gerne morgen früh. Wenn ich zurück bin«, versprach Jason ihr.

***

Zweieinhalb Stunden Autofahrt. Zweieinhalb Stunden Gewissensbisse. Emily fühlte sich wie der schlechteste Mensch auf Erden, wusste nicht, wie sie ihrer Mutter und ihrem Bruder entgegentreten sollte. Die Kugel in ihrem Inneren wog schwerer denn je, doch die Wut hatte sich nun gegen sie gerichtet, rotierte mit einer Geschwindigkeit, dass sie glaubte, jeden Moment zu implodieren.

Sie holte nochmals tief Luft, bevor sie das kleine Wartezimmer betrat. »Hallo, Mama«, sagte sie leise.

»Emily, Liebes!« Ihre Mutter sprang sofort auf. »Wo warst du denn bloß so lange! Warum hast du nicht angerufen? Weißt du, wie viele Sorgen wir uns um dich gemacht haben? Wann wirst du je erwachsen?« Schon zog sie ihre Tochter an sich und hielt sie so fest, als wolle sie sie nie mehr loslassen.

Emily sträubte sich nicht. Es tat gut, sich in die Wärme ihrer Mutter schmiegen zu können. Mutterarme, hatte Jason einmal zu ihr gesagt, schlossen für Kinder alles Böse auf der Welt aus.

Auch Walther ließ es sich nicht nehmen, Emily kurz an seine stämmige Brust zu drücken.

Ihre Erleichterung und Freude machten Emily erst recht verlegen, verstärkten ihre quälenden Schuldgefühle. »Wie geht es Stephen?«, fragte sie mit erstickter Stimme.

»Er hat einige tüchtige Prellungen, zwei Rippen sind gebrochen und leider auch der Kiefer. Den Kiefer haben sie gerade gerichtet. Jetzt liegt dein Bruder im Aufwachraum, und wir dürfen frühestens in einer halben Stunde zu ihm. Möchtest du etwas zu essen, Kind, oder einen Kaffee? Walther könnte dir etwas besorgen.«

Der Blick, den sie Walther dabei zuwarf, war überflüssig; Emily hatte auch so verstanden, dass ihre Mutter mit ihr alleine sprechen wollte. Sie wollte sich dem auch gar nicht entziehen, viel zu lange hatte sie sich feige verhalten. »Ein Kaffee wäre prima. Danke, Walther«, sagte sie zu ihm.

Sobald Walther den Raum verlassen hatte, sprudelte es aus Emily hervor. Sie ließ nichts aus. Das Ende ihrer Beichte schloss sie mit den Worten: »Es tut mir leid, dass ich dir so viel Kummer bereite, Mama. Ich verstehe selbst nicht, warum ich manche Dinge tue, es steckt einfach in mir drin, und wenn ich es nicht rauslasse, glaube ich, daran ersticken zu müssen. Bitte verzeih mir.«

Ihre Mutter strich ihr eine wirre lila Strähne aus der Stirn. »Danke für deine Ehrlichkeit, mein Kind. Es tut weh, dir seit Jahren dabei zusehen zu müssen, wie du jene, die dich lieben, verletzt. Aber ich bin deine Mutter, Emily – dein Seelenschmerz ist auch der meine, was er dir antut, das tut er auch mir an. Aber das ist nicht der Punkt. Mir zerreißt es das Herz, Liebes, weil *du* leidest! Keine Mutter will, dass ihr Kind leidet. Du bist nicht allein, Emily, nicht auf dieser Welt, und schon gar nicht mit deinem Kummer. Wir, deine Familie, sind für dich da, wir lieben dich. Und das ist das Einzige, was wirklich zählt. Liebe! Du musst sie für dich wiederfinden, mein Schatz.«

»Aber ich liebe euch doch, und Fritz und Maddie und Homer, und alle meine Tiere!«

»Ja, das tust du, aber wir sind nur die eine Hälfte der Liebe. Die andere Hälfte, das bist du selbst.«

»Ich verstehe nicht …«, stammelte Emily.

»Du hast die Liebe zu dir selbst verloren, Emily. Du hasst dich, weil du glaubst, dass du vor langer Zeit versagt hast, und du bestrafst dich bis heute dafür. Auch dafür, was sich Denise angetan hat. Für beides bist du aber nicht verantwortlich.«

Emily schüttelte den Kopf. »Ich kann mich doch nicht einmal an den kleinen Delfin erinnern! Es ist alles weg. Ich weiß nur davon, weil ihr es mir später erzählt habt!«

»Der Psychologe riet uns damals dazu. Er war überzeugt, die Wahrheit würde dir helfen, aber es hat alles nur noch schlimmer gemacht. Es war ein Fehler. Aber es war genauso ein Fehler, die Therapie abzubrechen. Und du musst auch endlich über Denise sprechen, mein Kind. Du kannst das nicht mit dir allein abmachen. Wir sind für dich da, lass uns dir helfen. Ich weiß ja, Liebes, dass du stark bist. Aber das mit Denise … daran könnte jeder zerbrechen.«

Emily presste die Lippen aufeinander. Ohne das Metall der Piercings fühlte es sich ungewohnt an. »Du willst, dass ich mir Hilfe suche, Mama?«

»Ja. Walther und ich haben uns darüber unterhalten. Die Therapie hat Maddie nach dem Unfall ihres Bruders sehr geholfen. Wirst du darüber nachdenken, meine Kleine?« Marjorie hielt noch immer ihre Hand. Emily blickte auf ihre ineinander verschlungenen Finger und die beiden Eheringe, die ihre Mutter als Witwe ihres Vaters trug. Sie wünschte sich, ihr Vater wäre noch hier. Erst als ihre Mutter ihr ein Taschentuch reichte, merkte sie, dass sie weinte. Emily tupfte sich noch die Augen, als sich die Tür öffnete. Walther kehrte mit einem Tablett zurück.

Hinter ihm betrat noch jemand das Zimmer.

»Hallo, Seepferdchen«, sagte Jason.

Emily erstarrte mitten in der Bewegung, von einer jähen Verlegenheit erfasst, deren Ursache sie nicht begriff. Sekundenlang war sie wie gefangen, unfähig, die auf sie einstürmenden Gefühle einzuordnen. Sie kannte Jason schon ihr ganzes

Leben, er war ihr Kindheitsgefährte, ihr Freund, ihr Komplize bei tausend Unternehmungen. Doch gerade wirkte er wie ein Fremder auf sie.

Jason breitete nun lächelnd die Arme aus. »Willst du mich nicht begrüßen, Seepferdchen?«

Es war eines ihrer vielen Rituale. Doch zum ersten Mal, seit sie laufen gelernt hatte, zögerte Emily, in Jasons Arme zu springen und sich von ihm im Kreis schwenken zu lassen.

Eine Winzigkeit änderte sich in Jasons Ausdruck, das Lächeln lag zwar noch auf seinem Mund, doch es verschwand aus seinen Augen, machte einer leisen Verwunderung Platz.

Die eintreffende Ärztin nahm Emily die Entscheidung ab, aber es nahm der Episode nicht ihre Bedeutung. Sie wussten es beide, lasen es in den Augen des jeweils anderen: Zwischen ihnen hatte sich gerade etwas verschoben, ihre Beziehung war in eine neue Phase eingetreten. Emily war nicht mehr das Kind, Jason nicht mehr der Kindheitsgefährte. Doch war die Erkenntnis nicht mehr als ein fragiles Gespinst, kaum mit dem Verstande messbar, und noch schwieg das kluge Herz.

Stephens Ärztin ließ sie zum Patienten, aber nur jeweils zu zweit. Marjorie und Emily folgten ihr, nachdem sie sterile Kleidung angelegt hatten.

Stephen schlief.

Der Anblick ihres geschundenen Bruders war für Emily schwer zu ertragen. Ein Auge war vollständig zugeschwollen, um den nackten Oberkörper wand sich ein breiter Verband, diverse Drainagen und Schläuche ragten aus seinem Körper, und ein groteskes Gestell stabilisierte Stephens gebrochenen Kiefer.

Und das alles war ihr Werk! Am liebsten wäre Emily davongelaufen. Aber sie wusste, das Bild ihres Bruders würde sie überallhin verfolgen; davor wegzulaufen würde nichts ändern.

Nachdem sie den Stuhl für ihre Mutter zurechtgerückt hatte, nahm sie auf dem Hocker an Stephens anderer Seite Platz. Kurz zögerte sie, dann ergriff sie seine Hand. *Die Hand ihres großen Bruders.* Wie lange war es her, seit sie sie zuletzt gehalten hatte? Das musste an die zwölf Jahre her sein, am Tag, als ihr alter Kater Odysseus gestorben war. Sie erinnerte sich, wie Stephen ihr geholfen hatte, ihn im Garten zu begraben, und wie er sie anschließend getröstet hatte.

Plötzlich glaubte sie, etwas zu spüren. Stephen war wach, sie fühlte ganz schwach den Druck seiner Finger! Zaghaft hob sie ihren Kopf und entdeckte, dass er sein gesundes Auge auf sie gerichtet hatte. Lag ein Lächeln darin oder bildete sie sich das nur ein? Und hatte Stephen ihr eben zugezwinkert oder verwechselte sie es mit einem Blinzeln?

Stephen bewegte sacht den Kopf, mehr war dem Frischoperierten, der für eine längere Zeit nicht würde sprechen können, nicht möglich.

Er schloss und öffnete das unverletzte Auge und zwinkerte damit auch ihrer Mutter zu. Über Stephen hinweg trafen sich die Blicke von Mutter und Tochter und teilten ein hoffnungsfrohes Lächeln.

Emily wollte etwas sagen, doch ihre Mutter legte ihren Finger auf die Lippen. »Nicht jetzt, Emily«, sagte sie. »Stephen weiß, dass es dir leidtut. Lassen wir ihn sich ausruhen.«

Sie blieben bei ihm, bis ihnen seine regelmäßigen Atemzüge verrieten, dass er eingeschlafen war.

»Ich bleibe hier bei Stephen, aber ihr solltet nach Hause fahren«, sagte Marjorie, als sie anschließend wieder alle im Wartezimmer versammelt waren. Es war bereits weit nach Mitternacht.

»Ich habe vorhin kurz mit der Ärztin gesprochen, Marjorie«, meldete sich Walther. »Sie sagt, wenn keine Komplikationen eintreten, können wir Stephen schon in zwei Tagen nach San Diego ins Bezirkskrankenhaus verlegen lassen. Ich werde gleich morgen die entsprechenden Formalitäten erledigen.«

»Ich danke dir, Walther. Meinen Jungen näher bei mir zu wissen würde mich beruhigen. So, und nun ab mit euch allen nach Hause!« Ihr resoluter Ton ließ keinen Zweifel daran, dass dies nicht verhandelbar war.

»Was ist eigentlich mit Stephens Verlobter, Viviane? Wann kommt sie aus Oxford zurück?«, erkundigte sich Jason.

»Am Dienstag. Ich wollte erst Stephen sehen und sie dann verständigen. Nun kann ich ihr sagen, dass Stephen bereits auf dem Weg der Besserung ist.«

Sie verabschiedeten sich. Unten auf dem Parkplatz stellte Walther kopfschüttelnd fest, dass jeder mit dem eigenen Wagen gekommen war. »Weshalb seid ihr beide nicht zusammen gekommen?«

»Weil wir uns verpasst haben«, kam Jason Emily zuvor. »Ich schlage vor, wir lassen Josephs Käfer hier stehen und Emily fährt mit mir zurück.« Er suchte Emilys Blick, doch sie wich ihm aus, konzentrierte ihre Aufmerksamkeit auf Walther.

»So machen wir es«, pflichtete Walther Jason bei. »Dann ist Marjorie von uns unabhängig.«

»Ich möchte mit Onkel Walther fahren«, warf Emily ein. »Ich habe noch etwas mit ihm zu besprechen.« Sie hatte nicht beabsichtigt, das zu sagen, die Worte waren ihr einfach herausgerutscht.

Aber nun war es zu spät, die Kugel rollte und Emily gab ihr einen weiteren Schubs: »Du kannst schon losfahren, Jason. Ich bringe Mutter nur schnell den Schlüssel hinauf.« Weiterhin mied sie jeden direkten Blickkontakt zu ihm. Ihr war klar, sobald sie allein wären, würde er ihr die Leviten lesen. Zu Recht, aber sie hatte eigentlich gehofft, sich vorher mit Stephen aussprechen zu können. Doch noch war alles irgendwie offen, nichts richtig geklärt, und sie fühlte sich genauso schuldig wie zuvor. Das fraß an ihr, machte sie völlig konfus und anfällig für Unüberlegtes.

Im Krankenhaus hatte sie überdies ein verstörendes Signal, ihre Mutter und Walther betreffend, aufgefangen.

Im Wagen, allein mit Walther, fehlte ihr dann der Mut, das Thema aufzugreifen, vielleicht, weil sie davor zurückscheute, ihre Wahrnehmung bestätigt zu sehen. Außerdem war ihr in einem Auto ihr altbewährtes Mittel verwehrt: vor unangenehmen Dingen davonzulaufen – sofern sie nicht aus dem Fenster springen wollte.

Nach einigen Minuten des Schweigens kam Walther jedoch selbst auf die Angelegenheit zu sprechen: »Das trifft sich gut, ich wollte sowieso alleine mit dir reden, Emily. Es geht um deine Mutter.«

Also doch, es führte kein Weg daran vorbei … »Was ist das zwischen euch beiden?«, fragte sie schroff.

»Du hast es bemerkt?«

»Ja.«

»Und du findest das nicht gut?«

»Ich weiß nicht.« Es war die Wahrheit, sie hatte keinen Schimmer, wie sie damit umgehen sollte. In ihr kämpften solch widersprüchlichen Gefühle, dass sie paradoxerweise gerade gar nichts fühlte.

»Ich habe mich in deine Mutter verliebt«, sagte Walther schlicht.

Für Emily war es seltsam, diese Worte aus seinem Mund zu hören. Für sie war Walther mit seinen sechzig Jahren ein alter Mann, und ihre Mutter war nur um wenige Jahre jünger als er.

Der Faktor Alter besaß für sie einen eher abstrakten Charakter, etwas, mit dem sie sich nie näher beschäftigt hatte – außer, dass sie es gar nicht hatte erwarten können, endlich achtzehn und damit erwachsen zu werden. Als Kind hatte sie sich am Ende eines jeden Sommers gewünscht, dass der nächste ganz schnell kommen solle, weil er ihr Jason zurückbringen würde. Als junger Mensch hatte sie eigentlich immer nur älter werden wollen.

Inzwischen hatte sie herausgefunden, dass sich die Perspektiven mit dem Älterwerden verschoben. Als ihr Vater Joseph schwer erkrankte, hatte sie mit ihrer Mutter viel Zeit an seinem Bett verbracht. Einmal hatte ihre Mutter zu ihr gesagt, dass ihre Kinder immer, egal, wie alt sie seien, ihre Kinder blieben.

Sie hingegen hatte ihre Mutter bisher nie anders als alt wahrgenommen. Vielleicht lag in diesem Gegensatz der Grund für so viele Missverständnisse zwischen den Generationen? Emily wurde gerade bewusst, dass auch ihre Eltern einmal jung und verliebt gewesen waren, Wünsche und Träume gehabt hatten. Womöglich hatten sie auch einige verrückte Dinge angestellt und ihren eigenen Eltern Kummer bereitet. Ihr Vater und ihre Mutter waren sich an der Highschool begegnet und hatten nie eine andere Liebe als die ihre gekannt. Ihre Liebe war selbstverständlich gewesen, und das Selbstverständliche, wurde Emily viel zu spät bewusst, wurde nicht geachtet. Am wenigsten von den eigenen Kindern.

Dabei war es die Liebe ihrer Eltern gewesen, die ihr die nötige Sicherheit gegeben hatte. Dann war ihr Vater gestorben und hatte ein Stück von ihr mitgenommen. Und nun kam Walther und behauptete, er liebe ihre Mutter? *Würde ihr noch mehr weggenommen werden?*

»Was ist mit Vater?«, hörte sie sich sagen.

Walther räusperte sich. Er war seit über dreißig Jahren Pastor, das Reden über Gefühle war ihm vertraut – er hatte unzählige Paare im Bund der Ehe vereint und ebenso oft Trauerreden für Verstorbene gehalten und Hinterbliebene getröstet. Doch nun stellte er fest, um wie viel schwieriger und komplizierter es sich gestaltete, wenn die eigenen Gefühle involviert waren. Er empfand die Situation als zunehmend surreal, kam sich fast vor, als würde er bei Emily um die Hand ihrer Mutter anhalten.

»Weißt du, dein Vater war ein wunderbarer Mann, und er hätte sicher nichts dagegen, wenn …« Er unterbrach sich selbst. Was, in Gottes Namen, faselte er da?

»Ist gut«, überraschte ihn Emily. »Vermutlich hat es Papa wirklich so gewollt. Sonst hätte er nicht selbst vorgeschlagen, dass Maddie, Fritz und du in den Anbau ziehen solltet.«

»Du hast also nichts dagegen?«, tastete sich Walther vorsichtig voran.

»Würde das denn etwas ändern?«

»Ich denke nicht.« Walther räusperte sich erneut. Er hatte mit allem gerechnet, aber nicht, dass es so einfach sein würde. Einerseits war er sehr erleichtert, andererseits kam es ihm so vor, als sei er gerade … aufgelaufen. Diese junge Frau steckte voller Rätsel und war tatsächlich so unberechenbar wie Gottes Pläne.

***

Nachts klingen alle Geräusche anders, das Rascheln im Unterholz, das Plätschern der Wellen, das Flüstern des Windes – nachts scheint alles wie in Mysterien getaucht, und Dämonen und Feen wandeln umher.

Emily hatte sich vom Baumhaus in die Bucht geflüchtet,

weil sich das Karussell in ihrem Kopf immer rasanter gedreht hatte und an Schlaf nicht zu denken war.

Nun saß sie an ihrem Lieblingsplatz im Schatten des Mooncave, der Mond über ihr war ein perfekter Kreis und sein Zwilling schaukelte still auf dem Meer. Ihr Vater hatte wie sie den Ozean geliebt. Als es mit ihm zu Ende ging, hatte er sie und Stephen zu sich gerufen und gesagt: *Wenn ich nicht mehr bei euch sein kann, meine Kinder, und ihr habt Sorgen, dann geht in die Mooncave-Bucht, und schaut aufs Wasser. Denn dort werde ich sein und einen Weg finden, euch zu helfen.*

Doch worum sollte sie ihren Vater bitten? Die Zeit zurückdrehen und Dinge ungeschehen machen war nicht möglich; der Fluss der Zeit drängte unerbittlich vorwärts, trieb sie mit den begangenen Fehlern vor sich her.

Sie beobachtete die Wellen, wie sie eine nach der anderen vergeblich nach dem Land griffen, um danach zurück ins Meer zu strömen, und fühlte sich ihnen verbunden: Immer wenn sie glaubte, voranzukommen und nach dem Leben greifen zu können, wurde sie von einem Sog erfasst, der sie unaufhaltsam zurück in die trüben Tiefen der Hoffnungslosigkeit zog. Ihr gesamtes Leben fühlte sich an, als würde sie sich durch zähen Morast vorankämpfen, sich durch das eigene innere Dunkel tasten.

Ihr fiel eine Konzentrationsübung ein, die ihr Jason einmal gezeigt und die sie lange vergessen hatte. Sie holte tief Luft, nahm den Geruch von Salz und Meer in sich auf und passte ihre Atmung nach und nach dem gleichmäßigen Rhythmus der Wellen an. Die Übung sollte ihr helfen, den Strom zu bändigen, den die Kugel in ihrem Inneren durch ihren Körper jagte. Sie atmete ein, wenn sich die Wellen zurückzogen, und genauso lange aus, wenn sie ans Land zurückkehrten. Langsam legte sich ihr innerer Sturm, und sie fand Trost in der Beständigkeit des Ozeans, die vertraute Konstante ihrer Kindheit.

Und doch veränderte sich alles. Ihre Mutter hatte eine neue Liebe gefunden, Stephen hatte seine Viviane und Jason hatte zum ersten Mal eine Frau in den Urlaub mitgebracht. Während sie … Nein, sie mochte jetzt nicht über ihr Leben nachdenken. Stattdessen ließ sie dem quälenden Gedanken Raum, dass Jason gerade mit dieser Rabea im Bett lag.

Als sie heimkehrten, hatte die Rothaarige in der Küche auf sie gewartet. Walther und Jason hatten sich zu ihr gesetzt, aber sie selbst hatte sich sofort in ihr Baumhaus verabschiedet, das sie seit einigen Jahren bewohnte. Es war ihre Zuflucht. Ihr Dad und sie hatten es zusammen gebaut. Bei der Einweihung hatte er ihr ein Schild überreicht: *Emilys Castle*, und es über dem Eingang angebracht.

Wie sie ihn vermisste, sein Lachen, seine Großzügigkeit, seinen Rat, seine Güte. *Seine Liebe.* Sie war so wütend auf ihren Dad gewesen, am Tag, als er sie für immer verlassen hatte.

Der heutige Tag hatte ihr einmal mehr gezeigt, wie zerbrechlich das Leben war. Niemals hätte sie gedacht, dass ihr großer Bruder einmal so hilflos vor ihr liegen würde, Stephen, den sie immer für unzerstörbar gehalten, ihn gleichgesetzt hatte mit dem unerschütterlichen Olivenbaum im Garten ihrer Eltern. Erneut legte sich die schwere Hand der Schuld auf sie. Warum konnte sie nie etwas richtig machen? Warum stolperte sie ständig von einer Katastrophe in die nächste?

Noch eine Hand legte sich auf ihre Schulter, und dieses Mal war die Berührung reell. Es war Jason. Er lächelte sie auf jene tröstliche Art an, die ihr aus der Kindheit vertraut war. Wenn Jason sie so angelächelt hatte, hatte die kleine Emily gewusst, dass alles wieder gut werden würde.

Jason ließ sich neben ihr im Sand nieder. Schweigend lauschten sie dem Wasser, dem Mond und den Sternen, teilten den stillen Zauber dieses Ortes. Emily fragte sich, ob der Mond sich manchmal wünschte, seine Erdenbahn verlassen zu können und mit dem Tag an Land zu steigen. So wie sie es sich manchmal wünschte, ihren Platz in der Welt zu verlassen und ins Meer zu gehen. *Unter Wasser kann man nicht weinen.*

»Wie geht es dir, Emily?«, fragte Jason leise. Sie zuckte beinahe erschrocken zusammen. Für einige Sekunden war sie der Welt völlig entrückt gewesen. Jason musste es gespürt haben.

»Ich weiß es nicht«, antwortete sie ehrlich.

»Möchtest du reden, oder sollen wir schwimmen gehen?«

»Können wir nicht einfach hier sitzen und schweigen?«

»Natürlich, Seepferdchen.« Er nahm ihre Hand und hielt sie fest, bis die Sonne am Morgen den Fluten entstieg. Irgendwann musste sie an seiner Seite eingeschlafen sein. Und er hatte neben ihr gewacht.

Beim ersten Sonnenstrahl kehrten sie ins Haus zurück. Homer begrüßte sie auf der Veranda, doch alle anderen schliefen noch, auch die Hunde im Zwinger regten sich kaum. Sie drehten gemeinsam mit Homer eine kurze Runde, danach sagte Jason: »Frühstück?«

Emily nickte und verschwand kurz im Bad. Auch Jason gönnte sich eine schnelle Dusche.

Anschließend setzten sie sich in die stille Küche, tranken Milchkaffee aus Prinz-Charles-und-Diana-Tassen und tunkten Marjories köstliche Schokoladenkekse hinein.

»Hast du neuerdings ein Schweigegelübde abgelegt?«, fragte Jason nach dem zweiten Kaffee.

»Nein, aber es tut gut, einmal nichts zu sagen.« Emily klammerte sich an ihre Tasse.

»Darf ich dich trotzdem etwas fragen?«

»Ja?«, kam es zögernd zurück.

»Was ist aus dem schwarzen Lippenstift und dem Metall in deinem Gesicht geworden? Hattest du einen kleinen, schmerzhaften Zusammenstoß mit einem Magneten?«

Emily stieß die Luft aus. »Du bist so ein Arsch, Jason Samuel.«

»Gern geschehen. Gibt es noch mehr Cookies? Die Dose ist leer.« Jason war aufgestanden und kramte im obersten Vorratsregal.

Er war barfuß, trug nur Surfershorts und ein Shirt. Emily erwischte sich bei dem Gedanken, dass ihr noch nie aufgefallen war, wie gut ihr Kindheitsgefährte aussah. Da war sie wieder, dieselbe Verlegenheit, die sie schon im Krankenhaus überkommen hatte, als sie ihn nach über einem Jahr wiedergesehen hatte. »Ist deine Freundin jetzt nicht sauer auf dich? Ich meine, du hast heute Nacht nicht bei ihr geschlafen …« *Verflixt!* Ihre Zunge war schon wieder schneller galoppiert als ihr Verstand. Sie sollte sie festbinden.

»Welche Freundin?« Jason stöberte noch immer im Regal.

»Hallo? Die Rothaarige?«

Er wandte sich langsam um. Ein unergründlicher Blick traf sie, bevor er ihr antwortete: »Sie ist nicht *meine* Freundin. Ich habe sie erst gestern am Flughafen kennengelernt. Ich brauchte eine Mitfahrgelegenheit, und sie war so freundlich, mich mitzunehmen.«

»Sie ist sehr hübsch.«

»Oh, das dürfte ein interessantes Gespräch werden!« Jason zog einen Stuhl heran und nahm rittlings darauf Platz.

»Nichts, ich meinte nur«, druckste Emily in ihre Kaffeetasse.

Jason beugte sich vor und hob ihr Kinn an. »Sieh mich an, Seepferdchen. Ich bin dein Freund und immer für dich da. Du kannst mir immer alles sagen und mich alles fragen. Zwischen uns hat sich nichts geändert. Das würde es auch nicht, selbst wenn ich eine feste Freundin hätte.«

»Aber alles ändert sich«, platzte es aus Emily heraus. »Mama hat Walther, Stephen Viviane! Bloß bei mir läuft alles ständig aus dem Ruder. Mein Leben fühlt sich an, als säße ich in einem kleinen Boot auf stürmischer See, und es ist nur eine Frage der Zeit, bis ich über Bord gehe.«

»Willst du das denn, über Bord gehen?«

»Ich weiß nicht«, wich sie ihm aus.

»Du hast lange nicht mehr von deiner Todessehnsucht gesprochen.«

Emily zuckte mit den Schultern. »Sie ist einfach manchmal da, aber es ist anders als früher. Wie eine Hand, die aus dem Dunkel nach mir greift und mich hinabziehen will.«

»Es ist nur *eine* Hand, Emily«, sagte Jason bestimmt, »aber wir sind viele Hände. Deine Mutter, Stephen, Fritz, Maddie, Walther, Viviane. Und ich.« Er griff nach ihrer kleinen Hand. »Wir halten dich fest, Seepferdchen. Denk immer daran. Ich werde jetzt vier Wochen hier sein, und wie es aussieht, wird es mit Stephens Junggesellenabschiedstour nichts werden. Vorschlag: Sobald es Stephen besser geht, hauen wir zwei für ein Weilchen ab. Lass uns Spaß haben!«

»Und Homer?«

»Den nehmen wir einfach mit!« Er zeigte unter den Tisch, wo Homers Schnauze auf Emilys Füßen ruhte. »Dem alten Halunken geht es am besten, wenn er bei dir ist. Was sagst du?«

Emily musste an Citizen und seinen Vater denken. Und an Chester. Den ganzen Mist einfach hinter sich zu lassen und sich ihrem Zugriff zu entziehen war äußerst verlockend. Aber es ging nicht. Sie hatte gestern schon alles ihrer Mutter gebeichtet, sie musste es auch Jason sagen. Ihre jüngste Dummheit würde sowieso rauskommen. »Jason, es gibt da etwas,

was du wissen solltest. Ich bin es, die für Stephens Zustand verantwortlich ist.«

»Ach, du warst es, die ihn so verprügelt hat? Und ich dachte, es wären Straßenräuber gewesen …«

»Jason, bleib ernst!«

»Ich bin ernst. Aber die meisten Menschen wickeln sich in so viele Schuldschlingen, bis sie nur noch durchs Leben stolpern und nichts mehr davon haben. Es war Stephens Entscheidung, nach Los Angeles zu fahren.«

»Aber ich war der Auslöser!«

»Dann sag mir: Bist du wissentlich bei ihm eingebrochen und hast sein Labor verwüstet?«

»Du weißt es schon?«, hauchte sie.

»Ja, wir haben ein wenig recherchiert. Fritz trug auch seinen Teil dazu bei. Und Chester und ich hatten auch einen netten Plausch. Und, hast du es getan?«

»Nein! Ich wusste nicht, was Citizen vorhatte, und dann wollte ich ihn daran hindern! Chester hat den Einbruch mit seinen Überwachungskameras aufgenommen. Auf den Bildern ist nur erkennbar, dass ich dabei gewesen bin. Das Schwein hat den maßgeblichen Teil, den Streit mit Citizen, einfach rausgeschnitten. Jeder, der den Film sieht, wird mich für schuldig halten.« Sie holte tief Luft. »Henoch, Citizens Vater, erpresst mich mit der Aufnahme.«

Jason runzelte die Stirn: »Warum sollte er das tun? Das Band belastet doch genauso seinen Sohn.«

»Nein. Citizen hat eine Maske getragen, ich nicht.«

»Und was verlangt Henoch von dir?«

»Dass ich mit meinem Bruder spreche und ihn daran hindere, Anzeige gegen Chester zu erstatten. Stephen hat herausgefunden, dass Chester damals den Einbruch in Auftrag gegeben hat.«

Jason nickte. »Damit wollte Chester Stephen endlich dazu bringen, in die Geschäftspartnerschaft mit ihm einzuwilligen.«

»Das weißt du auch schon?«

»Vom Zeitpunkt her ist es allzu offensichtlich. Chesters Plan ist ja auch aufgegangen. Nur Wochen nach dem Einbruch haben die beiden als Partner *Blue Ocean* gegründet.«

»Genau, und nun will Henoch von mir, dass ich Stephen davon überzeuge, die Partnerschaft mit Chester nicht aufzulösen. Wenn ich nicht spure, landet das Einbruchsvideo bei der Polizei.«

Jason runzelte die Stirn. »Und welches Interesse hat dieser Henoch an *Blue Ocean*?«

»Wie es aussieht, hat er viel Geld in das Start-up von *Blue Ocean* gesteckt und ist davon überzeugt, dass die Firma ohne Stephen und seine Forschung keine Überlebenschance haben wird. Bei einer Pleite ist sein Geld weg.«

»Weshalb sollte ein Mann, der einer Umweltschutzorganisation angehört, in ein Unternehmen investieren, das zur Hälfte Chester Hamilton gehört, der sich bekanntlich auf Erdöl- und Erdgasexploration spezialisiert hat? Irgendwie seltsam.«

»Gar nicht. Henoch treibt die Profitgier. Ich traue dem Typ alles zu. Er ist verrückt, wenn du mich fragst. Er hat mich gestern eingesperrt.«

»Er hat was? Und das sagst du erst jetzt?«, rief Jason und machte keinen Hehl aus seinem Entsetzen.

»Ich bin ja hier. Die beiden Charlies haben mich befreit.«

Jason legte den Kopf schief. »Etwa Charlie Two? Der war hier und hat uns das mit Stephen erzählt.«

»Ja, und Charlie One hat ihm dabei geholfen. Sie sind beide meine Freunde.«

»Noch mehr *Hände*, die dich halten, Seepferdchen.« Sein

intensiver Blick hielt sie fest und zog sie in seinen Bann wie der Ozean.

Fritz rollte just in die Küche. »Ihr seid aber früh auf! Es ist noch nicht mal sieben!«

»Dito, mein Freund«, sagte Jason, stand auf und verwuschelte ihm das ohnehin ungekämmte Haar. »Hast du gut geschlafen?«

»Kurz. Ihr esst Cookies zum Frühstück? Lasst das bloß nicht Tante Marjorie sehen!«, tadelte er sie und schnappte sich grinsend selbst eins.

Wenig später tauchte Walther in einem zu kurzen Bademantel auf, der seine kräftig behaarten Schienbeine sehen ließ, gefolgt von einer gähnenden Maddie, die in ihren geliebten roten Stiefelchen hereinstapfte. Sie trug noch ihr Nachthemd, dafür war ihr Haar ordentlich gekämmt.

Emily kochte Kakao für die beiden Kinder und Kaffee für Walther.

Walther erzählte, dass er bereits mit Marjorie telefoniert habe und sie froher Dinge sei, weil Stephen gut geschlafen und sich ausgiebig über das »flüssige« Frühstück beschwert habe. »Und ich soll euch von Marjorie ausrichten«, Walther schnappte sich ein Schokoplätzchen und ließ es wie ein Taschenspieler über seine Fingerknöchel tanzen, »dass ihr nicht alle Cookies auf einmal essen sollt.« Er steckte es sich in den Mund, und alle lachten.

Jason machte seine üblichen Scherze, bezog jeden in die Unterhaltung ein, und sie begannen, gemeinsame Pläne für den heutigen Sonntag zu schmieden.

Fritz erinnerte Jason an sein Versprechen, mit ihm in die Bucht zum Paddeln zu gehen. Walther verkündete, dass seine heutige Pastorentätigkeit einen Gottesdienst und Sprechstunden beinhalte, er aber beabsichtige, später am Nachmittag

Marjorie in L. A. Gesellschaft zu leisten, und Emily sagte, sie würde gerne mit ihm fahren.

Im Vergleich zum gestrigen Tag war die Stimmung geradezu gelöst, und Emily ertappte sich dabei, wie sie einige Male mit den anderen lachte.

»Guten Morgen!«, sagte da jemand hinter ihr. *Die Journalistin!* Emily war, als hätte sie gedanklich eine Stufe verfehlt. Sie hatte die Anwesenheit der fremden Frau beinahe schon wieder vergessen gehabt.

Rabea sah heute völlig verändert aus, geradezu extravagant: cremefarbene Hose, elegante Seidenbluse, rote Pumps. Das Haar hatte sie hochgesteckt, es stand ihr gut und lenkte die Aufmerksamkeit auf ihre Sommersprossen. Raffaella jammerte ständig über ihre Sommersprossen, aber sie passten zu dieser Rabea, verliehen ihr zusätzlich Klasse.

Auf diese Art würde sie nie auf andere wirken, dachte Emily. Die Frau kam ins Zimmer, und es war, als würde sie eine Bühne betreten und alle anderen zu Zuschauern degradieren.

Fritz begrüßte Rabea wie eine alte Freundin, Walther raffte verlegen den Bademantel um sich und Jason war sofort aufgesprungen. »Möchtest du frühstücken, Rabea?«, fragte er herzlich, und die Art, wie er sie anlächelte, versetzte Emily einen Stich. Plötzlich fühlte sie sich genauso elend wie am gestrigen Tag.

»Ein Kaffee genügt mir, und die Cookies sehen prima aus!«, sagte Rabea.

»Greif zu.« Jason schob den Teller in ihre Richtung.

Während Jason an der Kaffeemaschine hantierte, sagte Walther: »Ich bin noch gar nicht dazu gekommen, mich bei Ihnen zu bedanken, Frau Rosenthal, weil Sie sich gestern um meine Kinder gekümmert haben.«

»Ich bitte Sie, das war doch selbstverständlich! Und nennen Sie mich Rabea.«

»Und, Rabea? Wie sehen deine Pläne für heute aus?«, fragte Jason neugierig.

»Um neun Uhr hole ich das Interview von gestern nach. Es ist nicht sehr weit von hier.«

»Ach, handelt es sich um jemanden aus La Jolla? Darf ich fragen, wer es ist? Als Pastor kenne ich die Person vielleicht sogar«, erkundigte sich Walther und ergänzte: »Natürlich nur, wenn es kein Geheimnis ist.«

»Nein, es ist kein Geheimnis. Katja Filipowna hat mich gebeten, ihre Biografie zu schreiben. Sie ist eine Bekannte von Marlene Kalten alias Greta Jakob, die ich 2012 für ein Interview getroffen habe«, erklärte Rabea bereitwillig. »Frau Jakob war seinerzeit so freundlich, mich Frau Filipowna zu empfehlen.«

Jason stieß einen anerkennenden Pfiff aus. »Na, das ist ja ein Ding! Ich bin mit Katja hergeflogen! Ein steiler Zahn. Selten habe ich eine so tolle Frau kennengelernt«, schwärmte er.

Rabea lachte, und Emily schaute grimmig. Noch eine Frau! Jason ließ wirklich nichts anbrennen. Dabei war er gerade erst seit gestern im Lande!

»Greta Jakob?« Walther seufzte aus tiefstem Herzen, sein Blick verklärte sich. »Ich kenne alle ihre Filme. Und Sie haben sie in persona getroffen, Rabea?«

»Ja, in Krakau, wo sie ab 1990 lebte. Wir haben einige Tage zusammen verbracht. Sie war eine wirklich beeindruckende Persönlichkeit und ein ganz besonderer Mensch.«

»Oh, das war sie, fürwahr! Ich habe ihre Biografie gelesen. Sie sind zu beneiden, die Jakob persönlich getroffen zu haben! Und jetzt Katja Filipowna! Noch eine Legende! Sie lebt sehr zurückgezogen, und nur wenige kennen ihre Geschichte.«

»Was macht sie denn?«, fragte Fritz undeutlich, da er den Mund voller Keks hatte.

»Sie ist eine berühmte Raketenwissenschaftlerin. Eine der ersten weltweit überhaupt«, antwortete Rabea. Damit hatte sie das Interesse von Fritz, und minutenlang fragte er der Journalistin ein Loch in den Bauch, bis Rabea die Tasse abstellte und mit einem Blick auf die Küchenuhr verkündete, dass es höchste Zeit für sie sei, sonst käme sie noch zu spät.

Emily verabschiedete sich in der Küche von ihr und schlenderte mit Homer hinaus. Trotzdem bekam sie noch mit, wie Jason diese Rabea an ihr gemeinsames Abendessen erinnerte.

Rabea

Selten hatte Rabea einem Interview mit so großer Spannung entgegengesehen.

Katja Filipowna schien ihr eine nicht minder interessante Persönlichkeit zu sein wie Marlene Kalten, alias Greta Jakob, die weltberühmte Schauspielerin und Widerstandskämpferin im Zweiten Weltkrieg. Doch während man bei der Netzsuche zu Greta Jakob über zig Millionen Einträge und Bilder stolperte, war das Leben der Katja Filipowna von der Öffentlichkeit weitgehend unbeachtet geblieben. Von ihr existierten nur wenige unscharfe Schwarz-Weiß-Aufnahmen, deren Authentizität nicht belegt war. Dass Walther Katjas Namen überhaupt kannte, war wohl seiner Tätigkeit als Pastor zu verdanken und vielleicht auch der räumlichen Nähe.

Sie hatte angenommen, dass ihr Navigationsgerät sie zu einem der Wohnviertel führen würde, die man für die reiche Klientel aus San Diego erschlossen hatte. Wer in der fünfzehn Meilen entfernten Metropole Geld besaß, kaufte oder baute sich in der Regel eine Villa auf den Klippen über La Jolla. Doch das genannte Haus befand sich im ältesten Teil des Ortes La Jolla und war auf den ersten Blick eher unspektakulär. Spektakulär hingegen waren die Sicherheitsmaßnahmen, die Rabea über sich ergehen lassen musste, bevor sich das Tor überhaupt vor ihr öffnete. Die Straße endete in einem Rondell, um das sich vier Häuser fächerartig gruppierten. Der Zugang zu der kleinen Ringstraße war mit einer Schranke versperrt, die zwei Soldaten mit Maschinengewehren bewachten. Ein dritter saß in einem Torhaus. Rabea nannte ihm Namen und Anliegen. Ein weiterer Soldat erschien mit einem Schäferhund an der Leine, der ihren Wagen gründlich nach Bomben abschnüffelte, der Soldat robbte mit einem Spiegel an einer Stange um ihr Auto und suchte den Unterboden ab. Sie selbst wurde von einer extra herbeigerufenen Soldatin abgetastet, Reisepass, Handtasche und Laptop gescannt, Letzterer gar einem Sprengstofftest unterzogen. Selbst der Präsident der Vereinigten Staaten von Amerika wurde nicht besser geschützt. Fehlte eigentlich nur noch ein kreisender Hubschrauber. Rabea unterdrückte den jähen Impuls, sich nach Scharfschützen auf den umliegenden Dächern umzusehen.

Sie erhielt ihre Sachen zurück, bis auf den Reisepass, den man ihr erst beim Verlassen wieder aushändigen würde, wie ihr höflich mitgeteilt wurde, und endlich öffnete sich das schmiedeeiserne Tor vor ihr.

Katja Filipowna erwartete sie an der Eingangstür, aufrecht wie eine junge Birke, und Rabea war von ihrem Charisma sofort gefangen. Erst auf den zweiten Blick registrierte sie den Rollkragenpullover und die Handschuhe, immerhin aus Seide, die sie zu den langen Hosen trug, obwohl das Thermometer schon jetzt 26 Grad anzeigte.

»Ich bin Katja Filipowna«, stellte sich ihre Gastgeberin schlicht vor. »Sagen Sie nichts, Rabea, ich finde diesen Mummenschanz auch absolut übertrieben. Ich habe dem Admiral oft genug gesagt, wenn er will, dass ich paranoid werde, soll er ruhig so weitermachen.«

»Admiral?«, fragte Rabea erstaunt.

»Mein Enkel. Ein grüner Junge.«

Ein grau melierter Mann tauchte nun hinter Katja auf und

trat neben sie. Er war von kräftigem Körperbau, trug Golfkleidung, und an seinem militärischen Haarschnitt war unschwer sein Beruf zu erkennen. Auf seine Art strahlte er dieselbe Unverwüstlichkeit aus wie Katja. Er streckte Rabea die Hand entgegen und sagte: »Ich bin der grüne Junge.« Auch seine Herzlichkeit ähnelte der Katjas. »Sie müssen die Reporterin sein! Ich wünsche den Damen einen angenehmen Tag.« Er gab seiner Großmutter einen Kuss auf die Wange, sagte wie ein folgsames Enkelkind »Bye, Grandma« und zu Rabea: »War angenehm, Sie kennenzulernen, Miss Rosenthal«, schnappte sich die Golftasche vom Flur und stieg in den Wagen, der eben vorgefahren war.

»Fünfzig und fährt nicht selbst Auto. Tss«, spöttelte Katja, doch in ihren Augen lag ein liebevoller Ausdruck. »Kommen Sie, Rabea, gehen wir in den Garten hinter dem Haus. Ich habe für uns Frühstück eindecken lassen. Ich beginne jeden Tag mit zwei Tassen kräftigem Kaffee und einem Zigarillo. Aber schreiben Sie das bloß nicht. Das klingt nicht gerade nach einer gesunden Lebensweise.«

»Ihnen scheint es nicht geschadet zu haben.«

Katja lachte glockenhell auf. »Welch charmante Art, auf mein Alter anzuspielen. Das wird ein formidables Interview werden!«

Als der Admiral am frühen Nachmittag zurückkehrte, fand er die beiden Frauen noch immer im Garten vor. Inzwischen waren sie beim Nachmittagskaffee angelangt, und Katja verputzte eben ein absurd großes Stück Torte, das ausschließlich aus cremiger Sahne zu bestehen schien. Rabea hatte den Kuchen dankend abgelehnt, ihr war es für Süßes zu heiß. Es war ihr zudem ein absolutes Rätsel, wie es Katja in ihrer Kleidung aushalten konnte, sie schien nicht einmal zu schwitzen. Dennoch hatte sie es vermieden, Katja darauf anzusprechen. Instinktiv hatte sie begriffen, dass diese Frage ein unausgesprochenes Tabu darstellte. Wenn Katja wollte, dass sie es erfuhr, so würde sie es ihr von selbst erzählen.

Der Admiral näherte sich ihnen federnden Schritts, doch angesichts des gefüllten Kuchentellers seiner Großmutter runzelte er die Stirn, als werte er gerade Cholesterin- und Kohlehydratetabellen aus. Seine Großmutter sah das genauso. »Jetzt guck nicht so, als würde ich einen Zuckerschock bekommen! Mein Enkel ist von der Gesundheitspolizei«, bezog sie Rabea in das Gespräch mit ein. »Ständig hat er mein Insulin im Blick. Dabei sind meine Werte ganz normal.« Sie spießte ein weiteres Stück auf ihre Gabel und schob es sich in den Mund.

»Sie werden es aber nicht bleiben, wenn du weiterhin diese Sahnetorten in dich hineinschlingst, Grandma!«

Rabea folgte dem Wortduell mit Vergnügen, sie fand die ehrliche Sorge des Admirals charmant.

»Ach, wäre es dir lieber, wenn ich mir versage, worauf ich Jahrzehnte verzichten musste, mein Junge?« Sie wischte sich den Mund mit einer Serviette und griff nach einem Glas mit Wodka, das nun ebenfalls in den kritischen Fokus des Admirals geriet.

»Ich gönne mir das, worauf ich Lust habe, und ich lebe jeden Tag, als wäre es mein letzter. Schreiben Sie das, Rabea! Das ist mein Rat an jeden Menschen. Zu leben! Denn schon morgen könnte alles vorbei sein. Sa sdorówje!« Sie leerte das Glas in einem Zug und der Admiral brach in ein herzliches Lachen aus. Er hob die Hände in einer Geste, als wäre eine Waffe auf ihn gerichtet. »Ich gebe auf! Gib mir auch ein Stück, Grandma, die Torte sieht köstlich aus.«

Rabea hätte gerne mehr über den Admiral erfahren, doch sie wusste, wie zugeknöpft »das Militär« auf jegliche Fragen von Journalisten reagierte. Stattdessen schien der Admiral sie auszufragen. »In welchem Hotel wohnen Sie?«

»Im Fairmont.«

»Ausgezeichneter Ruf. Wie finden Sie es? Oder sind Sie erst heute angereist?«

»Nein, schon gestern. Aber ich habe noch nicht eingecheckt.«

Die Antwort des Admirals bestand aus einem lang gezogenen *Really*? Schlagartig wurde Rabea bewusst, dass die Sicherheitsmaßnahmen am Tor nur ein Teil der Überprüfung ihrer Person dargestellt hatten. Sie sah sich dazu veranlasst, ihm zu erklären, sie hätte die erste Nacht bei Freunden, den Harpers, in La Jolla verbracht.

»Na, so was«, entfuhr es Katja. »Sind das zufällig die Harpers mit dem Haus über der Mooncave-Bucht?«

»Ja, kennen Sie sie, Katja?«

»Nicht persönlich, ich lebe die meiste Zeit in Europa, aber gestern traf ich einen jungen Mann im Flugzeug, Jason Samuel, und er erzählte mir, er sei mit den Harpers befreundet und würde dort jedes Jahr seinen Urlaub verbringen.«

»Ich kenne Jason! Wir sind gemeinsam von Los Angeles nach La Jolla gefahren. Eigentlich ist unser Zusammentreffen einem puren Zufall geschuldet. Jasons Freund hatte ihn am Flughafen versetzt, und er sprach mich am Mietwagenschalter an, ob ich ihn mitnehmen könnte.«

»Glauben Sie einer alten Physikerin, Rabea, es gibt in diesem Universum keine Zufälle! Zufall ist nur ein anderes Wort für Schicksal. Auch ich bin erst kürzlich nach jahrelanger Suche auf einen Hinweis gestoßen, dass meine Familie und die Familie Samuel seit langer Zeit miteinander verbunden sind. Und kaum hatte ich davon erfahren, wusste es das Schicksal so einzurichten, dass ich viele Stunden mit Jason gemeinsam verbringen konnte. Und nun sitzen wir hier zusammen. Nein, diese Konstellation hat einen Sinn. Ich weiß nun einiges über Sie und auch über Jason. Erzählen Sie mir mehr über die Harper-Familie.«

Katjas Interesse konzentrierte sich sehr schnell auf Fritz und Maddie. Das Schicksal der Kinder ging Katja sichtlich nahe, und Rabea mühte sich redlich, das wenige, das sie selbst darüber wusste, an sie weiterzugeben.

Am Ende sagte Katja zu ihrem Enkel: »Admiral, was können wir für den Jungen und seine Schwester tun?«

Jason

»Hier bist du!« Jasons Kopf tauchte am oberen Rand der Leiter auf, die in Emilys Baumhaus führte. »Was machst du?«

»Nichts.«

»Es sieht aber nicht nach nichts aus.« Neben den Wänden war auch jeder Zentimeter des Bodens mit Emilys Kohlezeichnungen bedeckt. Entweder Emily suchte etwas, oder sie war dabei, die Blätter zu sortieren.

Er kletterte vorsichtig herein und streichelte Homer, der auf seiner Decke konzentriert einen Kauknochen bearbeitete.

»Zeigst du mir deine neuen Geschichten?«, fragte er, während er sich neben sie pflanzte.

»Es gibt keine«, brummte sie.

»Komisch, hier hängen einige Zeichnungen und Skizzen, die ich noch nicht kenne.«

»Wenn du meinst.«

»Warum so einsilbig, Seepferdchen? Schmollst du mit mir?«

»Schmollen? Kleine Kinder schmollen. Ich bin nur sehr beschäftigt.«

»Nette Art, mir zu sagen, dass ich dich störe. Aber ich mag es, wenn du eine Schnute ziehst. Sieht niedlich aus – besonders ohne den schwarzen Lippenstift …«

Als hätte sie einen Grund gesucht, ging Emily hoch wie eine Rakete. »Was habt ihr nur alle mit dem Lippenstift? Ich bin ich, mit oder ohne!«

»Sicher, aber jetzt, da er verschwunden ist, kann ich dir verraten, wie gruselig ich ihn fand. Was hat denn Citizen zu ihm gesagt? Hat er dich mit oder ohne geküsst?«

»Was geht dich Citizen an?«, blaffte sie.

Das wurde selbst Homer zu viel der Unruhe. Er ließ von seinem Knochen ab und legte den Kopf in Emilys Schoß. Wie eine Ermahnung. Sofort gruben sich ihre Hände in sein Fell und kraulten ihn. Ihr Verstand klärte sich. Worauf wollte Jason hinaus? Sie führten selten ein Gespräch ohne Grund, so war Jason, und dass er eine bestimmte Absicht mit seinem Besuch verfolgte, war nicht zu übersehen. Dennoch fiel sie bei seiner nächsten Frage aus allen Wolken: »Bist du eifersüchtig auf Rabea?«

»Was? Träum weiter!« Ihre Stimme klang viel zu hoch, um spöttisch zu klingen, sie merkte es selbst. Sie tat daher so, als hätte sie eine Zecke in Homers Fell entdeckt, gewann für sich Zeit. Dem Thema konnte sie dennoch nicht widerstehen. »Wie kommst du bloß auf den Quatsch? Du sagtest doch, du kennst die Frau kaum.«

»Was nichts ausschließt … Gib es ruhig zu: Dich beschäftigt, ob ich sie näher kennenlernen möchte.«

»Wieso sollte ich mich mit etwas beschäftigen, das ich schon weiß? Ich habe gehört, dass du sie in der Küche um ein Date gebeten hast.«

»Richtig, ich habe Rabea auf ein Abendessen eingeladen. Wie du vielleicht gemerkt hast, fällt dein Bruder eine Weile aus, nicht nur, was das Kautechnische anbetrifft, und ich habe Urlaub. Urlaub bedeutet Spaß, Vergnügen, Amüsement. Und sie ist eine tolle Frau. Und damit meine ich nicht ihr Aussehen. Leider hat sie einen festen Freund.«

»Als wenn dich das abhalten würde«, sagte Emily und genoss ihre eigene Boshaftigkeit.

»Ich glaube, es hält *sie* davon ab.«

»Na dann, gutes Gelingen.«

»Warum gehen *wir* heute Abend nicht miteinander essen? Ich lade dich ein, worauf immer du Lust hast.«

»Ach«, sagte Emily gedehnt, »hat sie dir etwa einen Korb gegeben?«

Jason hielt sich theatralisch die Brust. »Getroffen!«

»Ich habe heute keine Zeit, ich fahre am Nachmittag mit Walther zu Stephen.«

»Dann komme ich mit, und wir gehen anschließend aus.«

»Nein, jemand muss bei Fritz und Maddie bleiben. Und Homer.«

»Also gut, dann morgen. Bye!«

»Wo gehst du hin?«, rutschte es Emily heraus.

»Surfen. Heute gebe ich mir die Welle. Das beste Mittel gegen zwei Körbe an einem Tag.« Und weg war er.

Emily sah aus, als hätte sie gerne noch länger mit ihm gestritten.

***

Am nächsten Abend war es so weit, und Jason führte Emily zum Essen aus. Sie hatte wieder ihren schwarzen Lippenstift aufgetragen. Er hatte sie herausgefordert, und das war ihre Antwort. Es gefiel Jason, wie sie ihm trotzte.

Immerhin hatte Emily auf ihre Piercings und ihr Totenkopf-Shirt verzichtet, auch wenn sie wie üblich in Schwarz erschienen war: schwarze Jeans, schwarzes Shirt, schwarze Boots. Schade, dachte er, dass sie nicht auch ihr Haar schwarz trug, ihre natürliche Farbe. Er erinnerte sich an ihre langen, seidenweichen Locken, die sich bis auf ihre Schultern ergossen hatten. Jetzt waren ihre Haare kurz und stoppelig, sahen allgemein so aus, als ob sie ihnen nicht allzu oft mit dem Kamm zu Leibe rückte. Vielleicht verzichtete sie auch völlig darauf und kämmte es sich nur mehr mit den Fingern. Es war ihm nicht entgangen, wie oft sie sich mit nervöser Geste durchs Haar fuhr, viel öfter noch als im vorigen Jahr.

Emily hatte sich ihren neuen Look mit sechzehn zugelegt, und als sie ihm erstmalig so gegenübergestanden hatte, mit ihrem regenbogenbunten Schopf und all dem Metall in Ohr und Gesicht, hatte er sich zunächst gefragt, wie es sich anfühlen mochte, mit der silbernen Kugel in der Zunge zu essen. Es war die gleiche Emily gewesen, nur in einer anderen Verkleidung. Einzig ihr dunkel angemalter Mund hatte den Drang in ihm ausgelöst, nach einem Taschentuch zu greifen, um ihn ihr abzuwischen.

Früher, als sie noch ein kleines Mädchen gewesen war, war es häufig vorgekommen, dass er ihr den Mund abgewischt hatte. Es war ein Spiel zwischen ihnen gewesen. Er hatte gesagt: »Wie macht die kleine Ente?«, und sie kam angetrippelt und hatte ihm ihre süße Schnute entgegengehalten. Stephen hatte ihn dann gerne mit den Worten aufgezogen, er mache sich gut als großer Bruder. Einmal hatte er eine große rote Schleife um Emily gebunden und sie ihm als Geschenk überreicht.

Die niedliche kleine Emily aus seiner Erinnerung hatte einen langen Weg der Metamorphosen hinter sich. Tatsächlich ähnelte sie den echten Seepferdchen, die ihre Farbe je nach Stimmung oder Tarnung wechseln konnten. Doch dies war ein Sommer der Veränderungen. Er ahnte, dass nicht nur er, sondern auch Emily in eine neue Phase ihres Lebens eingetreten war.

Er führte sie in eine Pizzeria direkt am Strand aus, und

aus Solidarität mit seiner jungen Freundin bestellte sich Jason ebenfalls eine vegetarische Pizza.

Der Besitzer, ein wuseliger Italiener, der zwischen den Tischen wirbelte, als folge er einer geheimen Choreografie, sah missbilligend von seinem Bestellblock auf. Damit war Jason für ihn ganz klar ein Weichei. Die Pizzeria war für ihre Diavolo-Salami bekannt, die selbst noch einem Mexikaner die Zunge versengte.

Am Nebentisch steckten zwei Teenagermädchen die Köpfe zusammen, giggelten und sahen immer wieder verstohlen zu Jason.

Als die Pizzen eintrafen, griffen Jason und Emily hungrig zu. Emily hatte sich ihre extraknusprig bestellt, und der Rand war teilweise angekokelt. Emily mochte gerade das. Alle anderen aßen zuerst die weiche Mitte, Emily begann mit dem Rand. Genussvoll grub sie ihre Zähne in den knusprigen Teig.

Jason lächelte. »Du magst es definitiv schwarz.«

»Ach, das ist dir auch schon aufgefallen?«, spottete sie.

»Was ich dich schon länger fragen wollte … Nein, ich glaube, ich lasse es lieber sein.« Er spießte ein Stück Pizza auf seine Gabel und betrachtete es eingehend, als handle es sich um ein Kunstwerk.

»Rück raus damit, du Nervensäge«, ging Emily auf sein Spiel ein.

»Aber nur, weil du mich so nett darum bittest«, erwiderte Jason. »Ich habe mich gefragt, da du so gerne Schwarz trägst, warum du ausgerechnet deine dunklen Haare bunt färbst?« Er erinnerte sich ungern an das Giftgrün vom letzten Jahr, das aktuelle Lila wirkte im Vergleich geradezu moderat.

»Weil ich sie nun einmal so mag! Ach, so ist das …«, ergänzte sie gedehnt. »Du hast dich mit Fritz verbündet! Der zieht mich auch damit auf.«

»Ein kluger Bursche! Ich könnte mir vorstellen, dass die Färberei auf Dauer wenig gesund ist, sowohl für dich als auch für die Umwelt ...«

»Wie diplomatisch der Herr spricht«, frotzelte Emily. »Ich weiß genau, was du vorhast.« Emily schleckte sich ein Stück Käse vom Finger.

»Was denn?«

»Du willst mir ein schlechtes Gewissen machen.«

»Und, funktioniert es?«

»Ich sage es dir, wenn es so weit ist.« Sie gab sich betont unbeteiligt, doch die Art und Weise, wie sie ihre Unterlippe vorschob, zeigte ihm, dass sie versuchte sich zurückzuhalten. Sie wollte nicht streiten. Noch nicht. Aber darauf würde der Abend hinauslaufen. Das Thema Chester konnte er ihr nicht ersparen.

Doch Emily ergriff von sich aus das Wort. »Gut, führen wir die Diskussion bis zum bitteren Ende und reden wir darüber, was der Umwelt am meisten schadet und was ihr am meisten helfen würde. Ja, ich färbe meine Haare. Ich trage Kleidung, auch gefärbt. Vegane Schuhe und Kleidung sind teuer, ich kann sie mir nicht leisten. Ich fahre Bus, trampe, ab und zu leihe ich mir Vaters altes Auto. Ich verbrauche fossile Brennstoffe. Ich habe außer Homer jede Menge Tiere, sie essen Fleisch. Ich selbst verzichte auf Fleisch, ich besitze keine Klimakiller wie Handy und Computer, nur zwei Jeans und ein paar T-Shirts, ich habe keine Ansprüche. Meine Taucherausrüstung ist teilweise geerbt, der Rest gebraucht erworben. Ich tue, was ich kann, um meinen ökologischen Fußabdruck so klein wie möglich zu halten. Dennoch schade ich allein durch meine bloße Existenz dieser Erde – weil ich, ob ich will oder nicht, von ihren Ressourcen lebe. Wenn ich also deiner Argumentation folgte und der Umwelt nicht mehr schaden wollte, müsste ich mich in letztendlicher Konsequenz entweder als Einsiedler in der Wildnis durchschlagen und mich von Beeren, Wurzeln und Pilzen ernähren oder mich gleich umbringen. Ich nehme an, da hättest du noch mehr dagegen. Also hör auf, über meine Färberei zu lästern. Die im Übrigen nicht chemisch ist, sondern ein natürliches Mittel aus Indien.«

»Dem ist nichts hinzuzufügen. Ich ergebe mich deiner Argumentation. Aber versprich mir eines …«

»Was?«

»Nichts gegen lila-rosa, aber bitte nicht mehr dieses schreiende Grün vom letzten Jahr.«

»Soll ich sie mir vielleicht *rot* färben?« Sie sah ihn an und er mochte das freche Funkeln in ihren Augen. Emilys Zunge war schon immer schnell und scharf gewesen, das machte ihre Streitgespräche so prickelnd. Zugeben würde er es nie, aber er genoss es, wenn zwischen ihnen die Fetzen flogen. Nichts fühlte sich für ihn lebendiger an.

Emily schnitt sich ein weiteres Stück Pizza ab, der Käse zog lange Fäden, als sie es in die Hand nahm und davon abbiss. Ein Stück blieb an ihrer Oberlippe haften und Jason streckte den Zeigefinger danach aus, um es zu entfernen. Gerade noch hatte er sich daran erinnert, wie oft er das bei dem Kind Emily getan hatte, eine natürliche und vertraute Geste, doch Emily zuckte vor ihm zurück, als hätte sie sich verbrannt. »Was soll das?«, zischte sie.

»Nichts. Da war nur ein Stück Käse an deiner Lippe.«

Emily fuhr sich mit der kleinen rosigen Zunge darüber.

Der Anblick löste etwas in ihm aus. Lang verschüttete Bilder schälten sich aus seiner Erinnerung und stiegen wie Blasen an die Oberfläche. Jason wähnte sich nicht mehr der heutigen Emily gegenüber, sondern sah das kleine Mädchen von einst vor sich, das ihn angehimmelt und ihm auf Schritt und Tritt gefolgt war. Wohin war sie verschwunden? *Sie ist erwachsen geworden …*

Erneut griff eine unbekannte Melancholie nach ihm, eine Mischung aus Sehnsucht nach dem Vergangenen und einer unbestimmten Furcht vor dem Kommenden. Emily hat recht, dachte er, alles veränderte sich. Vieles war in Fluss geraten, auch für ihn, doch es war zu wenig greifbar, es fühlte sich für ihn vielmehr an, als sei er wie Treibgut in die Strömung des Lebens geraten und selbst auf der Suche. Er scheute vor den eigenen Gedanken zurück, wollte sich keineswegs dieser eigenartigen Stimmung unterwerfen und flüchtete sich in die Gegenwart. »Wir müssen noch über deinen Besuch bei Chester sprechen.« Eigentlich hatte er das Thema erst später aufs Tapet bringen wollen, nach dem Essen, bei einem Spaziergang am Strand. Es verdross ihn, weil er sich ohne Not aus dem Konzept hatte bringen lassen.

»Ach, daher rührt deine Einladung?« Emily legte ihr Stück Pizza zurück auf den Teller. »Willst du mich verhören oder mit Vorwürfen überschütten?«

»Weder noch. Aber sehr schlau war das nicht von dir. Dieser Hamilton hätte dir etwas antun können!«

»Pah! Dieser Feigling?«, konterte sie verächtlich. »Ich habe keine Angst vor Feiglingen.«

»Die Bösen sind stets Feiglinge, Seepferdchen. *Mao Tse-tung hat den Tod von zwei Milliarden Spatzen auf dem Gewissen. Nur ein Feigling ist dazu imstande.* Das waren deine Worte!«

»Du erinnerst dich noch daran?«

»Ja, schließlich war es unser erster richtiger Streit.«

Nun war es Emily, die ein Hauch von Nostalgie umwehte. Sie fixierte einen Punkt hinter Jason. »Stimmt. Nachdem ich Theseus befreit hatte, hast du mir vorgeworfen, ich hätte mich unnötig in Gefahr begeben. *Jemand, der wehrlose Welpen schlägt,*

schlägt auch kleine Mädchen. Deine Worte … Entschuldige.« Emily wirkte fast verlegen, als sie sich mit der rechten Hand durchs stachelige Haar fuhr. »Ich habe noch gar nicht nach ihm gefragt. Wie geht es unserem Theseus?«

»Es könnte ihm nicht besser gehen. Der Halunke genießt derzeit eine Luxuswellnessbehandlung bei meiner Schwester Eugenie.«

»Und deiner Schwester geht es auch gut?«

»Ja, Eugenie hat wieder geheiratet. Einen wirklich netten Typen.«

»Was ist ein wirklich netter Typ?«

»Chester jedenfalls nicht«, griff Jason das Thema erneut auf.

Emily kicherte. »Weißt du, Chester hat sich eher vor mir gefürchtet. Das ist mal ein Hasenfuß … Als ich ihm sagte, was ich von ihm will, hat er mich angesehen, als hätte ich nicht alle Tassen im Schrank. Er nannte mich eine Verrückte, und ich sagte ihm, genau das sei ich und Verrückten sei deshalb alles zuzutrauen. Er hatte wohl Angst, ich brate ihm eins mit der Flasche über.« Emily widmete sich wieder ihrer Pizza.

Jason kniff die Augen zusammen. »Du hattest eine Flasche dabei?« *Das* hatte ihm Chester nicht erzählt. Er stellte sich die Szene vor, wie Emily mit einer Flasche auf Chester losging. Ihm wurde davon im Nachhinein übel.

Emily hingegen antwortete leichthin: »Nö, da standen ja genug davon herum. Und dieses Mal habe ich mich nicht dabei fotografieren lassen.«

Am liebsten hätte er sie ob ihrer Unbekümmertheit geschüttelt. »Du glaubst aber nicht wirklich, dass Chester auf deinen Bluff hereingefallen ist?«

Nun war es Emily, die ihn mit engen Augen ins Visier nahm. »Er hat es dir erzählt?«

»Ja.«

Ihre Miene nahm einen entschlossenen Ausdruck an. »Das war *kein* Bluff!«

»Ich gebe Chester ja ungern recht, aber du hast tatsächlich nicht mehr alle Tassen im Schrank. Was zur Hölle hat dich dazu getrieben, Chester zu drohen?«

Sie sah, wie ernst es Jason war. Hinter ihren Augen sammelten sich Tränen, doch sie entließ sie nicht in die Freiheit. »Stephen«, sagte sie und dämpfte ihre Stimme, weil nicht nur die beiden Teenager am Nebentisch auf sie aufmerksam geworden waren, sondern auch deren Eltern. »Er hätte sterben können. Wenn ich Chester und Henoch mit einem Geständnis zuvorkomme, kann ich Stephen die beiden vom Hals schaffen. Henoch wird Stephen sonst niemals in Ruhe lassen. Du kennst ihn nicht so, wie ich ihn kenne!«

Jason war das Zittern in ihrer Stimme nicht entgangen. *Was für ein mutiges und gleichzeitig verzweifeltes Vorhaben!* »Du willst zur Polizei gehen? Hast du bereits vergessen, wie es ist, unschuldig zwischen die Fronten zu geraten?« Auch er sprach leise, zügelte seine Erregung. »Du kannst nicht wirklich glauben«, sprach er weiter, »mit der Behauptung durchzukommen, Chester und Citizen hätten *dich* zum Einbruch bei Stephen angestiftet.«

»Nicht behaupten. Gestehen! Meiner Erfahrung nach wird ein Geständnis seitens der Justiz gerne angenommen«, sagte sie voller Trotz. »Sieh es als ausgleichende Gerechtigkeit an. Chester *ist* schuldig – er hat jemanden angestiftet!«

»Ja, aber nicht dich! Ich werde nicht zulassen, dass du für etwas ins Gefängnis gehst, das du nicht getan hast!«, sagte er zähneknirschend. Selten hatte er sich so beherrschen müssen.

»Dann haben wir eine klassische Zwickmühle. Entweder die Schweine verpfeifen mich und schicken den Beweis an die

Polizei oder ich zeige mich selbst an. Verstehst du nicht, Jason? Jemand muss diesen Mistkerlen das Handwerk legen!«

»Einverstanden. Aber das wirst nicht du sein! Halt dich einfach aus der Sache raus. Ich werde mich darum kümmern.«

»Ach, und wie stellst du dir das bitte vor? Du bist hier im Urlaub! *Ich* stecke da bis zum Hals mit drin und Henoch wird niemals Ruhe geben. Er …« Emily stockte, sie wollte Jason nicht tiefer in die Sache hineinziehen, sondern vielmehr heraushalten. »Sag, können wir nicht über etwas anderes reden? Deine Pizza wird kalt.«

»Deine auch. Komm, wir zahlen und dann gehen wir runter zum Strand.« Jason winkte den Kellner heran.

»Du wirst nicht lockerlassen, oder?«, sagte sie kleinlaut.

»Wenn ich das täte, Seepferdchen, wäre ich dir ein mieser Freund.«

***

Nachdem sie sich an einem der zahlreichen Stände entlang des Ocean Beach ein Eis geholt hatten, setzten sich Emily und Jason abseits des Trubels in den Sand.

Am frühen Abend gehörte der Strand den Familien, später den jungen Leuten. Die ersten Lagerfeuer brannten, und vereinzelt wehten Stimmen und Gitarrenklänge zu ihnen herüber. Überall pulsierte das Leben und das Meer lag still und klar unter dem Sternenzelt. Emily sandte ihre Gedanken weit auf das Wasser hinaus. Sie flog mit ihnen über die glitzernde Oberfläche, tauchte in die Tiefen des Ozeans hinab und verband sich mit ihm in geheimer Seelenverwandtschaft, gewann Kraft aus seiner Stärke. Es war ihr klar, dass sie Jason Antworten schuldete, die Wahrheit. Darum waren sie hier.

Er saß an ihrer Seite, auch er hatte sich dem Meer zugewandt. Seine Lider waren geschlossen, und sie wusste, dass Jason den Ozean *sah*, so wie sie ihn sehen konnte – als ein lebendes und zutiefst verwundetes Wesen, das all seine Gaben an die Welt verschenkte und dafür nichts als Schmerz erntete. Stumm ertrug es sein Leid, während seine Reinheit verging und das Leben in ihm erstarb. Das Wesen litt, weil jeder Tag es seinem Tod ein Stück näherbrachte. Und es gab nichts, was sie tun konnte, um das Sterben des Ozeans aufzuhalten. Sie liebte das Meer – alles, was man ihm zufügte, fügte man auch ihr zu. Wie sollte sie da nicht in einem Meer der Trauer und Tränen ertrinken?

Eine Hand schloss sich fest um ihre Finger. *Jason*. Er allein verstand sie.

»Warum tun *sie* das? Warum sehen *sie* nicht hin?«, fragte Emily mit erstickter Stimme.

»Weil wegsehen stets leichter ist als hinschauen«, antwortete Jason. Sanft wischte er mit dem Zeigefinger eine Träne von ihrer Wange. »Die Welt ist, wie sie ist, Seepferdchen. Du würdest vermutlich Monate brauchen, um die Ungerechtigkeiten eines einzigen Tages auf diesem Planeten aufzuzählen. Aber all das geschieht, egal, wie du dich fühlst, Emily. Es gibt Naturkatastrophen, Kriege und Terror. Kinder werden von ihren Eltern getötet, Kinder verhungern, Kinder bekommen Krebs. Tiere werden wegen ihres Elfenbeins ausgerottet, Wale sterben. All das geschieht, egal, wie du dich fühlst, Emily. Container- und Kreuzfahrtschiffe verpesten die Luft, Millionen Tonnen von Plastik und giftige Chemie werden im Meer entsorgt, Ölteppiche treiben. All das geschieht, egal, wie du dich fühlst, Emily«, wiederholte er eindringlich. »Du hilfst niemandem, wie sehr du auch mitleidest. Du bist nicht Jesus, Emily, du musst weder die Schuld der Welt auf dich nehmen noch für ihre Sünden sterben.«

»Du sagst, die Welt ist, wie sie ist. Gut, aber ich will verstehen, warum sie so ist! Wie ist es so weit gekommen? Wann hat die Menschheit den falschen Weg gewählt? Warum sieht sie nicht hin? Alles geschieht doch genau so, weil wir nicht hinsehen! Du bist doch Deutscher. Sag mir, haben die Menschen bei Hitler auch weggesehen? Haben sie die mutigen Mahner absichtlich ignoriert, die ihnen sagten, die Juden werden nicht umgesiedelt, sondern vergast? Haben die Deutschen das Böse ignoriert, solange es sie nicht selbst betraf? Hauptsache, ihnen selbst ging es gut?«

Sie hatten die Diskussion in ähnlicher Weise schon öfters geführt, aber noch nie hatte Emily den Bogen bis ins Dritte Reich gespannt. Sie musste eigentlich wissen, wie sinnlos es war, Jason auf diese Art anzugreifen.

Er ließ sich auch gar nicht darauf ein. »Warum quälst du dich so, Emily? Niemand kann die Welt im Alleingang retten, auch du nicht. Du denkst, dein Zorn schützt dich. Du hüllst dich in ihn wie in einen Panzer. Dabei ist er die Kette um deinen Hals, die dich immer weiter in die Tiefe hinabzieht. Er ist die Mauer, die dich vom wahren Leben trennt.«

»Spricht jetzt der Psychologe oder mein Freund Jason? All dieses Gerede von Mauern und Ketten, dieses *befreie dich, Emily!* Ehrlich, ich bin es so was von leid. Warum glaubt jeder, ich müsste befreit werden? Ich bin genau dort, wo ich sein will. Ich tue das, was ich tun will, und ich lebe durch das, was ich tue. In gewisser Weise will mich doch jeder bevormunden. Mutter, die meint, ich denke nicht an die Zukunft; mein Bruder, der glaubt, ich vergeude meine Fähigkeiten. Und du bist nicht viel besser! Lasst mich doch einfach so sein, wie ich bin. Ich bin nicht dumm, ich weiß, dass ich die Welt niemals im Alleingang retten kann, und es ist nervig, dass mir das ständig unterstellt wird, so als würde ich das selber glauben. Mir ist aber klar, warum ihr mich so behandelt: Damit reduziert ihr mich auf eine nicht ernst zu nehmende Göre, die zornig mit den Füßen aufstampft. Ihr macht mich klein, damit ihr kein schlechtes Gewissen zu haben braucht und selbst weiter wegschauen könnt! Ich bin euch unbequem, weil ich hinsehe und Probleme und Verursacher beim Namen nenne. Ich bin der Stachel in eurer Wohlfühlblase!«

»Das bist du. Ein zorniger kleiner Stachel. Ein Seeigel.« Für Streit war Jason nicht zu haben.

»Du nimmst mich nicht ernst«, grollte Emily. Sie unternahm einen letzten Versuch, um Jason herauszufordern. »Weißt du, was noch schlimmer ist? Unsere Ignoranz und unser Selbstbetrug. Du warst doch damals dabei, als der kleine Delfin gestorben ist, elendig verreckt an unserem Zivilisationsmüll! Wie kannst du bei der ganzen Scheiße, die passiert, so ruhig bleiben? Beschäftigt dich das denn nicht? Man kann die Welt nicht auf RESET setzen! Der Untergang ist nicht mehr aufzuhalten, die Menschheit wird sich selbst auslöschen! Sie weiß von der Verschmutzung und Überfischung der Meere. Sie weiß vom Korallen-, Arten- und Insektensterben, sie ignoriert es. Sie weiß von der Abholzung der Regenwälder, sie ignoriert es. Sie weiß vom Klimawandel, sie ignoriert es.«

»Nicht alle, Emily. Du ignorierst es nicht. *Du* tust aktiv etwas dagegen und du bist auch nicht allein. Viele Menschen engagieren sich«, bemerkte Jason.

»Aber es reicht niemals aus, es ist, als wollte man die Wüste umschaufeln!«, rief sie und hätte jetzt tatsächlich gern mit den Füßen aufgestampft, angesichts seiner enervierenden Ruhe. »Weißt du was? Es hat sowieso keinen Sinn, mit einem Menschen zu diskutieren, der Fleisch isst!« Sie ließ ihren Frust an ihm aus. Denn darauf lief es immer hinaus. Hilflosigkeit, Ohnmacht, Zorn.

Jason antwortete ihr mit einem Lächeln.

»Was grinst du so?«, schnappte sie.

»Weil ich viel lieber mit einer kämpferischen Emily diskutiere als mit einer traurigen.« Er hielt noch immer ihre Hand. Nun hob er sie an ihre Lippen und küsste sie. »Mein wildes Seepferdchen. Ich weiß, es ist nicht einfach, die Welt mit all ihren Fehlern zu ertragen. Dennoch gibt es ein Gegenmittel.«

»Ein Gegenmittel?«, fragte sie misstrauisch.

»Es nennt sich Liebe.«

»Pah, Liebe«, winkte sie ab. »Nichts als Lügen und falsche Versprechungen.«

»Citizen«, sagte Jason sanft. »Er hat dich ausgenutzt und verletzt.«

»Er hat mich nicht verletzt«, erwiderte sie hitzig, »er hat mich belogen und betrogen!«

»Erzähl mir von ihm.«

Sie begann stockend, doch immer leichter kamen ihr die Worte von den Lippen. Sie merkte erst, wie groß ihr Bedürfnis, sich alles von der Seele zu reden, gewesen war, als sie nicht mehr damit aufhören konnte.

Am Ende wusste Jason über alles Bescheid, von ihrer ersten Begegnung mit Citizen bis hin zu dem Moment, als sie ihn mit der Tussi erwischt hatte. Sie berichtete ihm, wie es zu dem Einbruch gekommen war und sie Fritz zufällig belauscht hatte, als er Maddie von seiner Beobachtung im Balboa Park erzählte; wie ihre Wut sie ins Hauptquartier getrieben hatte, wo es zur Auseinandersetzung mit Henoch gekommen war und er sie eingesperrt hatte.

»Für mich war die Sache glasklar. Chester, das Schwein, hat sich mit weiteren Schweinen wie Henoch und Citizen verbündet, damit er seinen Willen bekommt. Hätte ich auch nur ansatzweise die Folgen geahnt, hätte ich nie einen Fuß in das

Labor meines Bruders gesetzt. Aber leider kann ich gar nicht so schlecht denken, wie Henoch und Citizen handeln«, schloss Emily.

»Und Henochs Erpressungsversuch hat dich dann auf die Idee gebracht, den Spieß umzudrehen und schnurstracks zu Chester zu marschieren!« Immerhin war Jason jetzt wütend.

Was ihr gerade weniger passte. »Sei nicht wütend.«

»Ich bin nicht wütend.«

»Doch, das bist du.«

»Gut, ich gebe es zu. Ich würde diesem Schurken Henoch am liebsten den Hals umdrehen.«

»Ich helfe dir gerne. Wir könnten ihn auch mit seiner Bibel oder seinem Stock verdreschen.«

»Jetzt bist du nicht ernst.«

»Oh doch, mir hilft die Vorstellung. Vielleicht mache ich eine Graphic Novel draus. Der große Auserwählte bittet um ein Zeichen Gottes und wird stattdessen vom eigenen Stock verprügelt.«

Jason verschränkte die Arme über dem Kopf und ließ sich rücklings in den Sand fallen. »Erzähl mir mehr über diesen Henoch.«

»Warum?«

»Weil ich glaube, dass er dir Angst macht. Mir fällt niemand ein, der dir je auf diese Art Angst eingeflößt hätte. Doch dieser Prediger tut es. Warum?«

Jason erwartete, dass Emily daraufhin protestieren würde, doch sie tat nichts dergleichen. »Wenn jemand definitiv irre ist, dann ist es Henoch.« Emily sagte es mit einer Inbrunst, die Jason aufhorchen ließ. »Ich höre dir zu.«

»Es ist schwer zu beschreiben. Ich habe ihn mehrmals reden gehört. Wenn er unsere Versammlungen leitet, klingt er anders als bei seinen Predigten. Es ist nicht einmal der geschwollene Blödsinn, den er verzapft. Ich bin mir ziemlich sicher, da steckt mehr Show dahinter, Kalkül, um die Leute zu verblenden. Es mag sich bizarr anhören, aber sobald ich an ihn denke, habe ich die Bösewichte aus den James-Bond-Filmen vor Augen.«

»Du schaust 007?« Jason klang angemessen verblüfft.

»Nicht ich! Citizen! Ich bin eher der Passivgucker«, verteidigte sie sich. »Glaub mir, Jason, Henoch ist durch und durch falsch. Er tut immer so, als lägen ihm die Menschen am Herzen, aber ich glaube, dass er sie in Wirklichkeit hasst. Ich habe ihn einmal gesehen, als er sich unbeobachtet fühlte. Er stand hinter einem Wagen und begutachtete sein Publikum, als sei es Schlachtvieh.«

»Ich war auf seiner Webpage. Typisch Amerika. In Deutschland hätte man ihn vermutlich schon vom Netz genommen.«

»Du hast dich bereits mit Henoch beschäftigt?«, fragte sie wenig erstaunt.

»Was denkst du denn? Der Mann hat dich schließlich eingesperrt, sein Sohn hat sich von Chester zu einer kriminellen Handlung anstiften lassen. Also habe ich ein wenig im Web gesurft. *Henoch* ergab eine Menge Treffer. Ich vermute mal, er heißt nicht wirklich so. Hat er sich tatsächlich nach dem biblischen Henoch benannt?«

»Keine Ahnung. Es würde aber zu ihm passen, sich damit mehr Bedeutung zu verleihen.«

»Der Name Henoch bedeutet ›Gefolgsmann Gottes‹. *Am sechsten Tag der Schöpfung*«, zitierte Jason, »*schuf Gott einen Stab und gab ihn dem ersten Menschen Adam. Der gab ihn weiter an Noah und der wiederum an Abraham, Isaak und Jakob, der ihn Josef gab. Und Josef gab ihn weiter an Moses, damit dieser vor dem Pharao seine Magie wirken konnte, zur Befreiung des Volkes Israel.*«

»Jetzt weiß ich zumindest, weshalb er immer diesen affigen Stock mit sich rumschleppt«, sagte Emily. Sie malte mit dem Finger Figuren in den Sand. »Ich bin so eine dämliche Kuh!«, brach es aus ihr heraus. »Ich habe im Grunde gewusst, dass es mich in Schwierigkeiten bringt, trotzdem bin ich nach L. A. gefahren. Warum bin ich so, Jason? Warum mache ich immer alles falsch?«

»Vielleicht, weil du zu sehr versuchst immer alles richtig zu machen.«

»Verscheißerst du mich?«

»Nein. Ich verstehe dich. Du wolltest den Einbruch verhindern. Aber das hätte so oder so nicht funktioniert. Der Einbruch war eine Falle und du bist hineingetappt.«

»Es war eine Falle?« Ungläubig richtete sich Emily auf.

»Nichts anderes. Hast du Citizen von deiner Bewährung erzählt?«

»Er wusste sowieso Bescheid. Er war bei meiner Verhandlung dabei. Wie kommst du darauf, dass es eine Falle gewesen ist?«

»Chester und Henoch wollten von Anfang an etwas in der Hand haben, um deinen Bruder im Falle eines Falles erpressen zu können.«

Emily wirkte noch nicht überzeugt. »Und was macht dich da so sicher?«

»Die Fakten. Mit dem Einbruch schlugen sie zwei Fliegen mit einer Klappe: Stephen hatte kein Labor mehr und ließ sich dadurch endlich auf die Partnerschaft mit Chester ein. Gleichzeitig könnte man es Stephen als Versicherungsbetrug auslegen. Jede Versicherung wird misstrauisch, wenn die Schwester des Geschädigten beteiligt ist. Vor allem aber waren sie auf ein Video aus, das deine Beteiligung an dem Einbruch beweist und dich ins Gefängnis bringen könnte. Sie haben sich mit Recht ausgerechnet, dass Stephen das niemals zulassen würde.«

»Und ich habe alles noch verschlimmert«, sagte Emily bedrückt. »Anstatt gleich zu Stephen zu gehen und ihm alles zu beichten, bin ich zu Henoch marschiert und habe uns alle in Gefahr gebracht. Und jetzt liegt mein Bruder im Krankenhaus!« Sie schluchzte auf und fand sich unvermittelt an Jasons Brust wieder. Es dauerte lange, bis sie sich wieder beruhigt hatte, aber Jason hatte Zeit. Sie hatten Zeit.

Endlich richtete sich Emily auf. »Dein T-Shirt ist ganz nass«, schniefte sie.

»Unwichtig. Versprichst du mir etwas, Seepferdchen?«

»Was?«

»Dass du in Zukunft ein wenig mehr nachdenkst, bevor du losstürmst und neues Chaos stiftest?«

»Aber …«, setzte Emily aus alter Gewohnheit an. Dann lächelte sie schief. »Okay.«

»Okay, was?«

»Okay, versprochen. Und was machen wir jetzt?«

»Wie wäre es mit barfuß am Strand entlangspazieren und die Liebespaare zählen?« Das hatten sie früher oft gemacht.

»Nein, ich meinte Henoch & Co.«

»Ich habe mir überlegt, wir fahren morgen zu Stephen und entwerfen einen Schlachtplan. Wenn er noch nicht schreiben kann, stelle ich ihm Fragen, die er nur mit Daumen hoch oder runter zu beantworten braucht. Keine Sorge«, er hob ihr Kinn an, »dein Bruder und ich bringen die Sache wieder in Ordnung. Chester, Henoch und sein Sohn werden dafür bezahlen. Das ist ein Versprechen.«

Er küsste sie auf die Nase, sprang auf und bot ihr seine Hand.

Emily

Emily war nervös. Sie war schon gestern und vorgestern bei Stephen gewesen, aber niemals allein. Heute war sie zwar auch nicht allein mit ihm, da Jason sie begleitete. Aber diesmal ging es ausschließlich um sie und das, was sie angerichtet hatte.

Gemeinsam mit Jason betrat sie das Krankenzimmer. Stephen hatte gerade Besuch von seiner Sekretärin Gladys. Ihre mütterlich ruhige Präsenz half Emily über die ersten beklommenen Minuten hinweg, doch Gladys verabschiedete sich bald.

Als sie gegangen war, machte Jason ein paar Scherze über lockere Zähne und Schleimsuppe, doch Emily hatte nur Augen für ihren Bruder. Stephen sah fast noch übler aus als am Tag zuvor, das Veilchen war nun richtig erblüht. Aber er hatte bereits einen Schreibblock an seiner Seite und ließ eifrig die Daumen sprechen.

»So, dann lass ich euch zwei mal alleine«, sagte Jason, schenkte Emily ein aufmunterndes Lächeln und schloss die Tür hinter sich.

Emily blieb überrumpelt zurück. Jasons Anwesenheit hatte ihr Sicherheit verliehen, die Last der Schuldgefühle mitgetragen. Sie hatte viel zu lange gewartet, Jason hatte recht: Es war eine Sache zwischen ihr und Stephen. Die Aussprache war lange überfällig.

»Es tut mir so leid, wie ich mich benommen habe, Stephen. Ich bin eine dumme Gans«, begann sie und erntete dafür den ersten Hochdaumen. Anschließend schilderte sie ihm, wie es zu dem Einbruch bei ihm im Labor gekommen war, erklärte ihre Rolle dabei und listete die weiteren Ereignisse des Tages, als er, Stephen, in L. A. von den Warriors verprügelt wurde, auf. Sie hielt atemlos inne – nicht vom Sprechen, sondern weil ihr das Herz bis zum Hals schlug. Stephen gab ihr ein Zeichen, ihr den Block und den Stift zu reichen.

Sie sah, wie ungelenk er mit dem Stift hantierte, kaum dazu fähig, sich wegen des Kiefergestells und der gebrochenen Rippen zu bewegen, und ihr Herz flog ihm zu. Wie verbohrt sie das ganze letzte Jahr gewesen war – sie hatte Stephen und sich das Leben unnötig schwer gemacht. Sie liebte ihren großen Bruder und er hatte ihr so sehr gefehlt.

Stephen hatte seine Anstrengungen beendet und zeigte ihr den Block. Er hatte ein großes Herz gemalt und darin stand schlicht der Satz: *Du hast mir gefehlt, kleine Schwester!!!*

Emily nahm seine Hand und drückte sie an ihre Wange.

So fand sie Viviane, Stephens Verlobte. Als die Krankenschwester den zahlreichen Besuch entdeckte, machte sie keinen Hehl aus ihrer Missbilligung.

Daraufhin räumten Jason und Emily bereitwillig das Feld, damit Stephen Zeit allein mit seiner Verlobten verbringen konnte, die er seit einer Woche nicht gesehen hatte.

***

Am nächsten Morgen zog Marjorie eben ein weiteres Blech mit Cookies aus dem Backofen, als Emily mit Homer im Schlepptau in die Küche geschlendert kam.

»Oh, da bist du ja schon, Darling! Was hat der Tierarzt gesagt?«, erkundigte sich ihre Mutter sofort, während sie sich ihres Backhandschuhs entledigte.

»Homer geht es prima! Dr. Miller sagt, wenn Homer regelmäßig seine Medizin erhält, wird er uns noch alle überleben«, berichtete Emily froh.

»Oh, das sind einmal gute Nachrichten!« Ihre Mutter drückte sie kurz an sich und für Homer gab es einen selbst gebackenen Hundekeks.

»Hier riecht es aber lecker!« Emily stibitzte sich blitzschnell ein Cookie vom Kuchengitter. Sie biss ein großes Stück davon ab, dass es nur so krümelte. *Himmlisch ...* Wann hatte ihr das letzte Mal etwas so gut geschmeckt? Homer, der seinen Keks bereits verschlungen hatte, positionierte sich zu ihren Füßen und sah mit Bettelblick zu ihr auf. Es wirkte. Zufrieden durfte er sich über ein weiteres Hundeleckerli hermachen, während sich Emily selbst auch ein zweites Cookie gönnte.

Ihre Mutter lächelte still in sich hinein, entnahm dem Kühlschrank die nächste Teigkugel und machte sich daran, sie auszurollen.

Emily setzte sich an die Theke und sah ihr zu. Sie fühlte sich wohl, das Karussell in ihrem Kopf stand still und auch die Kugel in ihrem Bauch ruhte. Und das lag nicht ausschließlich daran, weil es Homer so gut ging. Etwas anderes war in Bewegung geraten, Dinge fügten sich ineinander oder kamen in Fluss, Schutzmauern bröckelten ...

Sie empfand es als ungewohnt, sich so gut zu fühlen – in Anbetracht dessen, was die letzten Tage alles geschehen war. Und es war ja längst noch nicht zu Ende. Irgendwie, dachte sie, konnte sie es sich selbst nie recht machen, neigte dazu, so lange das Haar in der Suppe zu suchen, bis diese kalt war. Sie wusste jedoch nicht, wie sie sich davon befreien sollte. Es steckte in ihr drin wie eine Speiche in einem Rad.

Sie hatte es vorhin Fritz zu erklären versucht, aber der hatte es gnadenlos auf den Punkt gebracht. »Sagst du mir gerade, dass du dich schlecht fühlst, weil du dich gut fühlst? Kein Wunder, dass die Erde nicht rundläuft, wenn ihr Erwachsenen derart um die Ecke denkt.« Eigentlich musste man ja nur Kinder fragen, überlegte sie jetzt. Sofern man mutig genug für die Antworten war. Sein Denkanstoß hatte einen weiteren Stein aus ihrer Mauer gelöst.

Wie lange war es eigentlich her, dass sie so in der Küche bei ihrer Mutter gesessen und ihr einfach nur zugesehen hatte? Mit leisem Staunen stellte Emily fest, wie viel Entspannung in der Einfachheit des Normalen lag. Bisher war ihr Credo gewesen, dass Küche, Kochen, Backen etwas für Spießer war – das duplizierte Weltbild jener Ewiggestrigen, die am Klischee der Frau am Herd festhielten. Aber, überlegte sie jetzt, war es nicht ebenso kleinlich, ein solches Leben pauschal und unreflektiert abzulehnen? Ihre Mutter schien genau dieses Leben auszufüllen, denn sie war der gelassenste und ausgeglichenste Mensch, den man sich vorstellen konnte. Immer war sie für alle da. Verlässlich und selbstverständlich. Zu geben machte ihre Mutter glücklich. Hatte sie je richtig über ihre Mutter und das Leben, das sie führte, nachgedacht, sie bewusst als Mensch wahrgenommen? Über das Selbstverständliche hinausgedacht? Ein weiterer Stein fiel aus der Mauer, und leise Zuversicht nahm den frei gewordenen Platz ein.

Sie stibitzte sich ein Stück vom Teig und ihre Mutter drohte ihr spielerisch mit dem Nudelholz. »Was denn, fängst du jetzt auch damit an?« Sie brach ihrer Tochter ein zusätzliches Stück von der Masse ab und fütterte sie damit. »Du siehst heute Morgen hübsch aus, mein Schatz. Sag, ist das nicht das Shirt, das du Fritz letzte Weihnachten geschenkt hast?«

Emily zupfte verlegen an dem weißen Shirt, auf das sie mit silberner Textilfarbe zwei tanzende Delfine gemalt hatte.

»Fritz hat es mir geliehen.« Um der Wahrheit Genüge zu tun: Er hatte es ihr förmlich aufgedrängt.

Vorhin, als sie sich im Flurspiegel betrachtet hatte, war sie von ihrem Anblick in Jeansshorts und Shirt selbst überrascht gewesen. Bis auf die lila Haare erinnerte nichts mehr an die alte Emily. Sie vermisste sie auch nicht, hatte nicht mehr das Bedürfnis, sich hinter ihr verstecken zu müssen. Mit einem Mal erschienen ihr Chester, Citizen und Henoch viel weniger bedrohlich als noch vor ein paar Tagen. Denn nun hatte sie Stephen und Jason an ihrer Seite, die sie in ihrem Kampf unterstützten. Sie war nicht allein. Ja, die Dinge waren in Bewegung geraten …

»Übrigens, da liegt ein Umschlag für dich auf dem Tisch, Kind«, sagte ihre Mutter. »Er war heute im Briefkasten.«

Emily öffnete das Kuvert, und drei Fotografien rutschten heraus. Augenblicklich strömte alles Blut aus ihrem Gesicht, und eine kalte Hand griff nach ihrem Herz.

Jede der drei Aufnahmen zeigte Fritz, wie er sich mit Citizen unterhielt. Hastig stopfte sie sie zurück und vergewisserte sich mit einem raschen Blick, dass ihre Mutter nichts davon bemerkt hatte. Doch die war damit beschäftigt, ein weiteres Blech in den Ofen zu schieben.

»Weißt du, wo Jason ist?«, fragte sie und ärgerte sich über ihre Stimme. Sie klang viel zu hohl.

Jetzt hatte ihre Mutter etwas gemerkt. Sie drehte sich um, und ein prüfender Blick traf Emily. »Schlechte Nachrichten, Liebes?«

»Nein, nichts Wichtiges«, beschwichtigte sie und kam sich mit ihrem falschen Lächeln schäbig vor. »Und, hast du Jason gesehen?«

»Er ist mit Fritz und Maddie runter zur Bucht. Ich habe ihnen einen Picknickkorb mitgegeben.«

»Danke! Du bleibst hier, Homer. Bei Mama«, befahl sie ihrem Gefährten, bevor sie davonflog wie der Wind.

***

»Da kommt Emily!«, rief Fritz, der sie als Erster entdeckte. Er lag auf dem Board, während Jason neben ihm hüfttief im Wasser stand und ihn hielt, da die Wellen heute einiges an Schwung und Höhe mitbrachten. Maddie marschierte mit einem Eimer den Strand entlang und sammelte eifrig Muscheln.

Die Hundemeute hatte Jason und Fritz in die Bucht begleitet. Kläffend tobten sie über den Strand, jagten sich gegenseitig oder sprangen ins Wasser und wieder hinaus beim vergeblichen Versuch, die Wellen zu fangen. Zwei hielten sich jedoch ständig dicht bei Maddie auf.

Emily zog ihre Sneakers aus und watete Jason und Fritz einige Schritte entgegen.

»Was ist los?«, erkundigte sich Jason nach einem Blick in ihre Miene. Emily hob die Hand mit dem Brief und gab Jason zu verstehen, dass sie ihn alleine sprechen wollte. Jason trug Fritz an Land und setzte ihn ab. »Fritz, ich muss mal kurz etwas mit Emily regeln«, erklärte er und entfernte sich ein Stück mit Emily.

»Das ist eine Warnung«, sagte Jason grimmig, nachdem er die Fotos geprüft hatte. Emily und er hatten sich auf einem der Felsen beim Mooncave niedergelassen.

»Natürlich ist sie das, und sie wirkt.« Emily war blass, und sie zitterte unkontrolliert. Der Schock über die Bilder setzte erst jetzt richtig ein.

Spontan legte Jason den Arm um sie. »Wir dürfen es Fritz nicht verheimlichen.«

Sie löste sich von ihm, sah ihn geradezu verschreckt an. »Aber das wird ihm Angst machen!«

»Es ist besser, Fritz weiß Bescheid und ist auf der Hut, falls sich Citizen erneut an ihn heranmacht. Fritz ist klug, er kann damit umgehen, glaub mir.« Er winkte dem Jungen, der sie beobachtete. »Sprechen wir mit ihm.«

»Warte, Jason!« Emily hielt ihn ängstlich zurück. »Sie werden Fritz doch nichts tun?«

»Nein, davon gehe ich nicht aus. Diese Bilder sollen dich gefügig machen. Mehr nicht.«

»Was ist mit der … Polizei? Sollten wir die nicht besser einschalten?« Ihre Angst um Fritz überstieg ihre Furcht vor der Polizei bei Weitem.

»Das war auch mein erster Gedanke, aber damit lenken wir lediglich die Aufmerksamkeit auf dich. Die Polizei wird wissen wollen, warum man dir diese Bilder geschickt hat und warum du dich durch sie bedroht fühlst. Am Ende steckst *du* in Schwierigkeiten. Fakt ist, es sind nur drei Bilder. Kein Text, keine offensichtliche Drohung. Citizen kann sich auf eure Freundschaft berufen, darauf, dass er Fritz durch dich kennt. Dazu befragt, müsste Fritz dies wahrheitsgemäß bestätigen. Fazit, wir erreichen nichts, wenn wir die Polizei einschalten, außer dich in deren Fokus zu rücken. Ich habe mir einen anderen Plan überlegt. Lass uns später darüber sprechen.« Jason untersuchte den Umschlag nochmals eingehender. »Er ist nicht frankiert. Woher hast du ihn?«

»Mutter sagt, er lag heute im Briefkasten. Die Aufnahmen hat sicher Carlos gemacht.«

Jason nickte. »Henochs Handlanger, der auch bei dem Einbruch dabei war. Gut, reden wir mit Fritz.« Jason stand auf und zog sie hoch. »Sag, hat dir Fritz eigentlich von seiner Begegnung mit Citizen erzählt?«

Emily riss in jäher Erkenntnis die Augen auf: »Nein, das hat er nicht!«

»Das ist interessant …«, meinte Jason nachdenklich.

»Warum seht ihr beiden so ernst aus?«, fragte Fritz, sobald sie bei ihm angelangt waren.

»Hier!« Emily reichte Fritz die Fotos.

Fritz ließ sich Zeit, betrachtete jedes Foto eingehend. Da er von sich aus nichts sagte, fragte Emily ihn: »Wann und wo hast du Citizen denn getroffen?«

»Samstagmittag im *Sea Adventure Park*.« Fritz starrte auf die Fotos auf seinem Schoß, als wundere er sich, wie sie dahin gekommen waren.

Emily sah zu Jason, der gerade denselben Gedanken wie sie hatte: Samstagmittag hatte Henoch sie in der Brennerei eingesperrt und anschließend musste er Citizen und Carlos losgeschickt haben. »Das gefällt mir weniger«, sagte Jason. »Wieso weiß Citizen so genau über die Termine von Fritz Bescheid?«

»Shit!«, entfuhr es Emily. »Das hat er von mir! Citizen hat mich über Fritz und Maddie ausgefragt, und ich Idiotin dachte, er hätte ehrliches Interesse.«

»Du kannst nichts dafür, Emily. Es ist völlig normal, positiv auf Mitgefühl zu reagieren. Es ist ein natürlicher Reflex.«

»Super, ich bin also empathisch *und* dämlich!«, machte sich Emily Luft, um sich danach an Fritz zu wenden: »Verrat mir bitte eins: Warum hast du mir nicht erzählt, dass du Citizen kürzlich getroffen hast?«

»Weil ich Citizen komisch fand. Er hat sogar vergessen, dir von mir Grüße ausrichten zu lassen. Habt ihr Schluss gemacht?« Fritz blinzelte sie unter seiner dicken Brille an.

»Ja, schon länger.«

»Gott sei Dank«, entfuhr es ihm inbrünstig. »Ich glaube nicht, dass ich ihn mag. Er ist nicht ehrlich.«

»Wie kommst du darauf?« Die Frage stammte von Jason.

Fritz hob die mageren Schultern. »Ich weiß es einfach. Es ist wie bei Maddie. Sie weiß, wen sie zählen kann und wen nicht. Sagt ihr mir jetzt, warum jemand von mir und Citizen Fotos gemacht hat und sie Emily schickt?«

Jason blickte Emily an, sie nickte und er erzählte Fritz alles, inklusive Emilys unrühmlicher Rolle beim Einbruch und der versuchten Erpressung durch Henoch.

»Krass«, reagierte Fritz. »Wie im Krimi. Denkt ihr, die werden mich entführen?«

»Das ist kein Spiel, Fritz«, ermahnte ihn Jason.

»Ich weiß. Aber ich bin das auf dem Foto. Also ist es logisch, wenn ich danach frage.«

»Deine Logik ist unbestechlich, Kumpel.« Jason knuffte ihn. »Und die Antwort darauf lautet *nein*. Die Abzüge sind eine Warnung an Emily. Ich gehe davon aus, dass unsere Freunde inzwischen herausgefunden haben, dass Stephen im Krankenhaus liegt. Das verschafft uns immerhin ein wenig Zeit.«

»Ich kann mit Citizen reden«, schlug Emily vor, »an einem neutralen Ort.«

»Und was willst du damit erreichen?«

»Vielleicht kann ich ihn zur Vernunft bringen? Citizen hat ein paar abfällige Bemerkungen über seinen Vater gemacht. Ich glaube, Henoch geht ihm mit seinem Moses-Getue auch langsam auf den Zeiger. Auf jeden Fall schlagen wir so noch mehr Zeit heraus – bis wir uns wieder auf die übliche Art mit Stephen austauschen können.«

»Lass mich darüber nachdenken«, sagte Jason. »Vielleicht habe ich da noch eine Idee.«

***

Am gleichen Abend rief Emily Citizen an, bat um ein Treffen für den folgenden Tag und schlug ihm ein typisches Diner in der Stadtmitte von San Diego vor.

Sie trafen sich dort zur besten Mittagszeit, das Restaurant war gut besucht.

Jason hatte sich nahe beim Eingang postiert, eine Baseballkappe auf dem Kopf und einen Kaffee und ein Stück Kuchen vor sich und war scheinbar in die Lektüre einer Zeitung vertieft.

»Hi, Baby. Du wolltest mich treffen?« Citizen ließ sich Emily gegenüber lässig auf die Bank fallen.

»Du hast dir reichlich Zeit gelassen. Ich warte schon seit einer halben Stunde auf dich«, sagte sie scharf. Das Warten war ihren Nerven nicht zuträglich gewesen.

»Hey, es war viel Verkehr.« Er strahlte sie an, ließ seinen Charme spielen, benahm sich, als sei zwischen ihnen alles in bester Ordnung. Sein Ego war enorm.

Die Kellnerin kam und fragte ihn nach seinen Wünschen. Emily sah, dass Citizens Charme bei ihr auf fruchtbaren Boden stieß. Er bestellte einen Kaffee und für Emily ungefragt noch einen Eistee, obwohl ihr Glas noch fast voll war.

»Es freut mich, dass du zur Vernunft gekommen bist, Baby«, sagte Citizen vertraulich und lehnte sich über den Tisch. Er wollte nach ihrer Hand greifen, doch sie zog sie rasch zurück.

»Ich hatte eigentlich gehofft, *dich* zur Vernunft zu bringen. Sei ehrlich, du glaubst doch nicht wirklich an den Unsinn, den dein Vater verzapft? Er ist weder auserwählt noch wird er die Welt vor der Apokalypse retten. Er ist nichts weiter als ein Spinner, der unserer Sache schadet.«

Citizen ließ sich zurücksinken, musterte sie ohne Ausdruck. »Vater hat mich gewarnt, dass du das sagen würdest. Ich hatte darauf gehofft, wir kämen ohne Beleidigungen aus.«

»Ich finde die Bezeichnung *Spinner* für deinen Vater weniger beleidigend als die nüchterne Beschreibung seines Zustands. Wenn er so weitermacht, endet er sowieso irgendwann in der Zwangsjacke. Er macht den Menschen aus purem Kalkül Angst, indem er von der drohenden Apokalypse faselt. Und er nimmt das Geld seiner Anhänger. Wozu braucht er deren Geld, wenn die Welt sowieso bald untergeht? Ach so, ich vergaß«, schob Emily verächtlich hinterher, »er ist ja der Auserwählte, der überlebt!«

»Ich denke nicht, dass unser Gespräch so einen Sinn macht, Baby«, sagte Citizen schneidend. Doch er machte keinerlei Anstalten zu gehen.

Emily ärgerte sich, weil sie erneut ein Stück zu weit vorgeprescht war. Warum konnte sie sich nicht einfach an den Plan halten, den sie mit Jason besprochen hatte? Es lag an Citizen – ihn in seiner selbstsicheren Sorglosigkeit zu erleben und sich von ihm *Baby* nennen zu lassen ließ sie innerlich kochen. Vor ein paar Tagen noch hätte sie ihm ihren Eistee ins Gesicht geschüttet und wäre davongestürmt. Doch hier ging es um mehr. Gab sie sich selbst nach, würde sie alles verderben. Dies hier war womöglich ihre einzige Chance, eine Eskalation zu vermeiden, die Sache zu einem guten Ende zu bringen.

»Du kennst die Wahrheit, Citizen!« Nun war sie es, die sich vertraulich vorlehnte. »Willst du wirklich, dass ich wegen etwas, das ich nicht getan habe, ins Gefängnis gehe?« Sie zwang sich, ihre Hände wieder auf den Tisch zu legen. Sollte er ihre verdammte Hand halten, wenn es ihr nutzte.

Ein siegesgewisses Lächeln umspielte Citizens Lippen und er fasste tatsächlich nach ihrer Hand. »Natürlich will ich das nicht, Baby. Darum bin ich hier. Es liegt an dir. Alles, was du tun musst, ist, zu verhindern, dass dein Bruder Anzeige gegen

Chester erstattet und die Partnerschaft mit ihm löst. Die beiden haben bisher doch gut zusammengearbeitet! Wir wollen nichts weiter, als dass dein Bruder da weitermacht, wo er aufgehört hat. Und alle sind zufrieden.«

Sie tat so, als ließe sie sich seinen Vorschlag durch den Kopf gehen. »Was wäre, wenn wir deinen Vater auszahlen?«, schlug sie unvermittelt vor. Es war Jasons Idee gewesen. Sie hatte ihm erzählt, dass Citizen ihre Eltern für reich hielt. Vermutlich kannte er den Wert, den Emilys Elternhaus auf den Klippen über La Jolla bei einem Verkauf erzielen würde. Jede Bank würde die Liegenschaft mit Freuden beleihen.

Sie hatten Jasons Plan gestern mit Stephen besprochen, und er hatte ihnen die Summe aufgeschrieben, die Henoch seines Wissens nach in *Blue Ocean* investiert hatte.

Sie nannte Citizen nun einen Betrag.

Dessen Blick wurde schlagartig spekulativ, und er presste die Lippen aufeinander.

Es war klar, dass ihn ihr Vorschlag kalt erwischt hatte. Offenbar hatten weder er noch sein Vater, mit dessen Mund er zweifellos sprach, mit einem derartigen Angebot gerechnet. Citizens Drehbuch sah das nicht vor, und es war für Emily ersichtlich, dass er das nicht allein entscheiden wollte. Oder konnte.

»Ruf deinen Vater an und frag ihn«, bot sie an. »Warum warten, wenn wir es jetzt gleich klären können, *Baby*«, lockte sie ihn.

Citizen fuhr sich mit dem Daumen über die Lippen, schließlich nickte er. »Also gut.« Er schob sich aus der Bank und schnappte sich sein Smartphone vom Tisch. »Hier drin ist es zu laut. Ich bin gleich wieder bei dir, Baby.«

Er verließ das Lokal. Emily tauschte einen verstohlenen Blick mit Jason. Er zeigte ihr den Daumen hoch, und sie unterdrückte ein Lächeln, weil es sie an ihren gestrigen Besuch bei Stephen erinnerte.

Beide richteten ihr Augenmerk wieder auf Citizen. Er lief unruhig vor dem Diner auf und ab und gestikulierte heftig. Das Gespräch schien nicht nach seinem Geschmack zu laufen. Waren sich Vater und Sohn uneinig? Emily fragte sich, inwieweit ihnen dies nutzen konnte.

Citizen kehrte erst nach zehn Minuten zurück. Er wirkte erhitzt, als er die Zahl verkündete: »Eine Million, und wir sind im Geschäft.«

»Was? Bist du verrückt geworden?« Emily trieb seine Dreistigkeit auf die Beine. »Henoch hat maximal 100 000 Dollar investiert! Die kann er haben«, presste sie hervor. Rechtzeitig besann sie sich darauf, warum sie hier war, und ließ sich zurück auf die Bank fallen.

»Ich fürchte, *Baby*«, sagte Citizen, »damit wird nichts aus unserem Deal.« Er führte seine Kaffeetasse an den Mund.

Sie musterte ihn kritisch. Warum, fragte sie sich, erschien ihr seine Lässigkeit diesmal nur aufgesetzt? Warum konnte sie unterschwellige Wut an ihm wahrnehmen? Und worüber hatte er sich mit seinem Vater am Telefon gestritten? Allein wegen der Summe? Entgegen Jasons Einschätzung hoffte sie noch immer, einen Keil zwischen Vater und Sohn treiben zu können. Der nächste Schritt sah Feilschen vor. Sie hatte keine Ahnung davon, aber Jason hatte ihr gesagt, dass es darauf hinauslaufen würde, aus diesem Grund hatte sie das Angebot zunächst auch mit einer niedrigeren Summe eröffnet.

»Gut«, sagte sie und atmete einmal tief durch, »125 000 Dollar. Aber mehr ist nicht drin. Wir sind keine reichen Leute.«

Er fixierte sie. »Aber ihr besitzt dieses schöne Haus, mit riesigem Grundstück in allerbester Lage. Bei den Preisen in La Jolla dürfte eine Million locker drin sein.«

Sie sah die Gier in seinen Augen, und der spitze Dolch der Enttäuschung grub sich tief in ihre Eingeweide. Sie hatte Gefühle für Citizen gehabt, mit ihm geschlafen, und ein winziger Teil in ihr hatte sich bis jetzt dagegen verwahrt, dass er nicht der Mensch war, den sie in ihm gesehen hatte. Oder hatte sehen wollen. Wenn sie etwas auf der Welt verachtete, dann waren es Heuchler. »Du hast dich korrumpieren lassen«, sagte sie kalt. Erneut griff die Wut nach ihr, doch diesmal richtete sie sich gegen sie selbst – weil sie sich viel zu lange von Citizen hatte blenden lassen. Sie ballte die Fäuste unter dem Tisch, gestattete sich die Zeit, um die rotierende Kugel in ihrem Magen in die Schranken zu weisen.

Citizen tat ihre Bemerkung mit einem Schulterzucken ab, belauerte sie wie seine Beute.

Sie konnte sein selbstgewisses Gesicht nicht mehr ertragen, hatte keine Lust mehr zum Feilschen. »Ich werde das besprechen müssen«, sagte sie mit vor unterdrückter Wut zitternder Stimme.

»Ich dachte, dein Bruder hat einen gebrochenen Kiefer?«

»Mit meiner Mutter, du Blödmann! Ihr gehört das Haus.« Sie stand auf und streckte die Finger aus. »Los, gib mir dein Smartphone.«

Citizen hatte es neben sich auf den Tisch gelegt; reflexhaft legte er seine Hand darauf. »Nein!«

»Wie soll ich sie dann anrufen?«

»Frag den Mann an der Theke.«

»Frag du ihn doch!« Emily setzte sich wieder.

Nach kurzem Zögern nahm Citizen sein Handy, wischte über die Oberfläche und achtete darauf, dass sie nicht sah, wie er das Kennwort eingab, um es zu entsichern. Danach schob er es ihr über den Tisch. »Hier, ich habe dir die Wahlfunktion aktiviert. Und du telefonierst hier.«

»Nein! Hier ist es zu laut, das hast du vorhin selbst gesagt. Außerdem geht es dich nichts an, was ich mit meiner Mutter bespreche. Gleiches Recht für alle, *Baby*.« Sie war erneut aufgestanden, und er musste zu ihr aufsehen.

»Du siehst anders aus«, sagte er unvermittelt und hielt ihre Hand mit dem Smartphone fest. Einen kurzen Augenblick fürchtete sie, er würde es ihr wieder abnehmen. »Was ist aus deinen Piercings geworden?«

»Hab das Metall nicht mehr vertragen.«

»Und du trägst eine Jacke.« Es klang mehr wie eine Frage als eine Feststellung.

»Mir war heute Morgen kalt. Schätze, ’ne Erkältung ist im Anmarsch.« Zur Untermalung ihrer Behauptung zog sie ihre Nase hoch.

Er taxierte sie, als reiche ihm das nicht als Erklärung. Doch er ließ sie los und sie ging schnell hinaus. Sie suchte sich einen Platz, den er von seinem Tisch aus noch sehen konnte, wandte ihm jedoch den Rücken zu.

Als sie sich ihm wenig später wieder gegenübersetzte, kopierte sie seine Vorgehensweise und nannte lediglich eine Summe: »150 000«.

»So wird das nichts, Baby.« Er steckte sein Smartphone ein, als fürchte er, sie könne es sonst ein zweites Mal beanspruchen. »Das ist eine zu große Diskrepanz. Wie stellst du dir das vor?« Er schüttelte unwillig den Kopf. »Deine Freiheit sollte deiner Familie wesentlich mehr wert sein.«

Emilys Hände schlossen sich um ihren Becher. »Also gut. 200 000! Bitte, Citizen, das ist mein allerletztes Angebot«, verlegte sie sich aufs Flehen. »Mehr geht einfach nicht. Ich muss das doch irgendwie zurückzahlen! Es sind immerhin 100 000 Dollar mehr, als Henoch selbst investiert hat.«

»Tut mir ehrlich leid, aber Vater wird sich nicht darauf einlassen.« Er erhob sich und warf ein paar Dollar auf den Tisch. »Das geht auf mich. War schön, dich zu sehen, Baby.« Er besaß noch die Dreistigkeit, sich zu ihr herabzubeugen, um sie zu küssen, doch sie drehte den Kopf schnell weg, und seine Lippen streiften nur ihre Wange.

Als Citizen ging, schoss ihr Blick Pfeile in seinen Rücken.

Doch sie zwang sich, noch sitzen zu bleiben, und verließ den Diner erst Minuten nach Citizen.

***

Jason war sich dessen bewusst, auf welch brüchigem Boden sein Plan fußte. Alles hing davon ab, ob Emily die Nerven behielt. Einmal hatte es kurz danach ausgesehen, als wolle sie gehen. Er hatte ihre Wut spüren können, sie war nicht nur vorgetäuscht. Hatte er zu viel von ihr verlangt? Emily war jung, für sie stand alles auf dem Spiel. Jason glaubte nicht, dass er sich jemals im Leben so erleichtert gefühlt hatte wie in dem Augenblick, als Emily am vereinbarten Treffpunkt zu ihm in den Wagen stieg.

»Du warst wunderbar, Emily!«, begrüßte er sie und zog sie fest in seine Arme. Er brauchte das jetzt genauso wie sie. Nun, da die Anspannung nachließ, merkte er erst, wie nervös er die ganze Zeit über gewesen war. »Hat alles geklappt?«

Emily lachte befreit auf. »Wie am Schnürchen. Hier!« Sie zog Jasons Smartphone aus der linken Jackentasche und gab es ihm. Das USB-Kabel hing noch dran.

Sie hatten den ganzen gestrigen Nachmittag damit verbracht, zu üben, wie man Daten von einem Smartphone auf das andere überspielte. Für den Fall, dass Citizen misstrauisch geworden und ihr gefolgt wäre, hätte Jasons Part darin bestanden, ihn irgendwie aufzuhalten.

Jason öffnete seinen Laptop.

»Bist du wirklich sicher, dass dein Trojaner funktionieren wird?«, fragte Emily ihn.

»Keine Bange, Emily. Wir warten jetzt, bis Citizen im *Greenwar*-Hauptquartier eintrifft, um sich mit seinem Vater zu besprechen. Dort wird sich Citizens Handy automatisch mit dem internen WLAN-Netz verbinden, an dem auch der Computer seines Vaters hängt. In dem Moment wird mein fieser kleiner Beobachter-Virus seine Arbeit aufnehmen und sich durch ihre sämtlichen Daten fressen und ihre Firewall angreifen. Sobald sie schwach genug ist, hacke ich mich in den Server. Wo immer sie den Film digital versteckt haben, ich werde ihn finden und vernichten. Ohne Beweis keine Erpressung.«

»Und wenn du auf ihrem Server nicht fündig wirst, weil sie ihn extern auf einem USB-Stick verstecken? Oder sich irgendwie anderweitig via Cloud abgesichert haben?«, wandte Emily ein.

»Für jemanden, der Handys und Computer als Teufelswerk ablehnt, hast du dich hübsch schlaugemacht.«

»Wie typisch!«, reagierte Emily unerwartet heftig. Normalerweise ging sie auf diese Sorte Spitzen gar nicht mehr ein. Sie hatte zu oft erfahren, wie konditioniert die Menschen inzwischen waren und die Wahrheit selbst dann übersehen wollten, wenn sie ihnen auf der Nasenspitze tanzte. Aber es ärgerte sie, dass selbst Jason ihre Prinzipien wie einen Scherz abhandelte, als hätte sie sich in eine Verschwörungstheorie verrannt. »Es ist genau umgekehrt!«, sagte sie scharf. »Ich habe mich *erst* informiert und mir dann meine Meinung gebildet. Die Digitalisierung führt in die totale Kontrolle, sie ist das Ende der Freiheit! Hast du dich nie gefragt, warum es WWW – weltweites Netz heißt? Weil wir darin alle gefangen sein werden! Wie Fische werden wir an den Fäden der Regierung zappeln und …« Emily fing Jasons Blick auf und merkte, dass sie dabei war, sich schon wieder zu verrennen, dabei hatte sie gerade ganz andere Probleme. Sie biss sich fest auf die Lippe, als wären ihre Worte auch Fäden, die sie durchbeißen musste. »Schon gut«, sagte sie mit einem verschämten Lächeln. »Da capo … Was ist, wenn sich Citizen und Henoch doppelt abgesichert haben?«

»Natürlich besteht das Risiko. Aber zunächst sehen wir uns alles erst einmal an. Womöglich finden wir auf dem Server etwas, was wir gegen Henoch verwenden können.«

»Eine Art Erpressungspatt?«, fragte Emily zweifelnd. »Aber dann hat das doch nie ein Ende!«

»Wichtig ist, dass wir im Spiel bleiben und den beiden nicht die Initiative überlassen, Emily. Vertrau mir, ich finde eine Lösung.« Er nahm ihre Hand. »Vertraust du mir, Seepferdchen?«

Sie sah ihn. »Ja, ich vertraue dir.«

Er lächelte sein Jasonlächeln, das sie schon in ihrer Kindheit gewärmt hatte. Noch einmal drückte er ihre Hand, bevor er sie losließ und den Wagen startete. »Und jetzt fahren wir zu Stephen«, sagte er, »er wird schon auf uns warten.«

Sie hatten es nicht weit zu ihm. Stephen war gestern von L. A. in das Bezirkskrankenhaus in San Diego verlegt worden.

Stephen

Nachdem sein unerwarteter Besuch gegangen war, resümierte Stephen, dass es nicht zu leugnen war: Der Mensch stammte vom Primaten ab. Der eine mehr, der andere weniger. Oder wie es sein berühmter Namensvetter Stephen Hawking ausdrückte: *Wir sind nur eine etwas fortgeschrittene Brut von Affen auf einem kleinen Planeten, der um einen höchst durchschnittlichen Stern kreist.*

Immerhin stimmte der Genpool des Homo sapiens bis zu 99 Prozent mit jenem des Schimpansen überein. Stephen persönlich war die wissenschaftliche Diskussion schnurz, ob der Pokal des ersten Hominiden Ardipithecus ramidus, kurz Ardi genannt und auf circa 6 Millionen Jahre datiert, oder aber Australopithecus Lucy gebührte, die auf geschätzte 3,5 Millionen Jahre kam. Er hatte stets seinem gesunden Menschenverstand vertraut. Leider hatte dieser bei Chester vollkommen versagt.

Stephens Laune war auf dem Gefrierpunkt. Zwar fiel ihm das Atmen inzwischen etwas leichter, jedoch litt er geradezu an närrischem Hunger.

Zum ersten Mal in seinem Leben begriff er, dass es ein Privileg und keine Selbstverständlichkeit war, einen gut gefüllten Kühlschrank stets in Reichweite zu wissen.

Nachdem er anfänglich intravenös ernährt worden war, durfte er inzwischen ein schleimiges Etwas durch einen Strohhalm saugen. Die Schwester besaß tatsächlich die Dreistigkeit, das Zeug Suppe zu nennen. *Suppe!* Angeblich führte man ihm genau die richtige Menge Kalorien zu, ausgehend von Geschlecht, Größe und Körpergewicht. Dennoch hatte er ein Riesenloch im Magen und sehnte sich mit Inbrunst nach einem blutigen Steak. So langsam bekam er eine Vorstellung davon, wie es dazu kommen konnte, dass sich Menschen wegen eines Stücks Brot gegenseitig totschlugen.

Was zum Teufel hatte ihn dazu gebracht, hinter seiner Schwester herzuhecheln, anstatt nach Hause zu fahren und dort in Ruhe auf sie zu warten? Er hätte sie früh genug zur Rede stellen können!

Hätte man ihm, Stephen Harper, vorher auf den Kopf zugesagt, er sei zu einer solchen Kurzschlusshandlung fähig, er hätte es vehement abgestritten. Doch als er Chesters Verrat erkannt und dazu das Video gesehen hatte, waren bei ihm alle Sicherungen durchgebrannt. Der Schock und die Enttäuschung über die Tat seiner kleinen Schwester waren ein solcher Schlag gewesen, dass er keinen klaren Gedanken mehr hatte fassen können. Nie zuvor hatte er eine solche Wut in sich verspürt. Er hatte Emily jetzt und sofort zur Rede stellen und sie fragen wollen, warum zur Hölle sie das getan hatte! Und danach hätte er dieser kleinen Kröte Chester den Hals umgedreht! Wut war zweifellos wissenschaftlich nicht messbar, es war ein Gefühl, das jede Vernunft aushebelte. Aber er hatte seine Lektion gelernt. Wut lag jenseits des Spektrums von Schwarz und Weiß, und nicht immer war etwas so, wie es auf den ersten Blick erschien. Und eine weitere Erkenntnis hatte er durch sein impulsives Vorgehen gewonnen: Zum ersten Mal konnte er seine kleine Schwester verstehen – warum sie war, wie sie war. Wie sollte man gegen die eigene Wut ankämpfen, wenn sie anstelle von Verstand und Vernunft tritt? Emily wurde von ihren Emotionen beherrscht, ihre Handlungen waren davon angetrieben. Wut war wie ein außer Kontrolle geratener Fahrstuhl, der nur eine Richtung kannte – abwärts. Nun hatte er am eigenen Leib erfahren, was das mit einem anstellte und wohin es führen konnte. In seinem Fall in ein Krankenhaus, wo man ihn verhungern ließ! Er tat sich selbst leid.

Als seine kleine Schwester hinter Jason das Zimmer betrat, wirkte sie gar nicht wütend. Im Gegenteil. Sie hielt sogar ein Lächeln für ihn bereit. Ein seltenes Phänomen. Überhaupt sah sie anders aus. Sie hatte auf ihre dunkle Schminke verzichtet, ihr Gesicht unter dem lila Haar wirkte dadurch unbeschreiblich zart und verletzlich. Sie sah aus wie ein schutzbedürftiges kleines Mädchen, war wieder die süße Schwester, die er in seiner Erinnerung bewahrte.

Er erwiderte ihr Lächeln mit seinen Augen und seinem Herzen, während die untere Hälfte seines Gesichts unter dem Verband zu Unbeweglichkeit verurteilt war. Dennoch entging ihm nicht, wie Emily die Hände nervös aneinanderrieb.

Sie kämpfte sichtlich weiter mit ihren Schuldgefühlen. *Gut so!*, dachte er grimmig. Er sah es als winzige Entschädigung für das hohle Hungergefühl in seinem Magen.

»Es hat geklappt! Wir haben Citizens Handydaten gespiegelt und ihm einen Virus verpasst!«, beeilte sich Emily, ihn an ihrem Triumph teilhaben zu lassen.

Er machte die Daumen-hoch-Geste. Aber er hatte auch etwas zu berichten. Er hob den Block, auf dem er bereits etwas notiert hatte.

»Chester war hier!«, las Emily laut vor.

Stephen blätterte weiter. *Er steigt aus. Hält Henoch für verrückt*, stand auf dem nächsten und auf dem übernächsten: *Cola hat Film gecrasht. Kein Beweis!!!*

Darüber hatten sie bereits beim gestrigen Besuch spekuliert, als Stephen via Schreibblock von seiner Cola-Attacke auf Chesters PC berichtete.

»Glaubst du Chester?«, fragte Jason. Für seinen Geschmack roch das zu sehr nach einer Finte.

Stephen reckte wieder den Daumen nach oben und blätterte weiter: *Du hast ihm Angst gemacht.*

»Ich? Ich habe ihn kaum angerührt«, verteidigte sich Jason, und Stephen schrieb daraufhin: *Nicht du. EMILY!!!*

Emily grinste frech. »Sag ich doch. *Feigling!*«

Jason bedachte sie mit einem strengen Blick, sparte sich jedoch einen Kommentar.

Emily freute sich still über ihren Sieg, während Stephen schrieb: *Er ist ein Feigling!* Die Worte waren dreifach fett unterstrichen.

Jason schien weiterhin wenig überzeugt. »Du solltest einen Anwalt beauftragen, der die Auflösung eurer Verträge in die Wege leitet.«

Stephen schrieb dazu: *Schon passiert. Chester macht das mit Ed Kauffman ab = unser Anwalt.*

»Soll ich mit diesem Kauffman telefonieren, um sicherzugehen, dass Chester Wort hält?«

Daumen hoch und die Worte: *Daten auf meinem Handy.* Während Jason Kauffmans Telefonnummer aus den Kontakten kopierte, bemerkte er: »Vielleicht haben wir damit wirklich die erste Kuh vom Eis und können uns vollständig auf Henoch und Sohn konzentrieren.« Jason wies auf seinen Laptop, den er beim Eintreten auf dem Tisch platziert hatte. Doch es war weniger als eine Stunde seit Emilys Treffen mit Citizen in San Diego vergangen. Es würde noch eine ganze Weile dauern, bis Citizen in der Schnapsbrennerei in L. A. eintraf.

»Wie wäre es«, schlug Jason vor, »wenn ich uns aus der Kantine etwas zu essen hole? Für Emily ein Käsesandwich und für dich ein Steak, blutig, mit Kartoffeln?«

Stephens Augen weiteten sich, und er gab eine Art ersticktes Keuchen von sich. Er schrieb: *SCHWEIN!*

»Prima, dann eben ein Schnitzel«, grinste Jason.

Stephen rollte wild mit den Augen und zeigte mit dem Daumen nach unten.

Ryan

»Boss, es tut sich was in unserem Fall! Franklin Davis aka Citizen Kane hat sich heute mit einem Mädchen in einem Diner getroffen. Wir haben sie als Emily Harper identifiziert. War ein interessantes Gespräch. Die Harper hat Davis Geld angeboten.«

»Wie viel?«, fragte der leitende Ermittler Ryan MacKenzie. Er pfiff durch die Zähne, als ihm der Anrufer die Summe nannte.

»Sie hat *Citizen* Davis gelinkt«, fuhr der Mann am anderen Ende der Leitung fort. »Die kleine Harper ist unter einem Vorwand mit seinem Handy vor die Tür und hat sich daran zu schaffen gemacht. Später ist sie zu einem Kerl in den Wagen gestiegen. Wir haben das Kennzeichen. Ich habe Ihnen die Halterdaten gerade auf Ihr Smartphone übermittelt. Es ist eine Frau, die Mutter des Mädchens, Marjorie Harper. Der Mitschnitt des Gesprächs im Diner ging auch gerade als Audiodatei an Sie raus.«

»Fiel irgendwann der Name *Guidestones*?«

»Nein.«

»Hmm«, machte Ryan. »Kennen wir die Identität des Mannes, mit dem das Mädchen weggefahren ist?«

»Noch nicht, aber ich bin dran, das zu checken. Die Harper und ihr Begleiter sind beide ins Krankenhaus gefahren. Der Bruder des Mädchens, Stephen Harper, wurde bekanntlich dort vor drei Tagen als Opfer einer Schlägerei eingeliefert.«

»Und Carlos Delgado?«

»Nichts Neues. Er versteckt sich noch immer bei seiner Freundin, Dr. Karen Lindbergh, und rührt sich nicht.«

»Gut, Observierung aller Beteiligten fortsetzen. Melden Sie sich, wenn sich etwas Neues ergibt.« Ryan dachte kurz nach, erteilte noch eine weitere Anweisung und meinte anschließend: »Ich habe es mir anders überlegt und komme morgen selbst nach San Diego. Ich schicke Ihnen die Flugdetails. Besorgen Sie mir einen Wagen ab L. A. Danke, Pete.«

Er beendete das Gespräch und drückte auf eine eingespeicherte Nummer. »Hallo Rabea«, begrüßte er seine Freundin. »Ich habe gute Nachrichten! Ich komme morgen nach San Diego!«

»Hast du so viel Sehnsucht nach mir oder muss ich mir Sorgen über eine terroristische Bedrohung machen?«, fragte Rabea mit einem Lächeln in der Stimme.

»Ersteres natürlich«, sagte er und freute sich auf ihr Wiedersehen nach sechs langen Wochen des Getrenntseins. Seine Pflichten als DIA-Agent und die Arbeit seiner Freundin als freie Journalistin wiesen nur wenige Übereinstimmungen auf; oft genug mussten sie sich die gemeinsame Zeit stehlen. »Ich checke im gleichen Hotel ein wie du. Im Fairmont.«

»Ich habe ein Doppelzimmer und genügend Platz.«

»Seit wann brauchen wir ein Doppelbett?«, entgegnete Ryan mit einer Stimme wie ein Versprechen.

Homer

Er war aufgewacht und hatte sich müde gefühlt. Dabei verhielt es sich sonst genau andersherum: War er müde, legte er sich nieder und schlief, und wenn er erwachte, fühlte er sich munter. Aber in diesem Haus stand seit Tagen alles kopf; Veränderung lag in der Luft, neue Gerüche fanden zusammen und verbanden sich.

Walther schnarchte jetzt in Marjories Zimmer, Maddie schlief wieder öfters bei Fritz, und in Emilys altem Zimmer hatte eine Fremde mit rotem Fell geschlafen. Aber wenigstens schlief Jason da, wo er es gewohnt war.

Es waren gerade die Veränderungen, die ihm das Gefühl gaben, dass alles im Fluss war und neue Harmonien entstanden. So wie die Töne, die Maddie dem aufklappbaren Tisch mit den schwarz-weißen Tasten entlockte, fügte sich alles in eine Melodie, die ihm behagte. Doch noch fehlte etwas bis zu ihrer Vollkommenheit. Darüber musste er nachdenken. Er schloss die Augen und schlief wieder ein.

Jason

Er war eine halbe Stunde zu früh.

Der Anruf der Journalistin, mit dem sie seine Einladung zum Abendessen annahm, hatte Jason überrascht; umso mehr freute es ihn, dass er sich nun doch noch bei Rabea für die Fahrt von Los Angeles nach La Jolla revanchieren konnte.

Da er jedoch die Erfahrung gemacht hatte, dass Frauen es wenig begrüßten, während der Vorbereitung zu einer Verabredung gestört zu werden, suchte er sich einen Parkplatz nahe am Hotel und überbrückte die Zeit, indem er die Ereignisse des Tages Revue passieren ließ.

Teil eins seines Plans hatte funktioniert. Inzwischen war es ihm auch gelungen, sich Zugriff zu Henochs WLAN zu verschaffen. Doch der Mann hatte seine Daten erstaunlich gut geschützt. Derzeit ließ Jason ein Entschlüsselungsprogramm auf seinem Laptop laufen, um das Passwort zu knacken. Fritz und Emily behielten es im Auge und würden ihn informieren, sobald sich ein Treffer ergeben sollte.

Leider gab es da etwas, das nicht so recht ins Bild passen wollte. Er hatte Citizen heute genau beobachtet. Je länger er darüber nachdachte, desto stärker wurde seine Überzeugung, dass Emilys Ex-Freund zu keiner Zeit bereit gewesen war, auf das Geldangebot einzugehen. Dabei schätzte er Citizen als niemanden ein, der hoch pokerte.

Das ließ nur einen Schluss zu: Eine Einigung auf finanzieller Basis stand für die treibende Kraft hinter Citizen, dessen Vater Henoch, nicht zur Debatte. Die Frage, die sich Jason seither stellte, war: Worum ging es Henoch wirklich?

Tatsächlich fiel ihm darauf nur eine Antwort ein: Henoch musste sich von Stephens Forschung sehr viel mehr versprechen als ein paar Hunderttausend Dollar.

Und welche Rolle spielte Chester Hamilton bei dem Ganzen? War es ihm wirklich ernst mit seinem Ausstieg?

Weder mit Emily noch mit Stephen hatte Jason bisher über seine Überlegungen gesprochen. Zuvor wollte er sich selbst einen Überblick verschaffen.

Gleich nach dem Krankenbesuch bei Stephen hatte er sich an die Strippe gehängt und mit Chesters Anwalt Ed Kauffman gesprochen. Er hatte sich über ihn erkundigt, da Kauffman ursprünglich Chesters Anwalt gewesen war und Jason mutmaßte, dass Kauffman deshalb primär Chesters Interessen vertreten würde statt Stephens. Es war nicht auszuschließen, dass Kauffman in alles eingeweiht war und Chesters Partie mitspielte.

Übers Internet hatte Jason zudem erfahren, dass Kauffman zuletzt mehrere Schweinezüchter vertreten hatte, darunter zwei Abgeordnete, die in einen Umweltskandal verwickelt waren. Sie hatten Unmengen mit Gülle und Pestiziden verseuchte Abwässer illegal in den Mississippi abgeleitet. Gut, dass Emily keine Kenntnis hatte, dass ihr Bruder von einem Anwalt vertreten wurde, der auch diese Sorte Mensch verteidigte.

Alles in allem hielt Jason seinen Freund Stephen für zu gutgläubig. Er hatte sich in die Hand einer skrupellosen Clique begeben, die ausschließlich von Profitgier angetrieben wurde. Es war verflixt, dass er mit Stephen nicht richtig kommunizieren konnte. Er hätte gerne mehr über die Forschung seines

Freundes erfahren. Seine mageren Informationsquellen waren bisher das Internet, die von Chester gepflegte *Blue-Ocean*-Webpage und Fritz gewesen. Vielleicht wusste Stephens Sekretärin Gladys mehr? Er nahm sich vor, sie anzurufen.

Jemand klopfte an seine Scheibe und riss ihn aus seinen Überlegungen. Es war seine Verabredung. Auch die Journalistin war um einiges zu früh dran.

»Dachte ich es mir doch, dass du es bist!«, sagte Rabea, als sie lächelnd in den Wagen stieg. »Katja hat mich heute etwas früher weggeschickt, weil sie noch Besuch erwartet. Ich war gerade noch ein wenig am Strand spazieren.«

»Wie geht es Katja?«

»Prima! Sie sprüht vor Lebensfreude. Ich habe ihr von unserer heutigen Verabredung erzählt und sie lässt dich aufs Herzlichste grüßen. Und sie trug mir auf, dich daran erinnern, dass du ihr ein Wiedersehen versprochen hast!«

»Dieses Versprechen werde ich ganz sicher einlösen! Leider halten mich meine Freunde bisher hübsch auf Trab.«

»Es freut mich, dass die Genesung deines Freundes so gute Fortschritte macht.«

»Ja, es ist eine große Erleichterung für uns alle. Toll, dass es nun doch noch mit unserem gemeinsamen Essen klappt! Ehrlicherweise hatte ich nicht mehr damit gerechnet.«

»Heute war die letzte Möglichkeit dazu. Übermorgen reise ich ab und morgen kommt mein Freund Ryan«, erklärte Rabea. Jason verstand die unterschwellige Botschaft. Gleich zu Beginn hatte die Journalistin geschickt die Prämissen des Abends festgelegt. Sie hätte auch genauso gut sagen können: *Wir essen nett zusammen, aber mehr ist nicht drin, versuch es gar nicht erst!*

»Ich bin an keinem Abenteuer interessiert«, beschied Jason locker.

»Oh doch, das bist du. Du bist der klassische Abenteurer. Eine männliche Biene, die von Blume zu Blume fliegt. Ein Honigsammler.«

»Welche Wortgewandtheit! Aber zu einem Abenteuer gehören immer zwei, oder? Du bist definitiv keine Frau, die sich auf ein Abenteuer einlässt. Ich versichere dir, ich freue mich heute auf ein gutes Essen mit einer interessanten Frau, die zufällig auch noch sehr schön ist. Ich bin ein Sammler, das stimmt. Ich sammle nette Bekanntschaften und gute Gespräche. Und heute zusätzlich die neidischen Blicke aller anwesenden Männer. Außerdem …« Er stoppte, von sich selbst überrascht und auch, weil er nicht genau wusste, was er eigentlich hatte sagen wollen.

»Außerdem hast du eine Freundin?«, vervollständigte Rabea den Satz für ihn.

»Äh, nein. Eigentlich nicht.« Er hatte nicht die Zeit, um über den unvollendeten Satz nachzugrübeln. Rabea warf ihm einen wissenden Blick von der Seite zu und wechselte das Thema.

»Wohin führst du mich aus?«

»In das beste Fischrestaurant San Diegos! Es ist direkt am Strand gelegen, und die Langusten zergehen einem auf der Zunge«, sagte Jason enthusiastisch. »Sie bereiten sie mit einem ganz speziellen Sud aus scharfen …«

Rabeas Handy unterbrach seine Schwärmerei.

»Mein Freund Ryan!«, ließ Rabea Jason wissen, bevor sie sich meldete. Danach hörte sie eine ganze Weile zu, und obwohl Jason sich auf den Verkehr konzentrieren musste, spürte er eine jähe atmosphärische Störung. Rabea schien sich neben ihm zu verspannen, auch wenn sie es vor ihm verbergen wollte.

Am Ende sagte sie bestimmt: »Ich glaube, du irrst dich vollkommen, Ryan. Nein, das werde ich ganz sicher nicht. Ich melde mich später bei dir.« Und beendete das Gespräch. Sie hantierte an ihrem Handy, und Jason glaubte zu wissen, dass sie es in den Flugmodus versetzt hatte. Sie wünschte keine weiteren Anrufe, von wem auch immer. Er hätte sie gerne gefragt, ob etwas passiert sei, entschloss sich jedoch einfach abzuwarten. Vielleicht würde sie von selbst zu sprechen beginnen. Und das tat sie.

»Können wir uns über Stephen und seine Forschung unterhalten? Und wie viel Emily darüber weiß?«, fragte Rabea unvermittelt.

Ryan

Ryan musste sich zwingen, seine Wut nicht an seinem Smartphone auszulassen. Rabea hatte ihn weggedrückt und jetzt war sie nicht mehr erreichbar, hatte tatsächlich ihr Handy vom Netz genommen. Was dachte sie sich? Die Frau wusste wirklich, wie sie ihn zur Weißglut treiben konnte.

Er öffnete seine Finger, schloss sie wieder, ballte sie zu Fäusten und wandelte seine Wut in Kraft um, drückte so fest zu, dass sich seine Nägel in die Haut bohrten. Der Schmerz war eine Wohltat. Ungefähr eine Sekunde lang.

Als Pete, sein Mann vor Ort, ihn informiert hatte, Rabea sei soeben in das Fahrzeug eines ihrer Verdächtigen gestiegen, hatte er in der ersten Sekunde an einen schlechten Scherz geglaubt. Aber schon waren ihm die digitalen Bilder übermittelt worden. *Sie war es!* Er hatte Pete, den leitenden Agenten in San Diego, gebeten, die Involvierung seiner Freundin vorerst unter Verschluss zu halten; er würde die Angelegenheit nach seiner Ankunft persönlich in die Hand nehmen. Auf Petes Verschwiegenheit war Verlass, dennoch bereute Ryan die unüberlegte Bitte. Je nach Entwicklung des Falls konnte es ihm das Genick brechen. Er betrachtete die Aufnahmen. Zunächst stach ihm ins Auge, dass Rabea die hellblaue Bluse trug, die sie zusammen bei einem Innenstadtbummel in Washington gekauft hatten, und das ärgerte ihn unerklärlicherweise mehr als das Lächeln, mit dem sie den blonden Schönling begrüßt hatte. Er war sich sicher, hier handelte es sich nicht um das erste gemeinsame Treffen der beiden. Auf diese vertraute Art lächelte Rabea nur, wenn sie jemanden kannte und auch schätzte.

Ryans Finger trommelten auf der Fallakte. Seit dem Nachmittag enthielt der Folder auch ein Informationsblatt über den blonden Schönling. Nach dem konspirativen Treffen zwischen Davis alias Citizen Kane und der kleinen Harper im Diner hatte er entschieden, dass es nicht schaden konnte, auch die Harpers und ihre Begleitung im Auge zu behalten, und hatte ihnen ein Team zugeteilt.

Zur Schwester von Stephen Harper lagen ihm ausreichend Informationen vor. Die kleine Harper war kein unbeschriebenes Blatt. Seit 2015 war sie Mitglied der Aktivistengruppe *Greenwar*, 2011 gegründet von ihrem Freund und Liebhaber Franklin Davis. Mit neunzehn war Emily Harper das erste Mal in den Fokus der DIA geraten. Das Band mit ihrer Vernehmung zur eskalierten Children's-Pool-Demo vor drei Jahren hatte er sich vorhin angesehen, daraufhin auch das archivierte Bild- und Videomaterial. Er war dabei auf ein interessantes Detail gestoßen. Vor der Demo war das Mädchen lediglich wegen ein paar Jugendsünden aufgefallen, kleineren Aktionen als Tier- und Umweltschützerin, nichts Nennenswertes. Derzeit hatte sie noch Bewährung wegen Einbruchs. *Greenwar* und seine Aktivisten hatten im letzten Jahr den Bogen deutlich überspannt und standen kurz davor, wie die FFI und ALF, als terroristische Vereinigung eingestuft zu werden. Dank eines Informanten lagen Ryan seit Kurzem Hinweise vor, die darauf hindeuteten, dass *Greenwar*-Aktivisten beim Einbruch in das Biotechunternehmen *Global Solutions* beteiligt waren und damit etwas mit der Ermordung eines Security-Angestellten zu tun haben könnten. Jedes ungeklärte Verbrechen war ein Stein in Ryans Magen. Aufgrund der Sachlage hatte er zwar die Befugnis, die Verdächtigen zu verhaften und zu verhören, aber die Beweise reichten nicht aus für eine Verurteilung. Er wollte erst die Spur weiterverfolgen. Offenbar diente *Greenwar* einem möglichen Cyberterrornetzwerk namens *Guidestones* als Fassade. Diese Information stammte vom Cyber Threat Intelligence Integration Center. Das CTIIC war 2015 neu geschaffen worden, nachdem dem Versicherungskonzern Anthem 80 Millionen Krankheitsakten und J. P. Morgan 83 Millionen Kontodaten gestohlen worden waren. *Guidestones* war bereits als Hackernetzwerk durch einige Sabotageakte aufgefallen, und das CTIIC hatte sie auf die Liste für Cyberterrorismus gesetzt. Falls also der *Global-Solutions*-Einbruch tatsächlich auf das Konto von *Guidestones* ging, wäre die Gruppe von ihrer ursprünglichen Strategie abgewichen. Dazu passte der Hinweis seines Informanten in Los Angeles, dass *Guidestones* demnächst eine riesige Sache plante.

Ryan ging nochmals das durch, was ihm über Carlos Delgado bekannt war. Delgado war erstmals als Sechzehnjähriger ins Visier der Behörden geraten. Damals hatte er sich in den Server seiner Highschool gehackt, um an die Abschlussprüfungen zu kommen. Der illegale Zugriff wäre unbemerkt geblieben, wenn der junge Delgado den Ausdruck mit den Lösungen nicht an die ganze Klasse verteilt und ein Vater dieser Schüler nicht die Schulleitung informiert hätte. Ryan konnte spontan ein Dutzend ähnlich gelagerter Lebensgeschichten wie die von Delgado aufzählen. Terrorismus wurzelte oft im Idealismus. Am Anfang stand der Antrieb, etwas verändern zu wollen. Die Erwartungen an sich selbst waren groß – genauso Enttäuschung und Frust, wenn sie sich nicht erfüllten. Aus Enthusiasmus wurde mit der Zeit Ohnmacht und aus Ohnmacht wurde Zorn. Bis sich dieser eines Tages gegen die Gesellschaft richtete, obwohl man ursprünglich angetreten war, diese zum Besseren hin zu verändern.

Ryan blätterte weiter in der Fallakte. Der Name des Blonden lautete Jason Samuel, 31 Jahre alt, geboren in München, deutscher Staatsbürger und ebenda als Kriminalbeamter tätig, spezialisiert auf Täterprofile. Samuels Ausbildung beinhaltete auch einen sechsmonatigen Profilingkurs beim FBI in Quantico. Aus diesem Grund lag sogar eine Sicherheitsüberprüfung vor. Der Mann hatte beste Beurteilungen. Samuel wurde als Baby adoptiert, sein Adoptivvater war derzeit stellvertretender Polizeipräsident der deutschen Hauptstadt Berlin.

Zugegeben, insgesamt eine interessante Vita. Je mehr er über den Typ zusammengetragen hatte, desto stärker empfand er ihn als Rivalen, und das fuchste ihn. Als Aufenthaltsgrund hatte Samuel auf dem Einreiseformular *Urlaub* vermerkt. War er tatsächlich nur des Urlaubs wegen in die Staaten eingereist oder hatten auch die Deutschen ein Interesse an dem Fall? Warum schickten sie dann jemanden inkognito hierher, statt um Amtshilfe zu bitten? Die DIA unterhielt auch in San Diego eine Außenstelle; seine Vorgesetzten oder Samuel selbst hätten sich zu jeder Zeit an diese wenden können.

Ryans Entscheidung, den Mann ebenfalls zu überwachen, hatte sich spätestens dann als richtig herausgestellt, als die Prüfung von Henochs Telefondaten ergeben hatte, dass Jason Samuel vor vier Tagen von Henochs Handy einen Anruf erhalten hatte, der weniger als fünf Sekunden betrug. *Womöglich der Austausch eines Codes?* Ein weiterer Faktor war die enge Verbindung von Samuel zu den Harper-Geschwistern. Stephen Harper war Meeresbiologe. Wie passte seine Forschung ins Bild? Er nahm sich vor, Dr. Harper baldmöglichst persönlich zu verhören – dessen Kieferfraktur sollte kein Hindernis sein, wenn er seine Fragen entsprechend formulierte.

Ryan sah sich mit vielen Fragen konfrontiert, und von welcher Seite er es auch betrachtete, die Sache hatte einen fiesen Beigeschmack.

Seine Verlobte Rabea traf sich in diesem Moment mit einem Mann, den sie allem Anschein nach bereits länger kannte, einem Mann, der entweder als verdeckter Ermittler in seinen aktuellen Fall involviert war oder, *worst case,* ein Mittäter sein konnte!

Rabea besaß einen verlässlichen Instinkt für Gefahr. Leider auch definitiv einen Hang zum Abenteuer. Je gefährlicher sich eine Sache anließ, umso eher stürzte sie sich darauf. Gefahr war für sie eine Herausforderung. Für seinen Geschmack war Rabea viel zu angstfrei.

Er selbst versuchte, bei seinen Vorträgen den angehenden Agents beizubringen, auf ihren Instinkt zu hören und die Angst als etwas zu betrachten, das Leben retten konnte! Nicht nur das eigene, sondern vor allem das jener, die zu schützen sie als Bundesagenten geschworen hatten. Aber Rabea war keiner seiner Agents und sah keine Veranlassung, auf ihn zu hören. Sie war so stur wie mutig, und sie konnte keiner guten Story widerstehen. Auf diese Weise hatte sie sich bereits in einige brenzlige Situationen manövriert. Der Gedanke, seine Freundin könnte womöglich in Gefahr schweben, während annähernd viertausend Meilen zwischen ihm und ihr lagen, ließ Ryan fast den Kopf platzen.

Da er selbst nicht aktiv eingreifen konnte, musste er auf Pete und sein Team vertrauen. Außerdem konnte Rabea in der Regel ganz gut auf sich selbst aufpassen; sie besaß mehr Leben als eine Katze.

Aber es ging nicht an, dass sie seine Warnung einfach so in den Wind schlug und ihn wegdrückte! Er war professionell genug, um seiner Wut nicht weiter Raum zu geben, dennoch …

Dass Rabea augenscheinlich einem Mann vertraute, dessen Aussehen ihn frappierend an Rabeas Jugendliebe, Lukas von Stetten, erinnerte, versenkte die spitzen kleinen Zähne der Eifersucht in ihn. Nach einigen Startschwierigkeiten hatten er und Lukas Freundschaft geschlossen, das gemeinsame Abenteuer in Rom hatte sie aneinandergeschmiedet – aber die Tatsache blieb bestehen: Sie hatten beide mit derselben Frau geschlafen und das war und blieb ein Dorn mit Widerhaken.

Es war ein verflixter Fehler von ihm gewesen, Rabea anzurufen. Er hatte spontan gehandelt, sich von seinen Gefühlen leiten lassen – unverzeihlich für einen Mann seiner Profession! Jedem anderen hätte er an seiner Stelle sofort geraten, seinen Job an den Nagel zu hängen. Rabea war seine Achillesferse, sein wunder Punkt. So, wie sie es für ihre Jugendliebe Lukas gewesen war ... Oder, wie er vielmehr argwöhnte, immer noch war. Eine Frau wie Rabea vergaß man nie, sie brannte sich einem ins Herz und man war für immer gezeichnet.

Sobald sein Boss, Director Adam B. Clayton, von seinem Anruf bei Rabea erfuhr, würde er seinem Agenten erst das Fell gerben und ihn danach vom Fall abziehen. Und das war noch das Beste, was Ryan sich für sein Fehlverhalten erhoffen konnte.

Allerdings konnte man bei Clayton nie wissen. Ryan bewunderte den alten Haudegen. Sein Boss hatte eine ganz eigene Art, die Dinge anzugehen, und nicht selten war er für eine Überraschung gut. Wie nur wenige beherrschte Ryans Vorgesetzter die Fähigkeit, um die Ecke zu denken. Dies und noch einige weitere Talente befähigten Lieutenant General Clayton dazu, die Defense Intelligence Agency, militärischer Nachrichtendienst und Dachorganisation der vier Teilstreitkräfte, zu leiten und diese Position seit über zwölf Jahren erfolgreich gegen jede innere und äußere Anfeindung zu verteidigen.

Ryan war sich dessen bewusst, dass Clayton seit der gemeinsamen Geschichte in London einen Narren an Rabea gefressen hatte. Hätte er seinen Boss von ihrer unvermuteten Beteiligung sofort in Kenntnis gesetzt, wäre der womöglich auf die Idee gekommen, Rabea als ihre Informantin einzusetzen.

Doch sein voreiliger Anruf hatte alles verdorben. Rabea hatte ihn abgeblockt, glaubte ihm nicht, vertraute auf ihren eigenen Instinkt. Fataler Fehler, er hatte sie ohne Not auf eine Spur gebracht, die sie nun selbst verfolgen würde!

Oder, meldete sich eine ungebetene Stimme, *deine Freundin befindet sich nicht zufällig gerade dort!* War es möglich? Ja, er musste auch das in Betracht ziehen, er traute Rabea so ziemlich alles zu. *Verdammt seist du, Rabea*, fluchte er in sich hinein. Verdammt sei dein Mut, deine Sturheit, dein Abenteuersinn! *Verdammt, ich liebe dich!*

Ursprünglich war sein Flug nach San Diego für morgen Vormittag geplant, doch nun zog er seinen Laptop heran und checkte die nächstmögliche Verbindung. Und wenn er einen Flug würde chartern müssen, überlegte er grimmig. Er hatte Glück. Am Abend ging noch ein Flieger nach L. A., allerdings ohne Anschluss nach San Diego. Er buchte einen Wagen für die Weiterfahrt, spätestens gegen vier Uhr morgens würde er bei Rabea eintreffen. Nach erfolgter Reservierung griff er ohne weitere Verzögerung zum Hörer, um Director Clayton von den neuesten Entwicklungen im Fall *und* von seinem Fauxpas zu berichten. Er hatte beschlossen, die Flucht nach vorn anzutreten und auf Director Claytons Urteil zu vertrauen.

Adam B. Clayton befahl Special Agent Ryan McKenzie sofort in sein Büro.

***

Schon im Flur vor dem Sekretariat schlug Ryan durchdringender Zigarrengeruch entgegen. Clayton durfte zu Hause nicht rauchen, seine Frau verbat es sich. Vom Staat hingegen ließ er sich nicht davon abhalten, wie er Ryan einmal mit spitzbübischem Grinsen erklärt hatte.

»Ihr Rotschopf ist eine verdammte Füchsin! Wie zur Hölle hat sie von unserem Fall erfahren?«, empfing ihn der Director in seiner Räucherhöhle.

»Sir, ich habe ihn mit keiner Silbe erwähnt«, erwiderte Ryan schmallippig, während er unbewusst Haltung vor dem Schreibtisch annahm.

Clayton spuckte seine Havanna aus: »Stehen Sie nicht rum wie ein verdammter Zinnsoldat, McKenzie! Setzen Sie sich! Ich habe bereits ein steifes Knie und keine Lust auf einen steifen Nacken.«

Ryan folgte der Aufforderung.

»Fürs Protokoll, MacKenzie! Das habe ich Sie nicht gefragt. Also, woher weiß sie es? Einen Verdacht?«

»Nicht den geringsten, Sir«, antwortete Ryan wahrheitsgemäß.

»Gut. Spielen wir es durch. Wie groß ist die Wahrscheinlichkeit, dass eine investigative Journalistin vom Format unserer Füchsin ausgerechnet zu einem Mann in den Wagen steigt, der Kontakt zu unserem Kreis der Verdächtigen hat?«

Ryan rutschte bis zur Stuhlkante vor. Egal, was er antwortete, es würde sich hohl anhören. Also schwieg er.

Clayton zog an seiner Zigarre, konnte ihr jedoch keine Glut entlocken. »Verflixt«, fluchte er, und Ryan wusste nicht, ob er damit seine erloschene Zigarre oder sein Schweigen meinte. Clayton legte die Zigarre weg und faltete die Hände auf dem Schreibtisch. »Wie hat unsere Freundin ihre dortige Anwesenheit begründet?«

»Mit Recherche und Interviews. Katja Filipowna hat sie gebeten, sie bei der Verfassung ihrer Biografie zu unterstützen.«

»Katja Filipowna? *Die* Katja Filipowna? Sie ist wieder in San Diego?« Clayton hatte sich halb von seinem Sitz erhoben. »Ja, verdamm mich! Die Frau war für die Russen das, was Wernher von Braun erst für Hitler und dann für uns war! Die baut eine Rakete mit verbundenen Augen zusammen. Ich weiß nicht, ob mir dieses Zusammenspiel gefällt.« Clayton ließ sich wieder zurücksinken, dachte nach. Auch Ryan kramte in seinem Gedächtnis nach Informationen über Katja Filipowna. Viel war es nicht. Er selbst war nur wenige Jahre vor dem Fall des Eisernen Vorhangs geboren, die wichtigsten Ereignisse im Leben der Katja Filipowna hatten sich lange vorher abgespielt. Er konnte nicht einmal sagen, ob sie damals geflohen oder übergelaufen war. Das Prägnanteste, was ihm noch dazu einfiel, war, dass es ein Enkel der Filipowna zu einem hohen amerikanischen Militär gebracht hatte.

»Sind die Angaben unserer Füchsin glaubwürdig?«

»Ich habe es nicht verifiziert. Ich vertraue Rabea«, sagte Ryan ruhig und fixierte einen Punkt oberhalb von Clayton.

Clayton antwortete ihm mit einem Grunzen, das sich für Ryan anhörte wie *Wen willst du damit überzeugen, Junge? Dich oder mich?*

Sein Boss griff zum Hörer und gab die Anweisung durch, Katja Filipowna zu überprüfen – primär, wann und wie sie eingereist war und wer noch auf der Passagierliste gestanden hatte. Kaffee bestellte er auch gleich mit.

»Wenn an der Sache was dran ist, habe ich nicht vor, sie uns durch die Dummheit meines leitenden Agents durch die Lappen gehen zu lassen.« Jede Jovialität war aus Claytons Haltung gewichen, hier sprach der mächtige Director der DIA, Herr über knapp achttausend Mitarbeiter.

MacKenzie fummelte an seiner Krawatte, während Clayton das Blatt mit den Informationen zu Jason Samuel eingehend studierte. Ryan hatte die vollständige Akte mitgebracht. Seit dem Briefing vor drei Stunden gab es nichts Neues – bis auf die Aufnahmen, die Rabea mit Samuel zeigten, und die hatte er Clayton noch während ihres vorherigen Telefonats digital übermittelt.

Claytons langjährige Sekretärin Sally brachte ein Tablett mit Kaffee nebst kleinen Kuchen. Sie lächelte Ryan warm an, ihren Boss hingegen würdigte sie kaum eines Blickes.

Sie war noch nicht ganz wieder draußen, als Clayton polterte: »Du hast einen verdammten Schlag bei den Weibern, Ryan! Selbst meine alte Sally fängt an, bei dir mit den Hufen zu scharren! Hättest dir ruhig jemand Harmloseren als unsere wilde Füchsin zulegen können.«

Ryan versenkte seinen Blick in seine Tasse. Wenn Clayton in *der* Stimmung war, war man gut beraten, den Mund zu halten.

Clayton nahm sich Zeit, seine Zigarre wieder in Gang zu bringen. Er paffte ein paar Rauchkringel in die Luft und betrachtete das Bild auf seinem Schreibtisch, das ihn mit dem jungen Kennedy, J. F. K.s Sohn, zeigte. In jungen Jahren war er dessen Mentor auf der Brown University gewesen. Ryan kannte Clayton lange genug, um zu wissen, dass sein Boss gerade eine Theorie ausbrütete. »Andererseits«, hob Clayton an, »ist nicht auszuschließen, dass es sich wirklich nur um einen dummen Zufall handelt. Vielleicht hat unsere Rabea auch einfach nur Lust auf ein Pfeifkonzert mit einem hübschen neuen Vogel?«

Ryan verzog keine Miene. Den Seitenhieb hatte er sich in dem Moment verdient, als er Rabea angerufen hatte. Der Gedanke war ja auch nicht weit von dem nagenden Gefühl in seinem Magen entfernt, das ihn erst zu dem unbedachten Telefonat getrieben hatte.

Clayton schob seine Zigarre in den anderen Mundwinkel. »Wann geht es nach San Diego?«, fragte er.

Ryan hatte Mühe, sich seine Erleichterung nicht allzu sehr anmerken zu lassen. Der Director hatte nicht vor, ihm den Fall zu entziehen! »In neunzig Minuten«, ließ er ihn wissen.

»Gut, schnappen Sie sich die *Guidestones*-Terroristen und passen Sie gut auf unsere gemeinsame Freundin auf! Und jetzt raus hier, bevor ich es mir anders überlege.«

Ryan war schon an der Tür, als Clayton ihn nochmals anrief: »Sie sind ein junger Mann, MacKenzie, und die Säfte fließen. Aber von meinen Agents erwarte ich mehr Hirn als Hose. Haben wir uns verstanden?«

»Ja, Sir!«

Jason

Jasons Zurückhaltung wurde belohnt. Zunächst aber überraschte ihn Rabea mit ihrer Bitte: »Können wir uns irgendwo ungestört unterhalten?«

»Komisch ... Ich dachte eigentlich, wir seien hier im Wagen ungestört?«

»Schon, allerdings musst du dich auf den Verkehr konzentrieren. Ich zöge es vor, dir bei unserem Gespräch in die Augen zu sehen.« Zweifellos war es ernst gemeint und kein Vorwand, aber was bezweckte sie damit? Darauf fand er nur eine mögliche Antwort: Rabea wandte dieselbe Methode an wie er. Beim Verhör mit Verdächtigen sitzt man sich gegenüber, denn so kann man sich ein umfassenderes Bild über deren Persönlichkeit verschaffen, ihre Mimik und Gestik studieren.

Er gab nach, auch weil er inzwischen vor Neugierde brannte. »Wie die Lady befiehlt.« Er entschied sich, nicht unmittelbar am Straßenrand anzuhalten, wo der Verkehr an ihnen vorbeirauschte, sondern bog in einen kleinen, von verkrüppelten Kiefern gesäumten Feldweg ein. An einem Felsvorsprung, der den Ozean überblickte, stellte er den alten Käfer ab.

Die Sonne stand bereits tief im Westen. Nicht mehr lange und sie würde mit gewohntem Farbenrausch im Meer versinken. Das wäre schon ihr zweiter gemeinsamer Sonnenuntergang, fiel Jason auf. Er stellte die Zündung ab. »Also, worum geht es?«

»Steigen wir aus.« Rabea lief ein paar Schritte auf die Bäume zu und lehnte sich dann an einen Stamm. Er blieb mit verschränkten Armen vor ihr stehen, wartete.

Bereits Rabeas erste Frage bestätigte seinen Verdacht eines Verhörs. »Sag mir die Wahrheit, Jason: Bist du lediglich als Tourist hier oder als Polizist?«, fragte sie übergangslos.

Er antwortete prompt und wahrheitsgemäß: »Ich bin hier, um mich zu erholen – von meiner Arbeit als Polizist. Dennoch bin ich das ganze Jahr über Polizist. Wenn es das ist, was du hören willst.«

»Ermittelst du gerade gegen Henoch?«

Plötzlich war er auf der Hut. Ihm schoss durch den Kopf, dass er gerade im Begriff stand, in das WLAN eines amerikanischen Staatsbürgers einzudringen. Ein Vorgang, der in jedem Land der Erde illegal war. Tatsächlich riskierte er damit Kopf und Kragen, und falls er erwischt wurde, wogen die Folgen schwer. Er würde in den USA angeklagt werden, was ihn mit ziemlicher Sicherheit zu Hause seinen Job kosten würde, und vermutlich würde sein Vater von seinem Posten in Berlin zurücktreten müssen. Bisher hatte er die Kette der Konsequenzen erfolgreich verdrängt, doch Rabea hatte ihn gerade darauf gestoßen. »Fragst du mich das als Journalistin? Witterst du eine Story?«

»Nein«, sie schüttelte den Kopf, »es geht nicht um eine Story. Was ich wissen will, ist, ob du im Auftrag der deutschen Regierung in die USA eingereist bist, um gegen Henoch zu ermitteln.«

»Ich weiß zwar nicht, was dich auf diesen absurden Gedanken bringt, aber ich bin tatsächlich nur hier, um mit Freunden meinen Urlaub zu verbringen. Ich komme seit meinem sechsten Lebensjahr regelmäßig hierher.« Er fragte sich, was der mysteriöse Anrufer zu Rabea gesagt haben mochte und was er von ihr verlangt hatte, das sie mit einem *Nein, das werde ich nicht!* abgeschmettert hatte. Seine Neugierde ließ ihn weiter mitspielen. Bis ihn ihre nächste Frage kalt erwischte.

»Was hast du heute mit Emily und ihrem Freund Citizen im Diner gemacht?«

Er hatte Mühe, sein Pokerface zu wahren, doch er sah keinen Grund, es zu leugnen. »Du bist uns gefolgt?«

Rabea gab ihm durch eine Geste zu verstehen, hinter sich zu sehen. Misstrauisch wandte sich Jason um und entdeckte in weniger als sechzig Meter Entfernung einen weiteren Wagen. Die Insassen, ein junges Liebespaar, waren eben ausgestiegen und kamen schäkernd auf sie zu. Der Mann trug eine professionelle Kamera um den Hals. Sie wirkten wie harmlose Touristen, die Fotos von der Aussicht machen wollten. Bis Jason stutzte. Bildete er sich das nur ein oder hatte er die Frau heute auch schon vor dem Diner gesehen?

»Wir werden observiert?«, fragte er ungläubig. Sein erster Gedanke galt *Henoch*. Der zweite: *Bestand eine Verbindung zwischen Rabea und Henoch*? Nein, völlig absurd! Eine derartige Fehleinschätzung eines Menschen würde bedeuten, dass er seinen Beruf verfehlt hatte – zudem entsprang seine Begegnung mit Rabea dem Zufall. Er hatte *sie* angesprochen!

Da fiel bei ihm der Groschen. Rabea schien sich exakt dasselbe nach dem Anruf ihres Freundes gefragt zu haben – ob sie vielleicht ihn, Jason, falsch eingeschätzt hatte, er sie nicht rein zufällig angesprochen hatte. »Um was geht es hier genau? Was hat dein Freund am Telefon zu dir gesagt? Stellst du mich etwa auf die Probe?«

»Ich stelle dich nicht auf die Probe, Jason. Ich wollte mich nur vergewissern, mich in dir nicht getäuscht zu haben.«

»Prima. Habe ich bestanden?« Es gab wenig, das ihm die

Laune verderben konnte, aber dieses schräge Verhör war durchaus dazu geeignet.

Rabeas Mund öffnete sich zu einem breiten Lächeln. »Du gehörst einwandfrei zu den good guys.«

Jason entspannte sich, aber nur ein wenig. »Nachdem wir das geklärt haben, hätte ich da auch eine Frage. Wer oder was ist dieses Pseudo-Liebespaar, und vor allem, *wer* hat sie uns auf den Hals gehetzt?«

Rabeas Lächeln wurde ein ganz klein wenig schuldbewusst. »Mein Freund.«

»Sag mir, dass er kein Mafiaboss oder so was ist.«

»Er ist *so was*: Special Agent bei der DIA. Ich behaupte einmal, ihr würdet euch prima verstehen.«

Jason konnte nicht sagen, dass ihm das Gefühl zusagte, das ihm von unten über die Beine in den Rücken kroch. »Und ihm hast du meinen Führerschein per WhatsApp gesandt?«

»Gott bewahre! Nur meiner Freundin Lucie.«

»Was ich gerne verstehen würde«, sagte Jason nach kurzer Überlegung, »warum ein Mann, dessen Behörde Ressorts wie Massenvernichtungswaffen, Terrorismus und Organisierte Kriminalität umfasst, ausgerechnet Emily und Citizen observieren lässt? Und jetzt offenbar auch mich. Um was geht es hier?«

Rabea sagte es ihm.

Emily

Emily saß im Baumhaus und fühlte sich einsam. Und das, obwohl Homer und Maddie bei ihr waren. Homer hatte die Schnauze auf ihren Schoß gebettet und Maddie kritzelte in ihrem Zeichenblock. Es war eine andere Form der Einsamkeit, deren Ursprung Emily nicht begriff. Sie hatte sich zum Zeichnen hierher zurückgezogen, doch ihr wollte partout nichts einfallen, stattdessen rotierten Zahlen in ihrem Kopf. Während Maddie den Menschen zählte, zählte sie deren Vergehen. Sie kannte jede verdammte Zahl: wie viele Millionen Tonnen Müll bereits in Seen, Flüssen und Weltmeeren schwammen, den durchschnittlich weltweiten Fleischverbrauch pro Kopf und wie viel Tonnen Dünger eingesetzt und Liter Wasser für die Produktion verschwendet wurden, die Anzahl der bereits ausgerotteten Tierarten, die Anzahl der gefährdeten Tierarten, die Anzahl der Pkws auf Amerikas Straßen, die Anzahl der Atomkraftwerke und so weiter und so fort. Zahlen über Zahlen über Zahlen. Sie hatte so viele Zahlen in ihrem Kopf, dass er damit genauso zugemüllt war wie der Planet mit Plastik.

Nicht nur in ihrem Kopf herrschte Chaos, auch um sie herum: Zerknülltes Papier und Stifte lagen verstreut auf dem Boden, dazwischen ein Teller mit angebissenen Brownies, Kleidungsstücke und Homers zerkaute Spielsachen. Bisher hatte es ihr nie an Ideen gemangelt. Während sie auf das weiße

Blatt starrte, fragte sie sich, warum das ausgerechnet jetzt so war, wo sie sich doch eigentlich besser fühlte.

Kamen ihr nur Ideen, wenn sie sich schlecht fühlte? Zwischen ihre Gedanken mogelte sich immer wieder Jason. Er verbrachte den Abend mit dieser Rabea! Die Erinnerung an Stephens Reaktion, dieses dämliche Daumen-hoch-Zeichen, als Jason ihnen von der Verabredung berichtete, trieb ihre Laune endgültig auf den Tiefpunkt.

»Weißt du was, Homer?«, sagte sie zu ihm, »wir gehen in die Küche und schauen nach, ob wir einen Leckerbissen für dich finden.« Maddie fragte sie nicht, die Kleine würde ihr ganz automatisch folgen. Emily packte Homer in den Korb, mit dem sie ihn seit jeher rauf- und runtertransportierte, ließ ihn behutsam hinab und verließ ihre luftige Behausung nach Maddie über die Leiter.

Maddie verschwand sofort im Wohnzimmer. Kurz darauf erfüllten die wunderbaren Töne eines von Emilys Lieblingsstücken das Haus. Emily hielt in der Tür inne und lauschte eine Weile der Melodie. Doch ihre innere Unruhe trieb sie weiter in die Küche.

Dort traf sie auf Fritz, der vor seinem Laptop saß und eifrig tippte.

»Was machst du?«, fragte Emily.

»Ich chatte mit dem Physikforum.« Neben Fritz lag ein wissenschaftlicher Artikel, der zum Großteil aus komplizierten Formeln zu bestehen schien.

»Wo ist Mama?«, erkundigte sich Emily weiter bei Fritz.

»Alles in Ordnung mit dir?«, fragte Fritz und sah prüfend von der Tastatur auf.

»Wieso?« Sie fühlte sich irgendwie ertappt, verstand aber nicht, warum.

Fritz sah sie verwundert an: »Hast du vergessen, wie Tante

Marjorie zu uns gesagt hat, sie ginge heute zum monatlichen Treffen des Prinzessin-Diana-Fanklubs? Wir haben ihr sogar gewinkt, als sie vom Hof fuhr!«

Emily zupfte an ihrem nackten Ohr. »Stimmt. Ich habe wohl zu viele Geschichten in meinem Kopf.« Sie grinste verlegen, stellte es aber sofort ein, weil Fritz die Augenbrauen auf eine Weise hochzog, als wüsste er, dass sie ihn gerade anflunkerte.

Maddie hatte ihr Spiel abgebrochen und war Emily in die Küche gefolgt. Emily presste die Lippen zusammen. Nun hatte sie auch ihre kleine Freundin mit ihrer Unruhe angesteckt. Maddie schlüpfte auf die Eckbank. Dort begann sie den Oberkörper zu wiegen, begleitet von leise gemurmelten Zahlen.

Emily gefiel nicht, dass Maddie seit Tagen immer wieder die Zahlen herunterbetete, die sie nach dem Unfall ständig aufgesagt hatte. Dazwischen rief sie auch einige Male auf Deutsch »die Engel, die Engel!«.

Emily fragte sich, wie sehr die Anspannung der letzten Tage der hypersensiblen Maddie zusetzen mochte. Tröstlich war, dass die Kleine sich momentan nicht unter dem Astronautenhelm verschanzte.

»Hilfst du mir beim Kreuzworträtsel?«, fragte Fritz Emily und klappte seinen Laptop zu.

»Ich dachte, du chattest mit deinen Physikfreunden?«

»Jetzt bist du da, und ich möchte gerne mit dir Kreuzworträtsel lösen.«

»Ja gut, gerne.«

Fritz zog ein Heft aus dem Stapel auf der Eckbank.

Zwei Minuten später: »Du bist komisch, Emily.«

»Was?« Sie schreckte auf.

»Du hörst mir gar nicht zu!« Er fixierte sie auf eine Art, die sie an Maddie erinnerte – als wolle er sie zählen.

»Vermisst du Jason?«, fragte er, und Emily fiel aus allen Wolken.

»Wie kommst du bloß darauf?« Der Bleistift in ihren Händen zerbrach und ein Stück rollte unter den Tisch. Als sie hastig darunterkroch, um es aufzuheben, stieß sie sich prompt den Kopf an der Kante.

Fritz kicherte und Maddie fiel laut darin ein.

So weit ist es also mit mir gekommen, dachte Emily grimmig. *Ich sitze unter einem Tisch und ein Zwölfjähriger und eine Zählerin lachen mich aus!*

Homers feuchte Schnauze stupfte sie an. Wenigstens er verstand sie. Vielleicht, dachte sie, sollte sie einfach hier unten auf dem Fußboden sitzen bleiben. Wahlweise könnte sie auch eine Wachspuppe formen. Mit roten Haaren. Sie fühlte sich gerade sehr kindisch und gedachte, an diesem Zustand bis zu Jasons Rückkehr nichts zu ändern. Zum Teufel mit erwachsenen Gedanken! Sie würde sich gehen lassen! Und sie wusste auch schon, wie.

Sie krabbelte unter dem Tisch hervor, holte eine Familienpackung Eis aus dem Gefrierfach und dazu Mutters Keksdose aus dem Schrank.

»Wir feiern jetzt eine Orgie«, verkündete sie Fritz und Maddie feierlich.

Jason

»Bioterrorismus?«, wiederholte Jason ungläubig. Das kalte Gefühl in seinem Nacken verwandelte sich in eisige Splitter. »Du nimmst mich auf den Arm, oder?«

»Nein, es geht um Stephens Forschung. Offenbar sind Terroristen daran interessiert. Mein Freund ist der leitende Ermittler in dem Fall. Wie viel weißt du über Stephens Forschung?«

»Nur das, worüber wir schon gesprochen haben. Stephen untersucht biologische Möglichkeiten, um die durch Ölhavarien, Umweltgifte und Zivilisationsmüll belasteten Meere zu reinigen.«

»So ist es auch auf der offiziellen *Blue-Ocean*-Webpage nachzulesen. Aber dein Freund wird das Zeug ja nicht mit dem Schaufelbagger einsammeln wollen. Sonst ist dir nichts darüber bekannt?«

Jason zuckte mit den Achseln: »Nicht mehr als dir. Stephen forscht mit Bakterien und maritimen Kleinstlebewesen, die Ölrückstände im Meer vertilgen sollen. Stephens Forschungsansatz lautet, wenn Bakterien Öl fressen können, gibt es auch welche, die Plastik vertilgen können. Er forscht auch mit Würmern und Insekten. Vor ein paar Jahren hat er durch Zufall entdeckt, dass die Raupe der Großen Wachsmotte, die sich an seinen Bienenwaben zu schaffen gemacht hatte, auch Plastik frisst.«

Rabea nickte, während sie das Pseudo-Liebespaar im Auge behielt. »Bis auf das zur Großen Wachsmotte findet sich das auch auf der Webpage. Sonst hat dir dein Freund nichts erzählt? Du warst doch bei ihm im Krankenhaus. Hast du ihn nicht gefragt?«

»Ehrlich gesagt hat sich Stephen bei seiner Forschung ziemlich bedeckt gehalten. Bei meinem letzten Urlaub erklärte er mir, dass er Chester nur deshalb an der Backe habe, weil er einmal über ungelegte Eier gegackert habe. Den Fehler wollte er nicht wiederholen.«

»Damit spielte dein Freund auf das Klassentreffen an.«

Jason nickte bestätigend.

»Ist dir bekannt, dass Mikroben, die Erdölrückstände fressen, ziemlich gesundheitsschädlich für den Menschen sind? Sie gelten allgemein als gefährliche Krankheitserreger und lösen chronische Infektionen aus«, erklärte Rabea.

Langsam dringen wir zum Kern der Sache vor, dachte Jason. Jedoch gefiel ihm die Richtung nicht. »Worauf läuft das hinaus? Dass Stephen gefährliche Experimente durchgeführt hat? So wie ich meinen Freund kenne, hat er jede denkbare Sicherheitsvorkehrung getroffen. Er würde niemals einem Menschen oder einem Tier absichtlich Schaden zufügen. Ist es das, was dein Anrufer von vorhin behauptet hat? Hat er, hast *du* irgendeinen Beweis dafür?«

»Ich habe nichts behauptet, ich bin Journalistin.«

»Heißt?«

»Ich kann nur die Fakten auflisten. Für die Beweisfindung sind Ermittler wie du zuständig.«

»Das beantwortet nicht meine Frage«, sagte Jason gereizt. Sein Instinkt sagte ihm, dass sie bisher kaum über das Vorgeplänkel hinaus waren. Ihm war klar, was Rabea damit bezweckte: Sie testete seine Reaktionen aus, wollte in Erfahrung bringen, wie viel er wusste. Es störte ihn, dass sie ihm nicht genügend vertraute und seine Aussagen in Zweifel zog. Und er sorgte sich um Stephen, konnte das Gewitter, das sich um seinen Freund zusammenbraute, förmlich spüren.

Aber es war weder Zeit für Spielchen noch für Rätselraten, hier ging es um die Zukunft und die Reputation seines besten Freundes! Stephen und Bioterrorismus? Etwas Absurderes war ihm nie untergekommen. Dennoch rollte sich die Angst wie eine Seeschlange in seinem Magen zusammen. Hier war noch mehr im Spiel! Und die Journalistin wusste Bescheid, hielt es aber vor ihm zurück. Jason maß Rabea mit einem intensiven Blick. Er konnte ihr berufliches Interesse nachvollziehen, aber er war nicht bereit, sich zu ihrem Handlanger zu machen.

»Komm endlich zur Sache, Rabea! Ich sehe dir an, dass du ebenfalls nicht an den Quatsch Bioterrorismus glaubst. Um was geht es hier wirklich?«

»Um das, worum es immer geht: um Macht und Profit. Der Klang von Geld ist ein verführerischer Sirenengesang.«

»Mein Freund ist Wissenschaftler und an Geld nur insofern interessiert, wie es seine Forschung voranbringen kann«, sagte Jason scharf.

Rabea ließ die Bombe platzen: »Stimmt, nach allem, was ich durch dich über Stephen Harper weiß, und dem, was ich zu Chester Hamilton recherchiert habe, halte ich wenig von der Bioterrorismus-These. Hingegen steht *Blue Ocean* kurz vor der Übernahme durch den Biotech-Giganten *Global Solutions*. Da ist eine Menge Geld für alle Beteiligten drin.«

Jason erstarrte. Da hatte er sein Motiv! Deshalb war Henoch nicht an den 200 000 Dollar interessiert gewesen! Er würde bei einer Übernahme vermutlich das Zigfache kassieren! Deshalb war Henoch so daran gelegen, dass Stephen die

Partnerschaft nicht aufkündigte. Der Deal war noch nicht über die Bühne und Stephen war Teil des Deals! Ohne ihn und seine Forschungsergebnisse wäre *Blue Ocean* nur eine wertlose Hülle. Dennoch gefiel ihm Rabeas Ton nicht, und er sah sich gezwungen, Stephen weiter zu verteidigen: »Ich wette, Stephen hat nicht einmal mitbekommen, dass *Global Solutions* an *Blue Ocean* interessiert ist. Er stand der Idee des Crowdfunding von Beginn an sehr skeptisch gegenüber. Vielleicht hältst du dich erst einmal an Stephens Geschäftspartner, Chester Hamilton!«

»Ob dein Freund von der Übernahme wusste oder nicht, spielt in dem Fall keine Rolle, Jason. Er ist neben Chester Hamilton einer der Hauptanteilseigner von *Blue Ocean*. Sich nicht für geschäftliche Belange zu interessieren ist in diesem Fall grob fahrlässig. *Global Solutions* ist ein börsennotierter Global Player, der sich allein steigenden Aktienkursen verpflichtet fühlt. Ein positives Forschungsergebnis durch Stephen Harper würde dem Unternehmen ein Saubermann-Image ohnegleichen bescheren, den Aktienkurs nach oben treiben und Millionen in deren Kassen spülen.«

»Und weiter?«

»Dein Freund ist nicht zur Pressekonferenz erschienen, mit der er der Öffentlichkeit seine Forschungsergebnisse hatte präsentieren wollen. Ich habe heute herausgefunden, dass *Global Solutions* seit Monaten *Blue-Ocean*-Aktien aufkauft. Und am Tag *vor* der Pressekonferenz hat Chester Hamilton sein komplettes *Blue-Ocean*-Aktienpaket an sie veräußert. Gleichzeitig geistern Gerüchte über positive Forschungsergebnisse durchs Netz, deren Urheber mit Sicherheit in Chester Hamilton zu suchen ist. Innerhalb weniger Stunden legten die Papiere von *Global Solutions* um 20 % zu. Das entspricht einer zusätzlichen Marktkapitalisierung von 100 Millionen Dollar!

Genau da kommt ein neues Gerücht ins Spiel: Dass ein Kaufangebot für *Global Solutions* vorliege – es gibt immer noch einen größeren Haifisch. Je höher die Aktien notieren, umso mehr können die jetzigen Hauptanteilseigner von *Global Solutions* absahnen, und umso teurer wird es für den neuen großen Fisch. Erst jagt ein Gerücht über positive Forschungsergebnisse die Aktien nach oben, dann taucht Stephen Harper nicht auf seiner eigenen Pressekonferenz auf, um seine Ergebnisse zu präsentieren, und seit heute Morgen kursiert ein weiteres Gerücht: Harper habe die Forschungsergebnisse frisiert. Welche Rückschlüsse würdest du daraus ziehen?«

Jason rieb sich das unrasierte Kinn. »Der neue Hai nutzt seine Chance, mit einem verleumderischen Gerücht die *Global-Solutions*-Aktien wieder nach unten zu drücken, während Stephen im Krankenhaus liegt und sich nicht gegen die Anschuldigungen wehren kann, weil sein Kiefer gebrochen ist. Das nenne ich perfide! Was meinst du, Rabea? Wurde meinem Freund der Kiefer absichtlich gebrochen?«

Rabea zuckte mit den Schultern. »Zu spekulativ, oder? Die Dynamik eines Faustschlags kann Menschen töten oder ihnen auch nur einen Kratzer bescheren. Auf jeden Fall wollte Henoch deinem Freund einen Denkzettel verpassen und ihn ins Krankenhaus prügeln.«

»Diese Aasgeier ruinieren Stephens Ruf als Forscher und stempeln ihn als Betrüger ab! Im Umkehrschluss heißt das …« Jason war so sauer, dass es ihm die Sprache verschlug. Rabea setzte den Gedanken fort: »… dass alle Mitspieler genau wissen, dass Stephen Harpers Forschungsergebnisse Gold wert sind. Vermutlich hat Chester Hamilton Stephens Ergebnisse gesichert, sprich, sie gestohlen, und Harper wird nun nicht mehr gebraucht, sondern zwischen den Interessen zerrieben.

Die zentrale Frage lautet also: Was genau hat dein Freund erforscht?«

»Trüffelschweine«, antwortete Jason wie aus der Pistole geschossen.

Ryan

Ryan McKenzie war im Laufe seiner Dienstjahre einer Vielzahl von abartigen Monstern begegnet. Vier Jahre bei der Sexual Assault Unit und doppelt so viele bei der DIA in Washington, D. C., hatten ihn abgehärtet.

Nun also hatte er es mit einem evangelikalen Spinner zu tun, der in seinem Wahn den Weltuntergang heraufbeschwor. In Henochs Predigten wimmelte es von kommenden Sintfluten. Gleichzeitig warb der Typ damit, dass allein seine Anhänger Gottes Zorn überleben würden. Die letzten Tage der Menschheit vorauszusagen war keine exklusive Prophezeiung, sondern abgedroschen wie ein alter Hut. Die einen nannten es den Jüngsten Tag, das Jüngste Gericht, die anderen Apokalypse, Armageddon, wie auch immer.

Aber rein gar nichts, überlegte er, konnte einen auf eine Frau wie Rabea vorbereiten. Sie war wie eine Naturgewalt. Er fürchtete die Konfrontation mit Rabea nicht, sie war notwendig, dennoch … Er lockerte seine Krawatte, während er die Lobby mit langen Schritten durchquerte. Ihm fiel wieder ein, was Lukas in London zu ihm gesagt hatte: *Sie schafft uns.*

Kaum ein Jahr war es her, dass er und Rabea dort gemeinsam in ein gefährliches Abenteuer verwickelt worden waren, und er verspürte nicht die geringste Lust auf eine Neuauflage. Was dachte sie sich dabei, sich schon wieder derart in Gefahr zu begeben? Auch damals hatte sie sich mit den falschen Leuten angelegt, war entführt, eingesperrt und in die Enge getrieben worden. Dennoch war sie ihm und seinem Kollegen entgegengetreten, als fürchte sie weder Tod noch Teufel.

Er wünschte, Rabea besäße weniger Mut. Und Eigensinn – dann befände er sich jetzt nicht in dieser verflixten Situation. Sie hatte nichts von seinen Einwänden wissen wollen, hatte sie weggewischt, als seien seine Worte lästige Spams im Posteingang. Sie war ein verdammter, besserwisserischer Dickkopf. *Ja, aber du liebst diesen Dickkopf!*

Erneut fuhr seine Hand zur Krawatte, aber die saß inzwischen derart locker, dass er sie kurzerhand herunterzerrte und in sein Jackett stopfte. Claytons Anruf von eben steckte ihm noch in den Knochen – der Director hatte getobt. Jason Samuel hatte nicht nur im gleichen Flugzeug wie Katja Filipowna gesessen, sie hatte sogar sein Upgrade in die erste Klasse bezahlt, und das sei eindeutig ein Zufall zu viel! Ja, es passte vieles zusammen, Henochs Verbindung zu Jason Samuel durch dessen kurzen Anruf direkt auf Samuels Münchner Durchwahl, Henochs und Citizens Verbindung zu *Blue Ocean* und den Harper-Geschwistern. Dennoch, die Puzzlestücke mochten vielleicht zusammenpassen, aber sie ergaben in Ryans Augen kein stimmiges Bild.

Das Warten auf den Aufzug wurde Ryan zu lang, in seiner Ungeduld wandte er sich dem Treppenhaus zu, das war sowieso gesünder. Und ökologischer. Rabea fuhr auch niemals Aufzug. Vielleicht würden ihm neun Stockwerke ein wenig den Kopf freiblasen, er ging das Ganze viel zu emotional an.

»Sie schafft mich!«, sagte er laut, und das uniformierte Zimmermädchen, das ihm gerade entgegenkam, bedachte ihn mit einem seltsamen Blick. Er schenkte ihr ein Lächeln und hastete weiter, suchte seine Gedanken in andere Bahnen zu lenken, indem er sich die Top Five seiner abscheulichsten Erlebnisse in vierzehn Dienstjahren ins Gedächtnis rief.

Bevor er vor acht Jahren von Director Clayton für die DIA abgeworben worden war, war er Polizist bei der Metropolitan Police in Washington, D. C., gewesen. Die Hauptstadt der Vereinigten Staaten galt als gefährlichste Stadt der USA, die Mordrate lag achtmal höher als im Landesdurchschnitt, die Vergewaltigungsrate war viermal so hoch. Nach einer Spezialausbildung in Verhörtechnik hatte er sich bei der Sexual Assault Unit, kurz SAU, beworben, hatte Abschaum wie Pädophile und Vergewaltiger gejagt. Wie sehr es auch innerlich in ihm gebrodelt hatte – nach außen hin wahrte er die professionelle Fassade, gab seine Abscheu niemals zu erkennen und führte seine Verhöre stets kühl und sachlich durch. Es war so überflüssig wie kontraproduktiv, sein Gegenüber seine Verachtung spüren oder seine Empathie für die Opfer erkennen zu lassen. Jede Form der Emotion fütterte ausschließlich das Ego dieser Verbrecher. Und jedes Mal, wenn er glaubte, es könne keine grässlichere Kreatur geben als jene, die er zuletzt eingebuchtet hatte, war er eines Besseren belehrt worden. Wenigstens hatte er einige dieser Schweine von der Straße geholt! Und er würde dafür sorgen, dass auch Henoch und seine Helfershelfer ihre gerechte Strafe erhielten. In seinen Augen gehörten diese Typen der allerschlimmsten Sorte an – Heuchler, die unter dem Deckmantel einer höheren Macht die furchtbarsten Verbrechen begingen. Wölfe, die millionenfachen Massenmord in Kauf nahmen, indem sie die schafsgläubige Dummheit ihrer Anhänger ausnutzten.

Als er im neunten Stock ankam, war er etwas außer Puste und in genau der richtigen Stimmung für Rabea. Bevor er klopfte, kontrollierte er den Posteingang seines Smartphones, doch es gab nichts Neues. Er konnte sich also ganz auf Rabea konzentrieren.

Er musste ein wenig warten, bis sie ihm im Bademantel öffnete.

Offensichtlich kam seine Freundin gerade aus der Dusche. Das Haar kringelte sich feucht auf ihren Schultern und Wassertropfen perlten ihren Hals entlang und verschwanden im geheimnisvollen Tal zwischen ihren Brüsten. Urplötzlich fand Ryan, dass ihr Streit noch warten konnte. »Das heißt nicht, dass ich nicht wütend auf dich bin«, flüsterte er, während er sie aus ihrem Bademantel schälte.

Später sagte er: »Du bist das schamloseste und hinterhältigste Weibsstück, das mir je untergekommen ist.« Er schob eine seidige Haarsträhne zur Seite, um an Rabeas empfindliche Stelle zwischen Ohr und Nacken zu gelangen.

Rabea ließ es sich gefallen und rollte sich dann im Bett zu ihm herum. Auf einen Arm gestützt fragte sie: »Heißt das, du bist noch immer wütend auf mich? Oder ist das deine Vorstellung von Liebesgeflüster?«

»Weder noch. Wir müssen reden.«

Rabea kicherte.

»Darf ich fragen, was du so amüsant findest?« Ryan wickelte sich eine ihrer Locken um den Finger.

»Vielleicht, weil ich deine Reihenfolge witzig finde?«

»Welche Reihenfolge?« Er zog ein wenig fester an ihrer Locke.

»Weil du zuerst kapitulierst und danach verhandelst …« Sie biss ihn nicht eben sanft in die Lippe.

Er unterdrückte den heftigen Impuls, sich auf sie zu rollen und ihr zu zeigen, wer hier vor wem kapitulierte. »Wir haben uns sechs Wochen nicht gesehen. Du wusstet genau, was passiert, wenn du mir halbnackt die Tür öffnest!«

»Na und? Denkst du, es hätte umgekehrt nicht genauso funktioniert?« Rabea legte eine Hand fordernd auf seinen Oberschenkel.

»*Ich* hätte den Bademantel ganz weggelassen«, versicherte ihr Ryan, ohne zu zögern.

Ihr gefiel das Verlangen in seinen Augen. »Gut, ich nehme dich beim Wort. Beim nächsten Mal …« Ihre Hand bewegte sich langsam nach oben, doch Ryan fing ihre Finger ein. *»Jason Samuel«*, sagte er und klang nun wie der Special Agent Ryan McKenzie. »Sag mir alles, was du über ihn weißt.« Er setzte sich auf und schob sich ein Kissen in den Rücken.

»Also gut.« Rabea rutschte ebenfalls nach oben. »Jason ist genau das, was er zu sein scheint. Er ist seit seiner Kindheit mit der Familie Harper befreundet und verbringt jedes Jahr seinen Urlaub bei ihnen in San Diego. Stephen Harper ist Jasons bester Freund, und er tut, was Freunde tun: Er hilft ihm und seiner Schwester.«

»Komm schon, Rabea! Wir wissen beide, dass Samuel mehr tut, als nur zu helfen. Er ist Polizist und steckt seine Nase in Dinge, die ihn nichts angehen. Also, wie viel hat er herausgefunden?«

»Er kennt die Wahrheit.«

»Und die wäre?« Ryans Augen waren schmal geworden.

»Hier?«

Sie ist zu schlau für mich. Sie will wissen, ob ich uns abhören lasse … Er hatte es in Erwägung gezogen, nachdem sie ihn am Telefon abgewürgt hatte. Nun war Ryan erleichtert, dass er sich dagegen entschieden hatte; dass seine Agents mit Kopfhörern ihren Liebesseufzern lauschten, hatte ihm gerade noch gefehlt.

»Du kannst frei reden«, sagte er. Rabea legte los, und Ryan fand seine schlimmste Befürchtung bestätigt.

Er schwang seine Beine aus dem Bett und marschierte nackt zur Minibar. Er war gerade sehr versucht, sich einen Whisky zu genehmigen. Stattdessen griff er nach einer Flasche Orangensaft und leerte sie in wenigen Zügen. Fieberhaft suchte er seine Gedanken zu ordnen und rekapitulierte, was Director Clayton an seiner Stelle getan hätte: Er hätte Rabea und diesen Samuel zum Sicherheitsrisiko erklärt, beide sofort in Gewahrsam genommen und Agent Ryan MacKenzie stante pede suspendiert. »Wie hat Samuel es herausgefunden?«, hakte er nach.

»Indem er eins und eins zusammengezählt hat. Den Rest habe ich ihm verraten«, gestand Rabea ohne erkennbare Zerknirschung.

Es war noch schlimmer, als er angenommen hatte! *Sie schafft mich ...* Er brachte sich in Erinnerung, wie gegensätzlich ihre Berufe waren: Sie wollte als Journalistin die ganze Welt an ihrem Wissen teilhaben lassen, während er der Geheimhaltung verpflichtet war. »Weißt du, in welche Lage du mich damit gebracht hast?« In ihm wütete ein Sturm, doch er hielt seine Emotionen unter der Oberfläche verborgen. Er war zwar nackt, aber das war die einzige Blöße, die er ihr gegenüber zeigen würde.

»Geht es um deine Karriere?«, fragte Rabea zuckersüß.

»Denkst du, mich kümmert meine Karriere angesichts dieser Bedrohung? Ist dir überhaupt bewusst, wie unberechenbar dieser Henoch ist?« Er stellte die Glasflasche ab und ärgerte sich über das klirrende Geräusch auf dem Marmor der Theke. *Sachte ...*

»Als Nächstes reibst du mir wieder die *nationale Sicherheit* unter die Nase ... Komm schon, Cowboy, wir sind auf deiner Seite! Jason und ich haben vielleicht ein paar Dinge herausgefunden, die dir nützlich sein könnten. Willst du sie nun hören oder dich weiter aufplustern wie ein Ochsenfrosch?«

Er stieß die Luft aus, die sich in ihm aufgestaut hatte. »Also gut, dann lass mal hören.«

Später knurrte er: »Tu das nie wieder!«

»Was denn?« Sie tat weiterhin so, als wüsste sie nicht, wovon er sprach, und rieb ganz nebenbei ihren nackten Fuß an seinem Schienbein. *Sie ist und bleibt ein Miststück* ... Ein sexy Miststück, das ihn antörnte. Er würde jedoch einen Teufel tun, sich das jetzt anmerken zu lassen. »Dich in *meine* Ermittlungen einmischen!«, sagte er hart. »Das nächste Mal, Rabea, lasse ich dich festnehmen.« Ton und Körpersprache ließen keinen Zweifel daran, dass es ihm ernst damit war.

Rabea war sensibel genug, darauf nichts mehr zu sagen.

Für dieses Mal wenigstens behielt Ryan seiner Freundin gegenüber das letzte Wort.

Jason

Sein Smartphone meldete sich gegen sieben Uhr morgens.

Rabea war dran. »Jason«, fragte sie, »bist du zu Hause bei den Harpers? Und ist Emily auch da?«

Jason sah aus dem Fenster. Unter dem Baumhaus lag ein Teil von Emilys tierischer Entourage – der eindeutige Hinweis, dass sie zu Hause war. »Ja, ist sie. Was ist denn los?«

»Mein Freund Ryan und ich würden gerne gleich vorbeikommen und mit euch sprechen.«

»Kein Problem, kommt her.«

Knapp dreißig Minuten später fuhr ihr Wagen in den Hof. Jason ging ihnen entgegen und entnahm Rabeas Miene, dass sie keine guten Neuigkeiten mitbrachte. Rabea stellte die Männer einander kurz vor und erkundigte sich sofort im Anschluss nach Emily.

»Sie ist noch unter der Dusche. Ist etwas passiert?«

»Ich habe heute früh einen Anruf erhalten«, übernahm Ryan das Gespräch. »Karen Lindbergh ist tot. Alles deutet darauf hin, dass Carlos Delgado sie ermordet hat. Die Fahndung nach ihm ist bereits eingeleitet.«

Jason zog sofort den richtigen Schluss: »Sie glauben, dass auch Emily in Gefahr sein könnte?«

»Sagen wir so, ich schließe nichts aus«, antwortete Ryan. »Delgado ist Henochs Mann fürs Grobe. Emily Harper hat das

Mordopfer vor einigen Tagen aufgesucht, und Delgado hat nur Minuten nach ihr die Wohnung betreten. Carlos Delgado steht auch unter dem Verdacht, maßgeblich am Einbruch bei *Global Solutions* beteiligt gewesen zu sein. Delgado war bei *Global Solutions* einige Monate als Securitymann beschäftigt. Er wurde damals wie alle anderen Mitarbeiter überprüft, doch Karen Lindbergh hat ihm ein Alibi für die Tatnacht verschafft. Vermutlich wurde sie zum Sicherheitsrisiko, und Delgado hat beschlossen, sie als gefährliche Mitwisserin zum Schweigen zu bringen. Womöglich handelte er auch in Henochs Auftrag.«

»Vielleicht wäre es eine gute Idee, wenn du Emily von hier wegbringst, Jason«, machte Rabea den Vorschlag. »Nur so lange, bis Carlos Delgado gefasst ist.«

»Zuvor muss ich allerdings Emily Harper befragen«, stellte Ryan klar. »Und anschließend auch ihren Bruder.«

»Du denkst aber nicht wirklich, dass Emily mit *Guidestones* zu tun hat?«, sagte Rabea laut.

»*Guidestones?* Wer oder was ist das?«, hakte Jason sofort nach.

Ryan sah unwillig zu Rabea, bevor er antwortete. »*Guidestones* ist eine terroristische Vereinigung. Da Sie selbst Ermittler sind, Samuel, werden Sie verstehen, dass ich hierzu nicht mehr verraten kann. Ich muss mich an meine Vorschriften halten. Mit diesem Gespräch überschreite ich bereits meine Befugnisse.«

Das gescheckte Pony stupfte Jason gegen die Hüfte, und er streichelte es abwesend, während er zustimmend nickte. »Emily und ich hatten sowieso vor, auf Tour zu gehen. Wir wollten nur noch Stephens morgige Entlassung aus dem Krankenhaus abwarten. Dann fahren wir eben einen Tag früher los.«

Maddie kam auf den Hof getrippelt, und unmittelbar hinter ihr rollte Fritz neugierig auf die Veranda. Als Maddie Ryan entdeckte, ging sie auf ihn zu, musterte ihn sekundenlang, und dann begann sie ihn zu zählen. Durch Rabea war er bereits auf diesen besonderen Test vorbereitet. Es war absurd, aber er freute sich, ihn bestanden zu haben.

Nun zeigte Maddie auf Ryans Mietwagen aus Los Angeles. Sie rief zweimal auf Deutsch *die Engel, die Engel* und ratterte erneut die kurze, unbekannte Zahlenreihe auf Englisch herunter.

»Ach, sie zählt auch Nummernschilder?«, fragte Ryan.

Jason und Rabea sahen sich an und die Erkenntnis rastete ein wie eine Steckverbindung. »Gott, was waren wir blind!«, rief Rabea, hastete zum Wagen und holte ihren Notizblock aus der Krokotasche. »Es ist ein Kennzeichen von Los Angeles!« Sie blätterte zurück, bis sie die Seite gefunden hatte, auf der sie Maddies Zahlen vom ersten Abend bei den Harpers notiert hatte.

Jason war ihr gefolgt.

»Hier!«, sagte sie zu ihm. »Die ›eight‹ ist keine Acht wie von uns irrtümlich angenommen, sondern ein ›A‹, und hier auch.« Eifrig kritzelte Rabea einige mögliche Konstellationen zusammen und hielt ihm den Block entgegen. »So sieht es genau aus wie eine Kombination auf einem Nummernschild! Ich glaube, Maddie hat die ganze Zeit über versucht, uns das Kennzeichen des Unfallautos mitzuteilen! Ryan, kannst du die bitte alle prüfen lassen? Vielleicht haben wir einen Treffer!« Sie drückte ihrem Freund den Notizblock in die Hand.

Ryan hatte ihre Aktivitäten mit interessierter Verblüffung verfolgt. »Vielleicht klärt ihr mich erst einmal auf?«

»Maddies Bruder Fritz«, Jason zeigte auf den Jungen, der nun von der Rampe rollte und sich ihnen näherte, »wurde vor zwei Jahren von einem Unbekannten angefahren und schwer verletzt. Maddie war damals dabei und musste alles mit ansehen.«

Ryan sparte sich jeden Kommentar und klemmte sich sofort an sein Handy. Zehn Minuten später hatte er das Ergebnis. Bis auf zwei Kombinationen waren alle anderen Kennzeichen nicht vergeben. Zwei Namen waren übrig geblieben.

Und einer davon war Chester Hamilton.

Stephen

Stephen starrte auf die Tür, die sich eben hinter Special Agent Ryan McKenzie geschlossen hatte. Er hatte unglaubliche sechzig Minuten hinter sich. Sein Kopf schmerzte von den neuesten Enthüllungen genauso wie seine Rippen, da er am Ende der Befragung einen Lachanfall erlitten hatte.

Der Einstieg ins Gespräch war heftig gewesen. Ausgerechnet Chester Hamilton hatte Fritz das angetan! Er würde eine Weile brauchen, um das zu verdauen. Zwei Jahre war er Chester beinahe jeden Tag im Büro begegnet und hatte dessen scheinheilige Fragen, die er für Anteilnahme hielt, zum Gesundheitszustand von Fritz beantwortet.

Die Fragen von Special Agent McKenzie hatten Stephen die Natur seiner Ermittlungen verraten, allerdings hatten weder McKenzie noch er mit der Auflösung gerechnet. Er hatte gespürt, dass McKenzie geneigt war, ihm am Ende zu glauben. Er schien ein vernünftiger Mann zu sein; es ging eine ruhige Präsenz von ihm aus und ihm haftete nichts Opportunistisches an.

Stephen ging die Befragung nochmals im Detail durch. McKenzie hatte ihm Modalitäten und Ablauf des Verhörs erläutert und ihm einen Tablet-PC gereicht, mit dem er seine Antworten übermitteln sollte. Anschließend platzierte er ein Aufnahmegerät auf Stephens Nachttisch. Nachdem der Agent seinen Namen, Dienstgrad, das Datum und den Grund der heutigen Befragung von Dr. Stephen Harper aufs Band gesprochen hatte, wandte er sich ihm zu: »Dr. Harper, Sie sind Meeresbiologe und neben Chester Hamilton Co-Founder der auf Crowdfunding basierenden Aktiengesellschaft *Blue Ocean*. Hiermit setze ich Sie darüber in Kenntnis, dass am Morgen eine Durchsuchung von Hamiltons Wohnung und Büros sowie den Räumlichkeiten von *Blue Ocean* stattgefunden hat und wir umfangreiches Material sichergestellt haben. Ich befrage Sie im Zuge der Ermittlungen gegen das Terrornetzwerk *Guidestones* als Zeuge und mache Sie darauf aufmerksam, dass Sie sich Fragen verweigern dürfen, insofern Sie sich mit einer Antwort selbst belasten würden. Haben Sie das so weit verstanden, Dr. Harper?«

Stephen nickte, allerdings mit einem ziemlich verwirrten Ausdruck in den Augen.

»Bitte tippen Sie ein Ja«, forderte ihn Ryan auf, was er tat. Allerdings hatte Stephen selbst eine Frage: *Was habe ich mit einem Terrornetzwerk namens* Guidestones *zu tun?*

»Bitte antworten Sie nur auf meine Fragen. Bitte erklären Sie den Gegenstand Ihrer Forschung, Dr. Harper.«

Stephen fügte sich und tippte: *Forschung an maritimen Organismen, um giftige Umweltstoffe aus Gewässern aufzunehmen und als unschädlichen Sekundärstoff in den Kreislauf zurückzuführen.*

»Um welche Organismen handelt es sich genau?«

Primär um die Bakterien Pseudomonas aeruginosa, Alcanivorax borkumensis, plus probiotische Bakterien, die Phosphate und Nitrate in Biomasse umwandeln, sowie Polychäten. Polychäten sind Vielborster. Stephen nahm eine Plastikhülle aus dem Nachttisch, die ihm Gladys auf seinen Wunsch vorbeigebracht hatte, und entnahm ihr mehrere Blätter.

»Fürs Protokoll«, sagte Ryan, »Dr. Harper überreicht Special Agent McKenzie mehrere Blatt Papier mit der Spezifikation verschiedener Bakterienstämme und Polychäten.« Ryan beugte sich für seine nächste Frage vor. »Die Durchsuchung hat zutage gefördert, dass sowohl die Festplatte von Chester Hamilton als auch Ihre eigene bei *Blue Ocean* zerstört wurden. Laut Aussage von Chester Hamilton seien Sie dafür verantwortlich. Bitte erklären Sie, warum Sie das getan haben, Dr. Harper.«

Aus Wut über seinen Verrat. Chester hat meine Unterschrift gefälscht und meine Forschungsergebnisse an Global Solutions *verkauft! Auf meinem privaten Laptop habe ich lediglich noch die Daten meiner Enzymforschung konserviert sowie das Material, das ich über Galleria mellonella, die Große Wachsmotte, gesammelt habe. Den wesentlichen Teil meiner Forschungsergebnisse habe ich vernichtet, auch sämtliche Proben der von mir verwendeten Mikroorganismen.*

»Wo befindet sich Ihr Laptop, Dr. Harper?«

Hier, im Schrank.

Ryan stand auf und holte ihn heraus. »Gemäß Patriot Act vom 26. 01. 2001 ist Ihr Laptop hiermit beschlagnahmt, Dr. Harper.«

Stephen hätte jetzt zu gerne geflucht. Ungläubig sah er zu, wie der Special Agent seinen Laptop an sich nahm, die Tür des Krankenzimmers öffnete und an einen vor der Tür wartenden Kollegen weiterreichte. *Verdammt,* was ging hier ab? War das noch real? Vielleicht sollte er seine Medikation überprüfen? Oder lag es am Hunger? Hunger führte bekanntlich zu Halluzinationen.

McKenzie nahm wieder Platz. »Sie behaupten also, Sie hätten nicht nur die Festplatten zerstört, sondern darüber hinaus auch Ihre eigenen Forschungsergebnisse? Frage: Warum hätten Sie das tun sollen?«

Stephen ließ sich Zeit mit der Antwort und tippte schließlich einen kurzen Satz. *Weil das, was wir Forscher Ergebnisse nennen, oft erst der Anfang ist.*

»Der Anfang von was, Dr. Harper?«

Atombombe? Nuklearbombe? Biowaffen? Mein Forschungsansatz lautet, mit speziellen Mikroorganismen die Verschmutzung der Meere einzudämmen. Tatsächlich zeigten meine Experimente, dass einige meiner Mikroben die famose Eigenschaft aufwiesen, Öl und Gas treffsicher im Wasser aufzufinden. Ich nannte sie deshalb »Trüffelschweine«. Bald wurde mir jedoch klar, dass dies die Begehrlichkeit gewisser Industrien wecken würde.

Ryans Augen verengten sich kaum merklich. »Wenn ich Ihre Antwort richtig interpretiere, Dr. Harper, haben Sie Ihre Forschungsergebnisse lieber vernichtet, bevor sie in die Hände von Profiteuren wie Chester Hamilton fallen konnten?«

Korrekt. Und ich wollte meine Forschung ganz gewiss nicht in den Händen eines Unternehmens wie Global Solutions *sehen, das seine gierigen Hände nach den fossilen Vorkommen in der Ägäis ausstreckt!*

»Sie wussten also noch vor der Entdeckung Ihrer durch Hamilton gefälschten Unterschrift von dem Übernahmeangebot?«

Ja, Chester hat mich zweimal darauf angesprochen. Ich war dagegen. In der Nacht, bevor ich in L. A. angegriffen wurde, habe ich zufällig entdeckt, dass Chester meinen PC ausspioniert hat. Das hat mich dazu veranlasst, alle meine diesbezüglichen Ergebnisse unwiderruflich zu vernichten.

»Ich teile Ihnen hiermit mit, dass wir bei Chester Hamilton einen USB-Stick gefunden haben, der vermutlich Ihre kompletten Forschungsdaten und -ergebnisse enthält. Unsere Spezialisten sind noch bei der Auswertung. Beizeiten werden wir Sie zur Verifizierung heranziehen.«

Stephen tippte. *Chester ist ein Schwein. Mir sagte er, er verfüge über keine weiteren Kopien.*

»Sie bestätigen also, Chester Hamilton zwischenzeitlich getroffen zu haben?«

Ja, er war vor zwei Tagen hier. Allerdings werden weder er noch Global Solutions *mit den gestohlenen Daten etwas anfangen können.*

»Wie meinen Sie das?«

Ich war Chester gegenüber von Anfang an misstrauisch. Die Bezeichnungen der von mir erforschten Mikroben in den Tabellen sind nicht korrekt.

»Wo sind die richtigen Bezeichnungen«

Stephen deutete auf seinen Kopf. *Sie sind hier drin, nirgendwo sonst.* Unter keinen Umständen würde er preisgeben, dass sich seine mutierten Mikroben parasitär zu seinem Borstenwurm verhielten, in dessen Gehirn eindrangen, um ihn zielsicher unter Wasser in Richtung öl- und gashaltigen Gesteins zu steuern.

Der Agent schien seine Antwort vorerst so hinzunehmen, und Stephen fragte sich, inwieweit ihm McKenzie glaubte. »Worüber haben Sie noch mit Hamilton gesprochen?«

Nichts. Wie auch? Ich war nur wütend!

»Sonst haben Sie uns nichts zu berichten, Dr. Harper? Etwas, das über Ihre Forschung hinausgeht?«

Wenn Sie das ominöse Guidestones *meinen, NEIN! Oder hat das was mit dem amerikanischen Stonehenge zu tun? Den »Georgia Guidestones-Geboten«, die bei mir im Labor hängen?* Es war Emily gewesen, die die Zeichnung angefertigt und ihm vor ungefähr zwei Jahren geschenkt hatte. Aber er würde einen Teufel tun und sie mit in die Sache hineinziehen, indem er das gegenüber dem Agent erwähnte.

»Dazu kommen wir noch. Kennen Sie einen Mann namens

Henoch oder seinen Sohn Citizen? Haben Sie sich jemals mit einem von ihnen oder beiden getroffen?«

Henoch, nein. Citizen habe ich zwei-, dreimal in Begleitung meiner Schwester gesehen. Ich mochte diesen Citizen nicht.

»Was ist mit Carlos Delgado?«

Nie gehört. Oder halt. Raffaella Farfalla erwähnte einmal mir gegenüber, er sei ein Arschloch. Aber das ist schon eine Weile her.

Ryan nickte. Der Name Raffaella Farfalla schien ihm nicht unbekannt, jedenfalls machte er sich dazu keine Notiz, obwohl er seit Beginn des Verhörs mehrmals etwas in den Notizblock geschrieben hatte, den er auf den Knien hielt.

»Gibt es wirklich nichts, was Sie mir sonst mitteilen möchten? Zum Beispiel über die Polychäten?«

Mit den verflixten Viechern habe ich mich herumgeärgert, tippte Stephen und hackte weiter auf das Tablet ein. *Verdammt! Wenn Sie mir verraten, was Sie wollen, dann kann ich Ihnen vielleicht helfen. Ich werde langsam müde. Und hungrig. Wie wäre es mit einer Runde Schleimsuppe? Ich lade Sie ein.*

»Inwiefern haben Sie sich mit den Polychäten herumgeärgert?«, setzte Ryan die Befragung ungerührt fort.

Stephen schnaubte unwillig, tippte jedoch: *Durch eine Unachtsamkeit kreuzte ich zwei von mir genetisch modifizierte Polychäten-Arten, diese pflanzten sich fort, und ich brachte das Ergebnis ihrer Entwicklung in diverse Simulationen ein.*

»Welcher Art waren diese Simulationen?«

Primär die Simulation instabiler Umweltbedingungen, wodurch ich eine geringe Dichteabhängigkeit der Mortalität erzeugte, die wiederum zu einer exorbitanten Reproduktionsrate führte.

Ryan war sicher, dass Harper unter seinem Verband feixte.

»Ich verstehe«, sagte McKenzie. »Die Polychäten haben sich enorm vermehrt?«

Abnorm! Das Ergebnis meiner Simulation war ziemlich gruselig.

»Inwiefern gruselig, Dr. Harper? Und bitte drücken Sie Ihre Erkenntnisse für Laien verständlich aus.«

Stephen tippte ins Tablet, rief eine Webseite auf und hielt Ryan das Ergebnis entgegen.

»Fürs Protokoll: Dr. Harper zeigt Special Agent McKenzie eine Webseite mit der Reproduktionsrate von Flöhen: 1. Tag: 1 Floh = 50 Eier. 30. Tag = 125 000 Flöhe, 60. Tag = 6,5 Millionen, 90. Tag = 3,5 Milliarden.«

Stephen tippte anschließend die Erläuterung ins Tablet: *Die neue Polychäten-Art vermehrte sich wie Flöhe. Nur, der Floh ist winzig, und er bleibt es. Mein Polychät maß anfangs einen halben Zentimeter, und er entwickelte einen unstillbaren Hunger. Das Einzige, was er scheinbar nicht verschlang, waren seine Artgenossen. Besonderes Interesse bekundete er an methanhaltigem Gestein. Und er wuchs rasend schnell. Innerhalb einer Woche waren das dreißig Zentimeter.*

»Wie groß können Ihre speziellen Polychäten insgesamt werden?«

Keine Ahnung, ich musste die Versuche einstellen. Aber der größte Polychät, Eunice aphroditois, wird drei Meter lang. Meine Simulation war ausgelegt auf ein Jahr, die drei primären Parameter waren Fressverhalten, Wachstum und die mir bis dato bekannte Reproduktionsrate.

»Können Sie sich erklären, Dr. Harper, warum *Guidestones* sich ausschließlich für diesen Aspekt Ihrer Forschung interessiert?«

Die waren hinter meinen Borstenwürmern her? Das ist ein Scherz, oder?

»Nein, durchaus nicht. Auf Ihrem Schreibtisch bei *Blue Ocean* entdeckten wir einen Artikel, den Sie speziell markiert haben. Es geht darin um die Methanvorkommen vor der norwegischen Küste.«

Stephen riss die Augen auf, und er sah nun wirklich aus, als würde er lachen – oder zumindest es gerne zu wollen, wenn ihn das stabilisierende Kiefergestell nicht davon abgehalten hätte. Er tippte: *Die Terroristen planten, mit meinen Borstenwürmern einen Tsunami auszulösen???*

»Namhaften Wissenschaftlern zufolge ein denkbares Szenario: Gelänge es Terroristen, den Meeresboden vor der norwegischen Küste porös zu machen, mit welchen Methoden auch immer, stiegen die darunter lagernden gewaltigen Methanvorkommen in riesigen Gasblasen nach oben. Dies könnte zu einer fatalen Destabilisierung des Meeresbodens führen, infolgedessen Teile der Eurasischen Erdplatte abbrechen, in die Tiefe stürzen und einen gewaltigen Killer-Tsunami auslösen, der über halb Europa hinwegfegt.«

Ich wiederhole, Special Agent: Ihre Terroristen sind auf eine Simulation hereingefallen. Einen Fake!!!

»Ihre Polychäten wären dazu also nicht in der Lage?«

Nein, die Tsunami-Simulation war eine bloße Spielerei – nachdem ich den Artikel über Norwegen gelesen hatte! Meine Polychäten hatten nicht einmal richtige Zähne und wären niemals in der Lage, sich durch Meeresboden zu fressen, um an darunterliegende Methanvorkommen zu gelangen! Die knabbern gar nichts an. Wie ich derzeit. Außerdem waren die Borstenviecher nicht überlebensfähig. Nach zwei Monaten ist auch mein letztes Exemplar eingegangen.

Stephen wollte das Tablet schon für Ryan zum Lesen umdrehen, als er noch etwas zum Text hinzufügte. *Ich würde zu gern die Gesichter Ihrer Terroristen sehen, wenn sie mitkriegen, dass sie auf eine Fake-Simulation hereingefallen sind. Ich glaube, jetzt schmeckt mir sogar die Schleimsuppe! Und, Special Agent? Wie geht es jetzt weiter?*

»Ihre Aussage wird ausgewertet und überprüft. Bis auf Weiteres dürfen Sie das Land nicht verlassen, Dr. Harper«, beschied ihm McKenzie.

Stephen tippte. *Ich wäre schon froh, wenn ich das Krankenhaus verlassen dürfte, Agent!*

Darauf sprach Ryan die Abschlussworte für den Rekorder, ließ Stephen noch das Protokoll digital unterschreiben, nahm den Tablet-PC an sich und verabschiedete sich von ihm.

Während er seine schmerzenden Rippen spürte, dachte Stephen darüber nach, dass auch im Kreislauf des Bösen eine gewisse Harmonie lag – mit dem Unterschied, dass das Böse niemals lange von Bestand war, sondern stets den Keim zur eigenen Vernichtung in sich trug. Denn im Gegensatz zum Guten besaß das Böse keine Substanz, existierte nur durch böse Handlungen, ein Konstrukt, angestachelt von Gier, Neid und Machtgelüsten. Leider war dieses Konstrukt auch eine Hydra. Er konnte nur hoffen, dass der Teufelskreis nachwachsender Köpfe irgendwann durchbrochen werden würde. Irgendwann würde die Menschheit der Vernunft gehorchen und die Welt in Frieden leben.

Er selbst bereute es nicht, das Ergebnis seiner Forschung vernichtet zu haben. Da die Mutation ungewollt erfolgte und er selbst nur durch Zufall darauf gestoßen war, war er zuversichtlich, dass niemand das Experiment nachvollziehen konnte.

Nicht nur er fand sich am Ende mit leeren Händen wieder, sondern jeder, der sich etwas von seiner Forschung versprochen hatte. Chester hatte für teures Geld Wertloses an *Global Solutions* verkauft und würde von dem Unternehmen in Grund und Boden geklagt werden. Der selbst ernannte Prophet Henoch war ebenfalls einem schwerwiegenden Irrtum aufgesessen. Im Grunde offenbarten die Denkfehler von Henoch, Delgado und ihren Helfershelfern das grundlegende

Problem aller Terroristen: Sie glaubten und kämpften für etwas, das nur in ihren Köpfen existierte, verrannten sich in eine Illusion. Und am Ende blieben nur Hass, Zerstörung, Tod.

Jason

»Bist du bereit für unser Abenteuer?«, fragte Jason Emily und startete Stephens instand gesetzten Camper.

»So bereit, wie man nur sein kann.« Emily spielte mit dem Schlüsselanhänger, den ihr Fritz zum Abschied überreicht hatte. Er hatte die Form eines kleinen Delfins. Auf Fritz hatte die ermittelte Identität des Unfallverursachers – kaum jemand hegte einen Zweifel daran, dass es Chester gewesen war – wie eine Befreiung gewirkt. Dennoch war er augenscheinlich auch sehr in Sorge um Emily und hätte sie ungern ziehen lassen wollen. Der kleine Delfin, hatte er zu ihr gesagt, solle sie beschützen – so wie seine Schwester Maddie. Die Kleine trug den identischen Anhänger als Armband und trennte sich niemals davon.

Emily hatten die jüngsten Ereignisse zutiefst erschüttert. Karen von Carlos ermordet! Und Henoch und Carlos selbst … unfassbar, was in deren kranken Gehirnen vorging. Vor der Abfahrt hatte sie sich noch Ryans Befragung gestellt. Im Zuge dessen war ihr wieder eingefallen, wie Karen sie nach *Guidestones* gefragt hatte. Von den Ereignissen in Karens Wohnung zu sehr mitgenommen, hatte sie damals nicht sofort geschaltet. Aber der Begriff als solcher war ihr natürlich nicht unbekannt. Während sie verhört wurde, hatte Jason *Guidestones* auf gut Glück gegoogelt und ihr das Ergebnis berichtet. Bereits in den Achtzigern sei ein gleichnamiges Terrornetzwerk tätig gewesen, das sich nach den *Georgia Guidestones* benannt hätte. Angeblich sei das Netzwerk seit dreißig Jahren zerschlagen, und bei den neuen *Guidestones*-Terroristen handle es sich eventuell um Nachahmer, Trittbrettfahrer.

»Ich kenne die *Georgia Guidestones*«, sagte Emily daraufhin, »wie vermutlich jeder Natur- und Klimaschützer Amerikas. Ich habe vor zwei Jahren ein Bild der Guidestones gezeichnet und Stephen geschenkt. Es sind vier riesige Granitblöcke, die 1980 von bis heute Unbekannten aufgestellt wurden. Darauf sind zehn alternative Gebote in acht modernen und in vier alten Sprachen, darunter Babylonisch, eingraviert. Aufgrund der Beschriftung und weil bis heute weder die Stifter noch deren Motiv bekannt wurden, wird das Monument oft mit dem britischen *Stonehenge* verglichen. Das erste Gebot lautet: *Halte die Menschheit unter 500 000 000 in fortwährendem Gleichgewicht mit der Natur.* Das letzte: *Sei kein Krebsgeschwür für diese Erde – lass der Natur Raum – lass der Natur Raum*«, zitierte sie.

»Stimmt, ich erinnere mich an deine Zeichnung! Stephen hat sie mir gezeigt. Das erste Gebot erlaubt jedenfalls vielfältige Interpretationsmöglichkeiten. Im Netz ranken sich eine Menge Verschwörungstheorien um die Tafeln. Antichristen hätten sie aufgestellt, dann waren es wieder die Rosenkreuzer. Am häufigsten wird postuliert, dass die Guidestones-Gebote Richtlinien für die Überlebenden eines Atomkrieges sind. Die erschreckendste ist meiner Meinung nach jene Theorie, Depopulationsstrategen hätten sie aufgestellt. Im Netz finden sich haufenweise Einträge zu verschiedenen Strömungen, die die Weltbevölkerung zum Beispiel durch das Freisetzen von tödlichen Krankheitserregern wie der Pest dezimieren wollen.«

»Das ist das grundlegende Problem dieser Spinner: Sie biegen sich alles zurecht, bis es in ihren eckigen Schädel passt. Wenn man die zehn Gebote im Ganzen liest, sind sie klug gewählt, und laut den unbekannten Stiftern sollen sie als Wegweiser für ein Zeitalter der Vernunft stehen. Mir gefällt dieser Gedanke.«

»Mir auch, Seepferdchen. Lass uns nicht mehr an Henoch und Konsorten denken, sondern uns auf das Positive konzentrieren. Die Sonne scheint, und wir sind frei, dahin zu fahren, wohin unser Herz uns führt. Und auch wenn es Fritz nicht wieder gesund macht, so haben wir wenigstens das Schwein, das ihm das angetan hat!«

Emily erlaubte sich ein halbes Lächeln. »Warte, wenn Stephen das erfährt! Vermutlich wird er Chester nicht nur den Kiefer, sondern alle Knochen brechen wollen!«

Emily fiel auf, wie weit sie sich trotz der jüngsten Enthüllungen von ihrer alten Wut entfernt hatte. Statt ihrer fand sie sich von einer Welle der Melancholie erfasst, die sie dazu anregte, über sich selbst nachzudenken. Zu vieles war in einem einzigen Jahr geschehen, teilweise waren die Entwicklungen so rasant erfolgt, dass sie kaum dazu gekommen war, Atem zu schöpfen. Und trotz dieses irrwitzigen Tempos fühlte es sich für sie paradoxerweise an, als sei es ein Jahr des Stillstands gewesen. Wollte sie das letzte Jahr zeichnen, würde sie es als ein fensterloses Haus mit einer von innen verrammelten Tür darstellen. Ein Jahr ohne Licht und Luft, ein verlorenes Jahr. Doch die Tür hatte sich jüngst bewegt und durch den kleinen Spalt fiel Licht in einem Streifen herein, als sei dieser ihr ganz persönlicher Wegweiser. Sie musste nur ihre Hand ausstrecken und die Tür ganz aufstoßen. Doch noch zögerte sie, war sie in sich selbst gefangen.

In Stephens betagtem Caravan folgten sie Ryan und Rabea vom Harper'schen Grundstück. Ryan hupte ein letztes Mal, bevor er den Blinker setzte und sich ihre Wege fürs Erste trennten.

»Er ist nett«, sagte sie.

»Wer?«

»Rabeas Freund, dieser Ryan.«

»Finde ich auch. Interessant, wie alle springen, sobald ein Special Agent pfeift.«

Ryan hatte in kürzester Zeit alle Hebel in Bewegung gesetzt. Noch heute würde Chester offiziell zum Unfall befragt werden. Jasons Einschätzung nach würde Hamilton ziemlich schnell einbrechen und ein Geständnis ablegen. Chester war ein Mann ohne Eier.

Das ersparte immerhin eine mühevolle Beweissuche, denn mit Sicherheit hatte Chester den Unfallwagen längst in einer Schrottpresse verschwinden lassen.

Sie nahmen die Interstate bis San Bernardino und fuhren dort auf die historische Route 66, danach weiter bis kurz vor Pasadena. Sie suchten sich einen Parkplatz an einem gut zugänglichen Strandabschnitt, kauften an einem kleinen Imbisswagen ein Eis und schlenderten mit Homer zum Strand hinab.

Sie waren beide redefaul. Sie hatten sich bereits im Wagen ausführlich über die jüngsten Ereignisse unterhalten, zwischendurch hatte Jason mit Ryan telefoniert und Emily mit ihrer Mutter, die mit Viviane zu Stephen ins Krankenhaus gefahren war.

Sie waren so lange redefaul, bis Homer auf die Überbleibsel einer nächtlichen Strandparty stieß: leere Plastikflaschen, aufgerissene Lebensmittelverpackungen wie Chipstüten und jede Menge Zigarettenkippen. Homer beschnüffelte interessiert eine Aluschale mit der Aufschrift »T-Bone-Steak«.

»Sieh dir das an! Das ist unsere sogenannte zivilisierte Gesellschaft! Müll, wohin man sieht. Das ist die neue Seuche!«, machte sich Emily Luft.

Zu Recht fürchtete Jason einen Vortrag; er folgte prompt,

als hätte Emily nach diesem Anlass gesucht, um inneren Druck abzubauen. »Dabei haben wir uns in einer natürlichen Umgebung entwickelt, unsere ersten Werkzeuge waren aus Stein, unsere Kleidung aus den Fellen der Tiere, die wir jagten, um uns zu ernähren – nicht, um Profit aus ihnen zu schlagen! Und was sind wir jetzt? Künstliche Wesen, die eine vollkommen künstliche Welt geschaffen haben – perverserweise, indem wir die natürlichen Ressourcen der Erde ausbeuten. Und sie dadurch immer mehr zerstören. *Das* ist die Sintflut, von der Henoch gesprochen hat, *GIER* überschwemmt das Land!«

Jason enthielt sich jeden Kommentars; manchmal war Schweigen die bessere Methode, einem schweren Thema das Gewicht zu nehmen.

Doch heute war Emily auf diese Weise nicht zu stoppen. »Erinnerst du dich an Stephens Vortrag über Totalherbizide und Neonikotinoide, Jason?«, schwenkte sie zu einem weiteren Lieblingsthema.

»In dem er referierte, dass diese Substanzen nicht nur Unkraut, sondern auch Bienen und Schmetterlinge vernichten?«

»Ja. Diese Unkrautvernichter und Nitrate sind überall im Boden nachweisbar, verseuchen Gras und Pflanzen, die von den Weidetieren gefressen werden – die wiederum von den Menschen gegessen werden! Das Gift ist quasi in all unseren Nahrungsmitteln vorhanden, im Fleisch, im Obst und Gemüse, selbst im Bier. Ein Teufelskreis. Aber solange nicht hundertprozentig bewiesen ist, dass diese Mittel schädlich sind, wird nichts geschehen. Das wird es sowieso nicht«, schnaubte Emily, »weil es genug verantwortungslose Menschen gibt, die für Geld das behaupten, was die Industrie von ihnen verlangt! Weil sie von ihr bezahlt werden! Haben die keine Familie, keine Kinder? Ist es ihnen egal, wenn sie vergiftete Nahrungsmittel essen?«

Er spürte ihre Wut, ihre Verzweiflung. Emily fühlte sich hilflos, weil sie wusste, dass all diese Dinge geschahen und sie absolut nichts dagegen tun konnte. Er musste einen Weg finden, ihr begreiflich zu machen, dass all diese destruktiven Gedanken am Ende nur sie selbst zerstören würden. Aber wie? Plötzlich kam ihm eine Idee. Er fand, einen Versuch war es wert.

»Du bist nicht allein«, begann er, »es gibt inzwischen viele Menschen, die sich darüber Gedanken machen, Seepferdchen. Die Bewegung der Veganer und Zero-Waste-Anhänger wächst genauso wie jene, die eine pantheistische Lebensweise wählen.«

»Und dafür werden sie als Spinner gebrandmarkt!«, schnaubte Emily.

»Alles, was gegen den Strom schwimmt, wird erst einmal gebrandmarkt. Am Ende setzt sich das Gute durch. Das tut es immer. Die Welt ist voller Wunder – für den, der sie sieht.«

»Bist du jetzt auch zum Prediger mutiert, *Vater Jason* …«

Oje, dachte er, das lief ja eher suboptimal. Emily war momentan ganz auf Krawall gebürstet. Dabei verstand er ihre Motive, das, wovon sie angetrieben wurde, vermutlich besser als sie selbst. Sie hatte den Kampf für eine bessere Welt vollkommen verinnerlicht, steckte so voller Idealismus gepaart mit fest verankertem Zorn, der ihren Blick automatisch auf die Defizite dieser Welt lenkte. Damit ihr Kampf weitergehen konnte. Tief in ihrem Inneren schien Emily der Überzeugung, dass es das Einzige war, für das es sich zu leben lohnte. Sie wollte lieber die Welt retten als sich selbst. Jason ließ sich seine Gedanken nicht anmerken. Die Zeit war noch nicht reif für diese Art Diskussion, doch sie würde kommen. Stattdessen knüpfte er an ihre Bemerkung an: »Nein, diese Lebensweisheit habe ich von meiner Freundin Trudi. Ich hatte dir von ihr erzählt. Sag, neulich, bei dir im Baumhaus, habe ich ein Buch gesehen. Darauf stand der Name Masaru Emoto. Ist das nicht ein japanischer Forscher?«

»Ja. Er war Sozialwissenschaftler, aber später fing er an, mit Wasser zu experimentieren.«

»War?«

»Er starb 2014. Als ich zehn wurde, hat Vater mir sein Buch geschenkt. Emoto gab es im Rahmen des *Emoto Peace Projekts* kostenlos an die Kinder dieser Erde aus, um ihnen die Botschaft des Wassers nahezubringen.«

»Und wie lautet die Botschaft des Wassers?«

»Alles Leben entspringt dem Wasser – es ist lebendig! Wasser kann Gefühle und Bewusstsein speichern, gute von schlechten Informationen unterscheiden, und es reagiert entsprechend darauf!«

»Wasser reagiert, wenn man mit ihm spricht?«

»Ja, genauso wie Pflanzen, die durch das Abspielen harmonischer Musikstücke besser gedeihen. Das leugnet inzwischen auch die moderne Wissenschaft nicht mehr. Pflanzen kommunizieren untereinander, sie benötigen Harmonie, genauso wie das Wasser – und der Mensch. Auch ihm tut schöne Musik gut, sie versetzt ihn in positive Stimmung.«

»Stimmt! Wenn ich am Morgen mein Lieblingslied im Radio höre, fängt der Tag gleich besser an!«

»Weil uns schöne Musik *beschwingt*! Wir geraten in Schwingung, weil wir Menschen bis zu 80 % aus Wasser bestehen, unser Gehirn sogar bis zu 90 %! Darum hat schöne Musik diese positive Wirkung auf uns.«

»Wasser lebt also?«

»Ja! Und es reagiert positiv auf Positives! Das ist die Grundlage von Dr. Emotos Kristallstrukturtheorie. Kristalle bestehen aus regelmäßig angeordneten Atomen und Molekülen, und so wie jeder Fingerabdruck anders ist, unterscheiden sich auch Schneekristalle voneinander. Das ist das Wunder des Lebens – kein Lebewesen, ob Mensch, Tier oder Pflanze, gleicht dem anderen, alles ist für sich einzigartig! Dr. Emoto hat daraus geschlossen, dass auch keine Wasserart der anderen gleicht und nur reines Wasser zu einem reinen Kristall werden könnte.«

»Ich verstehe. Dr. Emoto wollte also über die Struktur der Kristalle die Qualität des Wassers nachweisen?«

»Und es ist ihm gelungen!«, rief Emily, und Jason gefiel der Eifer in ihrer Stimme.

»Dr. Emoto«, erklärte Emily weiter, »hat unterschiedlichste Wasserproben gesammelt, eingefroren und zigtausend Versuche durchgeführt, dokumentiert durch über zehntausend Fotografien. Reines, gesundes Quellwasser bildet sechseckige perfekte Kristallstrukturen, Wasser aus mit Umweltgiften belasteten Flüssen oder Seen hingegen nicht. Krank ist auch fast unser gesamtes Leitungswasser. Unter anderem zeigten Emotos Versuche mit japanischem Leitungswasser unter dem Mikroskop deformierte Kristalle. Er führte das auf den hohen Chloranteil im Wasser zurück – und stellte einen Zusammenhang zwischen dem japanischen Leitungswasser und der Tatsache her, dass zwanzig Prozent der japanischen Bevölkerung an Allergien leiden. Für diese These wurde er ziemlich angefeindet.«

»Von Unternehmen, die an Allergieprodukten verdienen?«, warf Jason ein.

»Nicht nur. Er kam damit verschiedenen Interessengruppen in die Quere. Außerdem konnte Dr. Emoto nachweisen, dass sich die Kristallstruktur des Wassers nicht nur bei Verschmutzung, sondern auch bei aggressiver Beschallung verändert. *Wasser lebt!* Und wir töten es. Wir vergiften die Ozeane mit Chemikalien, unter anderem dem nitrathaltigen Abwasser der Fleischindustrie, das dem Meerwasser den gesamten Sauerstoff entzieht. Allein im Golf von Mexico sind 23 000 Quadratkilometer verseucht, eine Todeszone! Jahr für Jahr entsorgen verantwortungslose Industrien Millionen Tonnen von Plastik in den Weltmeeren. Das wird zu Mikroplastik zerrieben, Fische nehmen es mit der Nahrung auf, und am Ende landet der Schadstoff in unserem Nahrungsmittelkreislauf, da wir die Meerestiere essen. Indem wir die Meere vergiften, vergiften wir uns selbst.«

Damit hatte sich auch der Gesprächskreislauf geschlossen, erneut waren sie bei den vergifteten Nahrungsmitteln angekommen.

Jason nickte. »Schätze, an dem, was Emoto sagt, ist was dran. Da fällt mir ein, ist dir der japanische Begriff *Hado* bekannt?«

»Ja, es bedeutet *Schwingung*. Worauf willst du hinaus?«

»Auf das Resonanzprinzip. Alles im Universum ist in Schwingung, und es kommuniziert miteinander, ist Bewegung und Gegenbewegung. Auch unser Körper funktioniert auf diese Weise. Unser gesamtes System wird über zwei Nervenstränge geleitet und gesteuert: Sympathikus und Parasympathikus. Sie sorgen für Spannung und Entspannung.«

»Okay. Damit willst du mir also sagen, ich sei nicht im Gleichgewicht? Tolle Erkenntnis! Danke, *Dr. Freud* …«

»Eigentlich will ich dir damit etwas anderes sagen, Seepferdchen. Du darfst dich nicht immer so sehr in das Schlechte verrennen. Es gibt auch viel Gutes in der Welt. Menschen, die wie du denken, Dr. Emoto zum Beispiel. Im Grunde zerstören wir die Welt in Gedanken. Das ist das Resonanzprinzip. Wer Gutes tut und Gutes denkt, erzeugt positive Schwingungen! Du sagtest es vorhin selbst: Emoto hat nachgewiesen, indem man das Wasser aggressiv beschallt, verliert es seine schöne klare Kristallstruktur. Etwas Schlechtes wird erzeugt allein durch schlechte Schwingung! Was passiert wohl mit den Menschen in deiner Umgebung, wenn du ständig in dieser wütenden Stimmung bist?«

Jason schien es, als friere Emily ein – wie das Wasser in Emotos Forschungen. Sie sah zu Boden, und erst nach einer Weile begann ihr nackter Fuß Halbkreise in den Sand zu zeichnen. »Sie verändern ihre Kristallstruktur?«, murmelte sie und klang ziemlich verzagt.

»Bravo, das ist mein kluges Seepferdchen!«

»Und du, Jason Samuel, bist ein hinterhältiger Schuft! Da hast du mich schön aufs Glatteis geschubst, und ich bin dir voll in die Arme geplumpst! Gib es zu, du kanntest Emotos Forschungen längst! Das war es! Ich werde nie mehr mit dir diskutieren.« Doch sie meinte das nicht ernst, in ihre Mundwinkel hatte sich ein Lächeln gestohlen.

»Komm«, sagte sie und nahm seine Hand. »Ich zeige dir mein Resonanzprinzip: Die einen machen Müll, andere räumen ihn weg. Holen wir eine Tasche und entsorgen das Zeug.«

Anschließend stellten Emily und Jason fest, dass ihre Bereitschaft, wieder in den Wagen zu steigen, beiderseits nicht eben ausgeprägt war. Emily schlug deshalb einen Tauchgang vor.

»Nichts dagegen«, meinte Jason, »aber ehrlich gesagt hätte ich vorher Lust auf einen Hotdog.« Er zeigte auf den Imbiss am Rande des Parkplatzes, und Homer stellte sofort die Ohren auf. Emily gönnte Jason die Mahlzeit ohne ein Wort, und Homer erhielt einen kleinen Obolus von der Wurst. Sie selbst ließ sich ein paar frittierte Zwiebelringe schmecken.

Nach dem Essen dösten sie eine halbe Stunde nebeneinander im Sand, und jeder hing seinen Gedanken nach. Jason beschäftigte sich mit Henoch und damit, wie wenig Emily, im Gegensatz zu ihrer Freundin Denise, in Gefahr gewesen war, seinen Einflüsterungen zu erliegen.

Es lag nicht allein an ihrer Klugheit, Emily war eine Querdenkerin, ihre Gedanken viel zu frei, um sich an etwas zu binden, das ihr Denken einschränkte. Hier zeigte sich auch der Einfluss von Emilys Vater Joseph, der der Meinung gewesen war, Religion erfülle oftmals alle Attribute geistiger Sklavenhaltung. Jason fiel dazu eine von Emilys älteren Graphic Novels ein: *Der doppelte Messias* – die Geschichte strotzte vor Blasphemie. Maria hatte in Bethlehem überraschend Zwillinge geboren, und da sie ihren Josef nicht über die Maßen strapazieren wollte, hatte sie ihren zweiten Sohn im Stroh versteckt und heimlich zu ihrer Schwester nach Jerusalem bringen lassen.

Dreiunddreißig Jahre später kam es zu einer folgenschweren Begegnung auf dem Hügel von Golgatha: Die beiden Brüder standen sich plötzlich mit einem Kreuz auf dem Rücken gegenüber und erblickten im jeweils anderen ihr Spiegelbild.

Zwei Erlöser waren einer zu viel. Der Mob hetzte sie aufeinander, drohte mit weiteren Verhaftungen ihrer Anhänger. Und so kämpften die Brüder gegeneinander. Doch die beiden waren gleich stark, und es gab keinen Sieger im Kampf. Sieger war die Gewalt – der Teufel. Als sie das begriffen, ergaben sie sich in ihr Schicksal. Und jeder für sich nahm die Schuld der Welt auf sich.

Am Ende sagt der Teufel zu Gott: *Oh, freue dich, mein Ex-Herr! Mit zwei Messiassen verdoppeln sich die Chancen, dass einer davon irgendwann zurückkehrt …*

»Woran denkst du?«, fragte Emily.

»An den doppelten Messias.«

»Oje, der war bööööse …« Emily kicherte verhalten.

»Ich finde die Idee mit dem doppelten Lottchen erfrischend, vermute aber, dass nicht alle *Liz Suburbias* Art von Humor teilen können.«

»Papa hat immer gesagt, wir sollen uns vor humorlosen Menschen hüten – wer nicht gerne lacht, hat auch keinen Sinn für das Schöne und Gute. Die Novel habe ich entworfen, nachdem ich Henoch zum ersten Mal in der Mojave-Wüste sprechen gehört hatte. Es geht um Illusion – stimmt die Verpackung, ist der Mensch bereit, alles zu glauben. Henoch hat einfach nur das gesagt, was die Menschen hören wollten. Er hat sie betrogen. Mir persönlich flößt das Kreuz Angst ein. Es ist ein Folterinstrument! Stell dir vor, Christus wäre im heutigen Amerika hingerichtet worden. Dann würden seine Anhänger Ketten mit einem elektrischen Stuhl um den Hals tragen«, endete Emily düster.

Jason lachte. »Liz Suburbia, du hast wirklich eine krude Fantasie!«

»Darum zeichne ich ja auch. Weißt du, dass ich dich als Kind für eine Art Weihnachtsmann gehalten habe?«, gestand sie völlig überraschend.

»Ehrlich? Wann hätte ich je einen Bart getragen?« Jason rieb sich das frisch rasierte Kinn.

Emily schubste ihn. »Blödmann.«

»Vom Weihnachtsmann zum Blödmann! Das nenne ich eine steile Karriere!«

»Willst du denn nicht wissen, warum?«

»Unbedingt!« Jason rollte sich auf den Bauch und stützte sich interessiert auf, damit er in ihr Gesicht sehen konnte.

»Weihnachten«, begann Emily, »ist für Millionen Kinder dieser Erde der schönste Tag im Jahr. Sie glauben an das Märchen vom Weihnachtsmann und an das Christkind. Daran zu glauben macht sie zu einem Teil von etwas Wunderbarem.

Und dieses Märchen würde sich für sie im kommenden Jahr wiederholen! Bis sie irgendwann erfahren, dass sie nicht Teil eines Märchens sind, sondern einer Lüge. Auch ich habe das gelernt. Ich war so sauer auf Stephen, als er mir mein jährliches Wunder weggenommen hat. Aber dann erinnerte ich mich, dass es noch etwas gab, auf das ich mich genauso freute wie auf Weihnachten: deinen Sommerurlaub bei uns. Du, Jason, warst mein ganz persönliches Wunder. Das ganze Jahr wartete ich auf dich. Und du warst echt, kein Märchen und keine Erfindung! Stephen konnte mir dich nicht wegnehmen …«

Emilys Stimme hatte gegen Ende immer mehr an Substanz verloren, als merke sie, dass sie mit jedem Wort ein Stück mehr von sich preisgab. Den letzten Satz flüsterte sie beinahe. Ihre Blicke trafen sich in einem tieferen Erkennen, und Jason entdeckte den Himmel, der sich in Emilys Augen spiegelte. Oder war es der Ozean? Er wusste es nicht zu sagen, weil er gerade vom eigenen Wunsch überrascht wurde, sie in die Arme zu nehmen und zu küssen. Noch nie hatte er gezögert, ein Mädchen zu küssen. Aber das hier war Emily, seine Kindheitsgefährtin, und er wollte das Band zwischen ihnen nicht zerstören. Also sprang er lachend auf und begegnete ihr mit einem Scherz. »Wundervoll, ich bin ein Märchenprinz! Und ab sofort werde ich mich nicht mehr rasieren. Wäre doch gelacht, wenn ich dir nicht bald einen schönen Bart präsentieren könnte. Komm, Seepferdchen, gehen wir tauchen. Ich hole die Flaschen. Homer passt auf unsere Sachen auf, nicht wahr, alter Halunke?« Homer wedelte zum Einverständnis mit dem Schwanz.

Sie halfen sich gegenseitig beim Anlegen der Ausrüstung und wateten in die Wellen.

Emily

Nach dem Tauchgang waren sie zwei Stunden gemütlich weitergetuckert, zwischendurch hatten sie immer wieder angehalten, weil Emily ständig neue Fotomotive entdeckt hatte und davon Aufnahmen machen wollte.

Wann immer es der Straßenverlauf ermöglichte, hatten sie teilweise historische Nebenstraßen wie die Route 66 genutzt. Bis Los Angeles waren es noch etwa dreißig Meilen, und der Verkehr hatte sich zunehmend verdichtet.

Zwischendurch hatte sich Jason nochmals bei Ryan gemeldet und ihm die Zufallsroute durchgegeben, im Gegenzug informierte ihn Rabeas Freund über die neuesten Entwicklungen. Von Carlos Delgado fehlte leider noch jede Spur; Chester Hamilton hingegen hatte die Unfallflucht gestanden. Als Begründung hatte er angegeben, er habe befürchtet, durch den Unfall die angestrebte Partnerschaft mit Stephen aufs Spiel zu setzen!

Eine Stunde vor der Dämmerung hatte Jason den Camper von der Straße gelenkt und einen Parkplatz in der Nähe eines der zahlreichen öffentlichen Strände gesucht. Dort herrschte um diese Zeit noch überall reger Betrieb, aber wenn man nicht auffallen wollte, suchte man am besten einen Ort auf, an dem sich viele Menschen aufhielten. Für heute war dies ihre letzte Etappe, die Nacht wollten sie hier verbringen.

»Auf was hast du heute Abend Lust, Emily?«, fragte Jason.

Er war nach hinten geklettert und inspizierte den Korb, den ihnen Marjorie in aller Eile gepackt hatte. »Soll ich uns etwas kochen, oder möchtest du irgendwo essen gehen?«

»Lass uns bitte hierbleiben.« Emily prüfte, ob ihr Badeanzug schon getrocknet war.

»Dann machen wir ein Lagerfeuer und essen am Strand! Und wenn es dunkel ist und der Mond aufgeht, gehen wir schwimmen.«

»So wie früher«, sagte Emily lächelnd. Sie fühlte sich eigenartig losgelöst, als würde sie noch immer gemeinsam mit Jason durch den Ozean tauchen. Es war wunderbar gewesen. Sie waren einem silbernen Fischschwarm gefolgt, wenig später einigen Robben mit ihren Jungen begegnet und hatten beobachtet, wie sie ihren Nachwuchs das Jagen lehrten. Emily waren dabei einige großartige Aufnahmen gelungen. Sie freute sich darauf, sie ihrem Bruder zu zeigen. Stephen ging es mit jedem Tag besser, und seine Hochzeit mit Viviane konnte wie geplant stattfinden.

Homer geriet in Emilys Blickfeld. »Nein, lass das, Homer«, ermahnte sie ihn. Er war auf die Bank gesprungen, hatte seine Schnauze in den Picknickkorb gesteckt und sich eine Tüte Marshmallows geschnappt. Enttäuscht ließ er sie los. »Hier hast du, du alter Gauner!« Emily kramte ein Leckerli für ihn aus ihrer Tasche.

»Und welches Leckerli darf es für dich sein?« Jason hielt eine Packung Nudeln hoch, in der anderen Hand ein Glas von Marjories selbst gemachter Pestosoße.

Emily zeigte ihm den Hochdaumen. Es war wirklich wie früher, sie sammelten Holz, zündeten ein Feuer an, und Jason kochte. Allerdings im Camper, doch ihre Teller nahmen sie mit an den Strand. Dort schmeckte es einfach besser. Emily aß so viel wie lange nicht.

Später lagen sie träge im Sand, stopften sich mit heißen, halb verkohlten Marshmellows voll und erzählten sich ihre Erlebnisse aus dem letzten Jahr. Über die vergangenen Ereignisse sprachen sie nicht mehr, und auch Denise klammerten sie aus. Nichts sollte die Harmonie des Abends stören.

Dennoch verspürte Emily eine zunehmende Anspannung bei Jason. Etwas war anders, die Atmosphäre wirkte irgendwie aufgeladen. Sie wurde das Gefühl nicht los, dass Jason ihr etwas verheimlichte. Ihr Verdacht richtete sich auf die beiden Telefonate, die Jason im Laufe des Tages mit Ryan geführt hatte. Gab es etwas, das sie nicht erfahren durfte?

Sie hielt die überstürzte Abreise sowieso für eine übertriebene Maßnahme. Wie sollte Carlos sie hier finden, wenn Jason und sie selbst am Mittag noch nicht gewusst hatten, wo sie am Abend sein würden?

Dennoch mochte sie den gemeinsamen Tag mit Jason nicht missen, und sie ertappte sich bei dem Gedanken, dass er nie zu Ende gehen möge.

Sie lag bequem zwischen Homer und Jason in einer Sandkuhle, die noch die Wärme des Tages bewahrte. Die Luft war wie Seide, vor ihr glitzerte der Ozean im Mondlicht und über ihr funkelten die Sterne. Konnte es mehr Schönheit geben? Sie fühlte sich wie verzaubert – als hätte eine Fee ihr den Wunsch nach einem perfekten Tag erfüllt. Die Kugel des Zorns in ihrem Inneren fühlte sich plötzlich leicht wie eine Feder an, stieg auf und schwebte davon. Nie zuvor im Leben hatte sie diese Gewissheit verspürt, als sei sie endlich angekommen, als sei genau das ihr Platz im Leben. Ja, so wie jetzt sollte es immer sein, so sollte sich das Leben anfühlen! Leicht und schwebend und ohne Zorn.

Homer schien ihr Glücksgefühl zu teilen, er lag neben ihr auf dem Rücken und gab behagliche Laute von sich. Während sie ihm mit ihrer Linken den Bauch kraulte, fasste Emilys Rechte wie selbstverständlich nach Jasons Hand. Er ergriff sie, drückte ihre Finger fest, und sie lagen still beieinander und lauschten dem Meer und den Sternen, teilten die Magie dieser mondhellen Nacht.

Irgendwann schlief Emily ein und erwachte erst wieder in Jasons Armen, als er sie behutsam in den Camper trug.

Rabea

Gegen neun Uhr abends meldete sich Ryan telefonisch bei Rabea und teilte ihr mit, dass die Fahndung nach Carlos Delgado bisher ergebnislos verlaufen war. »Vermutlich hat er sich längst nach Mexiko abgesetzt. Unsere einzige Chance war, ihn noch vor der Grenze zu erwischen. Ich mache mich jetzt auf dem Weg zu dir; die Jungs übernehmen und halten mich auf dem Laufenden.«

Eine Viertelstunde später klopfte Ryan an Rabeas Tür.

»Du siehst erschöpft aus«, bemerkte sie.

»Und hungrig. Ich hatte nur ein paar trockene Nachos.«

Rabea griff nach ihrer Handtasche. »Dann komm, gehen wir einen Happen essen.«

Ryan fing sie mit einem Arm ein und küsste sie. »Nein, es ist ein wunderbarer Abend«, murmelte er an ihrer Schläfe. »Ich möchte mit meiner Freundin viel lieber am Strand spazieren gehen.«

Barfuß und Hand in Hand schlenderten sie an der Meereslinie entlang, ließen sich bis zum Knöchel vom Wasser umspülen. »Das hier ist ein schöner Ort zum Leben«, bemerkte Ryan und fischte eine Muschel aus dem feuchtem Sand.

»Und ich habe dich immer für einen echten Binnenamerikaner gehalten«, spöttelte Rabea.

»Ich mag Washington, ich bin dort geboren, es ist eine lebendige Stadt, aber ich mag auch das Meer. Es riecht gut. Fast so gut wie du.« Ryan küsste sie ausgiebig, danach ließ er sie los und warf die Muschel mit weitem Schwung zurück ins Meer. »Denkst du, Jason und Emily werden ein Paar?«, fragte er Rabea unvermittelt.

»Ich würde es ihnen wünschen. Jason ist ein guter Typ, ein Beschützer. Emily braucht jemanden wie ihn an ihrer Seite. Sie hat etwas Verlorenes an sich. Jason könnte ihr Anker sein.«

Ryans Smartphone vibrierte in seiner Brusttasche. Er sah nach der eingehenden Nachricht.

»Von Jason?«, fragte Rabea.

»Nein, aber ein Augenzeuge hat sich gemeldet. Er glaubt, Delgado auf einer Tankstelle hinter Pasadena in Richtung Los Angeles gesehen zu haben. Meine Agents haben die dortige Videoüberwachung überprüft und Carlos Delgado auf dem Band identifiziert!« Ryan suchte in der Wahlwiederholung. »Ich gebe Jason für alle Fälle Bescheid, dass Delgado in Richtung L. A. gesichtet wurde. Offenbar lagen wir mit unserer Annahme falsch, Delgado würde in Mexiko untertauchen. Verflixt! Nur die Mailbox!«, entfuhr es Ryan ungehalten. »Ich hatte Jason doch gebeten, er solle jederzeit auf Empfang bleiben.« Ryan hinterließ Jason eine Sprachnachricht, er solle ihn dringend zurückrufen. Zehn Minuten später schwieg Ryans Smartphone noch immer.

»Das gefällt mir nicht«, sagte Ryan.

»Wann hast du zum letzten Mal mit Jason gesprochen?«

»Am späten Nachmittag, gegen halb sechs.«

»Vielleicht sind die beiden gerade anderweitig beschäftigt?« Rabea gefiel die Vorstellung, wie Jason Emily küsste und sich für sie das Märchen der Seepferdchenprinzessin erfüllen würde. Doch sie war auch der Realität verhaftet. Dass Jason sein Handy auf Mailbox umstellte, obwohl die Möglichkeit einer Gefahr bestand, passte nicht zu ihm. »Ruf bei den Harpers zu

Hause an«, schlug Rabea Ryan vor. »Vielleicht hat sich Emily am Abend noch bei ihrer Mutter gemeldet. Oder warte«, hielt sie ihn auf, »ich habe eine bessere Idee, bevor wir Emilys Mutter aufschrecken und ihr eine schlaflose Nacht bescheren. Ich sehe nach, ob Fritz noch in seinem Physikforum online ist.« Rabea holte ihr Tablet aus der Tasche und rief die Seite auf. »Wir haben Glück, er chattet noch.« Sie wählte seine Nummer an. »Hallo Fritz, hier ist Rabea. Ich wollte dich nur kurz etwas fragen. Hast du oder Emilys Mutter heute am Abend nochmals etwas von Jason und Emily gehört?«

»Wie, könnt ihr sie etwa nicht erreichen?« Fritz klang alarmiert, hatte sofort die richtige Schlussfolgerung gezogen.

»Im Moment hat Jason nur die Mailbox laufen. Es hat vielleicht nichts zu bedeuten, aber …«

»Ich weiß, wie ihr Emily erreichen könnt«, unterbrach Fritz zu Rabeas Verblüffung.

Homer

Er hob die Schnauze, witterte. Nein, da war kein neuer Geruch, aber er hatte ganz sicher ein neues Geräusch gehört. Eines, das nicht hierher gehörte! Homer lauschte mit aufgestellten Ohren. Da draußen war ein Mensch, und er versuchte, leise zu sein! Sein Instinkt signalisierte Gefahr. Er sprang auf, lief zu Emily, um sie zu warnen, aber ihr Freund Jason war schon wach. »Was ist los, Kumpel?«, flüsterte er. »Musst du raus?«

Er antwortete mit einem Wuff und lief zur Tür.

»Ist was?« Emily hob verschlafen den Kopf.

»Homer muss mal«, sagte Jason. »Ich geh kurz mit ihm raus. Schlaf du weiter.«

Endlich öffnete Jason ihm die Tür und er sprang hinaus, blieb stehen, witterte nach allen Seiten. Da war ein neuer Geruch, ein böser Geruch! Er rannte direkt darauf zu, und da sah er es: Die Kontur eines Menschen, und er hielt ein böses Ding in der Hand! Hinter ihm flammte die Außenbeleuchtung auf. Jason rief etwas, und dann hörte Homer Emily, und es riss ihn erschrocken herum. *Sie kletterte aus dem Wagen!* Nein, nein, nein, das war nicht gut! Vor sich spürte er die Bewegung mehr, als dass er sie sah. Und er sprang, warf sich dem Bösen entgegen.

Hinter sich hörte er Jason seinen Namen brüllen, und dann gab es kurz hintereinander zweimal einen ohrenbetäubenden

Knall, und ein Lichtblitz explodierte in seinem Herzen. Plötzlich war es taghell, und überall waren Menschen.

Und seine Emily war bei ihm. Sie kniete neben ihm, und sein Kopf ruhte auf ihrem Schoß. »Ich habe dich so lieb, Homer«, flüsterte sie. Ihre Wangen waren feucht, und er spürte die Tränen, die in sein Fell tropften, und an Emilys Seite war Jason. Da wusste er: Alles ist gut, das Böse war fort. Endlich war die Harmonie vollkommen, und ihre süße Melodie erfüllte sein Herz.

Glücklich leckte er Emilys Hand, schmiegte seinen Kopf an sie und nahm ihren vertrauten Geruch in sich auf, Emilys Duft von Liebe und Geborgenheit. Dann folgte er dem strahlenden Licht, das ihn sanft emporhob und ihn in ein neues Universum trug – an einen Ort, an dem die Zeit der Menschen keine Rolle spielte.

Jason

»Schafft ihn weg«, sagte Ryan, während er Carlos persönlich in den Polizeiwagen bugsierte. Er versicherte sich noch, dass ein Arzt sich um die schockstarre Emily kümmerte, bevor er zu Jason in den Krankenwagen kletterte.

»Wie konnte uns Carlos so einfach aufspüren?«, empfing Jason Ryan.

»Er hat euch von Beginn an verfolgt.«

»Das wäre mir doch aufgefallen.« Jason war in fürchterlicher Laune. Beinahe wäre Emily vor seinen Augen erschossen worden, Homer hingegen war tot, und ihm selbst steckte eine Kugel zwischen den Rippen, die laut Notarzt dringend entfernt werden musste. Allerdings war er derzeit noch so mit Adrenalin vollgepumpt, dass er sie nicht spürte.

»Carlos hat dich über dein Handy geortet, es gehackt und das Signal gestört. Du konntest zwar mich anrufen, aber uns war es nicht möglich, dich zu erreichen.«

»Aber wie konnte der Typ so genau wissen, dass Emily bei mir ist?«

»Als Henoch Emily letzte Woche im Headquarter einsperrte, hat sie mit Henochs Handy zwei Nummern angewählt, Stephen …«

»… und mich«, ergänzte Jason. »Carlos hat also unsere Gespräche abgehört?«

»Ja, auch die beiden vom Nachmittag.«

»Und wie konntet ihr rechtzeitig zur Stelle sein, wenn ihr nicht wusstet, wo wir uns genau aufhielten?«

»Nachdem ich dich weder erreichen noch orten konnte, rief Rabea Fritz an, in der Hoffnung, dass ihr euch nochmals bei den Harpers zu Hause gemeldet habt. Fritz hat den Braten schnell gerochen. Er gestand, dass er Emily heimlich ein GPS verpasst hat. Hiermit.« Ryan hielt Emilys Schlüsselbund hoch.

Jason schaltete sofort. »Der Delfin-Anhänger!«

»Ja. Nach seinem Unfall hat Fritz seiner Schwester Maddie einen Anhänger mit GPS gebastelt, damit sie niemals verloren geht. Der Schock über Stephens und Emilys kürzliches Verschwinden hat ihn veranlasst, auch Emily einen unterzujubeln.«

»Was für ein schlauer Junge! Vielleicht solltest du ihn engagieren …« Jason fühlte eine jähe Müdigkeit, und die Augenlider wurden ihm schwer wie Betonplatten. Er sagte noch: »Pass auf Emily auf, Ryan.« Dann sackte er weg.

***

Seit zwei Tagen wartete er auf Emily, doch als sich die Tür am frühen Vormittag öffnete, betrat Rabea sein Zimmer. »Na, Cowboy? Wie geht es dir?«, fragte sie Jason und deponierte eine Schachtel Pralinen auf seinem Nachttisch.

»Die Wunde heilt. Ich bin schon wieder so gut wie neu«, prahlte er. »Sag, wolltest du nicht gestern schon abreisen?«

»Katja schlug mir vor, noch einen Tag zu verlängern, damit ich mir ihre Schule in San Diego ansehen kann. Wir treffen uns dort um eins mit Walther, Fritz und Maddie. Aber ich fliege noch heute Abend zurück. Rechtzeitig genug für den achtzigsten Geburtstag meines Großvaters am Samstag. Wir feiern mit allem Drum und Dran. Es graut ihm schon.« Rabea lachte. »Aber er wird es natürlich trotzdem ungemein genießen.«

»Grüß ihn unbekannterweise von mir. Und wenn du schon da bist«, ergriff Jason die Gelegenheit, »möchte ich mich nochmals für alles bedanken, was du und auch Ryan für die Familie Harper getan habt«, sagte er schlicht.

»Bitte sehr. Meine beste Freundin Lucie würde sagen, es war Schicksal, dass wir uns am Flughafen begegnet sind.«

»Dem würde sich meine gute Freundin Trudi, wenn sie noch lebte, sofort anschließen.« Die Erinnerung an Trudi malte ein Lächeln auf Jasons Lippen.

»Du mochtest diese Trudi sehr gern.«

»Ja, sie war eine wundervolle Person. Katja erinnert mich an sie.«

»Mir ist Trudis Biografie geläufig. Im Krieg wurde sie die Ziehtochter von Marlene Kalten alias Greta Jakob.«

»Stimmt, ja, daran habe ich gar nicht mehr gedacht. Zu meiner Schande muss ich zugeben, dass ich mich bisher davor gedrückt habe, Marlenes und Trudis Lebensgeschichte zu lesen. Schätze, ich war immer ein wenig zu feige, um in dieses dunkle Kapitel deutscher Vergangenheit einzutauchen. Vermutlich, weil ich Trudi persönlich kannte.«

»Vielleicht holst du es trotzdem irgendwann nach? Das Buch spielt zwar während des Zweiten Weltkriegs, aber tatsächlich erzählt es von der Hingabe an das Leben, der Kraft der Freundschaft und der Liebe. Und es geht darin auch um Mut. Hier, ich habe dir mein Exemplar gleich mitgebracht.«

Jason nahm es entgegen und blätterte darin. »Sogar mit Widmung. *»Für Rabea, von ihrer Freundin Marlene«*, las er vor. »Ich verspreche dir, es zu lesen und dir danach zurückzugeben.«

»Vielleicht gibst du es auch an Emily weiter?«, schlug Rabea vor. »Marlenes Schicksal ist nicht nur eng mit der jungen Trudi verknüpft, sondern auch mit dem einer weiteren jungen Frau, Deborah Berchinger. Emily vereint etwas von beiden Mädchen in sich: Sie ähnelt einerseits der ungestümen, keine Konsequenzen fürchtenden Trudi, aber sie hat auch viel von der sensiblen, selbstzerstörerischen Deborah. Vielleicht kann Emily die Lektüre helfen, ihren eigenen Weg zu finden.«

Jason legte das Buch auf der Bettdecke ab. »Und ein wenig steckt auch von der jungen Rabea in Emily«, sagte er leise.

Rabea lächelte auf jene Art, die eine geheime Komplizenschaft andeutete, jedoch keiner weiteren Vertiefung bedurfte, und wechselte das Thema. »Bevor ich abreise, bist du mir noch Bluebells Geschichte schuldig.«

»Du hast es nicht vergessen?«

»Wie könnte ich! Dazu bin ich viel zu neugierig. Und ich glaube, Bluebells Geschichte ist für dich mehr als nur eine Geschichte. Du hast sie dir selbst ausgedacht. Ich vermute, sie stellt eine Art Metapher dar?«

»Hat Emily dir das erzählt?«

»Nein, aber du hast mir meine Vermutung gerade bestätigt.«

Rabea, die bisher gestanden hatte, zog einen Stuhl heran und setzte sich bequem zurecht. »Also, wie geht sie?«

»Es war einmal eine Seepferdchenprinzessin«, begann Jason, und seine Stimme nahm einen völlig anderen Klang an, als stünde er am Strand, umspielt von Wind und Wellen und erfüllt von einer unstillbaren Sehnsucht. »Sie hieß Bluebell, und ihre Heimat war die geheimnisvolle Tiefe des Ozeans. Sie lebte dort in einer großen Höhle mit ihrem Vater, dem weisen König Tide, und ihrer Mutter, der wunderschönen Königin Aiala. Für ihre kleine Prinzessin hatten die Eltern einen paradiesischen Garten angelegt. Darin lebten Korallen, die farbenprächtiger als der Sonnenuntergang waren, und Blumen, bunter als der Regenbogen, und anmutige Gräser wiegten sich im Rhythmus des Wassers.

Jeden Tag wandelte die kleine Bluebell in ihrem Meeresgarten und erfreute sich an seiner Schönheit. Ihre Eltern liebten sie sehr und wachten ängstlich über sie, denn Bluebell war ihr einzig verbliebenes Kind. Die Geschwister der kleinen Prinzessin waren alle gestorben, nachdem sie die Höhle durch das ihnen verbotene Mooncave-Tor verlassen hatten und in die Weite des Ozeans hinausgeschwommen waren.

Um seine kleine Prinzessin zu schützen, hatte der alte König einen Zauber gewirkt, und so konnte niemand mehr durch das Mooncave hinein oder hinaus. König Tide warnte Bluebell eindringlich vor den Schrecken, die sie außerhalb der Höhle erwarteten. So wurde der Meeresgarten zu Bluebells ganzer Welt.

Bluebell wuchs als glückliches Seepferdchen heran, sie sang mit den Korallen und tanzte mit den Muscheln, und zur Freude ihrer Eltern lachte sie den ganzen Tag.

Doch selbst der schönste Garten verliert irgendwann seinen Reiz. Als die Prinzessin heranwuchs, erwachte ein schmerzliches Sehnen in ihr, und sosehr sie sich auch vor den Weiten des Ozeans fürchtete, der ihr Brüder und Schwestern genommen hatte, und sich die Mahnung ihrer Eltern zu Herzen nahm, so zog es sie bald täglich vor das Tor.

Bald verbrachte sie viele Stunden am Mooncave und hielt Ausschau nach den angekündigten Schrecken; diese erschienen ihr inzwischen allemal interessanter zu sein als Langeweile.

Doch sosehr sie sich auch anstrengte und das smaragdfarbene Meer vor sich mit den Augen zu durchdringen suchte, nie konnte sie irgendwelches Unheil oder Gefahren darin entdecken, nur die Verlockung des Unbekannten. Und das Verlangen nach den Geheimnissen der Welt außerhalb der Höhle wuchs in ihr mit jedem weiteren Tag.

Nie hatte Bluebell die Sonne auf- oder untergehen sehen, nie den Himmel bei Tag gesehen oder die Nacht im diamantenen Glanz ihrer Sterne. Bluebell wollte endlich den Wind in ihrem Gesicht spüren, auf den Wellen tanzen, einen Regenbogen sehen! Sie wollte das Leben fühlen!

Natürlich entging König Tide ihre Sehnsucht nicht. Fortan suchte er sie jeden Abend auf und erzählte ihr Geschichten, eine gruseliger als die andere, von Riesenfischen mit Riesenmäulern, die nur darauf warteten, sie mit spitzen Zähnen zu verschlingen, und von anderen blutrünstigen Lebewesen, die nicht im Wasser, sondern über dem Wasser lebten und die sie mit ihren riesigen Netzen fangen, trocknen und essen würden.

Und Bluebells Angst siegte über die Verlockungen des Lebens, und erneut mied sie das Mooncave. Ihre Freude an ihrem schönen Garten verging jedoch darüber; sie verlor jede Lust zu singen und zu tanzen. Ihr Lachen war immer seltener zu hören, bis es schließlich gänzlich verstummte.

Eines Tages starb ihr Vater, der alte König, und Bluebell blieb allein mit ihrer Mutter Aiala zurück. Bluebells Trauer verdrängte für eine Weile ihr Sehnen nach der Weite des Ozeans. Niemals würde sie ihre Mutter alleine lassen wollen. Irgendwann aber war auch die Zeit der Mutter gekommen, und sie legte sich nieder, um wieder eins mit dem Ozean zu werden. Bevor sie ging, sprach sie ihre letzten Worte: »Kleine Bluebell, es gibt keine Magie außer der Angst.«

Bluebell war nun ganz allein. Einsam und traurig wandelte sie durch ihren Garten und fand keine Freude mehr. Sie war in ihrem Schicksal gefangen, saß verloren vor dem Mooncave, und immer öfter kam es, dass sie über die letzten Worte ihrer Mutter nachdachte: *Es gibt keine Magie außer der Angst.*

Sie war ihr ganzes bisheriges Leben ängstlich gewesen, gespeist von der Angst ihrer Eltern, auch noch ihr letztes Kind zu verlieren. Die Angst hatte ihr alles genommen, das Singen, das Tanzen, das Lachen, die Freude. Auch ihr Garten verkümmerte, die Korallen waren lange verstummt, die Muscheln bewegten sich nur mehr müde, das Gras welkte.

Eines Tages hielt es Bluebell nicht mehr aus, sie hatte es satt, Angst zu haben. Lieber wollte sie sterben, als ein solches Leben zu führen. *Mut besiegt Angst.* Aber konnte Mut auch Magie besiegen? Es gab nur einen Weg, um es herauszufinden.

Und so nahm sie eines Tages all ihren Mut zusammen, schwamm auf das Mooncave zu und mitten hindurch, hinein in das Geheimnis des Lebens. Und keine Magie hielt sie auf.

Bluebell hatte sich selbst besiegt. Es dauerte nicht lange, und sie traf auf andere Seepferdchen. Darunter war ein Prinz, der nur auf sie gewartet hatte. Und Bluebell begriff, dass Angst nur ein böser Zauber war, mit dem man sich selbst gefangen hielt.«

»Und wenn sie nicht gestorben sind, so leben sie noch heute«, ergänzte Rabea schmunzelnd. »Aber trotz Happy End birgt die Geschichte auch ein Quantum Melancholie.«

»Vielleicht«, sagte Jason, »weil sich der Wert des Glücks auch daran misst, was einem das Schicksal zuvor aufgebürdet hat.«

»Oder wie viel man sich selbst aufgebürdet hat.« Rabea wirkte nachdenklich, und Jason fragte sich, wie viel von der Seepferdchenprinzessin auch in Rabea steckte. Ein Mensch fand sich im Laufe seines Lebens vor vielen Mooncaves wieder, Tore, die er durchschreiten, Entscheidungen, die er treffen musste. Und nicht immer schlug man den richtigen Weg ein. Dann wurde der Schrecken, der in der Welt lauerte, real.

Er hielt Rabea für eine mutige Frau, dennoch umgab sie

die Melancholie eines Verlusts, die ihm verriet, dass sie einmal nicht stark genug gewesen war, um das richtige Tor zu wählen.

Ihm selbst blieb die Hoffnung, dass Emily eines Tages durch das Mooncave treten würde. Und dann würde er sie auf der anderen Seite erwarten.

Wenn er es recht überlegte, hatte er keine Lust zu warten. Wenn Emily nicht zu ihm kam, würde er zu ihr gehen. Sie trauerte um Homer, und er wollte bei ihr sein! *Zum Teufel mit den Ärzten!* Er schlug die Decke zurück. »Hilf mir beim Anziehen, Rabea.«

Erneut fand er seinen Eindruck bestätigt, wie ungewöhnlich Rabea war. Sie verstand ihn ohne Worte und sagte nur: »Ich fahre dich.«

Unterwegs klingelte Jasons Telefon. »Wo, zum Teufel, steckst du, Jason?«, blaffte ihn Ryan an. »Ich stehe hier an deinem Bett, und der Arzt sagt mir, du hättest dich selbst entlassen. Rabea wollte dich heute Vormittag auch besuchen kommen!«

»Sie war schon da. Und jetzt fährt sie mich gerade zu den Harpers. Was ist los? Gibt es Neuigkeiten? Hat Delgado ausgesagt?«

»Und wie! Damit kriegen wir auch Henoch, alias Harvey Davis, und seinen Sohn Franklin dran. Und Carlos Delgado hat nicht nur den Einbruch bei Stephen Harper gestanden, sondern auch den bei *Global Solutions* inklusive die Morde an dem Wachmann Eduardo Sanchez und Dr. Karen Lindbergh. Und er hat noch einen weiteren Mord gestanden. Hör zu, das betrifft auch deine Freundin Emily.«

Ein guter Hund stirbt nie –
er bleibt immer gegenwärtig.
Er wandert neben dir an kühlen Herbsttagen,
wenn der Frost über die Felder streift
und der Winter näher kommt,
sein Kopf liegt zärtlich in deiner Hand
wie in alten Zeiten.

(Mary Carolyn Davis – 1888–1940)

Emily

Leise Schritte näherten sich Emily, dann glitt jemand neben sie, und ein Arm legte sich um ihre Schulter. Sanft, warm, beschützend.

Jason! Dabei hatte sie doch allein sein wollen! Was musste sie noch tun, damit er sie endlich in Frieden ließ? Der Kummer gehörte nur ihr, sie wollte ihre Tränen allein vergießen. Gerade als sie geglaubt hatte, ihr Leben würde in Ordnung kommen, als sie anfing, sich sicher zu fühlen, war alles erneut in sich zusammengestürzt, und Homer, ihr Seelengefährte, war tot.

Doch dann merkte sie, wie sehr sie sich nach Jasons Nähe gesehnt hatte. Durch Jason schien alles leichter zu wiegen, war er bei ihr, schien sich ihre innere Zorneskugel zurückzuziehen, Angst und Trauer zu weichen. Der Zauber ihrer Kindheit, er tat noch immer seine Wirkung.

Und das war es, was ihr Furcht einflößte, warum sie seine Nähe mied und sich ihm entziehen wollte. Sie brauchte den Zorn, weil dieses Gefühl alles andere in ihr auslöschte, die klaffende Leere in ihr füllte und ihr jeden Tag aufs Neue die Kraft eingeflößt hatte, das zu tun, was sie für richtig hielt. Dafür war sie Risiken eingegangen und hatte Grenzen überschritten. Und hatte damit ihrer Mutter und allen, die sie liebten, Kummer und Sorgen bereitet. Aber es gab keinen Kampf ohne Opfer! Was wäre ihr Kampf dann überhaupt wert? Wie hatte Jason es einmal genannt? *Sie würde dem Leben ausweichen.* Nein! Sie wich dem Schmerz aus, aber das konnte er niemals verstehen. Sie war schuld am Tod von Denise, sie hatte sie damals am Telefon abgewiesen, und kurz darauf war sie tot. Diese Last konnte ihr keiner nehmen. Trauer, Schmerz und Zorn gehörten zu ihrem Leben, waren ihre Strafe, weil sie bei Denise versagt hatte. Und jetzt war ihr auch noch Homer genommen worden.

»Wir müssen über Denise reden«, sagte Jason.

Emily zuckte zusammen. Wie machte er das? Die Art, wie er in ihre Gedanken eindringen konnte, war beängstigend. Ganz davon abgesehen, wollte sie mit ihm nicht über Denise sprechen.

»Ihr Tod ist nicht deine Schuld«, fuhr er fort.

Emily reagierte nicht darauf. Das Thema hatten sie bereits, Jason hatte sie schon zuvor nicht vom Gegenteil überzeugen können. Offenbar dachte er, dass sie in ihrer Trauer um Homer zugänglicher wäre. Demonstrativ rückte sie von ihm ab, überlegte, ob sie einfach gehen sollte.

»Denises Tod ist nicht deine Schuld, Emily«, wiederholte Jason. »Sie …«

»Warum kannst du mich nicht einfach in Ruhe lassen?«, rief sie wütend und wollte aufspringen. Doch Jason hielt sie fest.

»Lass mich sofort los!« Sie zerrte an ihrem Arm. Jason wollte ihr nicht wehtun und gab nach. Emily rannte davon, und er sprintete hinterher, ignorierte den Schmerz der kaum verheilten Wunde.

»Emily, du musst mir zuhören!«

»Warum? Ich weiß ja, was du sagen willst, und ich habe nicht die geringste Lust, das alles von vorne durchzukauen.« Sie hatten die ersten in den Fels gehauenen Stufen erreicht.

Noch einmal griff Jason nach ihrem Arm. »Du verflixtes, sturköpfiges, verbohrtes Kind!«, knurrte er.

»Nenn mich nicht Kind, du …du …!« Sie wollte ihn ebenfalls beschimpfen, ihm alles Mögliche an den Kopf werfen, gegen seine Brust trommeln, ihm sagen, dass er sie in Ruhe lassen sollte, und gleichzeitig wollte sie, dass er sie in den Arm nahm und ihr zeigte, dass sie kein Kind für ihn war, und deshalb fand sie keine Worte.

»Weihnachtsmann?«, half Jason freundlich aus und grinste sein Jasonlächeln. Der verdammte Mistkerl las schon wieder ihre Gedanken! Es saugte ihr endgültig alle Kraft aus den Beinen. Plötzlich saß sie auf den Stufen, und Jason hielt sie tatsächlich in den Armen. »Hörst du mir jetzt zu, du verrücktes kleines Mädchen? Ryan hat mich eben angerufen. Denise hat sich nicht umgebracht, sie wurde ermordet! Von Carlos!«

»Was? Carlos hat Denise …?« Sie konnte es nicht aussprechen. »Wie könnt ihr das wissen?«, hauchte sie.

»Carlos hat es selbst gestanden, die Beweise waren erdrückend. Denise war ihm auf die Schliche gekommen, und aus diesem Grund musste sie sterben. Du hättest es niemals verhindern können, Emily, selbst wenn du sie am Telefon nicht abgewiesen hättest. Sie starb nur Minuten nach dem Anruf bei dir. Das hat die Auswertung der Telefondaten ergeben.«

Etwas in Emily gab nach, und sie weinte wie noch nie in ihrem Leben. Alles brach jetzt aus ihr heraus, die Tränen überschwemmten ihren inneren Panzer, lösten Stück für Stück aus ihm heraus. Sie weinte um ihren Vater, Denise und Homer, um all jene, die nicht mehr bei ihr waren.

Doch Jason war jetzt da. Noch nie war sie sich dessen so sehr bewusst gewesen wie in diesem Augenblick in seinen Armen. Sie war nicht allein.

Und als es dunkelte, hob sie ihren Kopf und beobachtete,

wie die ersten Sterne am Firmament aufzogen und ihr Vater und Denise auf sie herablächelten. Und Homers Stern leuchtete hell zwischen ihnen und trocknete ihre Tränen.

Fritz

Manchmal weiß man Dinge, ohne zu wissen, warum man sie weiß. Es war ein bisschen so, als würde sich hinter den Augen ein verborgenes Fenster öffnen, durch das man kurz einen Blick werfen konnte, der über die Gegenwart hinausging. Bei Maddie hatte Fritz diese Hellsicht schon oft feststellen können, ihm hingegen passierte es eher selten.

Als Rabea jedoch gestern aus dem Wagen gestiegen war, hatte Fritz gleich geahnt, dass ihr Besuch ihm galt. Zunächst hatte sich Rabea einige Minuten allein mit seinem Dad unterhalten. Dann hatte sich sein Dad mit ihr, Tante Marjorie und Emily in die Küche zurückgezogen.

Ihn aber hatten sie nicht dabeihaben wollen. *Erwachsene und ihre Geheimnisse!* Stattdessen war Jason zu ihm gekommen und hatte ihn und Maddie in den Garten gelockt. Dort hatte Jason das Gespräch auf das Universum gebracht, und sie hatten sich darüber unterhalten, wie alles darin miteinander in Bewegung und Gegenbewegung verbunden war. Jason nannte es das Resonanzprinzip. Fritz war es aus der Physik vertraut, in der Wissenschaft war es als Gesetz der Schwingung bekannt.

Seine Enttäuschung war riesig, als sein Dad ihm auch am Abend nicht mehr über Rabeas Besuch erzählen wollte, außer, dass sich Fritz am nächsten Tag auf eine Überraschung vorbereiten solle. Selbst Emily schien ihren Mund zugenäht zu haben. Dabei musste es etwas Gutes sein, alle hatten diesen besonderen Ausdruck der Erwartung in den Augen, als wäre am nächsten Tag Weihnachten.

Die ganze Nacht konnte er deshalb nicht schlafen, wünschte sich, die Zeitmaschine würde tatsächlich funktionieren und ihn mit einem Knopfdruck in den nächsten Morgen transportieren.

Aber nicht nur Fritz wusste, dass die angekündigte Überraschung sein Leben verändern würde. Seine Schwester Maddie tat in dieser Nacht etwas, was schon lange nicht mehr vorgekommen war: Sie huschte zu ihm ins Zimmer, doch anstatt sich wie sonst in das zweite Bett zu legen, suchte sie seine Nähe und schlüpfte zu ihm unter die Decke. Sie klammerte sich an ihn, als hätte er vor, sie zu verlassen.

Heute war endlich heute, aber bis zur angekündigten Überraschung musste er sich noch bis zum Nachmittag gedulden. Maddie war den ganzen Tag sehr still gewesen, ließ gar ihr geliebtes Piano links liegen, stattdessen saß sie am Tisch in der Küche und bemalte ein Blatt nach dem anderen mit Zahlen und Kringeln.

Eine Stunde vor der angekündigten Zeit rollte Fritz von der Veranda in den Hof und hielt die Auffahrt im Auge. Wenig später stiefelte Maddie an ihm vorbei und verschanzte sich in der Zeitmaschine.

Pünktlich um drei Uhr bog eine schwarze Limousine um die Ecke.

Fritz staunte nicht schlecht, als vorne ein Soldat ausstieg und den hinteren Schlag für eine elegante alte Dame und einen ganz in Weiß gekleideten Herrn, in dem er mindestens einen Kapitän, wenn nicht sogar einen Admiral vermutete, öffnete. Als Letztes kletterte Rabea aus dem Wagen.

Nun begriff er, warum Tante Marjorie im Vorfeld darauf bestanden hatte, alle Tiere in Zwinger und Stall unterzubringen. Die Reinigung der blütenweißen Uniform wäre sicher sehr teuer geworden, und die alte Dame war klein und dünn genug, dass vermutlich einer von Emilys vorwitzigen Truthähnen gereicht hätte, sie zu Fall zu bringen.

Hinter sich nahm er eine Bewegung wahr. Maddie hatte die Tür der Zeitmaschine geöffnet. Für Fritz war das ein gutes Zeichen – die Fremden schienen seiner Schwester offenbar keine Angst einzuflößen.

Rabea übernahm die gegenseitige Bekanntmachung und stellte Fritz zunächst die feine alte Dame vor. Sie hieß Katja. Als sich sein Blick mit dem Katjas traf, geschah etwas Seltsames mit ihm. Seine Erinnerung spielte ihm einen Streich, gaukelte ihm vor, sie schon länger zu kennen, so vertraut kam sie ihm vor. Dabei war er sich sicher, dass sie sich nie zuvor begegnet waren. Katjas offensichtliches Alter schien auch nur eine äußerliche Hülle zu sein. Sobald man mit ihr sprach, verblasste ihr Alter wie von Zauberhand und alles an ihr wirkte jung und lebendig, als speise sie sich aus einem geheimen Energiefeld. Auch der Admiral wurde Fritz vorgestellt und wechselte ein paar Worte mit ihm. Danach wandte sich Katja der Zeitmaschine zu. Ihre Bewegung war so zielstrebig, dass Fritz überzeugt war, dass Katja die ganze Zeit Maddies Anwesenheit in ihrem Rücken gespürt hatte.

Seine Schwester spähte noch immer aus der halb geöffneten Tür. Fritz erwartete, dass sie sich zurückziehen würde, nun, da sie Aufmerksamkeit erregt hatte. Doch stattdessen kam Maddie heraus und setzte sich langsam in Bewegung. Auch Katja löste sich aus ihrer Gruppe und schritt Maddie im gleichen Tempo entgegen.

In der Mitte des Hofs trafen sie aufeinander, die alte Dame und das zehnjährige Mädchen. Sie blieben voreinander stehen und sahen sich einfach nur an. Alle Erwachsenen verharrten still, ein jeder war sich dessen bewusst, gerade Zeuge eines außergewöhnlichen Schauspiels zu sein.

Fritz fühlte sich von einem unwirklichen Sog erfasst, als schrumpfe die gesamte Umgebung auf den kleinen Fleck zusammen, auf dem Maddie und Katja standen. Einen Moment lang war er überzeugt, die Zeitmaschine funktioniere tatsächlich und halte Maddie und Katja in einem unbekannten Kontinuum gefangen.

»Hallo, liebe Maddie, ich heiße Katja«, begann Katja, während ihre behandschuhten Finger ein paar Figuren in die Luft zeichneten und sie einige weitere Worte in einer für Fritz unbekannten Sprache zu Maddie sprach.

Gespannt wartete er darauf, dass Maddie begann, Katja zu zählen, aber seine Schwester blieb stumm. Stattdessen tat sie nun etwas Erstaunliches, etwas, das sie noch nie zuvor bei einem Fremden getan hatte. Maddie schlang die Arme um Katjas schmale Taille, schmiegte ihren Kopf an ihre Brust und summte dazu leise ihre Lieblingsmelodie. Auch Katja breitete die Arme aus, empfing dieses Kind wie ihr eigenes und hielt Maddie fest umschlungen. Fritz beobachtete, wie eine Träne Katjas geschlossenes Auge verließ und langsam die faltige Wange herabkullerte.

In diesem Augenblick geschah noch etwas Merkwürdiges. Fritz konnte es sich weder jetzt noch später erklären, aber plötzlich erwuchs das Bild des uralten Olivenbaums im Garten vor seinen Augen, als würde der Baum seine mächtige Äste schützend über alle Menschen hier im Hof ausbreiten. Er glaubte sogar zu hören, wie seine Blätter leise im Wind flüsterten: *Alles wird gut …*

***

Später durfte sich Fritz allein mit der schönen alten Dame unterhalten. Oder fast allein, denn Maddie saß dabei, lehnte an Katjas Schulter und summte glücklich vor sich hin.

Auch er war glücklich, wie berauscht von der Hoffnung. Natürlich hatten die Erwachsenen versucht, seine Hoffnung zu dämpfen, das schienen sie für ihre Aufgabe zu halten, um ihn vor Enttäuschungen zu bewahren.

Aber er ließ sich seine Hoffnung nicht nehmen, denn sie war Wissen, war Gewissheit. So wie er gewusst hatte, dass der Besuch sein Leben verändern würde, so wie Maddie gewusst hatte, dass die Dame Katja Teil ihres geheimen Kosmos war, wusste er, dass er eines Tages wieder würde laufen können! Und ja, natürlich verstand er, dass er noch einen langen, beschwerlichen Weg vor sich hatte. Er würde weitere Operationen über sich ergehen lassen müssen, aber er war dazu mehr als nur bereit, fürchtete sich nicht vor den Schmerzen. Seit zwei Jahren lebte er mit Beinen, in die er eine Nadel zentimetertief hineinstecken konnte, ohne etwas zu spüren. Er wollte die Mühen, die Schmerzen und die Qualen – weil sie für ihn Hoffnung bedeuteten. Sein Idol Stephen Hawking hatte einmal gesagt, er habe mit 21 alle seine Erwartungen auf null reduziert. Und alles seit diesem Zeitpunkt sei ein Bonus. Ja, er wollte den Bonus *Hoffnung*! Wenn man im Rollstuhl saß, war Hoffnung das, was einem Wunder am nächsten kam. Er wollte etwas spüren, sich selbst spüren, ein Leben ohne Rollstuhl und fremde Hilfe führen! Zu hoffen war sein Recht.

Katja verstand ihn. Sie hatte ihm ihre eigenen Narben gezeigt und erzählt, wie sie dazu gekommen war. Durch sie wusste er, dass im Leben alles möglich war. Später würde er wie Katja Astrophysiker werden, die Welt bereisen, die Sterne im All erforschen und neue Welten entdecken.

Sein Höhenflug währte genau eine Stunde. Denn es gab

Maddie in seinem Leben. Seine kleine Schwester konnte er in die neue Welt, von der er so sehr träumte, nicht mitnehmen. Operationen, Rehabilitation, all das wäre nur getrennt von Maddie möglich. Mit Grauen erinnerte er sich an die schlimme Zeit nach seinem Unfall und wie schlecht es Maddie damals ergangen war. Er hatte noch immer ihr Toben und Schreien im Ohr, weil sie bei ihm im Krankenhaus hatte bleiben wollen und es nicht durfte. Die Ärzte hatten ihr Spritzen geben müssen, damit sie sich überhaupt wieder beruhigte und sich nicht selbst verletzte. Maddie hatte so sehr unter ihrer Trennung gelitten; das wollte er ihr nicht noch einmal zumuten. Solange er im Rollstuhl saß, konnte Maddie bei ihm bleiben. »Es geht nicht«, sagte er nun tapfer.

Katja verstand ihn sofort. »Du denkst an Maddie.«

»Sie braucht mich.«

»Du bist ein guter Junge!«, sagte Katja warm. »Weißt du, Fritz, ich hatte früher auch eine Schwester.«

Und dann erzählte ihm Katja die Geschichte von ihrer eigenen kleinen Schwester, die wie Maddie gewesen war, und was sie für sie getan hatte, damit sie beide im Krieg überlebten. »Später habe ich eine Stiftung für Kinder wie Maddie gegründet. Deine Schwester ist ein wunderbares Mädchen, und sie ist sehr klug. Wir beide sprechen mit ihr und erklären ihr, warum du für eine Weile weggehen musst, Fritz. Sie wird es verstehen, weil sie ihren großen Bruder liebt. Und ich glaube, sie würde sich mit den anderen Kindern wohlfühlen und Freunde unter ihnen finden. In der Stiftung haben wir speziell ausgebildete Lehrer, die sich um Maddie und ihre Bedürfnisse kümmern werden. Und Maddie hat ja auch noch eine Familie, Walther und Marjorie und Emily. Sie ist nicht allein. Du musst wissen, Fritz, jeder Mensch kann nur sein eigenes Leben leben; auch du kannst nicht Maddies Leben mitleben. Das würde dich auf Dauer nur unglücklich machen. Maddie würde es spüren und auch unglücklich sein. Verstehst du das, mein Junge?«

Fritz dachte nach. Dabei wurde ihm klar, warum Jason gestern mit ihm und Maddie über das Universum gesprochen hatte. Er nickte ernst: »Es ist das Resonanzprinzip.«

Katja sah ihn liebevoll an. »Wenn du willst, Fritz, fahren wir morgen zusammen mit Maddie in meine Schule. Einfach nur, damit ihr beide euch alles einmal in Ruhe ansehen könnt.«

»Gibt es dort auch ein Klavier?«

»Natürlich! Viele der Kinder spielen ein Instrument. Wir haben sogar ein kleines Orchester.«

Jason

Ryan rief ihn am frühen Nachmittag an. »Jason, wir haben grünes Licht! Heute Abend werden wir die Ratten in ihrem Nest ausräuchern. Willst du dabei sein, wenn wir Henoch und seinen Sohn hochnehmen?« Ryan erklärte ihm noch, wo er hinkommen solle, und Jason erwiderte: »Bin schon unterwegs!«

Gegen sieben traf Jason bei Ryan ein. Die Kommandozentrale befand sich in einem dunklen Van, der zwei Blocks von der Schnapsbrennerei entfernt im Schutz einer Lagerhalle parkte.

Ryan stellte Jason seinen Informanten Charlie One vor, einen Kriegsveteranen. Charlie One hatte durch seinen Anruf bei der DIA den »Fall Henoch« erst ins Rollen gebracht. Darüber hinaus hatten seine Kenntnisse über die unterirdischen Gebäudezugänge des *Greenwar*-Headquarters maßgeblichen Anteil an der heutigen Einsatzplanung. Im Anschluss erläuterte Ryan Jason kurz, wie sein Team vorgehen würde, und schloss mit den Worten: »Alle eingesetzten Kräfte sind mit Helmkameras ausgestattet. Wir sind daher in jeder Sekunde live mit dabei.« Ryan lenkte Jasons Augenmerk auf die Reihe der Bildschirme, vor denen jeweils eine Person mit Kopfhörern saß.

Mit insgesamt sechs Männern und zwei Frauen, dazu der umfangreichen technischen Ausstattung, fühlte sich Jason eingeengt wie in einem U-Boot. »Wann geht es los?«, fragte er.

»Schon genug von unserer Präsidentensuite?«

»Kannst du laut sagen.«

»Kaffee?«

»Ist denn noch Zeit dafür?«

»Klar, wir schlagen erst um 20:00 Uhr los, also frühestens in einer Stunde. Statistisch gesehen, sitzen die meisten Menschen um diese Zeit beim Abendessen oder vorm Fernseher. Wir wollen so wenig Aufsehen wie möglich.«

»Ich denke, ihr verschafft euch von unten her Zugang?«

»Was nicht zwangsläufig verhindert, dass einige der Ratten hinausrennen und Chaos stiften. In der Vergangenheit ist South Central nicht nur ein Mal wie ein Pulverfass hochgegangen.«

Jason nickte. »Mir sind die damaligen Fernsehbilder geläufig.«

»Die Situation ist in der Tat schwer einzuschätzen. Wir können nicht vorsichtig genug vorgehen. Ich wünschte, wir hätten es schon hinter uns. Henoch ist zwar ein Spinner, aber er ist alles andere als dumm. Er weiß genau, wie heikel ein Spezialkräfteeinsatz in dieser Zone ist und wie schnell alles aus dem Ruder laufen kann. Das ist der Grund, warum er sich genau hier verschanzt. Wir haben einige beunruhigende Gespräche abgehört und wissen, dass Henochs und Delgados Leute da drin Waffen und Sprengstoff lagern. Das Risiko ist dadurch unkalkulierbar geworden und wir können nicht länger warten. Wenn wir jetzt nicht handeln, jagt dieser Verrückte womöglich die gesamte Brennerei in die Luft«, erklärte Ryan, während er Jason Kaffee aus einer Thermoskanne einschenkte. Sie stiegen mit den Bechern nach vorne in die Fahrerkabine. »Übrigens gibt es noch ein paar erfreuliche Nachrichten für deine Freunde. Ich habe vorhin mit dem zuständigen Staatsanwalt gesprochen. Stephen und Emily Harper sind aus dem Fokus, sie werden nur als Zeugen in der Sache hinzugezogen werden. Eventuell kann ich die Kleine sogar in der Children's-Demo-Sache entlasten und ihr die noch laufenden Zivilklagen vom Hals schaffen.«

»Wie?« Jason horchte auf. »Sind etwa neue Beweise aufgetaucht?«

»Sagen wir so – es gibt Anlass zu Optimismus. Ich habe Franklin Davis auf einem Amateurvideo der Demo entdeckt. Meiner Einschätzung nach ist er für die Eskalation vor Ort maßgeblich verantwortlich. Laut der Aussage von Emily Harper habe Davis sie damals gerettet. Womöglich war die Rettung aber nur inszeniert, um ihr Vertrauen zu gewinnen.«

»Warum sollte Citizen das geplant haben?«

»Es ging ihm primär um Emilys Bruder, Stephen Harper. Er war das eigentliche Ziel. Chester Hamilton und Franklin Davis kennen sich von früher. Nachdem Hamilton nicht gleich an Dr. Harper herankam, hat er Citizen auf die Schwester angesetzt.«

Jason erfasste sofort die zeitlichen Zusammenhänge. »Das Klassentreffen! Die Children's-Pool-Demo fand nur wenige Wochen danach statt!«, rief er.

»Ja, nachdem Stephen Harper mir davon berichtet hat, habe ich meine Recherchen in diese Richtung ausgedehnt. Ich werde Citizen Kane persönlich in die Mangel nehmen, und wenn es so gelaufen ist, wie ich vermute, werde ich es herausfinden. Mein Wort darauf. Die Kleine hat eine Chance verdient.«

»Danke, Ryan. Die Klagen sind eine enorme Belastung für Emily. Dazu der Ausschluss vom College … Emilys gesamte Lebensperspektive ist quasi damit weggebrochen. Wenn sie die Klagen los wäre … es wäre für sie ein Neuanfang.«

»Das ist der Grund, warum ich diesen Job mache. Ich hole mir die Bösen, damit die Unschuldigen in Frieden und Sicherheit leben können. Apropos, wie geht es deiner Wunde?«, erkundigte sich Ryan. Es war ihm nicht entgangen, als Jason etwas unbeholfen nach der Tasse gegriffen hatte.

»Kaum der Rede wert.«

»Harter Bursche, was? Sich einfach in die Schusslinie zu werfen …«

»Homer war schneller.«

»Was hast du gedacht, als du gesprungen bist?«

Jason setzte den Becher an. »Nichts. Dazu blieb keine Zeit. Man handelt. Fragst du mich das aus einem bestimmten Grund?«

»Nicht nur hart, sondern auch schlau.« Ryan genehmigte sich selbst einen Schluck, bevor er antwortete, und er sprach auch mehr in seine Kaffeetasse als mit Jason: »Ich habe ein Angebot vom Secret Service.«

Jason prustete. »Und jetzt fragst du dich, ob du bereit bist, für deinen Präsidenten den Kugelfänger zu spielen?«

»Ich gehe davon aus, dass es einen Unterschied macht, ob man für seine Liebe stirbt oder für jemanden, für den man arbeitet. Unser Instinkt sichert uns primär das Überleben, aber wenn er uns gleichzeitig zu Handlungen antreibt, die uns töten könnten …«

»Und nun fragst du dich, inwieweit man sich noch auf seinen Instinkt verlassen kann?«

»So ungefähr. Mit den Jungs kann ich nicht darüber sprechen. In Zweifel zu ziehen, für seinen Präsidenten sein Leben zu lassen, bedeutet, nicht für sein Land sterben zu wollen.«

»Patriotismus ist eine Falle, wenn man das Leben liebt. Und eine Frau …«

»Und wieder liegst du richtig. Rabea ist dagegen, dass ich annehme. Sie hält meinen Beruf für gefährlich genug. Dabei geht sie selbst keiner Gefahr aus dem Weg.«

»Ja, sie ist schon eine aufregende Frau.«

»In jeder Hinsicht«, seufzte Ryan. Jason beneidete ihn darum – in diesem Seufzer lag alles verborgen, wonach er sich selbst sehnte.

»Was ist mit dir und Emily?«, erkundigte sich Ryan weiter. »Sie ist eine spannende Person und ausgesprochen niedlich, vorausgesetzt, man steht auf lila Haare.«

»Wie meinst du das?«

»Na ja, lila ist …«

»Ich meinte nicht die Farbe!«

»Du liebst die Kleine. Hey, schau mich nicht so an!« Ryan hob abwehrend die Hände. »Das kommt nicht von mir. Rabea sagt das.«

»Wie kommt sie darauf?«

»Instinkt.«

***

»Wir haben beide! Keine Verluste!«

In der Kommandozentrale wurden jubelnd die Arme hochgerissen.

Voller nervöser Spannung hatten die Insassen des Vans den kaum zehnminütigen Einsatz der vier Teams an den Bildschirmen mitverfolgt.

Dank Emilys lokaler Kenntnisse und Charlie Ones genauer Angaben über das geheime Labyrinth unter der Anlage konnten die Einsatzkräfte schnell und zielstrebig vordringen. Im Schutz der eingesetzten Rauchbomben hatten sie sich erst Citizen Kane und danach dessen Vater geschnappt. Die übrigen Warriors hatten keinen nennenswerten Widerstand geleistet. Nur einige wenige hatten nach Waffen gegriffen. Doch die beiden einzigen Projektile, die ein menschliches Ziel fanden, waren in einer Weste stecken geblieben. Nach einer weiteren Viertelstunde, in der das Sonderkommando den gesamten Gebäudekomplex durchkämmt hatte, erging das Signal an Einsatzleiter Ryan McKenzie, dass das Gebäude gefahrlos betreten werden konnte.

»Sammelt die Festgenommenen in der Eingangshalle«, gab Ryan über Funk durch. »Wo sind Vater und Sohn? Gut. Behaltet den Vater dort, den Sohn schafft zu den anderen. Abtransport wie vereinbart. Ich komme jetzt rein.«

Er schob die Tür auf und sah Jason an. »Willst du mitkommen, Jason? Ich will mir dieses Henoch-Arschloch gerne in seiner natürlichen Umgebung ansehen.«

***

»Andere werden kommen und mein Werk vollenden! Denn der Herr sprach: *Ich bin das Alpha und das Omega, der Anfang und das Ende.* Bald wird eine reine Welt aus einer neuen Sintflut erstehen und der Teufelskreis der menschlichen Gier wird durchbrochen werden! Es ist Gottes Plan, nicht meiner. Ich bin nur sein Werkzeug!«

Ryan und Jason lauschten Henoch mit versteinerten Mienen. Jason fühlte unbändige Abscheu für den Mann, der Carlos beauftragt hatte, Emily zu töten. »Ich finde vor allem, dass es zu viele Verrückte wie *Sie* gibt, die ihre Morde mit Gott rechtfertigen«, spuckte ihm Jason vor die Füße. »Welcher überhaupt? Gott ist ein Plagiat! All die schlauen Bücher und jeder hat von jedem abgeschrieben! Die große Flut, von der Sie reden, war nichts weiter als eine schreckliche Naturkatastrophe und taucht schon in den ältesten mesopotamischen Schriften auf. Außerdem kennen wir die Wahrheit! Von wegen *gottgefällig*. Sie sind ein von Gier zerfressener Heuchler! Ihnen ging es nur um den eigenen Profit! Sie haben das Geld aus Ihren Anhängern gepresst und davon Aktienpakete gekauft. Dann habe ich jetzt eine Neuigkeit für Sie! Sie haben sich auf ganzer Linie verspekuliert, Ihre Aktien sind das Papier nicht wert! Stephen Harper hat seine Forschungsergebnisse vernichtet, damit niemand Profit aus ihnen schlagen kann. Wenn Ihnen also *Ihr* Gott nicht zufällig gleich mit einer kleinen Flutwelle zu Hilfe eilt, dann war es das mit dem großen Plan. Viel Vergnügen im Kittchen! Ich wünsche eine feuchte Zelle!«

»Gut gebrüllt, Löwe! Das war eigentlich mein Spruch.« Ryan trat einen Schritt vor und verlas Henoch seine Rechte. »Den hier werden Sie nicht mehr brauchen.« Ryan bückte sich und hob den Mosesstab auf, der neben Henoch auf dem Boden lag. Er legte ihn auf ein Knie und zerbrach ihn vor dessen Augen.

Anschließend befahl er den anwesenden Beamten: »Nehmt unseren *Vater Henoch* mit.«

***

Auf der Rückfahrt fiel es Jason schwer, sich zu fokussieren. Ryans Worte, oder vielmehr Rabeas Behauptung, er liebe Emily, hatten ihn getroffen. Selten hatte er sich so hin- und hergerissen gefühlt. Liebe oder Gefühle waren für ihn nie eine komplizierte Angelegenheit gewesen. Er war in dieser Hinsicht immer geradeheraus, hatte stets gewusst, was er wollte, und es genauso artikuliert. Die Frauen, zu denen er sich hingezogen fühlte, sollten wissen, woran sie sind; Gefühle und Ehrlichkeit waren für ihn eine Einheit. Er mochte keine Spielchen. In der Liebe sollte es nie um Macht gehen.

Von Emilys Existenz hatte er erstmals aus einem Brief von Stephen erfahren. Die Nachricht war nur eine kleine Fußnote zwischen Stephens diversen atemberaubenden Erlebnissen wie seinem zweiten Platz bei einem Surfwettbewerb (»Aber das nächste Rennen gewinne ich!«) und dem Fisch, den er gerade gefangen hatte (»So groß wie ein Hai, ich schwöre, er hat unser Boot gezogen!«). *Ach ja, Jason, ich soll dir unbedingt Grüße von meiner Mum ausrichten, auch an Grandma Adelheid. Mum ist übrigens so fett wie ein Kugelfisch und stöhnt den ganzen Tag »Mein Rücken«. Das neue Baby ist dann schon da, wenn du nächsten Monat kommst. Hey, und vergiss nicht, diese Kaugummis mitzubringen, die so schön kleben …*

Als Jason an jenem ersten Urlaubstag hinter Joseph und Stephen durch die Eingangstür trat, schrie Emily gerade wie am Spieß, ein durchdringender Laut, der das ganze Harperhaus in Besitz zu nehmen schien. Dem war auch so. Alles drehte sich um dieses winzige, schwarzhaarige Etwas. Stephen taufte seine Schwester »die kleine Tyrannin«. Jason hingegen war von Baby Emily fasziniert. Er war damals noch nicht ganz zehn, ein Junge, doch als ihn Marjorie Emily das erste Mal halten ließ, fühlte er sich sehr erwachsen. Er mochte das Gefühl, wie sich das federleichte Bündel in seinen Arm schmiegte und das kleine Köpfchen sich vertrauensvoll an seiner Schulter rieb. Er fand es ulkig, sie an seinem Zeigefinger saugen zu lassen und die Schmatzlaute zu hören, die der winzige rosa Mund formte. Im Folgejahr übte er mit Emily die ersten Schritte und im darauffolgenden bauten sie gemeinsam ihre erste Sandburg. In jenem Jahr war der Abschiedsschmerz nach sechs Wochen Sommerferien groß. Emily begriff zwar, dass ihr Freund sie für eine lange Zeit verlassen würde, aber sie konnte das Warum noch nicht verstehen. Emilys Schreie zerrissen Jason das Herz. Fortan verabschiedete sich Emily zu Hause von ihm, lehnte es ab, Jason bis zum Flughafen zu begleiten.

Als kleines Mädchen war Emily oft barfuß und verwuschelt, mit ihrem Lieblingsplüschtier im Arm, an seinem Bett aufgetaucht und hatte mit ihrer atemlosen Kleinmädchenstimme gepiepst: »Ich kann nicht schlafen, Jason! Die Bestien sind wieder da.«

Dann hatte er seine Decke gehoben und gesagt »Komm, Seepferdchen!«, und sie war hurtig daruntergeschlüpft, hatte sich wie ein kleines Äffchen an ihn geschmiegt, die dünnen Arme und Beine fest um ihn geschlungen. Unter der Sicherheit der Bettdecke hatte Emily ihn jedes Mal gefragt: »Warum liebst du mich?«, und er hatte gefragt: »Wie viel Zeit hast du?« Danach hatte er aufgezählt, was ihm gerade einfiel: Ihre Stupsnase, ihren rechten kleinen Finger und ihren linken kleinen Zeh, der ein wenig krumm war, die Art, wie sie kicherte, wenn er sie kitzelte, ihren Bauchnabel, der aussah wie ein blinzelndes Auge. Bis Emily friedlich eingeschlafen war.

Emily war so ein süßes kleines Mädchen gewesen – bis sie ein stures, eigensinniges und verrücktes Biest geworden war, das alle, einschließlich ihn, in Atem hielt. Aber er wusste ja, warum sie war, wie sie war. All ihre Wut entsprang einer einzigen Triebfeder: der Liebe. Weil Emily die Erde mit ihren Ozeanen, den Menschen und den Tieren liebte, fühlte sie sich für sie verantwortlich. Wer wollte ihr das zum Vorwurf machen? Er musste dabei an ein Zitat von Antoine de Saint-Exupéry denken: *Um einen Schmetterling lieben zu können, müssen wir auch ein paar Raupen mögen* … Zudem war Emily noch so jung, keine zweiundzwanzig … Sie hatte noch Zeit, aus ihrem aus Wut gewebten Kokon zu schlüpfen und sich zu entpuppen. Der Drang, weiterhin auf Emily achtzugeben, sie vor den Widrigkeiten des Lebens genauso wie vor ihren eigenen Ängsten zu beschützen, damit sie ein glücklicher Schmetterling werden konnte, wollte ihm beinahe die Brust sprengen.

Viel zu lange hatte er die Wahrheit nicht sehen können. Rabea hatte es vor ihm erkannt. Er liebte Emily schon sein ganzes Leben, sie war seine Bestimmung, war es immer gewesen. Doch nun liebte er nicht mehr das kleine Mädchen, sondern die Frau, die sie heute war. Er liebte sie mit allem, was sie war, er liebte ihre Sturheit, ihren Trotz, ihre Leidenschaft. Sie war alles für ihn. Und er würde es ihr sagen!

Er fand Emily im Baumhaus, und als sie von ihrer Zeichnung aufblickte, wurde er zum ersten Mal in seinem Leben von Schüchternheit ergriffen.

»Was ist los, Jason? Du guckst so komisch. Ist dir nicht gut? Hast du etwas Falsches gegessen?«

Da musste er lachen. »Nein, es geht mir ausgezeichnet. Kommst du mit in die Zeitmaschine, Seepferdchen? Ich möchte dir gerne etwas sagen.«

Emily kniff die Augen misstrauisch zusammen. »Was ist los? Musst du mir etwas beichten?«

»Vielleicht. Kommst du?« Er streckte die Hand nach ihr aus und einen Augenblick zog sich sein Herz vor Furcht zusammen, sie könne sie ihm verweigern. Doch sie nahm sie und ließ sich von ihm auf die Leiter helfen.

Nebeneinander schlenderten sie über den Hof zur Telefonzelle. Jason hielt Emily die Tür auf und schlüpfte nach ihr hinein.

Die Enge schuf eine unbekannte Intimität zwischen ihnen. Emily rückte unwillkürlich von ihm ab und presste sich an die Scheibe. Jason spürte, dass es nicht nur die körperliche Nähe war, der sie auszuweichen suchte.

»Puh, das ist ja ganz schön eng hier drin«, lachte Emily verlegen. »Ich glaube, wir haben beide zugenommen.«

Er selbst war von seinen Gefühlen für sie überwältigt, niemals zuvor hatte er sich so stark und schwach, so kühn und scheu zugleich gefühlt. »Nein, Emily. Wir sind erwachsen geworden«, sagte er leise. Er nahm ihre Hand, hob sie an seinen Mund und küsste sie zärtlich.

»Was tust du da?«, fragte Emily nervös. Sie entzog ihm ihre Finger und versteckte beide Hände hinter dem Rücken.

»Ich zeige dir, was ich fühle.«

»Warum?«

»Weil ich alles an dir liebe, das kleine Muttermal auf deinem Ohrläppchen, deinen kleinen krummen Zeh, deinen süßen schiefen Mund und auch deine lila Haare. Weil das alles du bist, Emily.«

»Das weiß ich doch. Ich liebe dich auch, Jason.« Er war sich sicher, dass sie ihn gerade mit Absicht falsch verstehen wollte, genau wusste, dass es hier nicht um ihre geheimen Flüstergespräche unter der Bettdecke ging. Warum sonst konnte sie ihm nicht in die Augen sehen?

»Können wir jetzt bitte gehen?«, stammelte sie.

»Du kannst gehen. Oder bleiben und anhören, was ich dir sagen möchte.« Er legte die Hand an die Tür, bereit, sie für sie zu öffnen. Sie wand sich, mied weiterhin seinen Blick. »Du wirst doch jetzt nicht schmalzig werden, oder?«, hauchte sie.

»Was ist schmalzig an der Wahrheit, Seepferdchen?« Doch er wartete ab, spürte, wie es in Emily arbeitete. Am Ende war ihre Neugier stärker. »Was willst du mir denn sagen?«, flüsterte sie mit gesenktem Kopf.

Er hob ihr Kinn an. »Weiche mir nicht aus, kleine Seepferdchenprinzessin, und sieh mich an. Dein Vater hat gesagt, diese Telefonzelle sei magisch und wir müssten uns hier drinnen immer die Wahrheit sagen. Das ist die Wahrheit, Emily, und ich hätte nie geglaubt, dass ich so lieben könnte, aber ich liebe dich, Emily Harper, mit allem, was du warst, bist und sein wirst. Ich liebe nicht mehr das kleine Mädchen, das du einmal gewesen bist, sondern auch und besonders die Frau, die du geworden bist. Ich liebe alles an dir, sogar deinen kleinen sturen Kopf, der mich manchmal in den Wahnsinn treibt. Denn ich weiß, dass alles, was du tust, du aus Liebe tust. Ich kenne keinen Menschen, dessen Herz größer ist als deines, Emily Harper, denn die ganze Welt passt hinein. Und wenn diese Zelle magisch ist, so ist sie heute für uns das Mooncave. Ich habe dich das schon einmal gefragt: Was wünschst du dir, Emily? Was wünschst du dir nur für dich? Denk darüber nach. Ich liebe dich, und wenn du dich entscheidest, durch das Mooncave zu treten, werde ich da sein und auf der anderen Seite auf dich warten.« Noch einmal küsste Jason ihre Hand, dann öffnete er die Tür für sie. Ließ Emily gehen. Schon einmal hatte er eine Frau aus Liebe gehen lassen. Doch er wusste, dass es richtig war, sich erneut diesem Schmerz auszusetzen. Emily war es wert.

Und – manchmal muss man etwas loslassen, damit es eines Tages zu einem zurückkehrt.

***

Der Preis war hoch; Jason litt an den typischen Symptomen: Unkonzentriertheit, Herzrasen, Appetitmangel und grundloses In-die-Ferne-Starren. Und die ganze Zeit über war er peinlich darauf bedacht, dass bei ihm niemand Liebe als Krankheit diagnostizierte. Am allerwenigsten sein Freund Stephen.

Seit Jason Emily seine Gefühle für sie gestanden hatte, hatte sie das Alleinsein mit ihm gemieden, dabei wollte er nie weiter von ihr entfernt sein als in dieser Telefonzelle. Tatsächlich wollte er ihr noch sehr viel näher sein. Es ging Jason gehörig an die Substanz, weil er das, was er für Emily empfand, vor den anderen verbergen musste. Er wollte jedoch unter allen

Umständen vermeiden, dass Emily von irgendeiner Seite bedrängt oder beeinflusst wurde. Und noch weniger wollte er sie selbst bedrängen.

Also absolvierte er die restlichen zweieinhalb Wochen im Business-as-usual-Stil, sprich, mehrheitlich im Wasser, bis er versucht war, sich auf Schwimmhäute zu untersuchen, verbrachte viel Zeit mit Fritz und Maddie, und entzückte Marjorie und Viviane, indem er sich überproportional in die Hochzeitsvorbereitungen einbrachte. Und er ertrug geduldig Stephens Spott, der ihn deswegen prompt als Brautjunger vorschlug.

Und dann war es plötzlich so weit, der Tag der Abreise war gekommen. Teils herbeigesehnt, weil der äußere Jason, den er allen vorspielen musste, den inneren Jason aufzufressen drohte. Teils verflucht, weil seine Hoffnung mit jeder Sekunde mehr zerrann, wie Sand zwischen seinen Fingern. Tatsächlich war es höchste Zeit zu gehen, er baute darauf, dass sich sein Zustand durch die räumliche Distanz und die Fokussierung auf seine Arbeit wieder normalisieren würde. Er war dankbar, dass Emily seit jeher Abschiede hasste und deshalb auch diesmal darauf verzichtete, mit zum Flughafen zu kommen – Jason fürchtete, in der Endgültigkeit des Abschieds doch noch schwach zu werden und vor Stephens Augen etwas Impulsives zu tun, zum Beispiel sich vor Emily auf die Knie zu werfen und … Er würgte den Gedanken rechtzeitig ab.

Nach einer schlaflosen Nacht war er lange vor der Zeit aufgestanden, hatte sein Bett abgezogen und begonnen, seinen Reiserucksack noch vor dem Frühstück zu packen. Tags zuvor hatte er seine Kleidung gewaschen, die wenigen Hemden gebügelt. Nun legte er alles sorgfältig zusammen und verstaute es systematisch, Socken und Wäsche zuunterst. Er sah seinen Händen dabei zu, wie sie falteten und sortierten, fand etwas

Ruhe in dieser Tätigkeit; Ordnung zu schaffen hatte seit jeher etwas Meditatives für ihn. Irgendwann war der Rucksack fertig gepackt, das Bad sauber geschrubbt, und es gab für ihn nichts mehr zu tun.

Er sah auf die Uhr. Gerade einmal halb sechs, das Haus lag noch in tiefem Schlaf. Was jetzt? Sein Flug ab L. A. ging erst am frühen Abend, und es waren noch über sechs Stunden, bis ihn Stephen und Vivian abholen kämen. Auf Frühstück hatte er keine Lust, lieber wollte er der Mooncave-Bucht einen letzten Besuch abstatten. Also schnürte er seinen Rucksack wieder auf und kramte darin herum. Verflixt, wo steckten die verdammten Badeshorts? Natürlich ganz unten! Während er in die Shorts fuhr, bemerkte er das angerichtete Chaos auf dem Bett. Er hatte jedes einzelne Kleidungsstück wieder hervorgezerrt.

Ganz wunderbar, Jason, da hättest du dir das stundenlange Packen auch gleich sparen können! Verdammt, warum war er plötzlich so wütend?

»Ist dein Rucksack explodiert?« Jason wirbelte herum. Hinreißend zerzaust, wie ein aus dem Nest gefallenes Vögelchen, stand Emily in der Tür und wirkte dabei so unschuldig wie das kleine Mädchen, das sie einmal gewesen war. Doch da bemerkte er das freche Funkeln in ihren Augen und er revidierte seinen Eindruck. Sie ist ein Barrakuda! Seit Wochen grillte sie ihn über dem offenen Feuer, und nun, an seinem letzten Tag, tauchte sie unvermittelt allein in seinem Zimmer auf, und er trug nichts als Shorts am Leib! Hunderte Male hatte Emily ihn so gesehen, und er verstand nicht, warum es sich plötzlich so anders für ihn anfühlte, er kam sich geradezu linkisch vor. Unversehens fand er sich in seine Teenagerzeit versetzt, als in seinen Tagträumen unerreichbare Surflehrerinnen herumspukten und Pickel wie rote Blumen auf seiner Stirn blühten. Er rang den Impuls nieder, nach einem Handtuch zu greifen. Er war zwar verlegen, aber noch nicht so tief gesunken, um sich lächerlich zu machen.

»Wolltest du noch einmal schwimmen gehen?«, fragte Emily.

»Ja, ich wollte eben los.« Er griff nun nach dem Handtuch wie nach einem Rettungsanker. Fast wäre es ihm entglitten, als Emily sagte: »Ich komme mit.« Er folgte ihr nach unten, wo sie in Richtung Zwinger schwenkte und die Hunde aus ihrem nächtlichen Quartier holte. Jason erwischte sich bei dem Gedanken, dass er lieber alleine mit Emily gewesen wäre. Nur sie, er und das Meer. Unfassbar, dachte er. *Jetzt bin ich schon eifersüchtig auf die Hunde – weil sie immer bei Emily sein dürfen …*

Nach dem Schwimmen lagen sie faul am Strand und genossen jeder für sich die warmen Sonnenstrahlen auf ihrer Haut. Seit geraumer Zeit war ihr Gespräch verstummt. Ohnehin hatten sie nur über Unverfängliches geredet, über Stephens und Vivianes Hochzeit vor zwei Tagen und was für ein wunderbares Fest es doch gewesen sei, über Walther und Marjories eigene Pläne zu heiraten, über Fritzis bevorstehende Operation, die erste von vielen, die er dennoch kaum erwarten konnte, und über Maddie, die nach anfänglichen Startschwierigkeiten entdeckt hatte, dass es ihr in Katjas Schule mit den anderen Kindern ganz gut gefiel, und inzwischen auch ihr Interesse an dem Orchester bekundet hatte.

Sie hatten wirklich über alles und jeden gesprochen, nur das Thema Liebe hatten sie gemieden, hatten sich auf Zehenspitzen mit Worten umtanzt – wie der Wind, der zwei Blätter vor sich hertrieb.

Nun beobachtete Jason schon seit einer geraumen Weile die steile Falte auf Emilys Stirn; er hätte alles dafür gegeben, sie ihr wegzuküssen. Oder ihre Gedanken zu erraten. Doch

Emily ließ ihn schmoren. Er verkniff sich jeden Laut, obwohl ein Seufzer in seiner Brust festsaß. Irgendwann würde sie ihr Schweigen brechen. Dennoch traf ihn ihre Frage unvorbereitet: »Warum hast du mir nie erzählt, dass du Bluebells Geschichte selbst erfunden hast, sondern hast mich in dem Glauben gelassen, sie stamme aus einem Buch?«

Jason runzelte nun selbst die Stirn. Herrje, das war vor zwanzig Jahren gewesen und sein Motiv lange verschüttet. »Ich glaube, das lag an Stephen. Er ist ein Jahr älter als ich, und als ich zwölf war, waren das Welten. Ich wollte wohl nicht, dass er mich für ein Weichei hält, weil ich mir Gutenachtgeschichten für seine kleine Schwester ausdachte.«

»Jungs!«, sagte Emily, und es klang unbekümmert, so jung wie ihre Jahre. »Ihr habt echte Probleme!«

Jason beließ es bei einer lustigen kleinen Grimasse.

»Und wie bist du gerade auf diese Geschichte gekommen?«, vertiefte Emily ihre Frage.

»Gegenfrage: Wie kommst *du* denn auf deine Geschichten?«

»Schon gut.« Emily grinste auf ihre niedliche schiefe Art. »Ideen sind Plagegeister, sie überfallen dich, wann sie wollen, und am ehesten, wenn du gerade keinen Stift zur Hand hast.«

Eine Weile ließ Emily dem Schweigen wieder Raum, und Jason fürchtete, ihr Gespräch würde endgültig versanden. Er sah verstohlen auf die Uhr. Es wurde Zeit, zum Haus zurückzukehren, Stephen und Viviane würden bald eintrudeln, und seine Sachen lagen noch verstreut auf dem Bett. Da sagte Emily: »Warum erzählt man Kindern Gutenachtgeschichten? Allein, damit sie besser einschlafen?«

»Warum sonst? Schöne Geschichten schenken schöne Träume. Neben der Liebe sind Geschichten die Substanz, die diese Welt miteinander verbindet. Eltern erzählen ihren Kindern Geschichten von Mut und Heldentum, damit sie sich in ihren Betten sicher und beschützt fühlen können.«

Emily saugte an ihrer Unterlippe: »Und warum hast du gerade die Seepferdchengeschichte für mich erfunden?«

»Weil ich schon damals wusste, dass du genauso mutig bist wie Bluebell. Seepferdchen sind etwas Besonderes. Wenn sie sich vereinen, tanzen sie miteinander, und am Ende bekommt das Männchen die Jungen. Ich glaube, die Liebe zwischen ihnen ist so groß, dass er sogar den Geburtsschmerz von ihr nehmen will. Das möchte ich auch, den Schmerz von dir nehmen.« Er erhob sich. »Du weißt, wo du mich finden kannst, Emily. Ich werde hinter dem Mooncave auf dich warten. Alles, was du tun musst, ist hindurchzuschwimmen.«

Er ging, versagte sich jede Umarmung, jeden Kuss, fürchtete, wenn er sie berührte, doch noch schwach zu werden. Er war zwar krank vor Liebe zu ihr, doch den Schmerz der Zurückweisung wollte er sich ersparen.

Und er blickte auch nicht zu der kleinen, verlorenen Gestalt im Sand zurück.

Es war das Schwerste, was er je in seinem Leben hatte tun müssen.

Epilog

Schon den ganzen Tag fand Jason keine Ruhe, stand irgendwie neben sich. So kannte er sich nicht. Er kam sich vor, als arbeite etwas in ihm, als wolle ihn sein Instinkt warnen, während sein Verstand mit aller Macht versuchte, gegenzusteuern. Als seien in ihm zwei verschiedene Kräfte am Werk. Mit anderen Worten, das hin- und herschwingende Universum setzte alles daran, ihm heute noch den letzten Nerv zu rauben. Von Harmonie keine Spur. Im Ergebnis war es ihm kaum möglich, sich auf seine Arbeit zu konzentrieren. Immer wieder schmuggelte sich Emilys Bild dazwischen. Sie stand so deutlich wie eine Fotografie vor ihm, mit ihren ozeanblauen Augen, die viel zu tiefgründig für ihr Alter waren, den feinen Sommersprossen auf ihrer Nase und der bläulich schimmernden Ader auf ihrer Schläfe, deren Zartheit er gerne erkundet hätte. Und wie stets, wenn er an sie dachte, schenkte sie ihm ihr hinreißendes schiefes Lächeln, das jedes Mal ein Ziehen in seinem Herzen auslöste und Schmerz und Wonne zugleich war.

»Träumst du, Junge?«

Jason schreckte hoch und entdeckte Dr. Neunheinen vor seinem Schreibtisch. Wie der leibhaftige Schelm stand der pensionierte Pathologe vor ihm; er hatte den großen Mann nicht einmal hereinkommen hören.

»Nestor!«, rief Jason, höchst erfreut über seinen Besuch. Ablenkung!

»Na, Jungelchen, schmachtest du wieder nach deiner kleinen Sirene?« Dr. Neunheinen wuchtete seine massige Gestalt in den Stuhl.

So viel zur Ablenkung … Jason nickte, nicht im Geringsten verlegen. Nestor war neben seiner Schwester Eugenie der Einzige, den er noch in seine Liebesqualen eingeweiht hatte. »Kaffee?«, bot er an und zeigte auf die Kanne frisch gebrühten.

Neunheinen nickte. »Immer her damit!«

Es folgte das obligatorische Ritual. Jason schenkte die Tasse nur zu zwei Drittel voll, Neunheinen ergänzte mit einem tüchtigen Schuss aus seinem Flachmann. »Ich verstehe die heutige Jugend nicht«, sagte er nach dem ersten genießerischen Schluck. »Warum fliegst du nicht rüber und schnappst sie dir?«

»Über die Schulter werfen und ab in die Höhle, funktionierte vielleicht in deiner Jugend«, erwiderte Jason. Es klang lahmer als beabsichtigt, nicht nur sein Verstand lief auf Sparflamme, auch sein Elan verzeichnete heute Ladehemmung.

»Bitte sehr – wenn du es vorziehst, liebeskrank in deinem Büro herumzuhängen, und nicht einmal merkst, wenn ein Zyklop wie ich hereinstampft, sehe ich glorreiche Zeiten für die Spitzbuben Münchens heraufziehen.«

Jason war aufgestanden und ans Fenster getreten. »Mit Emily ist es anders. Sie zu drängen erzielt nur den gegenteiligen Effekt.«

»Ausflüchte! Erklär mir nicht, warum du zögerst, sondern frag dich lieber, was Emily von dir erwartet.«

»Wie meinst du das?«

»Hast du dich je bei der Kleinen schwach gezeigt?«

Jason fiel nicht sofort eine Antwort darauf ein, und Neunheinen setzte nach, trieb ihn weiter in die Enge: »Ich sage dir, was ich glaube, mein Junge. Du hast bei ihr den verständnisvollen Psychologen rausgehängt und dabei völlig übersehen, dass Analyse in der Liebe versagt. Sie ist eine Frau, du bist ein Mann, zwischen euch beiden sollte nur eines stehen: eure Gefühle füreinander. Und die scheinen da zu sein. Selbst ein vorsintflutliches Fossil wie ich kann das spüren. Hier!« Er kramte ein Papier aus seiner Aktentasche und streckte es ihm entgegen.

»Was ist das?«

»Ein Urlaubsantrag. Unterschreib ihn, lös ein Ticket, und ab mit dir über den großen Teich. Dein Chef ist einverstanden, ich habe ihn schon gefragt.«

Jason brauchte nur eine Sekunde, um seinen Entschluss zu fassen. Urplötzlich schwangen Verstand und Instinkt wieder im Einklang. Er ließ den Urlaubsantrag auf den Tisch fallen, setzte sich und hackte auf sein Terminal ein.

»Was soll das, Junge?« Neunheinen wirkte beleidigt, er kam sich wohl ignoriert vor.

»Papierloses Büro. Urlaub kann nur digital beantragt werden«, erklärte Jason kurz und ohne aufzusehen. Er schickte den Antrag ab und suchte nun online nach der frühesten Flugverbindung nach Los Angeles.

»Schöne neue Welt«, seufzte Nestor Neunheinen, trank seine Tasse leer, um anschließend vornehm hinter vorgehaltener Hand zu rülpsen.

Jason sprang auf, küsste den Überraschten auf die Stirn, rief »danke« und stürmte hinaus.

Von unterwegs rief er seine Schwester an und bat sie um neuerliche Gastfreundschaft für Theseus, die gerne gewährt wurde. Er war schon halb auf dem Weg zum Flughafen, als ihm einfiel, dass sein Reisepass zu Hause lag. Fluchend wendete er, fuhr zurück, parkte direkt vor dem Gebäude im Halteverbot und nahm je zwei Stufen auf einmal ins Dachgeschoss.

Zwischen dem hölzernen Treppengeländer sah er etwas Rotes durchschimmern. Was war das? Hatte ihm die Post ein Paket vor die Tür gelegt? Er absolvierte die Stufen mit Schwung und bremste plötzlich derart abrupt ab, dass er beinahe das Gleichgewicht verloren hätte. In der Türöffnung zu seiner Wohnung kauerte eine schmale Gestalt. Sie schlief.

Seit seiner Rückkehr aus Kalifornien wurde er Tag und Nacht von Emilys entzückendem Gesicht verfolgt. Deshalb glaubte er nun, einem Trugbild zu erliegen – sie vor sich zu sehen, wo er sich seit Monaten nach ihr verzehrte, lähmte seine Denkfähigkeit. Doch sein kluges Herz hatte lange vor seinem Verstand die Wahrheit erfasst und es stolperte vor Aufregung. Sie war da! Emily war zu ihm gekommen! Er stellte das Atmen ein, als könne er diesen besonderen Moment damit für immer festhalten, ihn bis in alle Ewigkeit konservieren.

Er verharrte auf der vorletzten Stufe, unfähig, einen weiteren Schritt zu tun, als bangte er, Emily könnte sich doch noch in Luft auflösen. Theseus rührte sich im Wohnungsinneren, er kannte Jasons Schritt und begann sein übliches Begrüßungskonzert.

Emily erwachte davon und schlug die Lider auf. Sie wirkte kurz traumverloren, als frage sie sich, wo sie sei. Da entdeckte sie ihn und ihre Augen trafen sich, tauchten ineinander ein, hielten einander fest. Der Augenblick dehnte sich. Jason war weiterhin außerstande, sich zu rühren, fürchtete, egal, was er jetzt auch tun oder sagen würde, Emily damit zu verschrecken. Dabei fielen ihm eine Menge Dinge ein, die er mit Emily tun wollte. Er wollte sie in seine Arme reißen und ihre Stirn, ihre Augen, ihre Wangen und ihren Mund, ihren süßen kleinen Mund, mit Küssen bedecken, wollte sie ihren Kummer vergessen lassen, der Grund für ihr Lachen sein; die Welt für sie zu einem glücklicheren Ort machen. Und er gierte danach, all die wunderbaren Nachrichten der letzten Tage mit ihr zu teilen, wollte ihr von seinem neugeborenen Neffen Lion erzählen und dass die kleine Beule, die er kürzlich bei Theseus unter dem Fell ertastet hatte, nicht wie befürchtet ein Tumor war, sondern sich als harmlose Warze entpuppt hatte.

Emily rappelte sich hoch und bewegte sich auf ihn zu.

Unwillkürlich fragte er sich, woher diese zarte Person die Kraft dafür nahm. Sein eigener Körper verweigerte ihm gerade den Dienst, einzig sein heftig pochendes Herz schien sich noch an seine ursprüngliche Funktion zu erinnern. Er fühlte sich gerade wie ein Teenager vor dem ersten Kuss. Gott, wie er dieses Mädchen wollte!

Emily blieb vor ihm stehen, löschte die Distanz aus, die sie selbst zwischen ihnen geschaffen hatte. Die Blicke ineinander verschlungen, prägten sie sich jedes Detail im Gesicht des anderen ein, sogen jede Einzelheit in sich auf, so vertraut, so fremd. So neu.

Jason war überwältigt von der Freude, dass sie zu ihm gekommen war, dennoch fürchtete er sich vor den nächsten Sekunden, davor, was ihre ersten Worte an ihn sein würden. Er, der sich seiner immer so sicher war, war voller Verzagtheit, wollte noch nicht an die Möglichkeit des Glücks glauben. War dies der Anfang oder das Ende?

Emily stand so dicht vor ihm, dass er die feinen Schatten sehen konnte, die ihre langen Wimpern auf ihre Wangen warfen. Sie hob ihre Hand und fuhr ihm zart über die Schläfe. Die einfache Berührung durchzuckte ihn wie ein Stromschlag, und er konnte sehen, wie sich ihre Lippen öffneten, aber der Sinn ihrer Worte erreichte ihn erst, als sie ihre Frage wiederholte: »Warum liebst du mich?«

Er überwand die letzte Stufe, sie waren sich jetzt näher als in der Telefonzelle, ihre Körper berührten sich fast schon, und Emily wich immer noch nicht vor ihm zurück.

»Wie viel Zeit hast du?«, fragte er.

»Für immer«, sagte Emily und schenkte ihm ihr herzzerreißendes Lächeln, bevor sie sich auf die Zehenspitzen stellte und zart seine Lippen berührte.

In dieser Nacht erfuhr Emily, dass der Himmel für sie nicht nur unter Wasser lag, sondern auch in Jasons Armen.

Und sie weinte. Aus Liebe.

Nachwort

Die Idee zu einer Geschichte hat viele Wurzeln, sie wächst mit den Gedanken, Erlebnissen und Begegnungen, Gefühlen, Emotionen, in der Zwiesprache mit den Protagonisten und manchmal auch im direkten Austausch mit meinen Lesern.

»Katja Filipowna« wurde in Großkarolinenfeld in der Buchhandlung »Voglbuch« von Ulli Schmied geboren. Während einer Lesung erzählte mir eine Zuhörerin, ihre Tante sei einhundertzwei und habe die zehn Kinder ihrer Schwester aufgezogen. Klingt das nicht unglaublich? Wie viele dieser bescheidenen Heldinnen mag es auf der Welt geben, deren Geschichten niemals bekannt werden? Damals war ich schon in Gedanken bei der zweibändigen Heimatsaga, die 2019 bei Piper erscheinen wird. Katja wird darin die Hauptrolle spielen. Dann erfahren auch Sie mehr über die fantastische Geschichte ihres Lebens, die sie Jason im Flugzeug anvertraut hat.

Katja ist eine weitere Figur im Hanni-Kosmos, der alle meine Bücher miteinander verbindet. – Weil Leben Schicksal ist, ein großer, bunter Teppich, in dem wir alle miteinander verknüpft sind.

Zeit, Danke zu sagen

Liebe Leser,

eine Danksagung zu schreiben fühlt sich für mich immer wie ein Abschied an, ich bin dann sehr nostalgisch und wehmütig, aber nur bis zum nächsten Buch. Zunächst aber noch in eigener Sache: Als ich Anfang 2017 mit »Unter Wasser kann man nicht weinen« begann und die Figur Maddie skizzierte, die sich unter einem Astronautenhelm versteckt, konnte ich nicht ahnen, dass ein Jahr später ein Film mit dem Namen »Wunder« in die Kinos kommen würde. In »Wunder« verbirgt ein kleiner Junge sein Gesicht aufgrund einer Krankheit unter einem Astronautenhelm. Wir Autoren können das Rad nicht immer neu erfinden, und manchmal überschneiden sich unsere Ideen.

Zuallererst danke ich der kleinen Theresa, zarte drei Jahre alt und eine Quelle der Inspiration. Sie war mit ihrer Familie bei uns zu Besuch, wir wollten schwimmen gehen, und sie weigerte sich mit dem Satz: »Im Wasser kann man nicht weinen!« Et voilà, so kam das neue Buch zu seinem Titel. Danke, meine süße Theresa!

Dann ist da mein Mann; Fels in der Brandung, erster Leser und beinharter Kritiker, bis an die Schmerzgrenze (und manchmal darüber hinaus). Danke, mein Schatz, für deine Liebe, Geduld und Fürsorge!

Ich danke auch meiner lieben Freundin Myriam, deren Mitarbeit und beständiger Rat für mich unverzichtbar geworden sind. Kompetent und unermüdlich treibt sie mich immer weiter an, sitzt beim Schreiben auf meiner rechten Schulter und schwingt die Kommentarpeitsche. Ich kann es dir gar nicht oft genug sagen, Myriam, du bist *fantastico*! Sämtliche Fehler oder Irrtümer in diesem Buch sind selbstverständlich allein der (Sturheit der) Autorin zuzuschreiben.

Zum Dank verpflichtet bin ich auch meinen guten Geistern Ramona und Ludwig, die mir grandios den Rücken freigehalten und sich um all jenen Kleinkram gekümmert haben, den ich am liebsten in eine dunkle Kammer am Ende der Welt sperren würde und den Schlüssel danach wegwerfen.

Unbedingt zu erwähnen sind auch diese besondere Menschen: Die famose Autorin Barbara Schiller von B. C. Schiller, die Autorinnen Alexandra Amber, Daphne Unruh und Lisa Torberg, die mich, seit ich sie kennenlernen durfte, beständig unterstützt und motiviert haben. Mädels, ich bin froh, dass ich euch kenne, ihr seid die Besten!

Mein Dank gilt auch meinen treuen KampfleserInnen: Christine, Ro, Ramona, Ludwig, Waltraud, Heike, Tine und Eva. Eure permanente Unterstützung, Aufmunterung und Kritik bedeutet mir alles. Unsere Buchparty war geil, oder?

Und da ist auch meine wunderbare Agentin Lianne Kolf, auf deren Ermunterung und Unterstützung ich Tag und Nacht zählen kann. Keine Ahnung, wann diese Frau schläft.

Und ich möchte meiner Mami danken, für alles, was sie ist, wofür sie steht und für das, was sie mir mit auf den Weg gegeben hat.

Und natürlich danke ich vor allem meinen Lesern. Euch – wenn ihr mir erlaubt, euch zu duzen. Ihr seid zauberhaft, absolut fantastico! Darum hoffe ich, Emilys und Jasons Geschichte hat euch gefallen. Über eine Rückmeldung/Rezension würde ich mich sehr freuen. Für mich als Autor ist es immer wieder etwas Besonders, von meinen Lesern zu hören, ich schreibe und brenne für euch! Schreibt, was euch gefallen hat, und natürlich auch, was euch nicht gefallen hat. DANKE SCHÖN!

Ich wünsche euch und allen euren Lieben von Herzen Gesundheit, Glück und Liebe – denn Liebe ist das Einzige, das diese Welt retten kann …

Bis bald, und wer weiß? Vielleicht treffen wir uns einmal persönlich bei einer Lesung? Ich würde mich sehr freuen!

Seid umarmt,
eure Hanni

***

Der direkte Kontakt zum Leser ist mir sehr wichtig.

Darum freue ich mich über Anregungen, Kritik und Austausch jederzeit unter mail@hannimuenzer.de

Immer up to date mit Hanni's Newsletter (nur 2 x im Jahr) zu neuen Büchern, Lesungen und Preisaktionen.

www.hannimuenzer.com/newsletter/

Literaturnachweise/Links

»*Tiere denken*« von Richard David Precht,
© 2016 Wilhelm Goldmann

»*Die Entscheidung Kapitalismus vs. Klima*« von Naomi Klein,
© 2014 S. Fischer

Quellenhinweis

David Foster Wallace, *Das hier ist Wasser / This is Water*
Aus dem amerikanischen Englisch von Ulrich Blumenbach

Ein paar Fakten (nur für Interessierte)

Die große Wachsmotte, deren Larven Plastik fressen, wurde 2017 von einer italienischen Wissenschaftlerin und Hobbyimkerin per Zufall entdeckt. Auch Erdöl »verspeisende« Bakterien und Polychäten gibt es.

Die Georgia Guidestones: https://de.wikipedia.org/wiki/Georgia_Guidestones

Der 2014 verstorbene Dr. Masaru Emoto forschte an der Kristallstrukturtheorie. Mehr zur Schwingung des Wassers, die sich durch Quantenmechanik erklärt, finden Sie hier: http://www.wasser-hilft.de/emoto_artikel.htm

Die Todeszone im Golf von Mexiko breitet sich immer mehr aus. Hauptursache sind in Flüsse und Meere geleitete Düngemittel wie Nitrate und Phosphor durch die Lebensmittel- und Fleisch-erzeugenden Industrien. Weitere Todeszonen finden sich u. a. in der Ostsee, im Schwarzen Meer, im Kattegat, im Atlantik vor Namibia und im Arabischen Meer zwischen Indien und der Arabischen Halbinsel. In offenen Ozeanen sind sauerstofffreie Zonen in den vergangenen 50 Jahren um das Vierfache gewachsen, in küstennahen Gewässern um das Zehnfache. Sauerstofffreie Gebiete haben inzwischen ein Volumen erreicht, das 40 Mal der Ostsee entspricht. Ohne Sauerstoff kein Leben im Ozean. Mehr dazu hier: https://weather.com/de-DE/wissen/klima/news/2018-01-14-todeszonen-im-meer-wachsen-massiv-mit-dramatischen-folgen-fur-menschen

Das Ausmaß des allgemeinen Insektensterbens, wie der Bienen, Schmetterlinge, Marienkäfer etc., infolge der industrialisierten Landschaft, ausgelöst durch den massiven Einsatz von Totalherbiziden, ist eine menschengemachte Tragödie. Der Insektenbestand hat sich in den letzten 20 Jahren um ca. 80 % reduziert. Die Tiere verhungern buchstäblich, oder sie sind so geschwächt, dass sie z. B. der Varoa-Milbe (Bienen) leicht zum Opfer fallen. Es ist ein Kreislauf, denn Vögel, die sich fast ausschließlich von Insekten ernähren, finden immer weniger Nahrung. Auch der Bestand der heimischen Singvögel hat sich in den letzten zwanzig Jahren drastisch reduziert. Sie finden nicht mehr genug Nahrung für ihre Brut, sie verhungert. Die Pestizide gelangen über unsere Nahrungsaufnahme ebenfalls in unseren Körper.

Katastrophe Plastikmüll: Zwischen Hawaii, dem amerikanischen Festland und Asien treibt eine drei Millionen Tonnen schwere Plastikinsel im Pazifik, die so groß ist wie ganz Mitteleuropa – der »pazifische Müllstrudel«. Fünf dieser gigantischen Müllstrudel treiben inzwischen in unseren Ozeanen. Die Tiere fressen das, können es nicht verdauen und verhungern bei vollem Magen. U. a. haben zwei Drittel der Seevögel weltweit Plastik im Magen. Mehr dazu hier (auch für Kinder zur Erklärung geeignet): https://www.geo.de/geolino/natur-und-umwelt/16513-vdo-umweltverschmutzung-die-fuenf-muellstrudel-der-ozeane
Zu Mikroplastik: https://www.zeit.de/wissen/umwelt/2018-04/arktis-umweltverschmutzung-mikroplastik-forschung